HEYNE

Zum Buch

»Am ganzen Körper zitternd legte er sich in den Sarg. Wie ein Kind nach seinem Schnuller, so griff er zum Smartphone, stumme Nabelschnur in eine Welt, die es irgendwo da draußen gab. Lang würde er nicht mehr durchhalten ohne Wasser, ohne Nahrung, ohne Licht. Warum rettete ihn niemand aus dieser Hölle? Schluchzend presste er sein Gesicht in das stachelige Heu, das den Sargboden bedeckte, und nuckelte an seinem Smartphone.«

Zur Autorin

Mit 12 Jahren begann Michaela Seul mit dem, was sie bis heute am liebsten tut: schreiben. Seither hat die mit diversen Literaturpreisen ausgezeichnete Autorin zahlreiche Bücher auch unter Pseudonymen veröffentlicht: Romane, Sachbücher, Ratgeber, Biografien, Krimis, Memoires. Zudem arbeitet sie seit vielen Jahren sehr erfolgreich als Ghostwriterin und Co-Autorin, womit sie sich einen festen Platz auf der Bestsellerliste erschrieben hat. »Verbiss« ist nach »Alle Vögel fliegen hoch« und »Sonst kommt dich der Jäger holen« der dritte Fall für das sechsbeinige Ermittlerduo Franza und Flipper und Kriminalhauptkommissar Felix Tixel.

Lieferbare Titel

Alle Vögel fliegen hoch

Sonst kommt dich der Jäger holen

Michaela Seul

Verbiss

Franza und Flipper ermitteln

Kriminalroman

WILHELM HEYNE VERLAG
MÜNCHEN

Song-Zitat auf Seite 277 mit freundlicher Genehmigung
von Georg Ringsgwandl

FSC
www.fsc.org
MIX
Papier aus verantwortungsvollen Quellen
FSC® C014496

Verlagsgruppe Random House FSC® N001967
Das für dieses Buch verwendete FSC®-zertifizierte Papier
Holmen Book Cream liefert Holmen Paper,
Hallstavik, Schweden.

Originalausgabe 11/2013

Redaktion: Susann Rehlein
Printed in Germany 2013
Umschlaggestaltung: Eisele Grafik-Design, München
Umschlagabbildungen: © Jan Greune/Look/GettyImages;
© Richard Goerg/E+/GettyImages;
© Nature Picture Library/GettyImages
Satz: Greiner & Reichel, Köln
Druck und Bindung: GGP Media GmbH, Pößneck

ISBN: 978-3-453-43739-5

www.heyne.de

Im Dunkeln

»Bitte!«

Seine Stimme krächzte. Als hätte er seit Tagen nicht gesprochen. Panisch überlegte er, ob er sich geirrt haben könnte. Aber nein. Seit dem Überfall hatte er dreimal uriniert. Immer in dieselbe Ecke. Dreimal, nicht vier- oder fünfmal. Also konnte höchstens ein Tag vergangen sein, beziehungsweise eine Nacht. Er musste die Kontrolle behalten. Wenn er sich von der Verzweiflung auffressen ließ, die ihm in den letzten Stunden schon einige Male wie hungrige Ratten an den Zehen genagt hatte, würde er niemals mehr Tageslicht sehen.

Das hier war kein Spiel. Es ging um sein Leben.

Das Verlies oder, besser gesagt, der Erdbunker, war zirka vier Meter lang und vier Meter breit, der Boden zementiert. Kein Licht drang herein, nicht einmal ein vager Schimmer. Sogar auf allen vieren kriechend hatte er sein Gefängnis erkundet. Er musste von oben herabgelassen worden sein, denn er hatte keine Tür ertastet, und irgendwo in seinem Unterbewusstsein gab es eine undeutliche Erinnerung an einen Stoß und Fall. Seine linke Körperseite schmerzte stark, tief durchatmen war eine Qual. Wahrscheinlich hatte er sich mehrere Rippen gebrochen oder geprellt, als der Maskierte ihn in die Grube stieß. Aber warum?

»Wollen Sie Geld?«

Schwerfällig und ungelenk kamen die Worte aus seinem Mund. Seine Zunge war angeschwollen, Durst plagte ihn. Seine Stirn glühte. In seinem Gefängnis gab es nichts, gar nichts. Nicht mal Kondenswasser an den Wänden, er hatte sie verzweifelt abgeleckt. Auch deshalb konnte er nicht länger als maximal zwei Tage hier sein. Sonst wäre er ... Er versuchte, den Gedanken wegzuschieben. Verhungert und verdurstet. Nein, nur verdurstet. Vor dem Hungertod kam der ... Dursttod.

Irgendwo über ihm stand schweigend der Maskierte. Er konnte ihn spüren, nicht sehen. Er konnte überhaupt nichts sehen. Wahrscheinlich wurde er mit einem Nachtsichtgerät beobachtet. Er musste herausfinden, worum es ging. Nur dann hatte er eine Chance.

»Was wollen Sie von mir?«, flüsterte er und erschrak über das blanke Entsetzen in seiner Stimme. So hatte er sich noch nie in seinem Leben angehört. Niemals zuvor hatte er sich in einer solch grauenhaften Situation befunden.

Mit einem Rumpeln wurde ein sehr großer Gegenstand in den Raum herabgesenkt. Zuerst glaubte er, es handele sich um eine Leiter. Sein Herzschlag beschleunigte sich. Oder um ein Paket mit Wasser und Nahrungsmitteln?

Über seinem Kopf knallte es. Die Falltür schloss sich. Mit zitternden Händen tastete er das sperrige Ding ab. Und dann verlor er die Kontrolle. Niemand hörte seine Schreie.

1

Clemens von Lübtow erwachte aus einem erotischen Traum, eine Minute bevor der Wecker geklingelt hätte. Träge schaltete er ihn aus. Langsam ließ er seine Blicke durch das große Schlafzimmer wandern, zur Glasfront und dem Balkon seines Landhauses am Ammersee. Entgegen seiner Gewohnheit sprang er nicht sofort aus dem Bett, sondern schaute eine Weile nach draußen. Zwei Enten flogen mit lang gestreckten Hälsen über das Wasser. Bald waren sie fällig. Clemens von Lübtow freute sich auf die Wasservogeljagd. Man brauchte eine ruhige Hand und ein schnelles Auge. Beides besaß er. Natürlich wäre eine Adresse am Starnberger See attraktiver. Mit eigenem Seezugang, Bootsanleger. Aber das konnte ja noch werden.

Kurz sortierte er sich. Montag, Herbstferien. Noch zwei Stunden bis die Fitnesstrainerin für die FT kam. Celina, verbesserte er sich. Seine fette Tochter. Die sich schnellstmöglich wieder in Celina verwandeln sollte mithilfe dieser Trainerin. Bei ihrem Aussehen könnte seine Tochter sogar ein Supermodel werden, wenn sie noch ein wenig wachsen würde. Es war schwierig, eine Prognose zu stellen, die Fettschicht in ihrem Gesicht war zu feist, doch die Lippen voll, die Nase niedlich, das Gesicht herzförmig. Bis zu ihrem fünfzehnten Geburtstag im Frühling wollte er Ergebnisse sehen. Teuer genug war die Fitnesstrainerin. Sollte Celina nach seiner Exfrau kommen, würde sie abgespeckt atemberaubend aussehen. Nun, er selbst hatte auch nicht die schlechtesten Gene vererbt.

Mit einem Satz sprang Clemens von Lübtow aus dem Bett. Wenn er sich beeilte, konnte er vor dem Termin mit seinen Ministerialräten die große Runde joggen. Und wenn es richtig gut lief, würde er schon in wenigen Wochen mit seiner Tochter joggen. Die Fitnesstrainerin hatte bei ihrem Vorstellungsgespräch gebeten, er solle Geduld haben, doch wenn seine Tochter erst mal spürte, wie befriedigend und erfüllend Sport war, würde sie bestimmt dranbleiben.

Und bald konnte er sie mitnehmen zu den Banketts in der Residenz: Darf ich vorstellen, meine Tochter. Hinter seinem Rücken würden sie tuscheln. Sie würden feststellen, dass seine Gene hervorragend waren. Der Minister hatte nicht so viel Glück. Alles an der Ministertochter war verwachsen. Die Nase, das Kinn, die Gliedmaßen viel zu lang und die Haltung schlecht. Seitdem die Frau des Ministers so schwer erkrankt war, begleitete ihn die Tochter gelegentlich. Immerhin war sie normalgewichtig, aber lange nicht so hübsch wie Celina in abgespeckter Form. Doch darüber wollte er sich jetzt keine Gedanken machen. Er hatte sich genug über das Thema geärgert, und je mehr er gesagt hatte, desto fetter war sie geworden; jede Bemerkung hatte sich im Handumdrehen in ein neues Pfund verwandelt. Seit er sie darauf hingewiesen hatte, dass sich ihre Augen in Schweinsäuglein verwandelten, hatte sie nicht mehr mit ihm geredet.

Das war vielleicht übertrieben, aber er wollte ihr doch nur helfen. Gut, dass er das Problem FT nun delegiert hatte an die Fitnesstrainerin – noch eine FT! Clemens von Lübtow beschloss, dies als Omen zu nehmen. Er liebte seine Tochter Celina, keine Frage, alle Väter liebten ihre Kinder, aber sie machte es ihm verdammt schwer. *Noch*, dachte er. Bestimmt würde sie sich mit der Fitnesstrainerin verstehen. Denn die brachte einen Hund mit. Einen Hund hatte Celina sich immer gewünscht. Clemens von Lübtow konnte Hunde im Haus nicht ausstehen, nur bei der Jagd, wenn sie ihm unterwürfig wedelnd seine Beute vor die Füße legten, aber Rechtsanwalt Dürr hatte mithilfe dieser Trainerin über vierzig Kilo abgenommen, und er hatte sie wärmstens empfohlen. Und auch den Hund – als Motivation für die Tochter. Was Motivation betraf, kannte Clemens von Lübtow sich aus. Alle seine Mitarbeiter dienten gern unter ihm. Weil er sie zu motivieren wusste. Da würde er doch wohl seine FT in den Griff kriegen.

Zufrieden musterte er sich im großen Badezimmerspiegel. Auch in entspanntem Zustand zeichnete sich seine Bauchmuskulatur leicht ab. Seine Schultern waren breit, die Hüften schmal. Er wirkte nicht aufgepumpt, eher feingliedrig. Er war nun mal ein Marathonmann. Die Blätter der Bäume im Garten leuchteten rot und gelb in der herbstlichen Morgensonne, im Spiegel posierte er in einer Fototapete. Mit seinen knapp fünfzig konnte er sich sehen lassen. Jedenfalls wäre er eines Tages der attraktivste Minister für Ernährung, Landwirtschaft und Forsten, den das Land jemals gesehen hätte. Und dieses Ministerium würde er nur als Sprungbrett nutzen. Clemens von Lübtow wollte nach oben. Ganz nach oben, und zwar um jeden Preis.

Im Hof glitt das elektrische Tor zur Seite, kurz darauf hörte er den Wagen von PT, Putzteufel, auf der Kiesauffahrt. Petra Vogt war schon wieder drei Minuten zu spät. Clemens von Lübtow nahm es zur Kenntnis.

Knapp zwei Stunden später nahm er zur Kenntnis, dass die Fitnesstrainerin pünktlich war. Als sie federnd aus ihrem Kombi stieg, nickte er anerkennend. Knackige Figur. Auch der Rest war nicht übel. Eine attraktive Frau, ohne Zweifel. Die Haare, hell schimmernd im Morgenlicht, zu einem kessen Pferdeschwanz hochgebunden, rotes Stirnband. So sollte Celina aussehen, dann wäre er ganz und gar zufrieden, sie würde sogar noch besser aussehen. Ihre Entfettung würde er sich einen Bonus kosten lassen. Hundert Euro pro Kilo betrug die Körperprämie. Das hatte Rechtsanwalt Dürr für die Fitnesstrainerin ausgehandelt. Er schien sie zu mögen. Ob er was mit ihr hatte? Die Prämie der Fitnesstrainerin sollte Clemens von Lübtow wie ihr Honorar auf das Konto des Anwalts überweisen, was ihm ganz recht war. Mal sehen, worunter er das verbuchen konnte, um es steuerlich geltend zu machen. Er griff zu seinem Diktiergerät »Titel für Rechnung Dürr wegen FT«. Im Ministerium würde Frau Krennrich seine Gedanken abtippen. Seit gestern Abend hatten sich bestimmt zehn Minuten angesammelt, vor allem zu dem Papier, das seine Ministerialräte bezüglich des Fütterungsverbotes von Wild ausarbeiten ließen. Sie hatten kaum Kontakt zum Minister, es fiel in seinen Aufgabenbereich, ihre Ideen weiterzugeben, manche durchaus als seine eigenen, denn sie waren doch ein Team. Die letzte Entscheidung lag immer beim Minister, aber wer mit ihm golfte, wie Clemens von Lübtow seit einem halben Jahr, wusste den Ball in die optimale Richtung zu lenken. Beim Einlochen lernte man sich sehr gut kennen.

... Fragte sich bloß, wie er FT wiegen sollte. Sie würde sich wohl kaum unter seinem Blick auf eine Waage stellen. Clemens von Lübtow schob dieses Problem erst mal zur Seite. Im Ministerium hätte er es einem Mitarbeiter aufgeladen. Man konnte FT wohl kaum betäuben, um sie auf eine Waage zu schleppen ... Er könnte eine elektronische Waage in ihrem Bett installieren lassen? Zu umständlich. Besser wäre es, Celina arbeitete aktiv mit und fand Spaß daran, ihre Fortschritte zu dokumentieren; er könnte ihr eine Exceltabelle anlegen lassen, in die sie ihre Ergebnisse einpflegte. Sie sollte wissen, dass er sie vollumfänglich unterstützte. Letztlich würde sie ihm dankbar sein. Eines Tages würde sie merken, wie gut es ihr ging, wenn sie leichter und leichter wurde, wenn sich der Körper einer jungen Frau in dem schwabbeligen Fettgebilde abzuzeichnen begann. So wie der von der Fitnesstrainerin. Groß, energiegeladen, geschmeidig, mit Kurven an den richtigen Stellen. Den riesigen schwarzen Hund, den die Frau nun aus dem Wagen befreite, beschloss Clemens von Lübtow zu ignorieren. Er konnte Hunde im privaten Revier nicht ausstehen, aber der Hund war ihre Bedingung gewesen, dafür hatte er ihr Tageshonorar von vierhundert auf dreihundert Euro gedrückt.

2

Der Abend begann vielversprechend. Ich fand einen Parkplatz vor Felix' Haus in der Rothmundstraße im Zentrum Münchens. »Heute kommen wir nicht zu spät, Flipper«, ließ ich meinen vierbeinigen Begleiter wissen, der es kaum abwarten konnte auszusteigen. Flipper fand es super, dass wir unser Rudel erweitert hatten. Wahrscheinlich hatte er insgeheim monatelang darauf hingearbeitet: Er hatte im Frühling den Leichenfund am Starnberger See mit Felix' Dienstplan abgestimmt, sodass wir uns gezwungenermaßen begegnen mussten. Nachdem ich unsere erste Bekanntschaft mit dem Kriminalhauptkommissar gründlich vermasselt hatte, buddelte Flipper im Spätsommer ein Maschinengewehr aus, und wir landeten in unserem zweiten Fall. Alles bloß inszeniert, damit Franza und Felix ein Paar wurden. Einen dritten Fall würde es nicht geben. Das hatte ich Felix versprechen müssen. Nie wieder würde ich mich in seine Arbeit im K1 – Tötungsdelikte, Sittendelikte, Branddelikte – einmischen. Nie mehr! Natürlich hatte ich mit überkreuzten Fingern geschworen. Nicht, weil ich mich einmischen *wollte*. Aber ich war mit meinen dreiunddreißig Jahren alt genug, um zu wissen, dass das Leben für jede Überraschung offen ist. Und ich wollte nicht lügen. Deshalb fiel es mir heute auch schwer, Felix in die Augen zu sehen. Ich konnte ihm nichts von meinem neuen Job erzählen, weil ich ihm nichts von meinen Knieproblemen erzählen wollte.

Für eine Fitnesstrainerin ist der Körper ihr Kapital, darin ähneln wir Prostituierten. Der Körper darf nicht schlappmachen. Aber genau das war mir passiert. Seit mehreren Wochen schon schmerzte mein rechtes Knie. Ich hatte es in den letzten Jahren mit Sport übertrieben. Ein Orthopäde hatte mir geraten, mich umschulen zu lassen. Sport sei eine feine Sache – in Maßen. »Alles, was man übertreibt, ist ungesund.« *Quatsch*, hatte ich grinsend in Erinnerung an Sex mit Felix gedacht.

»Was steckt dahinter, dass du Felix nichts von deinem Knie erzählst?«, bohrte meine Freundin Andrea in der Wunde. Als Psychologin will sie immer alles genau wissen, und wenn nichts dahintersteckt, erfindet sie was, sonst wäre ihr Beruf ja überflüssig. Aber erfinden kann ich auch. Darin bin ich sogar ziemlich gut. »Ich will nicht, dass er befürchtet, ich würde ihm auf der Tasche liegen. Schließlich räkelt sich da bereits seine Exfrau.«

Damit gab Andrea sich zufrieden. Das Kind thematisierte ich nicht, sonst würde sie zur Hochform auflaufen. Was wären Therapeuten ohne Kind und -heiten. Sinah, Felix' dreijährige Tochter, lag nämlich nicht auf seiner Tasche, sondern mitten drin in seinem Herzen, also dort, wo ich mich auch recht wohlfühlte. Von meiner Eifersucht auf ein Kind wusste außer mir nur Flipper. Vor meinem schwarzen Riesen habe ich keine Geheimnisse. Ich wollte keinen einzigen Minuspunkt mehr bei Felix sammeln, wusste ich doch, wie wichtig Sport für ihn war – genauso wichtig wie für mich. Ohne Bewegung fühlte ich mich wie ein Sack voller schimmeliger Teigreste. Natürlich hätte ich Felix mit einem kaputten Knie genauso gemocht wie mit einem gesunden, auch wenn ich seine Kraft und Kondition sexy fand. Ich liebte es, in seinen apfelrunden Bizeps zu beißen, der viel dicker war als meiner, obwohl er weniger trainierte als ich. Ich liebte die kessen Pakete an seinem Bauch, die ich auch sehen konnte, wenn er sie nicht anspannte. Ich liebte seine schmalen Hüften und breiten Schultern. Da hätte mich ein Humpeln nicht gestört. Aber ich wollte mich nicht darauf verlassen, dass er genauso auf mein Gebrechen reagierte ... Also sollte er am besten nichts davon mitkriegen. Und es war ja nur eine temporäre Sache.

»Wenn Sie dem Knie eine Weile Ruhe gönnen, kann die Entzündung abheilen«, hatte mir der Orthopäde in Aussicht gestellt.

Diesen Plan setzte ich nun in die Tat um. In einigen Wochen schon würde ich mit Felix wieder um die Wette rennen. Er würde niemals erfahren, dass ich ein wenig geschwächelt hatte. Franza Fischer schwächelte nämlich nicht.

Doch. Und wie. Felix öffnete die Tür mit nacktem Oberkörper. Er kam frisch aus der Dusche und trug nur ein Handtuch um die Hüften. Eine dunkle Haarsträhne fiel ihm in die Stirn. Als guter Schauspieler, der er als guter Bulle sein musste, schaffte er es, völlig überrascht auszusehen. »Du bist pünktlich?«, staunte er. Ich glaubte ihm kein Wort. Seine blauen Augen blitzten mich an. Wir begannen mit der Vorspeise gleich im Flur, ohne Besteck, mit bloßen Fingern.

Später schmeckte Felix die Soße ab, ich saß am Küchentisch und schaute ihm zu. Wie so oft konnte ich das alles kaum fassen. Dass ich in seiner Wohnung nun ein bisschen zu Hause war.

Dass wir schon seit sechs Wochen ein Paar waren. Ich rechnete immer von dem Tag, an dem er dem wütenden Einsatzleiter seinen Alleingang erklärt hatte. *Ich musste vermuten, meine Freundin wäre in der Gewalt der Russenmafia.* Für mich hatte er seine Karriere und sein Leben riskiert. Er hatte sich über mich geworfen, als der Boss der Russenmafia auf mich schoss. *Okay*, hatte ich manches Mal gedacht, *er ist Polizist, das ist sein Job, das hat nichts mit mir zu tun.* Doch ganz tief in mir drin wusste ich sehr wohl, dass es etwas mit mir zu tun hatte. Aber das musste ich ihm ja nicht allzu deutlich zeigen. Es war genug, dass er mir nun schon zweimal aus der Patsche geholfen hatte. Mein Knie würde ich selbst kurieren. Ein gesunder Abstand ist für das Gelingen einer Beziehung förderlich. Schade war bloß, dass ich ihm nicht erzählen konnte, was ich heute erlebt hatte. Denn das war eine richtig gute Story, mit der ich seine scharfen Penne hätte dekorieren können.

3

Die Frau, die ich zuerst für die Gattin meines Auftraggebers gehalten hatte, war seine Haushälterin, passenderweise trug sie den Namen Vogt. Es war Abneigung auf den ersten Blick. Beiderseitig.

»Franziska Fischer«, stellte ich mich vor.

»Herr von Lübtow erwartet Sie, Frau Ziska.«

Ich verzichtete darauf, sie zu korrigieren. Wollte sie mich ärgern, indem sie meinen Vornamen zum Familiennamen schrumpfte? Sie erinnerte mich an einige meiner disziplinierten Kundinnen in den Fitness-, Selbstverteidigungs- und Yogakursen, mit denen ich normalerweise mein Geld verdiente. Eine jener Frauen, die hart arbeiten für ihr gutes Aussehen. Leider gibt es niemanden, der ihnen das spiegelt, nur die Dünnmachflächen in den Umkleidekabinen, weshalb sie fast täglich im Fitnessstudio trainieren. Viele sehen wirklich klasse aus, aber glanzlos, weil sie so unzufrieden mit ihrem Leben sind. Früher war ich gefährdet, eine von ihnen zu werden. Aber mit einem Hund an der Seite funktioniert das nicht. Mit einem Hund als ständigem Begleiter verläuft das Leben schwanzwedelnd. Hund und Unglück schließen sich schlichtweg aus.

Ich hatte die noble Villa direkt am Ammersee noch gar nicht betreten, da wusste ich schon, dass dies nicht nur ein Job für mich war. Auch Flipper würde hier vollen Einsatz bringen müssen. Wir hätten beide eine Menge zu tun, um die dicke Luft, in der Frau Vogt steckte, wegzuwedeln.

»Herr von Lübtow bittet Sie, kurz zu warten«, ließ Frau Vogt mich wissen und führte mich in einen Raum, den man wohl als Salon bezeichnen könnte. Zwei Sofas, mehrere Stühle, offener Kamin, ein luxuriöses Wartezimmer mit Blick über den Ammersee. Ja, Wartaweil hinter Herrsching war eine hübsche Gegend. Und so wartete ich eine Weile.

Nicht dass der Adelige sich für seine Verspätung entschuldigt hätte. Sein Händedruck war fest und trocken, und er hätte ebenfalls sehr gut in eines meiner Münchner Fitnessstudios gepasst. Ob er was mit der Haushälterin hatte? Nein, beschloss ich. Aber das hätte sie wohl gern. Ich trat als Konkurrenz an, wie ich von Lübtows Blicken entnahm, die Frau Vogt natürlich nicht entgingen. Flipper fixierte den Hausherrn. Dem war das unangenehm, aber er überspielte es. Dazu gehörte Selbstbeherrschung. Schwarze Hunde, noch dazu von einem solchen Kaliber, verbreiteten schon mal Unbehagen.

»Sie sind vorbereitet?«, fragte Clemens von Lübtow mich, als hätten wir vor einer Woche irgendwelche Details besprochen. Dabei wusste ich lediglich, dass seine vierzehnjährige Tochter Celina einen Fitness- und Ernährungscoach brauchte. Ich sollte mit ihr Sport treiben und Mahlzeiten zubereiten und ihr ein schlankes Körpergefühl schmackhaft machen. Acht Stunden täglich während der Ferien, vier zur Schulzeit.

»Ich bin neugierig auf Ihre Tochter«, sagte ich.

Er räusperte sich – »sie kommt gleich« – und rief nach der Haushälterin. »Frau Vogt. Bitte holen Sie Celina.«

Seiner Stimme entnahm ich, dass dies der letzte Aufruf für die junge Dame war. Mir schwante, dass Celina keine Lust auf mich hatte. Was ehrlich gesagt auf Gegenseitigkeit beruhte. Doch es wäre haarsträubend dumm von mir gewesen, dieses grandiose Angebot auszuschlagen, das mein Privatkunde Rechtsanwalt Anton Dürr für mich organisiert hatte. Anton wusste von meinem Knieproblem. Er hatte mich, nachdem mir beim Waldlauf vor Schmerzen Tränen in die Augen gestiegen waren, in seinem Maybach höchstpersönlich zu seinem Orthopäden chauffieren lassen, bei dem er wegen seines beträchtlichen Übergewichts Stammpatient war. Der Chauffeur hatte entsetzlich gelitten, als er angewiesen wurde, eine Decke für Flipper auf einem der cremefarbenen Ledersessel im Wagenfond auszubreiten. Er hatte keine dabei. »Dann eben ohne«, hatte Anton achselzuckend gemeint, woraufhin der Chauffeur mit gequältem Gesichtsausdruck seine Uniformjacke auszog und über den Sessel legte. Diesen per Fernbedienung in cine für den Vierpfoter bequeme Position zu bringen, fiel dem Mann nicht von selbst ein. Anton ordnete es ungeduldig an. Ich hatte den Eindruck, der Chauffeur würde nicht mehr lange für Anton tätig sein, der zu Flippers größten Fans zählt. In der luxuriös ausgestatteten Arztpraxis mussten wir nicht warten, der Orthopäde überließ den Patienten, den er gerade behandelte, wortlos seiner Assistenzärztin. Anton blieb während der Untersuchungen mit sorgenvollem Gesicht an meiner Seite. Er wusste, dass ich mein Knie schonen sollte. Anton wusste aber auch, dass ich ohne Knie keine Knete verdienen würde. Also hatte er etwas für mich arrangiert beziehungsweise für Flipper.

»Aber ich habe Ihnen schon bei unserem Vorgespräch gesagt, dass ich nur mit Ihrer Tochter arbeiten kann, wenn sie mitmacht«, erklärte ich Clemens von Lübtow.

»Sie wird kooperieren«, behauptete von Lübtow. »Sie wünscht sich ein Moped zum fünfzehnten Geburtstag. Und das soll ja nicht zusammenbrechen, wenn sie sich draufsetzt, oder?« Spöttisch grinste er mich an. Ich verzog keine Miene.

»Verstehen Sie mich nicht falsch«, sagte er. »Ich mache mir Sorgen um meine Tochter. Sie ist mein einziges Kind. Seitdem meine Frau uns verlassen hat«, er seufzte betrübt oder pseudobetrübt, das war nicht ganz klar, »bin ich alleinerziehend. Das ist nicht einfach, besonders mit einer Tochter in der Pubertät. Ich sehe doch, wie sie unter ihrem Gewicht leidet. Überall wird sie gehänselt. Und wie ungesund das ist! Ihnen muss ich wohl kaum darlegen, welche Risiken sie mit ihrer Lebensweise geradezu provoziert.«

Ich schüttelte den Kopf. Von Lübtow zählte dennoch einige auf. »Bluthochdruck, Gelenkverschleiß, Diabetes.«

Ich nickte.

»Das will man seinem Kind doch ersparen! Und gerade jetzt, in der Pubertät! Da ist man gern ein junges Mädchen, das schöne Kleider trägt, den Jungs mit seiner schlanken Figur Appetit macht und das Leben genießt.«

»Aha«, sagte ich. Meine Pubertät war anders verlaufen.

»Etwa nicht?«, fragte von Lübtow mich. Er wirkte ernstlich besorgt.

»Hauptsache, man fühlt sich wohl in seinem Körper«, wich ich aus.

»Meine Tochter fühlt sich aber nicht wohl. Deshalb habe ich Sie engagiert, um ihr zu helfen.«

Flipper hatte von Lübtow nicht aus den Augen gelassen. Jetzt brummte er und legte sich ins Platz. Er machte einen gelangweilten Eindruck, als würde er von Lübtow keine Silbe glauben. Ich selbst war unentschlossen. Ich wollte mir ein eigenes Bild machen, und dazu hätte ich gerne endlich die Tochter kennengelernt.

»Celina möchte ihr Zimmer nicht verlassen«, meldete Frau Vogt genervt.

Von Lübtow ballte die Hände zu Fäusten. Instinktiv spannte ich meinen Körper an. Der besorgte Vater passte nicht zu den geballten Fäusten, die sich schnell wieder lösten; locker seine Finger, locker seine Arme, locker der ganze Lübtow und lächelnd. »Ich muss mich für Celina entschuldigen. Sie ...«

»Weiß Sie überhaupt von Ihren Plänen?«, fragte ich misstrauisch.

»Gewiss«, erwiderte von Lübtow.

»Wie gesagt«, wiederholte ich, »wenn Ihre Tochter nicht mitmacht, hat das alles keinen Sinn.«

»Sie wird mitmachen«, sagte er in einem Tonfall, der mich frösteln ließ.

»Aber Sie hat sich eingeschlossen«, meldete Frau Vogt zaghaft.

»Konnten Sie das nicht verhindern?«, fragte von Lübtow leise.

»Wie bitte?«

»Ob Sie das nicht verhindern konnten«, fragte er noch leiser.

Frau Vogt schaute ihn verunsichert an. Sie hatte ihn nicht verstanden. War sie schwerhörig? Aber warum sprach er dann so leise?

»Liegt das Zimmer im Erdgeschoss?«, erkundigte ich mich.

Lübtow nickte.

»Würden Sie es mir zeigen?«

»Ich bezweifle, dass meine Tochter die Terrassentür für Sie öffnet.«

»Für mich nicht«, sagte ich, »aber für meinen Hund.«

Er betrachtete Flipper spöttisch. »Frau Vogt zeigt Ihnen den Weg. Ich habe Termine. Warten Sie bitte eine halbe Stunde. Wenn Sie dann nicht aufgetaucht ist, meldet sich meine Sekretärin bei Ihnen, um einen neuen Termin zu vereinbaren.« Er hob die Hand zum Gruß und verschwand.

»Folgen Sie mir bitte, Frau Ziska«, sagte Frau Vogt.

Flipper sprang auf die Beine. Er hatte sich bereits an meinen neuen Namen gewöhnt. Er wusste vielleicht sogar, was von ihm erwartet wurde. Im Türenöffnen war er unschlagbar. Meistens genügte ein schräg geneigter Kopf mit Augenaufschlag.

Fünf Minuten später waren wir drin.

4

Felix goss die Pasta in einer Wolke Wasserdampf ab. Flipper ließ ihn nicht aus den Augen. Hantierungen am Herd interessieren ihn brennend. Es könnte ja mal was auf den Boden fallen. Den Tisch hatte ich gedeckt. Ich kannte mich in Felix' Wohnung schon recht gut aus, wusste, wo ich die Spaghettizange und Handtücher finden würde. Das war sehr schön und hatte mich zweimal zu Tränen gerührt. Dass wir doch noch zusammengekommen waren nach all den Irrungen, Wirrungen, Missverständnissen und Schwierigkeiten! Wobei es noch immer nicht einfach war. Eine Beziehung mit einem Kriminalhauptkommissar ist stressig. Manchmal war Felix wortkarg oder grantig, er musste mitten in der Nacht weg oder versetzte mich. Was er nicht der Rede wert fand – angeblich war er einer der ausgeglichensten Menschen in seiner Dienststelle. Mich nannte er explosiv und unberechenbar – und wenn ich ihm widersprach, machte er mir ein Kompliment: »Mit dir wird 's wenigstens nie langweilig, Franza.«

Felix hatte mir das Leben gerettet. Vielleicht würde ich das eines Tages vergessen. Jetzt wusste ich es aber noch ganz genau. Als würde ich morgens und abends ein Stück Kreide fressen, so brav war ich geworden als Freundin von Felix. Sicher gab es hin und wieder kleinere Ausrutscher. Es ist nicht so einfach, vom Single zum Teamplayer zu konvertieren. Aber ich gab mir Mühe. Noch nie in meinem Leben hatte ich mir eine Beziehung so sehr gewünscht wie diese. Am liebsten für die Ewigkeit. Es hatte mich schlimm erwischt.

Ich holte Parmesan aus dem Kühlschrank.

»Tut dir dein Bein weh?«, fragte Felix. »Das ist mir schon ein paarmal aufgefallen in letzter Zeit«, ließ mich der aufmerksame Bulle wissen.

»Ich glaub, ich hab einen Muskelfaserriss am Schenkel«, log ich. So was konnte ziemlich unangenehm sein und lange dauern.

»Du Arme«, meinte Felix mitfühlend. Dann küsste er mich. »Deine schönen Schenkel!«

Ich lachte. Er lachte. Alles ganz einfach. Felix war gut gelaunt an diesem Abend. Der Fall, den er seit vier Wochen bearbeitete, stand kurz vor dem Abschluss.

In einer Drückerkolonne war es zu einer Schlägerei gekommen, ein Mann war an den Folgen gestorben. Da es so viele Beteiligte gab, die alle nichts gesehen, nichts gehört haben wollten, gestalteten sich die Ermittlungen schwierig. Manchmal hatte mir Felix ein bisschen etwas erzählt. Ich wusste nun schon, dass so eine Fallbearbeitung vier bis sechs Wochen dauerte. Den Täter zu fassen war dabei das Geringste. Die meiste Arbeit steckt in der Beweissammlung, der Aufbereitung für die Staatsanwaltschaft.

Im Flur bellte mein Handy nun schon zum dritten Mal.

»Willst du nicht rangehen?«, fragte Felix mich.

Ich schüttelte den Kopf und log schon wieder. Ich hätte das Gespräch sehr gerne angenommen, denn ich war sicher, dass Anton Dürr endlich zurückrief. Ich wollte unbedingt vor meinem zweiten Arbeitstag mit ihm sprechen.

Eine halbe Stunde später log ich noch einmal. Mein Unterricht wäre wie immer verlaufen. Mit jeder Lüge ging es mir schlechter. So hatte ich mir das nicht vorgestellt, an die Details hatte ich nicht gedacht, als ich mir vorgenommen hatte, mein Knie vor Felix zu verheimlichen. Wir wohnten nicht zusammen, trafen uns ein-, zweimal unter der Woche, manchmal nur für die Nacht, die dann sehr kurz war. Aber ich war nie müde am nächsten Tag. Meine Kurse endeten manchmal erst um halb zehn abends, und Felix ging nach der Arbeit gern zum Sport, oder er arbeitete länger. Am Wochenende sahen wir uns immer, wenn er freihatte – als Cop und als Vater.

Ich rief Anton Dürr an, als ich gegen zehn mit Flipper eine letzte Runde drehte. Auch diese hatte ich mir mit einer Lüge erkauft. »Soll ich mitkommen?«, hatte Felix gefragt.

»Nein, nein, das brauchst du nicht.«

»Ich begleite euch gern.«

»Bin gleich wieder da«, hatte ich schnell erwidert und war hinausgeschlüpft. Nicht mal eine Jacke hatte ich mitgenommen, was ich sogleich bereute. Es war immerhin November, und auch wenn der Föhn München seit Tagen mit einem Frühlingslüfterl überströmte, war es abends kühl.

»Anton, du hast mir nicht gesagt, dass das ein Job unter erschwerten Bedingungen ist. Das Mädchen will nicht abnehmen.«

Anton seufzte. »Dann nimmt sie eben nicht ab. Hauptsache, du bist in dem Haus.«

Ich stutzte. Ich hatte geglaubt, Anton tat mir einen Gefallen mit dem Job. Nun schien er sich selbst einen zu tun? »Was steckt dahinter?«, fragte ich ihn. Ein bläuliches Zucken kündigte einen Notarztwagen an. Felix wohnte nahe der Frauenklinik Maistraße. Netterweise ließen sie nachts meistens die Sirene aus.

»Ich will einfach, dass du eine Weile in dem Haus bist«, ließ Anton mich wissen.

»Und warum?«

Anton seufzte noch einmal. »Das kann ich dir nicht sagen.«

Kurz überlegte ich. Anton würde mich und vor allem Flipper niemals in Gefahr bringen. Trotzdem versicherte ich mich: »Ist es gefährlich?«

»Nein, absolut ungefährlich. Es geht mir lediglich um eure Anwesenheit. Vielleicht werde ich dich bei Gelegenheit das eine oder andere fragen. Ob dir was aufgefallen ist.«

»Ich soll ... spionieren?«

»Nein. Du sollst Celina von Lübtow beim Abnehmen helfen. Alles andere wird sich finden.«

»Woher kennst du ihren Vater? Seid ihr befreundet?«

Anton lachte auf. »Nein, so kann man das nicht nennen. Wir haben uns neulich bei einem Empfang des Staatsministers für Finanzen in der Residenz länger unterhalten.«

»Was macht er beruflich?«

»Er ist ein hohes Tier im Bayerischen Staatsministerium für Ernährung, Landwirtschaft und Forsten, aber das braucht dich nicht zu interessieren. Sei jeden Tag pünktlich, bleib deine verabredeten Stunden im Haus, spitz die Ohren und kümmere dich um die Tochter.«

»Das ist kein Spaß«, entfuhr es mir.

»Ist sie wirklich so schlimm?«, fragte Anton mitfühlend.

»Schlimmer«, erwiderte ich, ohne zu lügen.

Am nächsten Morgen, der Wecker hatte eben geklingelt, zog Felix mich eng an sich. »Es gefällt mir, dass ich jetzt immer weiß, wo du bist.«

In mir verkrampfte sich alles. »Ach ja?«

Felix lachte leise. »Ja. Du entkommst mir nicht mehr, Franzi.«

Wie immer, wenn er mich so nannte, wie meine Oma mich genannt hatte, berührte er mein Allerinnerstes. »Ich kenne deine Gewohnheiten«, fuhr er fort. »Heute ist Dienstag. Da unterrichtest du von halb neun bis halb zehn Yoga im Sportive Club, danach Body Art, dann ist der dicke Anwalt Dürr dran, mit dem du den Trimmpfad absolvierst, und ab sechzehn Uhr findet man die schöne Frau im Schwabinger In-Fitnessclub bei Enzo.«

»Genau«, sagte ich. Meine Stimme klang rau. Nichts davon entsprach der Wahrheit. Sogar Anton würde heute ausfallen.

»Und weißt du, was?«, fragte Felix.

»Was?«

»Ich finde das überhaupt nicht langweilig, sondern schön. Wenn ich mal ausnahmsweise an dich denken sollte«, er grinste, »dann kann ich mir immer vorstellen, wo du bist. Ich meine«, er machte eine Pause, »das war ja nicht immer so.«

Wieso sagte er das jetzt? Hätte er das auch gesagt, wenn ich diesen Stundenplan wirklich vor mir hätte? Ahnte der Bulle in ihm was? Hatte ich im Schlaf gesprochen? Flipper rettete mich. Höflich hatte er uns eine Weile Zeit gegeben, aber nun wollte er mitspielen. Wedelnd stand er im Türrahmen.

»Komm!«, rief ich ihn.

Der schwarze Riese rumpelte ins Schlafzimmer. Felix griff sich den großen Flipperkopf und kraulte ihn kräftig hinter den Ohren. Auch deshalb liebte ich Felix. Weil er zu Flippers größten Fans gehörte. Wie ich zu seinen.

5

»Celina ist in ihrem Zimmer«, teilte mir Frau Vogt über die Sprechanlage mit, als ich Punkt acht vor der Haustür stand. Sie ging also davon aus, dass ich mir wie gestern vom Garten aus Zugang zu dem Problempubertätspickel verschaffen würde. Flipper lief voraus. Diesmal stand die Terrassentür offen, und Flipper machte keine großen Umstände von wegen anklopfen und so. Kaum war er durchgeschlüpft, schloss sich die Tür. Na super. Mein Hund im Haus, die Chefin muss leider draußen bleiben. Was war das für ein verzogenes, unangenehmes, widerborstiges Gör. Aus dem Zimmer drang Lachen. Wahrscheinlich schleckte Flipper sie ab. Hoffentlich erlitt er keine Herzverfettung.

Ich muss mich zusammenreißen, ermahnte ich mich. *Sie ist ein Kind, sie kann nichts dafür, sie hat Pubertät. Das ist wie eine Krankheit. Sie weiß nicht, was sie tut. Sie mag sich selber nicht. Sie ist zu dick. Ich muss ihr helfen.* Aber ich wollte nicht. Ich wollte weg. Weg von diesem von Lübtow, weg von der unglücklichen schwerhörigen Frau Vogt, weg von Celina. Sie war zirka einen Meter fünfundsechzig groß und wog mindestens neunzig Kilo, vielleicht auch hundert oder mehr, das war schwer zu beurteilen unter ihren dunklen Wallawallaklamotten. Ihre Haare waren schwarz gefärbt, schulterlang, fettig. Ihre Zunge war gepierct. Sie sah aus wie ein zerzauster, unglücklicher Rabe. In einer Vogelauffangstation könnte man sie vielleicht kurieren. Aber ich war allein beziehungsweise zu zweit. Schwerstarbeit für Flipper und mich.

Irgendwann öffnete sich die Terrassentür einen Spalt. Ich stieß sie auf. Der Rabe hockte auf dem Boden, vor sich eine Schwarzwälder Kirschtorte, Flipper in ordentlichem Sitz mit einem langen, silbrig glänzenden Speichelfaden aus dem Maul daneben. Mit beiden Händen griff der Rabe in die Torte und stopfte sie sich in den Mund. Bis zu den Backen war sein Gesicht sahneverschmiert, im Kauen und Schlucken wurden die kleinen Äuglein, die tief im Fett hockten, zu Schlitzen. Vor einem halben Jahr hatte ich beziehungsweise Flipper eine grünlich verweste Leiche gefunden. Das war kein schöner Anblick gewesen. Doch was ich hier sah, stand der Leiche um wenig nach, auch wenn es besser roch. Falls die Torte rund gewesen war, hatte Celina bereits ein Viertel intus. Wie ein Käfer, rechts, links, rechts, links schaufelte sie schnaufend, schluckend, aufstoßend den fetten Brei in sich hinein. Kalt schaute sie mich dabei an. Ich erwiderte ihren Blick ebenso kalt. *Dreihundert Euro am Tag*, sagte ich mir vor. Die Körperprämie konnte ich vergessen. Hoffentlich kam Lübtow nicht auf die Idee, sie von mir zu fordern, denn wenn Celinas Diät so aussah, würde sie pro Tag ein Pfund zunehmen.

Mit Quertreibern kenne ich mich aus. Immer wieder mal tauchen sie in meinen Kursen auf. Leute, die alles anders machen. Ich sage: »Den linken Arm heben«, sie heben den rechten. Alle gehen nach rechts, sie gehen nach links. Ich sage: »Nur die Schultern bewegen«, sie kreisen mit den Armen. Diese Quertreiber kommen gern zu spät, werfen ihre Trinkflaschen um, legen ihr Schuhe ins Blickfeld anderer, stören ständig. Mittlerweile glaube ich, dass sie das nicht mit Absicht tun, also nicht alle. Viele merken es gar nicht. Als ich während meines Sportstudiums mit den Kursen begann, brachten mich die Quertreiber schnell aus dem Rhythmus. Am schlimmsten fand ich diejenigen, die lauthals gähnten. Ich hätte das als Sauerstoffmangel deuten können. Stattdessen ließ ich mich verunsichern. Langweilten sie sich? Wer vor der Gruppe steht, darf sich nicht verunsichern lassen. Das ist, als würde man im Haifischbecken bluten – sofort stürzt sich der mörderische Schwarm auf einen. Wer vor der Gruppe steht, sagt, wo es langgeht. Ich lernte, mein Ding durchzuziehen. Hörte auf, die Gruppe zu fragen, ob ihr meine Musik gefiel. Wer vorne steht, macht, was er für richtig hält, dann findet die Gruppe ihn gut. Quertreiber gingen mir inzwischen am Augapfel vorbei.

»Wir bereiten nun dein Frühstück zu«, sagte ich zu Celina, »in der Küche.«

Sie wischte sich mit dem Ärmel über ihr klebriges Gesicht und rülpste laut. Es klang, als stiege ein Schwapp säuerlicher Buttercreme in ihrer Kehle empor. »Flipper, hier!«, rief ich ihn an meine Seite, ehe er den Boden wischen würde.

»Kann er auch ein Stück Torte haben?«, fragte Celina.

»Nein. Er hat gefrühstückt.«

»Aber vielleicht hat er noch Hunger.«

»Wenn man immer dasselbe isst, gewöhnt man sich an seine Portion.«

»Woher wollen Sie das wissen? Er ist ein Hund.«

»Fett ist nicht gut.«

»Sie sind aber streng, Frau Ziska. Zucht und Ordnung, oder was?«

»Ich habe dir gestern schon gesagt, dass du mich duzen kannst. Ich duze dich ja auch.«

»Lieber wäre es mir, Sie würden mich siezen.«

»Da kannst du lange drauf warten.«

Sie verdrehte die Augen und stand betont langsam auf, stellte die Torte auf ihren Schreibtisch. Alle Möbel in dem ordentlichen Zimmer wirkten edel und teuer, die Elektrogeräte sowieso. Apple Notebook, iPad, iPod, iPhone, Flachbildfernseher. Besonders die Musikanlage von Bang & Olufsen passte vom Design vortrefflich zu den Postern von bleichen Vampiren, die ihre langen, blendend weißen Zähne, umrahmt von roten Lippen, in anmutige weiße Frauenhälse schlugen. Dabei weiß man doch, dass Eisen, wie im Blut enthalten, zu Zahnstein führt.

Ich machte Celina ein Zeichen, sie solle vorgehen. So konnte ich mich besser in dem Haus umsehen. Seit einiger Zeit träumte ich manchmal davon, mit Felix zusammenzuziehen, und wenn ich in fremden Wohnungen war, stellte ich mir gern vor, wie das wäre, hier mit ihm zu leben. Dieses Haus wäre perfekt. Natürlich wäre es zu groß, aber vielleicht könnte man einen Teil vermieten? Flipper könnte jeden Tag vom Grundstück aus ins Wasser springen. Wenn der See im Winter zufrieren würde, könnten wir Schlittschuh laufen.

»Wieso liegt dein Zimmer nicht oben?«, fragte ich Celina und deutete auf die geschwungene Holztreppe, die in den ersten Stock führte.

»Oben gehört CvL.

»Ist er auch da?«

Sie schüttelte den Kopf.

»Wann kommt er wieder?«

»Interessiert mich nicht.«

»Celina redet nicht mehr mit ihrem Vater«, ertönte da die Stimme der Haushälterin. Frau Vogt wies auf die Arbeitsplatte in der Mitte des Raumes, wo sich, American Style, der Herd befand. »Ich habe die Sachen von Ihrer Einkaufsliste besorgt.«

Ich bedankte mich und warf einen Blick in den Korb. Alles bio, gute Ware. »Super«, nickte ich.

Frau Vogt musterte Celina argwöhnisch. Dann öffnete sie die Tür zu einer Speisekammer, wie ich vermutete, kramte darin herum, erschien mit der Verpackung einer Schwarzwälder Kirschtorte.

»Hast du die genommen?«

»Das geht Sie nichts an.«

»Du weißt genau, dass dein Vater möchte, dass du die Entnahme von Lebensmitteln mit mir besprichst.«

Celina öffnete und schloss grinsend den Mund, ohne etwas zu sagen.

»Wie bitte?«, fragte Frau Vogt.

Celina verließ die Küche.

»Halt!«, rief ich. Celina lief weiter in ihrem watschelnden Gang, die Oberschenkel rieben aneinander, wahrscheinlich waren die Innenseiten ihrer Hosen fadenscheinig bis löchrig.

»Flipper, hol das Schäfchen«, instruierte ich ihn.

Flipper stellte sich Celina in den Weg.

»Blöder Hund«, sagte sie mit weicher Stimme.

»Wir frühstücken jetzt«, sagte ich.

»Hab keinen Hunger.«

»Das ist mir egal.«

»Mein Vater hat Sie nicht engagiert, damit ich mich vollfresse. Ich soll abnehmen. Wieso wollen Sie mich zum Essen zwingen?«

»Dein Vater hat mich engagiert, damit du gesundes Essen lernst. Das Abnehmen ist ein Nebeneffekt. Aber wir können auch zuerst Sport treiben und dann frühstücken. Das ist mir ohnehin lieber. Ich würde sagen, so machen wir es von nun an. Um acht Uhr hole ich dich zum Frühsport ab, Frühstück gibt es danach. Solltest du dich vorher vollstopfen wollen, wird es dir unterwegs nicht gut gehen. Willst du mit diesen Klamotten laufen«, ich deutete auf ihren schwarzen Schlabberlook, »oder ziehst du dir was Vernünftiges an?«

Mit offenem Mund starrte sie mich an.

»Wir werden mit einer halbstündigen Waldwanderung beginnen und das Tempo jeden Tag steigern.«

»Und wenn ich nicht mitgehe?«

»Denk an dein Moped, Celina«, half Frau Vogt mir.

Celina dachte eher an Flipper. »Kann ich ihn an der Leine führen?«, fragte sie mich.

Der arme Flipper. Er muss nie an der Leine laufen. Ich nickte. Flipper war meine Trumpfkarte, und ich würde sie schamlos ausspielen. »Wenn du das übernehmen willst, gerne. Im Wald kann viel passieren, wenn du nicht auf ihn aufpasst.«

Blitzschnell riss Celina einen imaginären Colt aus ihrer Hüfte und feuerte wie wild auf Flipper. »Bum, bum, bum!« Diese Attacke kam so überraschend, dass ich mich beinahe über meinen Freund geworfen hätte.

»Celina, du sollst nicht schießen!«, mahnte Frau Vogt.

Wo war ich da hineingeraten? War das hier normal? Wurde hier auch mit scharfer Munition geschossen?

»Okay, okay, ich zieh mich um«, gab Celina klein bei und verließ die Küche. Noch nie im Leben war ich mir so sicher gewesen, dass ich keine Kinder wollte. Aus jedem niedlichen Baby konnte ein solches Monster werden. Felix tat mir heute schon leid. Gut, dass ich zu seiner Tochter Sinah bisher Abstand gewahrt hatte, da würde mich diese Verwandlung nicht so sehr treffen. Ich müsste mich natürlich um Felix kümmern. Das war kein Spaß mit so einer Tochter, da war Clemens von Lübtow nicht zu beneiden. Die Haushälterin auch nicht. Und ich ebenfalls nicht. Sobald ich dreitausend Euro verdient hatte, würde ich mir ernsthaft überlegen zu kündigen. Mit dieser Summe könnte ich mich eine Weile über Wasser halten, denn einige meiner abendlichen Yogastunden gab ich weiterhin, und auch meine Privatstunden für Anton hatte ich nicht storniert. Ein bisschen etwas hatte ich auch gespart. Ich würde Felix nicht auf der Tasche liegen.

»Noch neun Tage«, flüsterte ich in Flippers seidenweiches Ohr, »dann haben wir dreitausend Euronen und machen die Fliege.«

Celina wechselte nicht nur ihre Kleidung, sondern auch ihre Laune. Sie trug einen schwarzen Jogginganzug, darüber ein figurverhüllendes schwarzes Cape und duzte mich. »Gibst du mir die Leine?«

»Sie ist im Auto.«

Ohne Widerspruch folgte sie mir nach draußen. Ein Mann mit Schubkarre, in grüner Hose, Zigarette im Mund, grüßte uns. Wahrscheinlich der Gärtner. Dass man als Beamter so viel Geld verdiente, war mir neu. Vielleicht hielt von Lübtow hoch bezahlte Reden vor Wirtschaftsverbänden – oder er hatte geerbt. Ich öffnete den Volvo, suchte die Leine und reichte sie Celina. Aufgeregt befestigte sie den Karabiner an Flippers schwarzem Lederhalsband. Flipper warf mir einen leidenden Blick zu. In Gedanken entschuldigte ich mich bei ihm.

Ich wendete mich an Celina. »Du kennst dich hier aus. Wo können wir eine Runde drehen, die zirka dreißig Minuten dauert?«

»Da gehen wir besser über die Straße in den Wald. Wenn wir am See entlanglaufen, müssen wir denselben Weg zurück.«

»Prima«, nickte ich. »Eines Tages joogen wir rund um den See.«

Celina riss die Augen auf. »Das sind über vierzig Kilometer!«

»Na und«, sagte ich locker.

»Der CvL läuft das manchmal.«

Ich staunte. Mit Flipper an der Leine war sie zu einem normalen Gespräch in der Lage?

»Ja, das ist bestimmt eine tolle Strecke.«

»Vielleicht verreckt er ja mal unterwegs«, zischte Celina.

»Wie bitte?«, fragte ich nach. Celina lächelte mich an. Ich musste mich verhört haben.

Bald schon nahm ich verwundert zur Kenntnis, dass selbst das Gehen sie anstrengte, dabei waren wir nicht mal besonders schnell. Ihr Gesicht wurde rosa, rot, knallrot, schon nach drei, vier Minuten begann sie laut zu schnaufen. Das gefiel mir nicht, ganz und gar nicht. Seit Aufnahme des Trainings mit Anton Dürr war ich nicht mehr so gefordert gewesen. Meine normalen Fitnesskurse werden von Sportskanonen besucht. Ich gehe gern an meine Grenzen und erwarte das auch von meinen Teilnehmern.

»Bist du eigentlich gesund?«, fragte ich Celina.

»Ich sterb sowieso, bevor ich dreißig bin.«

»Das ist keine Antwort.«

Sie zuckte mit den Schultern.

»Und woran willst du sterben? An Herzverfettung?«, provozierte ich sie.

»Ein Vampir wird mich zu sich holen.«

»Ach, wie schön«, entfuhr es mir.

»Glaubst du nicht an Vampire?«, fragte sie mich ernsthaft.

»Doch, klar«, erwiderte ich, als hätte sie mich gefragt, ob ich einen Führerschein besitze, und fügte hinzu, »Hast du dir Flippers Gebiss mal genauer angeschaut?«

Sie stutzte einen Moment, dann lachte sie. Aha, das konnte sie also auch.

Flipper entdeckte den Mann, der abseits des Weges hinter einer Fichte hervortrat, als Erster und meldete ihn mit einem dunklen »Wuff!«

»Ja, die Celi! Grüß dich.« Der Mann war um die sechzig, mit Ausnahme der Bauchregion mager, und lupfte seinen grünen Hut, an dem ein Gamsbart befestigt war, dessen Haare wippten, wie wenn Wind durch Weizenfelder weht.

»Grüß Gott, Herr Herzog«, erwiderte Celina artig. Aha, höflich konnte sie ebenfalls.

»Hab dich lang nicht mehr gesehen.«

Celina schaute auf ihre schwarzen Joggingschuhe.

»Warst lang nicht mehr bei uns«, bekräftigte Herr Herzog.

»Nein.«

»Wie geht's dir denn allawei so?«

»Passt scho.«

»Hast eine neue Freundin?« Fragend schaute er mich an.

»Die gehört nicht zu mir. Die gehört zum CvL«, stellte sie mich vor.

Täuschte ich mich, oder verfinsterten sich die Züge des Mannes? Er nickte mir trotzdem kurz zu und fragte Celina dann: »Soll ich der Annalena einen Gruß von dir sagen?«

»Lieber nicht.«

»Habt's ihr gstritten, ihr zwei?«

Celina schwieg.

»Ihr seid's doch amoi so eng zamghängt! Wos is'n do bassiert?«

Celina starrte auf den Waldboden.

»Wie'st meinst. Oiso dann, Celi. Mach's gut.«

»Wiederschaun, Herr Herzog.«

Der Gegrüßte setzte seinen Hut wieder auf. Celina startete Richtung Frühstück. Geradezu verbissen erhöhte sie das Tempo. Ihr Gesicht wurde so rot, dass ich Angst um sie bekam, verdammt, ich brauchte einen Pulsmesser! Als wir am Landhaus anlangten, lief ihr Schweiß in Strömen. Ich musste mit ihrem Vater sprechen. Nicht auszudenken, sie hätte einen Herzfehler und würde vor meinen Augen tot zusammenbrechen. So unfreundlich sie war – im Moment tat sie mir leid, aber das ließ ich mir nicht anmerken.

»Jetzt frühstücken wir.«

»Ich will nichts.«

»Ob du willst oder nicht, ist mir egal. Wir werden jetzt gemeinsam dein Frühstück zubereiten. Ich erkläre dir, warum du was essen sollst und wie die verschiedenen Nahrungsmittel wirken. Es gibt welche, die rauben einem Energie, andere machen fit. Außerdem kannst du deine Mahlzeit so zusammenstellen, dass du lange keinen Appetit hast. Das hängt mit dem Insulinspiegel zusammen und ...«

»Bla, bla, bla.«

Ich redete einfach weiter. Sie hielt sich die Ohren zu. Dann brüllte sie: »Ich habe keinen Hunger!«

»Umso besser«, erwiderte ich ruhig. »Dann isst du dein Frühstück eben später. Willst du vorher noch duschen?«

Sie überlegte kurz, dann folgte sie mir in die Küche.

»Pass gut auf, morgen machst du das alleine.«

Während ich das Müsli mit frischen Früchten zubereitete, schaute sie aus dem Fenster. Ich gab mir den Anschein völliger

Entspanntheit. Flipper ließ mich nicht aus den Augen. Ihm konnte ich nichts vormachen.

»So, bitte schön.« Ich reichte Celina die Schüssel.

»Ich nehm das mit in mein Zimmer.«

»Nein. Wenn du isst, dann hier. Dein Zimmer ist kein Restaurant. Wir setzen uns an den Tisch. Ich mach mir auch eine Schüssel.«

Mit einem hasserfüllten Blick musterte sie mich, stellte die Schüssel auf den Tisch und wischte sie mit einer heftigen Armbewegung auf den Boden. Flipper sprang auf. »Nein!«, stoppte ich ihn, während Celina aus dem Raum rannte. Ich lief ihr nicht nach, sondern hob die Scherben auf. Es blieb ein wenig Joghurt für Flipper übrig, den er genüsslich aufschleckte, sobald ich es ihm erlaubte.

Ich setzte mich und schaute ihm zu. Dann schaute ich aus den Fenstern über den See. Das Ufer auf der anderen Seite leuchtete rostrot und quittengelb. Da wär ich jetzt gern gewesen. Weit, weit weg. Es war noch nicht mal zehn Uhr, und mein Bedarf an Stress war nicht nur für diesen Dienstag, sondern für die ganze Woche gedeckt.

Ein Geräusch in meinem Rücken ließ mich herumfahren. Es war Frau Vogt. »Ich gehe einkaufen. Brauchen Sie noch etwas?«

»Haben Sie einen Pulsmesser im Haus?«, erkundigte ich mich.

»Da müssen Sie Herrn von Lübtow fragen.«

»Soll ich ihn auf dem Handy anrufen?«, fragte ich Frau Vogt.

»Wie bitte?«

»Entschuldigung, ich will Ihnen nicht zu nahe treten, aber kann es sein, dass Sie schlecht hören?«

Sie nickte und deutete auf ihr linkes Ohr. »Sprechen Sie hier rein. Also in diese Richtung.«

»Okay. Also ich rufe Herrn von Lübtow auf dem Handy an?«

»Wenn er rangeht, hat er Zeit. Er hat sein privates Handy oft ausgeschaltet«, sagte sie mir, kam näher, schaute mich unfreundlich an »Herr von Lübtow ist ein wichtiger Mann. Man belästigt ihn nicht mit Kleinigkeiten.«

»Klar«, sagte ich locker. »Es geht ja auch nur um den Herzinfarkt seiner Tochter. Ich überleg es mir noch mal, ob ich ihn mit so einer Lappalie belästige.«

Frau Vogt riss eine Schublade auf, ich sah Messer aufblitzen. Allmählich wurde ich in diesem Haushalt nervös. Sie nahm ein Gummiband aus der Schublade und verließ die Küche ohne ein weiteres Wort.

Ich ging hinunter zum See und rief von Lübtow an. Besetzt. Dann ging keiner ran. Ich versuchte die offizielle Nummer. Kleine Wellen schwappten träge ans Ufer. *Wahnsinn*, dachte ich. *So kann man wohnen. Direkt am Wasser!* Flipper war hin und weg. Bis zum Bauch stand er im See; dass die Temperatur unter zehn Grad betrug, störte ihn nicht. *Wirf*, las ich in seinen beiden Augen, dem braunen und dem blauen. *Los wirf mir 'nen Stein, 'nen Stock, egal was, aber wirf!*

Ich ließ ein paar Kiesel über den See sausen und schleuderte dann einen Stock, ich warf weit hinaus, und er holte ihn voller Begeisterung zurück. *Wirf weiter! Los!*

»Kann ich nicht«, lächelte ich ihm zu. »Ich bin ein Mädchen.« Das hatte Felix mir bescheinigt. Ich würde werfen wie ein Mädchen. Da half es mir auch nicht, dass ich Kiesel springen lassen konnte. Seine unverschämte Behauptung hatte mir geschmeichelt. Bei Felix war ich gern ein Mädchen. Zur Strafe hatte ich ihn geboxt, schließlich hatten wir rangelnd im bunten Laub gelegen, und Flipper sprang bellend um uns herum. Als Felix sich aufrichtete, klebten rote und gelbe Blätter in seinem dunklen Haar. Ich fotografierte ihn mit meinen Blicken für die Ewigkeit. Er merkte es und kuckte plötzlich ganz ernst. Da spürte ich, dass er spürte, was ich spürte: wie tief der Moment war. Als wäre uns das peinlich, sprangen wir gleichzeitig auf und rannten mit Flipper um die Wette. Ich war so glücklich, dass ich mein Knie vergaß. Das war am vergangenen Wochenende gewesen.

»Ist was mit Celina?«, meldete von Lübtow sich, zu dem ich zweimal verbunden wurde, nachdem ich mein Anliegen »privat« genannt hatte.

»Sie hat keine Kondition. Ich brauche einen Pulsmesser. Haben Sie so was im Haus?«, fragte ich, während ich mich auf die rot gestrichene Bank am Ufer setzte.

»Selbstverständlich, meinen eigenen. Aber der ist programmiert. Hm … Kaufen Sie einen. In Herrsching ist ein Sportgeschäft. Frau Vogt soll Ihnen Geld geben.«

»Ist Celina denn gesund? Haben Sie sie mal untersuchen lassen?«

»In der Schule ist sie kürzlich durchgecheckt worden. Ich wurde auf ihr Übergewicht hingewiesen. Sonst keine Auffälligkeiten. Trotzdem, gute Idee mit dem Pulsmesser. So können Sie auch die Fortschritte dokumentieren. Sehr gut. Und wie kommen Sie sonst zurecht?«

»Es ist kein Zuckerschlecken«, sagte ich ehrlich.

Er lachte. Fast fand ich ihn sympathisch.

»Dann viel Erfolg! Und halten Sie mich auf dem Laufenden. Schicken Sie mir doch alle zwei, drei Tage eine Mail, was Sie so gemacht haben, was so vorgefallen ist. Meine Tochter spricht nämlich nicht mehr mit mir. Grüßen Sie sie trotzdem von mir.«

Jetzt war er mir richtig sympathisch. Solche Leute gibt es manchmal, mit denen kommt man am Telefon besser zurecht als in echt.

Als mein Handy gleich darauf erneut bellte, war es Felix.

»Rate mal, wo ich bin!«

Am liebsten hätte ich laut Nein geschrien. Stattdessen fragte ich: »Wo denn?«

»Ich bin in der Rechtsmedizin und habe als Nächstes einen Termin beim Staatsanwalt. Wir können uns in deiner Pause treffen, ehe du zu Anton Dürr fährst.«

Ein solches Angebot hatte Felix mir noch nie gemacht. Ahnte er etwas?

»Heute ist schlecht«, sagte ich und fügte ein »leider« hinzu. Es klang halbherzig.

»Ich kann dich auch abholen«, bot Felix an.

»Lieber heute Abend, Felix«, bat ich ihn.

»Heute Abend kann ich nicht. Deshalb dachte ich ja ...«

Da fiel es mir wieder ein. Das Treffen mit seinen Kollegen. Alle brachten ihre Freundinnen mit, ihre Freunde oder Ehepartner. Felix wollte nicht, dass ich mitkam. Wir hatten deswegen letzte Woche mal ein bisschen gestritten.

»Ja, wenn du mich nicht sehen willst«, sagte ich spitz.

»Franza, ich habe dir das genau erklärt. Meine Kollegen wissen, dass ich bei zweien unserer Fälle der jüngeren Vergangenheit mit dir zu tun hatte. Es ist mir unangenehm, wenn ich nach so kurzer Zeit auch noch privat mit dir auftauche.«

»Du stehst nicht zu mir.«

»Meine engsten Kollegen im K1 wissen, dass wir zusammen sind. Das reicht mir.«

»Aber mir nicht«, erwiderte ich.

»Franza!« Er klang genervt.

»Geh doch mit Melanie hin«, stichelte ich. »Dann tauchst du mit deiner Gattin auf, und alles ist perfekt.«

»Gute Idee«, erwiderte er cool. »Ich werd sie gleich mal fragen.« Dann beendete er unser Telefonat.

Schlagartig wurde mir schlecht. Verdammt, verdammt, verdammt! Warum war ich so biestig zu ihm? Weil er mich in Ruhe lassen sollte, damit ich nicht lügen musste? So eine verfahrene Situation! Flipper, der mit tief gelegter Schnauze und hoch erhobener Rute über den feuchten Rasen galoppierte, hielt inne, erkannte den Notfall, kam zu mir, setzte sich dicht neben mich und schaute mit mir über den See. Es war windig und noch immer sehr warm für November, der Föhn schickte uns eine Schonfrist. In der Herrschinger Bucht fetzten ein paar Windsurfer über das Wasser.

»Ich hasse diese Melanie«, vertraute ich Flipper an.

Tock, tock, tock, machte seine Rute an der roten Bank.

»Soll er doch zu ihr zurückgehen in sein Eigenheim mit Sandkasten, Doppelgarage und Wintergarten ...

Tock, tock, tock, machte Flipper noch einmal. Diesmal klang es anders. Er hob den Kopf und zeigte mir einen Vogel in der Astgabel einer Buche.

6

Nachdem ich das Pulsmessgerät passenderweise bei Sport Schwarz gekauft hatte, verspürte ich nicht die geringste Lust, in die Hölle zurückzukehren. Ich setzte mich an einen der Tische in der Bayerischen Brandung an der Herrschinger Strandpromenade und bestellte einen Milchkaffee. Der Besitzer, ein witziger blonder Typ, kraulte Flipper ausgiebig und erzählte, dass er in einer Band spiele und bald ein Konzert gebe, einen Hund als Backgroundsänger könne er sich gut vorstellen. Ich war mir ziemlich sicher, es lag ihm mehr an Flipper als an mir. So hatte es bei Felix auch begonnen, wie er mir einmal anvertraut hatte. Ich versuchte, nicht an ihn zu denken. Auch an Celina wollte ich nicht denken. Es ploppten eigentlich nur unangenehme Dinge in den träge durch meinen Kopf schwebenden Gedankenblasen auf. Zum Beispiel, dass ich mich zu lange von meinem Arbeitsplatz entfernte. Vielleicht hatte Frau Vogt mich bereits bei CvL verpetzt. Ein Teil von mir hoffte es.

Um die Mittagszeit traf ich am Landhaus ein. Das Gebäude war bestimmt hundert Jahre alt, mit einer abwechslungsreichen Fassade. Balkon zur Frontseite, Erker, schöne große Fenster, seeabgewandt mit brennend rotem Efeu bewachsen, der sich um die grünen Fensterläden mit ausgefrästen Herzen rankte. Im Hof parkte ein silberfarbener Golf II, einer der letzten Überlebenden der Keulung unter dem Schlachtruf Abwrackprämie. Der weiße Fiat 500 von Frau Vogt fehlte. Ich atmete auf. Als ich aus dem Volvo stieg, hörte ich das Wummern lauter Musik. Verwundert ging ich zum Haus, klingelte. Niemand öffnete. Mit dem Pulsmessgerät in der Hand lief ich um das Haus. Die Terrassentür zu Celinas Zimmer war geschlossen. Ich lief weiter und blieb dann abrupt stehen. »Flipper, Statue!«, befahl ich. Dieser Befehl ist nach *Hier!* der wichtigste, besonders im Straßenverkehr. In Deckung eines scheußlich zurechtgestutzten kugelförmigen Busches aus nadelartigem Grün schaute ich in von Lübtows Wohnzimmer. Diese zwei jungen Männer und zwei Frauen, eher Mädchen, schwarz gekleidet, beide mit gebleichten langen Haaren und im Geisterbahnlook geschminkt, sahen nicht aus, als wären sie Gäste des Hausherrn. So benahmen sie sich auch nicht. Alle vier hatten Gläser in den Händen, auf dem Tisch standen mehrere Flaschen Wodka und Konsorten. Der größere der Männer, an seiner raumgreifenden Körpersprache erkannte ich den Anführer, nahm der Reihe nach Fotos von der Wand und machte sich darüber lustig, indem er die Posen von Lübtows nachäffte. Das war ihm prinzipiell nicht anzukreiden, mich hatten diese Bilder auch zum Lachen gereizt. Von Lübtow mit Prominenten – dem Ministerpräsidenten, einem ehemaligen Bundeskanzler, Boris Becker, Uschi Glas, Franz Beckenbauer und Anna Netrebko – sowie toten Tieren mit prächtigen Geweihen. Ein Hirsch, ein Rehbock, ein Elch und ein Riesenfisch.

Der Anführer, mit seinen strähnigen blonden Haaren erinnerte er mich an einen Statisten aus einem Wikinger-Film, legte jetzt die Daumen an seine Schläfen, streckte die Zeigefinger aus und spielte *Ich bin der Bock, fang mich*. In seinen klobigen Schuhen sprang er über das weiße Ledersofa, rempelte eine Bodenvase mit Sonnenblumen um, schubste die Mädchen. Die schüttelten sich aus vor Lachen. Der andere, Typ Milchbubi, grinste bloß und zog an seinem Joint, während er im Takt zu einer Musik, die ich nicht hören konnte, mit dem Kopf nickte. Eins der Mädchen drückte freundlicherweise auf die Fernbedienung. Ein gesungener Halbsatz sprengte durch das Fenster, ihre Freundin drückte sofort wieder leiser. *An einem Tag wie diesem ...*

Celina, wie immer ab dem Hals unter einem schwarzen Zelt, saß zusammengesunken in einem Lesesessel und stopfte Chips in sich hinein. *Kein Ende in Sicht, kein Ende in Sicht, kein Ende in Sicht.* Die Mädchen stritten um die Fernbedienung. Celina sah nicht aus, als würde sie die Party genießen. Doch als der Wikinger ihr eines der Bilder zuwarf, zögerte sie keine Sekunde, schleuderte es an die Wand über dem offenen Kamin. Hatte er ihr das befohlen? Die vier grölten, und der Wikinger warf Celina das nächste Bild in den Schoß. Zögernd erhob sie sich von ihrem Sessel, legte das Bild bedächtig auf den Boden, kippte die Chipstüte darüber aus und trat von Lübtow platt. Die Begeisterung der vier kannte keine Grenzen, im Gegenteil, jede Grenze war nun gesprengt. Der Milchbubi öffnete eine Schublade des Bauernschrankes und kippte ein Tablett mit Besteck auf den Boden, ich vermutete Silber, denn eines der Mädchen steckte sich gleich mal ein paar Löffel in die schwarze Umhängetasche. Celina bückte sich erschrocken, das verbliebene Besteck einzusammeln, kratzte sich dann verlegen an der Wade und setzte sich wieder in ihren Sessel, todunglücklich. Genauso todunglücklich starrte Flipper mich an. Er hasste die Statue. Doch er musste noch eine Weile so bleiben, denn in diesem Moment riss ein Schleier vor meinen Augen, und ich erkannte Celina. Wie sie da saß. Umringt von ihren falschen Freunden. Wie sehr sie sich wünschte dazuzugehören. Wie sie unter der Zerstörung litt, die ihr nicht so recht war, wie sie vorgab und wahrscheinlich auch gerne gehabt hätte. Die ganze Verzweiflung ihres pubertären Seins gellte gegen die Fensterscheiben. Für einen kurzen Moment sah ich mich selbst im Kreis von anderen, zu denen ich gern gehört hätte, wie gern wäre ich gewesen wie sie, doch es ging nicht. Weil ich anders war. Dick war ich nicht gewesen, aber ich hielt mich selbst für dick, dabei balancierte ich an einer Magersucht entlang. Lara, meine einzige Freundin in dieser Zeit, stürzte dabei ab. Deshalb trug Flipper seinen Namen, was ich allerdings niemandem erzählte. »Flipper heißt Flipper, weil er so gut schwimmt wie ein Delfin«, behauptete ich. Lara hatte davon geträumt, in Amerika mit Delfinen und kranken Kindern zu arbeiten. Mit dünnen vor allem. Mit so dünnen Kindern, wie sie selbst eins war. Es war toll, dünn zu sein. Und Lara war die Allertollste: Sie gewann mit achtundzwanzig Kilo. Dann hörte ihr Herz zu schlagen auf, und ich wollte nie wieder hungern und nie wieder eine Freundin. Aber dick sein wollte ich trotzdem nicht. Bis heute fällt mir gelegentlich das Vorurteil in den Rücken, dicke Leute wären schlaff und willensschwach, obwohl ich weiß: Das Gegenteil ist der Fall. Die meisten Dicken haben sich mit einer Diät nach der anderen gequält, und gäbe es Jojo nicht, hätte es auch mal geklappt. Meine persönliche Diät ist einfach und wirkungsvoll: Iss, was du willst, und mach Sport, bis du aussiehst, wie du willst. Wenn ich keinen Sport machen kann, krieg ich Depressionen. Klar ist das eine Sucht. Aber lieber sportsüchtig, als magersüchtig, fresssüchtig oder nikotin- und alkoholabhängig wie diese Ansammlung toter Hosen.

Der Wikinger produzierte sich in einer Albernheit, die auch jenseits des Fensters und ohne Ton kaum zu ertragen war. Celinas Blicke klebten an ihm. Keine Frage, sie war in ihn verliebt. Deshalb folgte sie wohl auch seinem Vorschlag und legte sich nach einigem Hin und Her mit verdrehten Augen und offenem Mund auf das Sofa. Die beiden dünnen blassen Mädchen steckten ihr die Schnapsflaschen zwischen die Beine und schütteten kichernd Erdnüsse und Chips über sie. Celina verdrehte die Augen wie im Koma. Der Milchbubi fotografierte, ohne sein stupides Nicken einzustellen. Celina lächelte den Wikinger schüchtern an, gab sich ihm völlig preis. In mir stieg feuerrote Wut hoch. War ihr denn nicht klar, dass sie diese Fotos morgen auf Facebook sehen würde? Wie konnte sie sich so demütigen? Ich rannte los, war schon drei, vier Schritte zum Hauseingang gelaufen, da fiel mir Flipper ein. Ich klopfte an meinen Oberschenkel, mit langen Sprüngen kam er an meine Seite. Die Haustür war verschlossen. Keller, dachte ich. Auf dem Land stehen viele Türen offen. Mit drei Sätzen nahm ich die Treppe nach unten, tatsächlich, die Tür war auf. Ich durchquerte eine Waschküche, zwei Vorratsräume, kam am Heizungsraum vorbei und gelangte zur Treppe ins Erdgeschoss. Im Wohnzimmer wurde mittlerweile Glas zerschmettert, wie ich am lauten Klirren hörte. Eigentlich ging mich das alles nichts an, Celina konnte in ein Champagnerglas beißen, solange es keine Kalorien hatte. Ohne nachzudenken, ohne Plan, einzig und allein wütend, stürmte ich weiter, riss die Tür zum Wohnzimmer auf, erfasste mit einem Blick die Lage. »Flipper, Statue!« Mitten im Lauf versteinerte er. Die fünf auch. Aus einem Scherbenhaufen heraus starrten sie mich an. Sie hatten nicht nur Gläser, sondern auch Flaschen an die Wand geworfen. Der glänzende Parkettboden, die edlen Läufer, alles mit Scherben übersät. Der Wikinger fasste sich als Erster.

»Da ist sie ja, die Kalorienpolizei. Na du Folterfotze, Ziska«, begrüßte er mich.

Die Mädchen schlugen sich die Hände vor den Mund und kicherten. Milchbubi grinste breit und zog an seinem Joint. Celina starrte erschrocken zu Flipper. In ihren Augen las ich die Angst, er könne sich verletzen. Es war richtig, dass ich die Party beendete. Celina konnte nichts dafür. Fast mochte ich sie ein bisschen.

»Raus«, sagte ich ruhig und schaute dem Wikinger fest in die Augen.

»He, he, he!« Er grinste abschätzig, kam näher, nicht ohne vorher einen Blick auf Flipper zu riskieren. Der stand im Türrahmen wie in einem unsichtbaren Zwinger vor dem Glasscherbenfeld.

»Was haltet ihr davon?«, fragte der Anführer seine Mitläufer, wenn wir Celinas Folterfotze mal ein bisschen aufpäppeln? Ist doch kein schönes Leben, immer Diät und so. Was haltet ihr davon, wenn wir sie mal richtig satt machen? Celina, was meinst du?« Celina meinte gar nichts. Sie war völlig gelähmt. Mit weit aufgerissenen Augen starrte sie uns an.

»Wir können ihr doch mal was aus dem Kühlschrank ins Maul stopfen, oder? Ein Akt der Nächstenliebe. Hol doch mal was, Celina!« Der Wikinger kam noch einen Schritt auf mich zu. Ich hatte ihn längst gescannt. Er war zirka eins fünfundachtzig groß, wog an die neunzig Kilo, machte aber keinen besonders durchtrainierten Eindruck. Einer von den Typen, die Macht durch Einschüchterung erlangen. Das funktionierte, solange er Mitspieler hatte. Wenn niemand ihm die Macht zugestand, würde er in Bedeutungslosigkeit verpuffen. Er war ein Niemand und wusste es. Allein wenn er andere unterdrückte, fühlte er den Hauch einer Daseinsberechtigung. Er blies mir Zigarettenrauch ins Gesicht. Es gibt einige Dinge, die kann ich auf den Tod nicht leiden. Zigarettenrauch ins Gesicht gehört dazu. Aber das war es nicht, was den Ausschlag gab. Flipper witterte die gegen mich gerichtete Aggression. Leise knurrend, mit gesträubtem Nackenfell kam er bedrohlich geduckt näher, eine Blutspur auf dem Boden. Er hatte sich die Pfoten aufgeschnitten!

»Flipper, zurück!« Der Wikinger schnellte vor. Ich war schneller und drosch dem Statisten meine Faust auf die Nase. Es knirschte laut. Dann schoss ein Strahl roten Blutes auf den Boden. Die Mädchen kreischten entsetzt auf, Milchbubi bekam einen Schluckauf, und Celina drückte sich ein Kissen aufs Gesicht.

Am nachhaltigsten überrascht war der Wikinger selbst. Es dauerte zwei, drei Sekunden, ehe er das Blut mit sich, mit dem Schmerz und dann mit mir in Verbindung brachte. Es gab nun zwei Möglichkeiten. Er konnte zurückschlagen oder die Flucht ergreifen. In seinen Augen blinkten groß und hektisch drei Buchstaben: Weg! Doch vor seinen Mitläufern musste er Haltung bewahren. Er war hier der Boss, und das war eine Situation, in der er es unter Beweis stellen musste. Diese Phase ist immer kritisch. »Seid nicht überheblich«, rate ich bei meinen Selbstverteidigungskursen. »Gebt dem Täter eine Chance, den Tatort zu verlassen, ohne sein Gesicht zu verlieren. Triumphiert nicht. Sonst besteht die Gefahr einer Eskalation.« Ruhig ging ich zur Terrassentür, öffnete sie. Ich achtete darauf, den Wikinger und auch Milchbubi im Auge zu behalten. Von den Mädchen ging keine Gefahr aus. Mit den beiden Männern würde ich leicht fertigwerden, solange sie keine Waffe zückten.

»Raus«, wiederholte ich.

Hasserfüllt musterte der Anführer mich. Dann entfuhr ihm ein Wimmern. Tat bestimmt scheißweh, die Nase.

»Mensch Schorsch, komm, lass uns abhauen«, jammerte eins der Mädchen.

Innerlich nickte ich. Sehr gut. Sie bauten ihm eine Brücke.

Ihre Freundin unterstützte sie. »Du musst ins Krankenhaus. Das muss genäht werden.«

Innerlich schüttelte ich den Kopf. Ein gebrochenes Nasenbein nähen?

Für einen Moment war ich unaufmerksam, das nutzte Schorsch; ich hatte ihn falsch eingeschätzt. Brüllend rannte er auf mich zu.

Da sprang der schwarze Riese aus dem Stand los, in Schorschs Rücken, der stolperte, fiel und knallte mit dem Gesicht in die Scherben. Sich selbst erfüllende Prophezeiung. Nun gab es doch etwas zu nähen. Mit einem Schrei griff er sich ins Gesicht, eine blutige Fläche, in der mehrere kleine und größere Splitter und der halbe Stiel eines Sektglases staken. Mit blutverschmierten Händen zog er sich an einer massiven Stehlampe hoch, optisch passte er nun vortrefflich zu dem Geisterbahnlook der Mädchen. Vorsicht, mahnte ich mich. Auch wenn ich ihm weit überlegen war – in seinem Schmerz war er unberechenbar. Tatsächlich machte er eine Bewegung in meine Richtung, dann fiel ihm Flipper ein. Aus dessen Kehle drang ein tiefes, werwolfhaftes Grollen. Seine Augen glühten förmlich, böse sah er aus und gefährlich, die Lefzen zurückgezogen, die langen scharfen Vampirzähne entblößt, das Nackenfell gesträubt.

»Hey, Scheiße, Tollwut kann ich nicht brauchen«, gurgelte Schorsch, den Hals voller Blut. Das rinnt warm und widerlich durch die Kehle, wenn die Nase gebrochen ist.

Ein Postskriptum meines Treffers.

»Schorsch, komm! Bitte! Du musst ins Krankenhaus. Sonst verblutest du!«

Die Mädchen standen schon auf der Terrasse.

»Flipper, hopp, aufs Sofa«, befahl ich meinem Freund. Es machte mich nervös, wenn er auf dem Boden voller Scherben herumlief.

»Scheißparty!« Milchbubi folgte ihnen kopfwackelnd, schlug dem Chef auf die Schulter. »Komm Alter, lass gut sein.«

Schorsch spuckte einen Klumpen Blut in meine Richtung.

»Dafür wirst du bezahlen, Ziskafotze.«

Ich schlug neunzehn Prozent Mehrwertsteuer auf meine Rechnung und versetzte ihm einen Tritt in die Seite. Mit in den Magen gepressten Händen sank er stöhnend in die Knie, fiel zur Seite und robbte nach draußen, eine Blutspur hinterlassend. Celina eilte zu ihm, half ihm auf die Beine. Die anderen beiden Mädchen stützten ihn. Celina drehte sich um und schaute mir in die Augen. Ich dechiffrierte blanken Hass. Kurz darauf hörte ich den Golf starten. Mit einem Blick vergewisserte ich mich, dass mein Volvo unbeschädigt vor dem Haus parkte.

Flippers Pfoten sahen nicht so schlimm aus wie befürchtet. Vorne rechts und links zwei Schnitte, nicht allzu tief, aber eine blöde Stelle, an der Kralle. Ich zog mehrere Schubladen auf, suchte dann in der Küche nach Desinfektionsmittel und Verbandsmaterial. Im unteren Badezimmer fand sich genauso wenig wie im oberen. Obwohl ich ein klares Ziel hatte – den Medizinschrank –, nahm ich die Zimmer und ihre Einrichtung wahr. Wie aus dem Designmöbelkatalog. Allein das obere Bad war so groß wie mein Wohnzimmer, Blick über den Ammersee. Flipper winselte. »Gleich«, rief ich nach unten. In von Lübtows Schlafzimmer prunkte eine runde Badewanne aus Holz. So was hatte ich noch nie gesehen. In einem Zimmer voller Geweihe wurde ich endlich fündig. Die Notfallapotheke enthielt alles, was ich brauchte. Beim

Zurückgehen entdeckte ich, dass ich überall Blutspuren hinterlassen hatte. Jetzt musste ich in diesem Scheißhaus auch noch putzen. Nein, das würde Celina tun, beim Putzen kann man effektiv Kalorien verbrennen. Die Wand müsste trotzdem ein Maler reparieren, da reichte Putzen nicht aus.

Vor der Wohnzimmertür verarztete ich Flipper, der sich mit einem dumpfen Seufzen auf den Rücken legte, der ganze Hundeleib schwach und ergeben. Er spürte, dass ich ihm helfen wollte. Als er mir seine verletzte Vorderpfote entgegenstreckte, fiel mir ein, wie ich um ihn gezittert hatte, als er vor nunmehr einem halben Jahr entführt worden war. »Flipper!« Ich drückte meine Backe an sein weiches Fell. Was ihm unangenehm war. Aber das musste jetzt einfach sein. Flipper brummte. Ich untersuchte die Pfoten, fand keine Glassplitter, desinfizierte und verband sie. »Daheim verpasse ich dir Pfotenschoner«, ließ ich ihn wissen. »Ich glaube, wir haben noch ein Paar, was meinst du?« Er schaute mich fragend an, und ich musste lachen. Und noch mal knuddeln. Flipper da, alles gut!

Als sich ein Schlüssel im Schloss drehte, atmete ich erleichtert auf. Celina war zurück. Wir würden keinen Spaziergang unternehmen, sondern Kalorien verbrennen beim Hausfrauensport. Ich gab Flipper einen Klaps, er sprang auf die Beine, schüttelte sich, schaute zum Eingang, bellte.

»Können Sie mir erklären, was hier vor sich geht?« Und wo ist meine Tochter?« Clemens von Lübtows Stimme klang ganz ruhig. Das sind die Gefährlichsten. Er hätte jeden Grund gehabt, auszurasten inmitten dieses Scherben- und Blutchaos, sämtliche Schubladen an den Wohnzimmerschränken standen offen, überall lagen Flaschen am Boden, Blutspuren verliefen über den hellen Steinboden in der Diele, hinauf in den ersten Stock. Ich beschloss, zuerst die Frage nach Celina zu beantworten.

»Sie ist mit ihren Freunden weg.«

»Celina hat keine Freunde.«

»Doch«, widersprach ich. »Falsche Freunde.«

»Die haben Hausverbot. Die haben hier schon einiges geklaut.«

»Wahrscheinlich haben sie jetzt auch ein paar Silberlöffel mitgehen lassen«, wies ich auf das am Boden liegende Besteck.

»Wie konnten Sie das zulassen?«

»Ich kam zu spät. Es waren zwei Männer und zwei Frauen. Vielleicht ein bisschen älter als Ihre Tochter. Sie fahren einen alten Golf.«

»Von wem stammt das Blut?«

»Von einem der Männer und meinem Hund.«

Flipper bellte erneute. Frau Vogt fing bereits an der Eingangstür zu schreien an. »Um Gottes willen! Was ist denn ...« Sie stürzte ins Wohnzimmer. Als sie den Schaden sah, fiel ihr der Schlüsselbund aus der Hand. Flipper hob ihn hilfsbereit auf. Sie nahm ihn aber nicht entgegen, schaute fassungslos zwischen von Lübtow und mir hin und her.

»Aus«, sagte ich leise. Vorsichtig legte Flipper die Schlüssel auf den Boden.

»Ich war nur schnell einkaufen. Ich war maximal eineinhalb Stunden weg.« Frau Vogt presste eine Hand auf ihre Brust und atmete schwer. Dann schaute sie mich an, Triumph flackerte in ihrem Blick. »Ich dachte eigentlich, Frau Ziska ist da, aber sie hat sich den ganzen Vormittag über nicht blicken lassen.«

»Interessant«, nickte von Lübtow, wendete sich mir zu »Für den Schaden werde ich Sie zur Rechenschaft ziehen. Das Sofa ist von Rolf Benz, die Gläser waren zum größten Teil mundgeblasen. Nur damit Ihnen dämmert, in welcher Größenordnung wir uns hier bewegen.«

»Ich bin nicht als Kindermädchen engagiert«, sagte ich und war selbst nicht zufrieden mit meiner Antwort. Ohne ein weiteres Wort ging ich zur Eingangstür, dort hatte ich meine Tasche und das Pulsmessgerät abgestellt. Ich legte es auf die Garderobe, neben das Wechselgeld der fünfzig Euro, die Frau Vogt mir gegeben hatte, und verließ das Haus mit Flipper an meiner Seite.

Selten hatte ich mich so beschissen gefühlt. Ich war fix und fertig. Zwei Tage mit Celina, und ich war urlaubsreif. Bloß weg hier! Ich öffnete die Heckklappe für Flipper, befahl ihm einzusteigen, und wir verließen Wartaweil Richtung München. In Seefeld am Schloss parkte ich, um ein paar Schritte zu gehen und einen klaren Kopf zu kriegen. Flipper witterte den Pilsensee und wollte zum Wasser. Ich wollte wissen, wohin die Treppe führte. So landeten wir im Schlosshof, wo ich ein Kino und viele exklusive Ausstattungsgeschäfte entdeckte, in denen von Lübtow wahrscheinlich Stammkunde war, und im Schlosspark, wo ich mich, an einem Bächlein entlangspazierend allmählich beruhigte.

Nach einer halben wusste ich, was ich zu tun hatte und rief als Erstes bei Enzo an.

»Ach Franza!«, meldete sich Yasmin von der Rezeption. »Hast du Sehnsucht nach uns?«

»Kann sein. Ich wollte mal fragen, wie es so ausschaut. Braucht ihr jemanden?«

»Äh, Franza ... Du wolltest doch drei Monate pausieren? Wir haben deine Kurse aufgeteilt.« Enzo flippt heute noch aus, aber ich glaube, du hast ihm ganz schön imponiert.«

Ich hatte von Enzo eine Babypause ohne Baby gefordert und mit Diskriminierung von Frauen im gebärfähigen Alter argumentiert. Ich glaube nicht, dass er meine Begründung schlüssig fand. Er machte es für Flipper. Ich befürchte, fast alle Gefallen, die andere mir tun, gehen auf Flippers Konto.

»Prima, dass alles so gut läuft«, erwiderte ich locker. »Ich wollte nur mal nachfragen.«

»Lieb von dir, Franza.«

Auch in den anderen Studios lief es ohne mich prima.

Und jetzt?

Kein Job, dafür ein entzündetes Knie, aufgeschnittene Pfoten und Ärger mit Felix. Dabei hatte der Tag doch recht schön begonnen! *An Tagen wie diesen ...*

Ich rief Anton Dürr an, der mir den Job bei von Lübtow vermittelt hatte. Er ging nicht ran. In seiner Kanzlei erfuhr ich, dass er bei Gericht war. Anton war ein vielbeschäftigter Mann als einer der bedeutendsten Anwälte für Wirtschaftsrecht. Und er war nicht nur wohlhabend, sondern reich. Wenn sein Vater eines Tages seinen Termin beim Jüngsten Gericht absolvieren würde, sogar sehr reich. Sicher würde Anton mir Geld leihen. Aber ich würde ihn nie, nie, nie darum bitten.

Am liebsten hätte ich Felix angerufen. Er wusste eigentlich immer Rat. Aber leider konnte ich ihm nichts von meinen Problemen erzählen, sonst hätte ich schlagartig noch viel mehr Probleme. Ich versuchte, Flipper den Fall zu erklären. Er hörte mir auch aufmerksam zu. Doch einen Rat konnte er mir nicht geben. Außerdem fand er es empörend, dass wir in Weßling am Tierladen nicht anhielten. Sein Kopf flog förmlich nach hinten, als wir das Hundeparadies passierten. Nachdem wir am Flughafen Oberpfaffenhofen vorbeigefahren waren, hatte ich einen Entschluss gefasst. »Ich rufe Andrea an.« Flipper wedelte. Den Namen hörte er gern. Bei Andrea gab es supertolle Delikatessen: lang gezogene und gedrehte Bullenpenisse, genannt Ochsenziemer.

7

Ich bin nach wie vor der Meinung, dass eine Frau keine beste Freundin braucht. Ich habe diesbezüglich ausschließlich schlechte Erfahrungen gemacht. Vor einigen Jahren erwischte ich meine beste Freundin mit meinem Freund in meinem Bett. Kurz danach fand ich den kleinen Welpen Flipper in einem Gebüsch. Seither bin ich, was Freundschaft betrifft, voll und ganz ausgelastet. Flipper jedoch war anderer Meinung und verschaffte mir eine Freundin, indem er Andrea, die nachts in den Isarauen überfallen wurde, rettete. Seither fühlt Andrea sich uns verbunden. Ich fand es nicht toll, dass Flipper ausgerechnet eine Psychologin rettete. Um in die Zeitung zu kommen, hätte es eine Bäckereiverkäuferin getan. Die hätte nicht in meiner Seele herumgestochert, auch wenn Semmeln in Schwaben Seelen heißen.

Wobei ich nichts gegen Seelen habe, solange meine eigene in Ruhe gelassen wird. Andrea konnte mir bestimmt etwas über Essstörungen erzählen. Die gehörten praktisch zu ihrem täglich Brot.

Nur wenige Spaziergänger begegneten uns an diesem tristen Nachmittag. Normalerweise finde ich es an der Isar immer schön, doch im unmittelbaren Vergleich mit dem Ammersee verloren die Isarauen an Farbe und Flair. Ein grauer Herbsttag in der Stadt wirkt noch viel grauer.

Andrea ist nicht nur innerlich das komplette Gegenteil von mir. Ich bin groß und mittelblond, meine Augen sind blau, ihre sind braun, sie ist klein und dunkelhaarig. Ihre Praxis an der Isar lief sehr gut, was sie auch den vielen Essgestörten verdankte, wie ich nun erfuhr.

»Du musst gut aufpassen, dass Celina durch deine Diät nicht in eine Magersucht hineinschlittert«, warnte sie mich, »oder zur Bulimikerin wird. Eine Diät ist eine Einstiegsdroge.«

»Wir machen keine Diät«, erklärte ich. »Wir machen Sport.«

»Wie dick ist sie denn?«

»Sehr.«

»Für dich sind ja manchmal schon Leute dick, die ich gerade mal als mollig bezeichnen würde.«

»Mollig ist dick«, ärgerte ich Andrea ein bisschen.

»Möchtest du darüber reden?«, fragte sie mich und setzte einen professionellen Gesichtsausdruck auf.

Ich verpasste ihr einen Rippenstoß. »Ich will einfach nur wissen, was ich jetzt machen soll. Dieses Mädel ist nicht auszuhalten. Die macht mich fertig.«

»In der Pubertät beginnen die meisten Essstörungen.«

»Ich weiß nicht, ob sie essgestört ist, also ... Sie ist dick, verstehst du, sehr dick.«

»Essgestört«, korrigierte Andrea mich. »Oft hat das Übergewicht einen psychischen Grund. Viele Mädchen werden in der Pubertät dick, weil sie sich von ihren Müttern abgrenzen wollen.«

»Celina hat keine Mutter.«

Fragend schaute Andrea mich an.

»Die ist tot oder ausgezogen, keine Ahnung, jedenfalls weg. Celina wohnt allein mit ihrem Vater in dem Haus. Dann gibt es noch eine Haushälterin, einen Gärtner und eine Putzhilfe.«

»Vielleicht soll die Fettschicht sie gegen ihren Vater schützen? Wobei eine tote Mutter in dem Alter natürlich traumatisch wirken kann. Du darfst das Übergewicht nicht nur oberflächlich betrachten. Du musst dich fragen, was dahintersteckt. Oft ist es, wie gesagt, eine Art Schutzschicht. Eine deutliche Botschaft.«

Nachdenklich schaute ich zwei Joggerinnen zu, die einen Kinderwagen vor sich her schoben.

»Ich kann mir gut vorstellen, dass es in Celinas Leben viele Gründe gibt, warum sie eine Schutzschicht braucht. Aber was soll ich tun? Ihr Vater hat mich entlassen. Ich kann ihr nicht helfen.«

»Celina ist nicht das einzige Mädchen in der Pubertät mit diesen Problemen«, ließ Andrea mich wissen. »Jedes Mädchen wünscht sich, von seinem Vater angenommen zu werden, gerade in diesem Alter. Er soll sie positiv spiegeln.«

»Eltern machen einem nur Probleme«, seufzte ich. »Also besser man hat gar keine.«

»Du meinst, du hast das große Los gezogen«, fragte sie mich.

»Ja klar! Ich bin bei meiner Oma aufgewachsen.«

Als mein Handy klingelte, hoffte ich sehr, Felix würde sich bei mir entschuldigen, dann würde ich mich bei ihm entschuldigen, und wir würden heute Abend gemeinsam zu dem Essen mit seinen Kollegen gehen. Das Leben könnte so leicht sein. Eine mir unbekannte Frauenstimme bat mich: »Einen Augenblick bitte. Ich stelle durch zu Herrn Dr. von Lübtow.«

»Sorry«, flüsterte ich Andrea zu. Diskret ging sie schneller, bückte sich nach einem Stock für Flipper, lief ein paar Schritte mit ihm. »Ich bin jetzt im Bilde«, sagte von Lübtow. »Ich weiß, dass Sie nichts mit dem Schaden in meinem Haus zu tun haben, ganz im Gegenteil, ich bin Ihnen zu Dank verpflichtet. Sind Sie einverstanden, wenn ich Ihnen fünfhundert Euro überweise? Unsere Vereinbarung möchte ich kündigen, da Celina ab nächstem Montag ein Internat besuchen wird.«

»Ein Internat!«, rief ich.

»Ich sehe keine andere Möglichkeit mehr. Sie entgleitet mir vollständig in dieses kriminelle Umfeld. Wie Sie wissen, bin ich alleinerziehend und berufstätig. Ich kann sie nicht ständig beaufsichtigen oder Handwerker beauftragen, die den durch sie mitverursachten Schaden beseitigen. Abgenommen hat sie auch nicht, ganz im Gegenteil, wie ich befürchten muss. Von Frau Vogt habe ich erfahren müssen, dass sie neuerlich die Speisekammer geplündert hat – trotz striktesten Verbots.«

»Warten Sie!«, rief ich, ohne nachzudenken.

»Bitte?«

»Geben Sie mir noch eine Chance!«

»Wie meinen Sie das?«

»Vielleicht nimmt Celina doch noch ab. Heute ist Dienstag. Ich meine, bis zum Wochenende.«

Clemens von Lübtow schwieg eine Weile. Dann fragte er: »Sie meinen, dreißig Kilo in fünf Tagen?«

»Nein, ich meine einen Anfang.«

»Sie sind wohl ein guter Mensch?« Sein Tonfall klang spöttisch.

»Es ist eine Frage der Ehre.«

»Verstehe«, erwiderte er knapp. »Also gut, dann ... sehen wir uns morgen?«

Ich schluckte das Danke, das mir auf der Zunge lag, hinunter. »Okay«, verabschiedete ich mich und fand ihn wieder sympathisch, wie schon einmal am Telefon. Vielleicht lag ihm doch mehr an Celina, als er sich anmerken ließ?

8

Ich wachte am nächsten Morgen, Tag drei meiner Tätigkeit, schon um fünf Uhr auf. Es war stockdunkel. Wenn ich bei Felix übernachtet hätte, wäre ich liegen geblieben, um ihn nicht zu wecken. So konnte ich tun, was ich wollte. Auch nicht schlecht. Das vergisst man in einer Beziehung gern, dass man allein lebensfähig ist und wie schön das ist. Mit einem Kriminalhauptkommissar, zumal einem abwesenden, lief ich nicht Gefahr, mein Ganzes mit seinem Ganzen zu verschmelzen, sodass wir nur noch zwei Halbe wären und uns lediglich zusammen als Ganzes fühlten. Das würde sich in unserem Umgang miteinander deutlich zeigen. Wir würden uns anraunzen, genervt sein, bei anderen übereinander lästern, der ganz normale Pärchenalltag. So weit würde es bei uns niemals kommen, schon allein deshalb, weil es mir an den Freundinnen mangelte, denen ich mein Leid klagen könnte. Aus Gesprächen in Umkleidekabinen habe ich den Eindruck gewonnen, Probleme mit Männern dienen als Abspeckprogramm: Wer sich ärgert, verbrennt mehr Kalorien. Ich brauchte so was nicht, mir reichte Kommunikation mit Flipper, Small Talk in meinem Jobumfeld, freitags der Ratsch zu ofenwarmen Rohrnudeln mit meiner Nachbarin Rosina Marklstorfer, und wenn es hart auf hart kam, konnte ich mich an Andrea wenden.

Ich trank meinen Kaffee im Stehen, was Flipper nervös machte. Hunde mögen keine Veränderung, und dieser Tag hatte für ihn erstens viel früher als gewöhnlich begonnen, und zweitens sollte ich beim Kaffeetrinken sitzen. Flipper beobachtete mit geneigtem Kopf jede meiner Bewegungen. Ich lachte. Sofort wedelte er los. Mit der Kaffeetasse in der Hand setzte ich mich neben ihn auf den Fußboden.

»Wir fahren jetzt gleich raus und gehen am Ammersee spazieren. So vermeiden wir den Stau, haben mehr Zeit zum Gassi und sind pünktlich bei Celina. Vielleicht sehen wir sogar einen Sonnenaufgang?«

Wuff, machte Flipper auffordernd und schaute zur Tür.

»Vorher ziehst du noch Schuhe an.« Ungeduldig ließ er sich die Pfotenschoner ankletten. Nun humpelten wir beide.

Tief im Wald war es dämmrig, doch über uns verlor die Nacht an Farbe, grau der Himmel, dann weißlich, schließlich zartes Hellblau – Versprechen auf einen schönen Tag. Ich sollte öfter mal so früh aufstehen und rausfahren. Da war man allein. Fehler, wie mir Flipper meldete. Der Mann im Parka, mit einem grauen Vollbart, bei dem mir als Erstes Suppe einfiel, ließ sich nicht von uns stören. Inmitten einer kleinen Lichtung stehend knipste er bunte Wäscheklammern an knie- und bauchhohe Pflanzen. Eine Installation?

»Grüß Gott«, begrüßte er mich und schaute auch Flipper freundlich an. Der zeigte First-class-Manieren, vorbildlich an meiner Seite.

»Guten Morgen«, erwiderte ich den Gruß und fragte neugierig: »Was machen Sie denn da?«

»Des frag ich mich grad auch«, seufzte er, lachte, kraulte Flipper ohne Berührungsängste hinterm Ohr. Flipper reagiert meistens nach dem Motto: Wie man in den Wald hineinruft, so schallt es heraus. Eng drückte er sich an den grün belederten Oberschenkel des Mannes. Der sagte unumwunden: »Hilfe könnt ich fei schon brauchen.«

»Ich hab's leider eilig.«

»Ja, ja. Alle ham's eilig.«

»Ich hab's wirklich eilig. Aber ... worum geht's denn überhaupt?«

Mit Flipper habe ich die Erfahrung gemacht, dass man im Wald viel lernen, dass man interessante – und auch gefährliche – Menschen dort treffen kann, vorausgesetzt, man ist um die richtige Uhrzeit unterwegs wie ich an diesem Mittwochmorgen ...

Der Mann winkte mich näher. Er war um die sechzig und hatte ein gutmütiges, freundliches Gesicht.

»Oiso«, der Mann wies auf eine kniehohe Pflanze. »Des is a Weißtanne.«

»Aha.«

»Und des is der Leittrieb«, deutete er auf das obere Ende.

Schönes Wort, dachte ich.

»Damit den das Wild nicht abbeißt, mach ich die Klammer drum.«

»Aber warum dürfen die das nicht?«

»Weil der Baum dann vielleicht etwas langsamer wächst und jemand erst später dran verdient. Also sagma mal, nicht in achtzig Jahren, sondern in dreiundachtzig Jahren.«

»Da ist der jemand doch schon tot, welcher jemand überhaupt?«

»Der Waldbesitzer.«

»Das sind nicht Sie?«, staunte ich.

»Ich bin hier nur der Jäger.«

»Aber was haben Sie dann mit dem Wald zu schaffen?«

»Er ist mein Lebensraum.« Er lachte. »Also der des Wildes. Und ich muss den Schaden zahlen.«

»Vielleicht bin ich ja ein bisschen schwer von Begriff, aber wieso müssen Sie dafür bezahlen, wenn ein Reh«, ich deutete auf die Weißtanne, »eine Knospe davon abfrisst.«

»Den Leittrieb, es geht um den Leittrieb.«

Der Jäger knipste eine orangefarbene Klammer an die nächste Weißtanne. Kaum im Wald, schon was gelernt.

»Der Baum wächst langsamer, wenn der«, ich sprach das Wort nicht ohne Genuss aus, »Leittrieb fehlt?«

Er nickte.

»Das kann doch heute keiner wissen, ob der Baum überhaupt so alt werden würde, da könnte doch jederzeit ein Sturm kommen.«

»Oder ein Käfer«, nickte der Mann.

»Das ist höhere Gewalt!«, rief ich.

»Nein, das ist Gesetz. Weil die Bäume eine bessere Lobby haben als wir.«

»Wer wir?«

»Das Wild.«

Ich schmunzelte. Ich sage auch »wir« und meine Flipper und mich, gattungsübergreifend. Wobei wir ja nur zu zweit waren. Das Wild, das waren viele – und der arme Mann hatte eine Menge zu tun, worin ich ihn auch aufrichtig bedauerte.

»Drum hab ich ja gefragt, ob Sie mir helfen.«

»Das interessiert mich. Wirklich. Ich helf auch mal. Aber jetzt hab ich's eilig.«

»Wohin denn in aller Herrgottsfrüh? Sie sind mir hier noch nie über den Weg gelaufen. Sind Sie frisch hergezogen?«

»Nein, nein. Ich arbeite bei von Lübtow und ...«

Kaum hatte ich den Namen genannt, veränderte sich das freundliche Gesicht des Mannes zu einer grimmigen Maske. »Reisende soll man nicht aufhalten«, sagte er barsch und wandte sich ab.

Verblüfft schaute ich in seinen Rücken, während er den mit Hunderten grüner, blauer und orangefarbener Klammern geschmückten Hügel hinaufstapfte. Es kam mir so vor, als würde es dunkler im Wald. Was hatte ich falsch gemacht?

9

Jetzt war ich so früh aufgestanden – und kam trotzdem eine Viertelstunde zu spät. Frau Vogts Fiat stand bereits im Hof, daneben ein Lieferwagen mit dem Schriftzug einer Malerfirma. Clemens von Lübtow war ein einflussreicher Mann, wenn er es schaffte, innerhalb weniger Stunden einen Handwerker aus dem Ärmel zu ziehen. Und ich staunte noch einmal: Celina steckte bereits in ihrem Jogginganzug und begrüßte mich freundlich. Dann streckte sie mir ihr Handgelenk mit der Pulsuhr entgegen. »Ich hab den Gurt schon umgelegt. Ich hab es gemacht, wie es in der Tabelle auf der Gebrauchsanweisung steht.«

Was war denn hier passiert? Hatte von Lübtow ihr mit dem Internat gedroht? Oder hatte sie selbst sich entschieden mitzuarbeiten? Sollte ich sie nach Schorschs Nase fragen? Lieber nicht. Lieber später. Jetzt erst mal Sport. Wir fingen langsam an mit Nordic Walking, bei dem Flipper schon nach wenigen Metern die Zunge heraushängen ließ, sodass Celina nicht aus der Puste kam. Als wir schneller liefen, drosselte er das Tempo, ehe die Pulsuhr den Maximalbereich anzeigte. Das fand ich wie immer erstaunlich. Flipper war mir auch in meinen Sportkursen eine große Hilfe. Sicher gab es einige Leute, die nur wegen ihm zu mir kamen. Seine Bekämpf-den-inneren-Schweinehund-Strategie war legendär. Der vierbeinige Spezialist stieß seine kalte Schnauze in faule Kniekehlen, zwickte zärtlich müde Waden und wedelte motivierend, wenn der Schweiß in Strömen floss. Beim Training mit Celina hätte ich nicht mal ein Deo gebraucht. Das deprimierte mich schon ein wenig. So jung und so gar keine Kondition. Wir waren eine gute Viertelstunde unterwegs, da sagte sie unvermittelt »Weißt du, Frau Ziska, das gestern ... also das ... das war mir auch nicht recht.«

Ich hätte sie gern gefragt, warum sie mich so hasserfüllt angeschaut hatte. Dann dachte ich an Andreas Vortrag über Dick- und Dünnsein und Pubertät. Gestern hatte sie mich gehasst, heute liebte sie mich, ich sollte das nicht persönlich nehmen.

»Wie geht's deinem Freund denn?«, fragte ich.

Ihr Gesicht wurde noch roter. Sie freute sich, dass ich Schorsch als ihren Freund bezeichnete.

»Dein Vater mag ihn nicht?«, tat ich harmlos.

Sie blieb stehen, die Augen zu Schlitzen verkniffen, stieß sie hervor: »Mein Vater ist ein Arschloch! Ich hasse ihn!«

Was sollte ich darauf erwidern? Ja, nein, aber er ist dein Vater, und wenn du zu fünfzig Prozent von ihm abstammst, bist du auch ein fünfzigprozentiges Arschloch, und deine Kinder werden fünfundzwanzigprozentige Arschlöcher sein – oder zwölfkommafünfprozentige? Rechnen ist nicht meine Stärke. Diese Gleichung vergessen die Leute gern, wenn sie ihre Eltern verfluchen. Nein, ich wollte mich da nicht einmischen, und ich hielt es auch für besser, Celina nicht wissen zu lassen, dass ich von der Abschiebung ins Internat wusste.

»Kann es sein, dass dein Vater in der Gegend hier nicht gerade beliebt ist?«, fragte ich vorsichtig. »Ich habe vorhin einen Mann mit grauem Rauschebart getroffen, der schien nicht gut auf deinen Vater zu sprechen zu sein.«

»Das war der Hellhake, unser Jäger.«

»Ich hab gedacht, dein Vater ist hier der Jäger?«

»Nein, der hat seine Jagd bei Wolfratshausen.«

Flipper stupste Celina in die Kniekehle. Albern begann sie zu singen: »Ein Jäger aus Kurpfalz, der reitet durch den grünen Wald …«

Pubertät. Ich lieb dich, ich hass dich, das Leben ist schön, ich bring mich um.

Wir hatten das Landhaus kaum betreten, Celina wollte duschen, ehe sie brav ihr Frühstück zubereiten würde, »wie du es mir gezeigt hast, Frau Ziska«, da stürzte Frau Vogt auf uns zu.

»Herr von Lübtow!«

Celina ging an ihr vorbei.

»Halt!«, rief Frau Vogt. »Wo ist er?«

»Mir doch egal«, brummte Celina.

»Aber er war die Nacht über nicht zu Hause! Sein Bett ist unberührt!«

»Ich hab ihn gestern Abend gesehen«, sagte Celina. Dann verschwand sie Richtung Badezimmer.

»Er hat nicht in seinem Bett geschlafen!«

Celina streckte den Kopf vor, schaute um die Ecke. »Also hat er wohl außer Haus gefickt.«

Frau Vogt schnappte nach Luft. Die Badezimmertür fiel krachend ins Schloss.

Ich spürte schon wieder, wie sich mein Nacken anspannte. Seitdem ich hier jobbte, litt ich an einer verhärteten Muskulatur. Frau Vogt räumte die Geschirrspülmaschine aus und veranstaltete dabei einen Lärm, als gelte es, eine Rivalin in die Flucht zu schlagen. Ich ließ mir viel Zeit, Flippers Frühstück aus dem Auto zu holen, servierte es ihm und wartete in der Küche auf Celina. Aus dem Wohnzimmer kamen Bohrgeräusche, was mich wunderte. Aber vielleicht hatte von Lübtow Zusatzarbeiten in Auftrag gegeben – oder die Handwerker wetteiferten mit Frau Vogt. Plötzlich stand sie vor mir, die Hände in die Seiten gestützt »Das alles hat Herr von Lübtow nicht verdient«, stieß sie hervor. »Ich sehe doch genau, was Sie denken. Sie denken, das arme Kind und der böse Vater. Aber so ist es nicht! Celina ist ein verzogenes, egoistisches, rücksichtsloses, uneinsichtiges Gör. Was ihr Vater nicht alles versucht hat. Die Welt hat er ihr zu Füßen gelegt. Und was ist der Dank?« Sie wies in Richtung Wohnzimmer. »Ich an seiner Stelle …« Sie brach ab, als Celina hereinkam, und verließ die Küche mit einem verächtlichen Schnauben.

»Die steht auf meinen Vater«, erklärte Celina mir herablassend. »Aber mit der als Stiefmutter«, sie fuhr sich mit einer schnellen Bewegung über die Kehle, und ich wusste nicht, ob sie damit andeuten wollte, das wäre ihr Ende oder das der Stiefmutter.

»Warum trägt sie eigentlich kein Hörgerät?«, fragte ich.

»Das ist in der Reparatur.«

»Ist sie von Geburt an taub auf einem Ohr?«

»Mein Vater hat mal dicht neben ihr geschossen. Seither hört sie schlecht. Also, ich schneide jetzt einen halben Apfel, okay? So wie gestern?«

Zögernd nickte ich. Schusswaffen schienen hier zum guten Ton zu gehören. Celina holte sich ein Messer, mit dem sie bequem ein gemästetes Schwein hätte zerteilen können.

»Nimm lieber ein kleineres.« Ich reichte ihr ein Obstmesser. So fühlte ich mich besser.

»Habt ihr eigentlich Waffen im Haus?«, fragte ich, als würde ich mich nach Süßstoff erkundigen.

»Klar. Im Zimmer meines Vaters steht der Waffenschrank.«

»Kannst du auch schießen?«

»Logisch!« Sie drehte sich zu mir und schoss aus der Hüfte. Blitzschnell griff ich zu. Ihr Oberarm war so dick, dass ich mit einer Hand lange nicht herumkam. »Man schießt nicht auf Leute«, sagte ich.

»Das war doch nur Spaß.«

»Auch nicht im Spaß«, beharrte ich. Denn das war kein Spaß für mich, es war noch keine zwei Monate her, dass auf mich geschossen worden war.

Seltsamerweise widersprach Celina nicht, sondern wechselte das Thema. »Was glaubst du? Kann ich bis zum Samstag fünf Kilo abnehmen?«

Aha, kombinierte ich. *Sie brauchte meine Hilfe, um das Internat abzuwenden.*

»Das glaube ich kaum.«

»Ich muss aber! Ich muss fünf Kilo abnehmen!« Sie klang verzweifelt.

»Hm«, machte ich nachdenklich. »Du könntest dir ein Norovirus einfangen.«

Celina beugte sich vor. Hoffnung blinkte in ihren Augen auf. Wie verzweifelt musste man sein, wenn man sich Brechdurchfall wünschte.

»Aber wo soll ich das herkriegen?«

Ich zuckte mit den Schultern und schaute Flipper zu, der konzentriert an seinem linken Pfotenschoner herumknabberte.

»Das tut mir echt leid, dass er in die Scherben getreten ist«, sagte Celina.

»Mir auch«, sagte ich.

»Und was machen wir nach dem Frühstück? Soll ich mal in die Sauna gehen? Wir haben eine im Keller. Schwitzen ist doch gut, oder?«

»Wenn du das möchtest.«

»Ich war noch nie im Leben in der Sauna«, gestand sie bedrückt.

»Ich würde dir jetzt mal ein bisschen was über Ernährung erzählen. Dann kannst du in die Sauna, okay?«

»Dürfen Hunde in die Sauna?«

»Nein. Die haben es auch ohne schön warm. Ihre Körpertemperatur ist ein Grad höher als unsere.«

»Also würde dein Hund in der Sauna sterben.«

Ich musterte sie kühl. Was sollte diese Bemerkung? Wieso nannte sie Flipper so förmlich *dein Hund*?«

»Vermutlich«, erwiderte ich.

»Machst du dir da keine Sorgen?«, fragte sie lauernd.

»Wieso soll ich mir Sorgen machen, dass mein Hund in die Sauna geht?«

»Nicht freiwillig. Jemand könnte ihn reintun.«

»Jemand«, wiederholte ich.

Sie schwieg.

Schorsch, dachte ich, und mir wurde kalt.

Zwei Stunden später, wir hatten gerade die Bauchspeicheldrüse durchgenommen, und Celina war wirklich bei der Sache, kam Frau Vogt mit zusammengekniffenen Lippen in den Wintergarten, wo wir es uns auf einer riesengroßen Sofalandschaft mit vielerlei Kissen gemütlich gemacht hatten.

»Das Ministerium hat angerufen. Herr von Lübtow ist nicht zum Dienst erschienen, dabei hat er heute einen wichtigen Termin mit dem Herrn Staatsminister.«

»Ja und?«, gähnte Celina.

»Frau Krennrich ist in höchster Sorge. Sie wollen jetzt die Polizei verständigen.«

»Wahrscheinlich hat er sich beim Ficken übernommen«, sagte Celina hämisch. »Er ist ja auch nicht mehr der Jüngste. An Viagra kann man sterben.« Nachdenklich schaute sie nach oben, als würde sich an der Vorhangstange eine Sexbombe räkeln. »Ich frage mich gerade, ob er dann mit einem Dauerständer verreckt.«

Frau Vogt schlug die Hand vor den Mund und stürmte nach draußen. Ich rückte ein Stück von Celina weg, als es mir bewusst wurde, rückte ich zurück. Ihre Ausdrucksweise entsetzte mich, und ich brauchte ein, zwei Minuten, bis ich mich gefasst hatte. Neugierig beobachtete Flipper uns; er registrierte jede meiner Gefühlsschwankungen. Hunde von Pubertierenden befinden sich wahrscheinlich im Dauerstress.

Kurz vor elf befahl Celina Frau Vogt in herablassendem Ton, die Sauna anzustellen. Dann verlängerte sie großzügig meine Mittagspause. »Du kannst ruhig zwei oder drei Stunden wegbleiben. Ich werde mehrmals in die Sauna gehen. Ein Kilo will ich mindestens rausschwitzen.«

»Trink aber was zwischendurch!«

»Ja, ja«, sagte sie im Tonfall von nein, nein.

»Ich rufe deinen Vater an und sage ihm, dass ich heute länger weg bin.«

»Hast wohl Angst, er schmeißt dich raus?«

»Nein, das finde ich korrekt.«

Sie grinste breit. »Der ist doch gar nicht da. Der hat sich verfickt.« Dann fragte sie »Willst du Flipper bei mir lassen?«

Celina? Sauna? Flipper? Ich bemühte mich, gelassen zu bleiben. »Der muss jetzt mal Gassi. Und am Nachmittag machen wir mit dir eine Runde, diesmal den Trimmpfad, danach Yoga mit Entspannung. Morgen starten wir dein Gymnastikprogramm.«

Eine längere Mittagspause passte mir sehr gut, da Anton Dürr mir auf die Mailbox gesprochen hatte und ich so seinen Terminvorschlag bestätigen konnte. Und auch den von Felix. Er lud mich ins Kino ein! Kein Wort über gestern Abend auf meiner Mailbox. Das war mir auch lieber.

Punkt dreizehn Uhr rollte mein Volvo auf den Parkplatz des Golfclubs bei den Deixlfurter Seen. Wie immer, wenn ich hier parkte, fühlte ich mich als Außenseiterin. Antons Maybach fiel in dieser feinen Gesellschaft kaum auf.

Der Chauffeur öffnete seinem Chef die Tür, Anton, schon im Jogginganzug, stieg aus und wahrte die Form, begrüßte zuerst mich und widmete sich dann Flipper. Anton war verrückt nach Flipper. Mindestens acht Halsbänder, darunter Designerstücke, hatte er ihm im letzten Jahr geschenkt, ferner ein Deluxe-Hundebett und kiloweise Spielzeug, das ich zum Teil an die Tiertafel weitergegeben hatte. Vom Parkplatz aus joggten wir in gemütlichem Tempo die Allee entlang, rechts vorbei am Clubhaus in Richtung der Seen. Wie ein Teppich lag das Laub auf den Wegen, und wieder einmal fiel mir auf, wie sehr sich Frühling und Herbst ähneln.

»Und, wie gefällt's dir bei von Lübtow?«, fragte Anton. Es machte mich stolz, dass seine Stimme ruhig klang. Er war noch lange nicht außer Atem.

»Es ist fürchterlich«, brach es aus mir heraus, und dann erzählte ich viel mehr, als ich eigentlich wollte, und merkte, wie schwer es mir gefallen war, das Erlebte für mich zu behalten. Es wäre doch das Normalste der Welt gewesen, Felix davon zu erzählen? Aber ich wollte Felix gegenüber keine Schwäche zeigen. Er sollte aus freien Stücken mit mir zusammen sein, nicht weil ich bedürftig war...

Anton hörte mir aufmerksam zu, ich erhöhte das Tempo, er wog ja nur noch siebenundneunzig Kilo.

»Was glaubst du«, fragte er mich. »Wird Celina abnehmen?«

»Leider nein. Sie will jetzt auf die Schnelle fünf Kilo abspecken, damit sie nicht ins Internat geschickt wird. Insofern muss ich dir leider mitteilen, Anton, dass ich den Job nicht zu deiner oder von Lübtows Zufriedenheit erfüllen kann. Sorry.«

»Macht nichts.«

»Dann kannst du mir doch jetzt erzählen, was dahintersteckt?«

Anton seufzte und hob die Handinnenflächen Richtung Himmel. An seinem rechten Wurstringfinger steckte ein Ring mit seinem Familienwappen, den ihm sein Vater in einem peinlichen Festakt überreicht hatte, als Anton die Einhundertkilomarke geknackt hatte. In diesem Moment erst fiel mir die Ähnlichkeit auf. Auch Anton war von seinem Vater zum Abnehmen angehalten worden. Wenn er über hundert Kilo wog, würde er die Sozietät nicht leiten dürfen. Anton war keine Schönheit, eher ein feistes Riesenbaby, viele Millionen schwer, mit einem Herzen aus Gold, das er nicht jedem zeigte und vielleicht Menschen gar nicht. Eher seinen Modellflugzeugen und Flipper und einem asthmatischen Kater namens Proust.

»Clemens von Lübtow hat Drohbriefe bekommen«, vertraute Anton mir an. »Er weiß natürlich, dass das keine polizeilichen Ermittlungen nach sich zieht.«

»Solange nichts passiert, gibt es keinen Fall?«, ließ ich die Kriminalhauptkommissarsfreundin aufblitzen.

»Genau. Aber Clemens von Lübtow hatte einen Verdacht. In so einem Ministerium – also ich sag mal: Die haben alle Dolche an den Ellenbogen.«

»Und privat?«

»Nach dem Tod seiner Mutter vor einigen Jahren hat er kräftig geerbt. Und jetzt gibt es anonyme Briefe. Ich dachte mir, wenn du ohnehin im Haus bist, vielleicht kriegst du irgendwas mit, eher so nebenbei. Aber das war nur ein begleitendes Argument, das für dich sprach. Von Lübtow hat mich gefragt, wie ich es geschafft habe, so viel abzunehmen. Da kam die Rede auf dich, und er erzählte von seiner Tochter«, hielt Anton den Ball wieder flach. Ich wusste nicht, ob ich ihm glauben sollte, jedenfalls fand ich es nett, dass er mich eingeweiht hatte.

»Was will der Erpresser?«, fragte ich neugierig.

»Drohbriefe«, korrigierte Anton mich. »Es bleibt im Bereich von Beleidigungen.«

Was wusste er? Weshalb von Lübtow erpresst wurde, konnte Anton mir ja kaum erzählen, sonst könnte ich ihn rein theoretisch auch erpressen. Hatte er vielleicht einen Chemieunfall vertuscht? Sich bestechen lassen? Im Ministerium saß er diesbezüglich ja direkt an der Quelle. Ich überlegte laut: »Wenn er einen Verdacht hat ... also dann kennt er die Person, die dahintersteckt?«

»Ist dir irgendetwas aufgefallen, Franza?«

Ich zögerte. »Nein. Aber mal ehrlich, Anton: Dass er nicht beliebt ist, das verstehe ich. Er hat so eine ... herablassende Art. Andererseits ... mit dieser Tochter ist es auch nicht leicht. Sie hasst ihn regelrecht.«

»Ja, ja. Das ist ein schwieriges Alter«, nickte Anton. »Da bin ich doch jedes Mal froh, dass dieser Kelch an mir vorübergegangen ist.«

»Wer weiß«, lachte ich. »Wenn du weiter so abnimmst, wirst du dich bald vor Verehrerinnen kaum mehr retten können. Du bist doch eine Superpartie!«

»Wenn du das sagst, Franza«, schmunzelte Anton und strich mir freundschaftlich über den Oberarm.

Ich war auf der Rückfahrt zu Celina, als Felix mir eine SMS schickte. *Kino geht nicht. Melanie hat Termin. Sinah bei mir. Kommst du?*

Ja, antwortete ich schnell, ehe ich es mir anders überlegte, weil ein Teil von mir der Pubertät nie entwachsen war. Manchmal genügte mir allein der Name Melanie, um Pickel zu kriegen. Felix' Noch-Ehefrau war ein rotes Tuch für mich. Sie wollte ausbezahlt werden, doch der Kredit für das Haus in Gräfelfing am Münchner Stadtrand, wo Felix nie hatte wohnen wollen, lief noch. Sie hielt sich an keine Vereinbarung, ging nicht ans Telefon, rief Felix mit Vorliebe vormittags nach einem Nachtdienst an. Aber leider durfte ich nichts gegen Melanie sagen. Das ging mich nichts an. Und außerdem war sie Sinahs heilige Mutter. Was mir Sinah nicht gerade lieb und teuer machte. Was mir mich selbst nicht gerade sympathisch machte. So ein kleines süßes Mädchen. So blaue Augen. So blonde Haare. Ein Engel! Gut, dass wir Flipper hatten. Er liebte den Engel, das beruhte auf Gegenseitigkeit, so fiel es nicht allzu sehr auf, dass ich weit entfernt von mütterlichen Gefühlen war. Im Grunde meines Herzens war ich eifersüchtig auf Sinah, und das gefiel mir nicht, leider ging die Eifersucht davon nicht weg. Kein Norovirus könnte mir helfen.

10

»Tausendeinhundertzweiunddreißig Gramm!«, empfing Celina mich kurz nach zwei strahlend.

»Na prima! Hast du was getrunken?«

»Bisschen.« Sie log. Steckte aber schon startbereit in ihrem Jogginganzug.

»Du musst ausreichend trinken, weil es jetzt anstrengend werden kann. Was hast du zu Mittag gegessen?«

»Wie vereinbart«, behauptete sie und log erneut.

Diese Übermotivation gefiel mir nicht, damit leistete sie der Gefahr Vorschub, einer Heißhungerattacke zu erliegen.

»Du erinnerst dich doch, Celina«, vergewisserte ich mich, »das Wichtigste ist, den Hunger mit vernünftigem Essen einzudämmen und ihn, wenn er kommt, zügig gesund zu stillen, damit er sich nicht auswächst.«

»Klaro.« Sie lachte. Sie war gut drauf. Tausendzweihunderteinunddreißig Gramm. Für sie war das ein Erfolg, nicht bloß Wasser.

»Es ist ganz einfach, keinen Hunger zu haben.«

»Aha? Hast du ein Rezept dafür? Damit könntest du Millionen verdienen.«

Eifrig nickte Celina. »Ich stell mir vor, ich wäre ein Vampir und müsste mich von Blut ernähren. Iiiiigitt!«, sie schüttelte sich.

»Und das schlägt dir auf den Magen?«

»Willst du vielleicht Blut trinken?«

»Nein.«

»Blut schmeckt eklig«, bestätigte Celina. »Also für uns Menschen. So was kann sich allerdings ändern. Man sollte nachts und bei Vollmond nicht im Wald spazieren gehen.«

»Aber da ist es besonders schön«, sagte ich, als wäre das eines meiner Hobbys.

»Das ist gefährlich! Also auch für Flipper!« Celina senkte ihre Stimme »Es gibt Vampire, die haben sich auf Tiere spezialisiert.«

»Wie, Tiere?«, fragte ich.

Celina entblößte ihre Vorderzähne und machte ein schlürfendes Geräusch. »An der Augenfarbe kannst du es erkennen, Frau Ziska. Wenn Vampire Blut brauchen, werden die Augen gelblich. Je dunkler ihre Augen, desto frischer das Blut, das sie intus haben.«

»Flipper ist immun gegen Vampire, weil er ein blaues und ein braunes Auge hat. Das vertragen die nicht, da kriegen sie die Kotzerei, schlimmer als beim Norovirus.«

Skeptisch musterte Celina mich.

»Warum habt ihr eigentlich keinen Hund?«, fragte ich sie.

»CvL hat einen. Ein Jagdhund, der wohnt bei einem Jäger. CvL hat ihn gekauft und ausbilden lassen. Man darf nicht mit ihm schmusen und so. Eigentlich ist das gar kein Hund, eher eine Apportiermaschine. CvL schießt Vögel ab, und der Köter bringt sie ihm. Widerlich.«

»Was hat denn dein Vater gegen Hunde im Haus?«, fragte ich.

»Er verbietet alles, was ich mir wünsche.«

»Ich weiß nicht Celina ... Vielleicht meint er es manchmal auch gut mit dir.«

»Ihr Erwachsenen redet alle dieselbe Scheiße. Ich«, sie schlug sich gegen die Brust, »weiß, was gut für mich ist. Und bei allem, was gut für mich ist, stört mich der CvL. Super, dass er jetzt weg ist«, stieß sie hervor.

»Ja, aber wenn er wiederkommt, solltet ihr einen Weg finden, besser miteinander umzugehen. Ihr wohnt unter einem Dach«, versuchte ich, sie an ihr Ziel zu erinnern, ohne zu verraten, dass ich mit dem Damoklesschwert Internat bekannt war.

»Und wenn er nicht wiederkommt?«, fragte sie lauernd.

»Celina, wo soll er denn sein?«, fragte ich ungehalten. »Du wirst schon recht haben mit deiner Vermutung. Er hat sich verliebt, vielleicht hatte er auch einen Unfall und liegt im Krankenhaus.«

»Nein«, sagte Celina ruhig. »Ein Vampir hat ihn gebissen.«

Ich lachte laut auf.

Sie kniff die Augen zusammen. »Ich an deiner Stelle würde vorsichtig sein, wenn ich mit Flipper hier spazieren gehe. Weil das mit den verschiedenen Augenfarben, das ist kein wirkungsvoller Schutz.«

Ich an meiner Stelle beschloss, Andrea anzurufen. Vielleicht konnte sie Celina kurzfristig einen Termin geben.

Mit kleinen roten Augen erschien Frau Vogt in der Küche. »Celina, ich sage es dir noch einmal, ich finde es empörend, dass du als Tochter keine Vermisstenanzeige aufgeben möchtest. Deinem Vater muss etwas zugestoßen sein! Er würde nicht einfach verschwinden!«

»Ist er aber.«

»Sein Wagen steht in der Garage. Wo soll er also sein? Zu Fuß?«

Celina grinste gehässig. »Es gibt ja wohl einige bedürftige Witwen und Hausfrauen hier am Ostufer, oder etwa nicht?«

Womöglich hat er auch einfach die Schnauze voll von seiner Tochter, vermutete ich. Es war ihm nicht zu verdenken. Ich würde Felix, wenn er einmal in einer ähnlichen Lage wäre, jederzeit Asyl anbieten, egal, ob wir noch zusammen wären oder nicht.

»Vielleicht ist Herr von Lübtow auch von einem Vampir gebissen worden«, schlug ich vor, um die Situation zu entspannen.

Celina starrte mich verblüfft an.

»Sie haben hier überhaupt nichts zu melden«, erinnerte Frau Vogt mich, dass ich in der Hierarchie des Hauses unter ihr stand.

»Wohin mit Reste von Bilder?«, erklang plötzlich eine leise Stimme.

Celina, Frau Vogt und ich fuhren herum. Nur Flipper behielt die Ruhe. Er kannte die asiatische Putzfrau bereits, wie ich seinem Benehmen entnahm. Sie hatte Spuren hinterlassen, ob lediglich olfaktorisch oder auch persönlich, blieb mir unbekannt. Klein und zierlich stand sie in der Tür.

»Glas zu Container«, ordnete Frau Vogt an.

»Danke«, hauchte die Putzfee und verschwand so geräuschlos, wie sie gekommen war.

Celina verschränkte die Arme vor der Brust und funkelte Frau Vogt an. »Ich weiß genau, warum Sie so interessiert daran sind, dass mein Vater zurückkommt. Sie haben Angst um Ihr Geld. Und das sollten Sie auch. Wenn der CvL nicht wiederkommt, werfe ich Sie raus! Und Frau Lien auch. Ich fang ganz neu an. Mit Leuten, die ich mir aussuche. Mit Leuten, die mein Vater nicht gegen mich aufgehetzt hat.«

Mit ruhiger Stimme erwiderte Frau Vogt: »Ich fahre zur Reinigung. Soll ich etwas für dich mitnehmen?«

Plötzlich hatte ich Achtung vor ihr. Das war klasse pariert.

»Bestimmt nicht«, zischte Celina. Ihr Handy brummte. Sie warf einen kurzen Blick darauf, las eine SMS, überlegte es sich anders.

»Halt! Ich müsste zu Reich.«

»An der Buchhandlung fahre ich vorbei. Was brauchst du schon wieder? Du hast doch alle Vampirromane.«

»Ich komme mit. Ich brauche ...« Celina strahlte mich an. »Ich will ein schönes Heft, weißt du, Frau Ziska? Da kann ich reinschreiben, was ich gegessen und wie viel ich abgenommen habe. In unserer Buchhandlung gibt es ganz tolle Hefte und Kladden, weißt du von Paperblanks, die sind voll cool.«

»Das ist eine Superidee«, bestärkte ich sie, obwohl mir von diesen raschen Stimmungswechseln ein wenig schwindlig war.

Celina wandte sich an Frau Vogt. »Also kann ich mitfahren?«

»Dein Vater möchte, dass du die Zeit mit Frau Ziska nutzt«, ermahnte Frau Vogt sie.

»Mein Vater ist aber nicht da-ha!«, lachte Celina ihr ins Gesicht. »Oder sehen Sie ihn irgendwo?« Sie riss die Augen auf, ging leicht in die Knie und suchte den Terrakottaboden ab. »Ja wo ist er denn?« Das interessierte Flipper auch. Neugierig schnupperte er neben ihren Füßen herum.

»Wie lange würde das denn dauern?«, erkundigte ich mich.

»In Herrsching sind wir gleich«, sagte Frau Vogt mürrisch, ging in die Abstellkammer und holte einen Einkaufskorb.

»Wie lange ist gleich?«

»In dreißig bis vierzig Minuten sind wir zurück«, sagte Frau Vogt.

»Ich hole meine Jacke!« Celina lief in den Flur.

Frau Vogt ging zur Haustür, drehte sich um. »Würden Sie das Telefon abnehmen, wenn es klingelt?«, fragte sie mich.

»Erwarten Sie einen wichtigen Anruf?«

Sie musterte mich aus zusammengekniffenen Augen. »Ich weiß, dass Herr von Lübtow nicht einfach so vom Erdboden verschwindet. Er könnte entführt worden sein. Es könnte eine Lösegeldforderung eintreffen.«

Ein Gedanke keimte in mir auf. Ich musste mich anstrengen, mein »Na gut« gelangweilt klingen zu lassen, und konnte es kaum abwarten, bis die beiden in Frau Vogts Fiat das Grundstück verlassen hatten.

»Flipper, Platz«, befahl ich ihm am Fuße der Treppe. Schwarze Hundehaare im Sperrbezirk hätten mir gerade noch gefehlt. Schnurstracks ging ich zu von Lübtows Arbeitszimmer. Abgeschlossen. Ich überlegte kurz. Vor zwei Wochen hatte sich Sinah in Felix' Schlafzimmer eingesperrt. Während ich darauf wartete, dass er die Tür mit seiner Schulter sprengte oder eintrat, hatte er beim Nachbarn geklingelt und war mit drei Schlüsseln zurückgekommen. »Diese alten Schlösser sind manchmal ausgenackelt. Vielleicht haben wir Glück.« Tatsächlich: Mit dem zweiten Schlüssel, einer Prise Gefühl und sanfter Gewalt brachte er die Tür auf. Hier gab es viele Türen, und im Gegensatz zu Felix' Wohnung steckten in allen Schlössern Schlüssel. Nackeln konnte ich selbst. Und wie! Als sich das Schloss bewegte, stieß ich einen leisen Schrei aus. Wahnsinn, ich war drin! Und hätte nun wirklich Einbruchswerkzeug benötigt: Clemens von Lübtows Arbeitszimmer war eine Festung. Rechts und links von dem antiken Sekretär mit Blickrichtung zum See befanden sich eine Stahlschrankwand und ein Bauernschrank, beide verschlossen. Neben dem Bauernschrank stand ein mannshoher grauer Kasten, in dem bequem zwei Leichen Platz gefunden hätten, und einige Geldkoffer. Wie viele Waffen hier wohl aufbewahrt wurden? Ich staunte, dass der Schreibtisch zugänglich war. Keine Schlösser an dem alten Sekretär mit vielen Schubfächern. Kurz überlegte ich, ob ich Handschuhe anziehen sollte, in der Küche würde ich so etwas bestimmt finden. Aber die Zeit drängte. Ich zog die erste Schublade auf: Quittungen für Restaurantbesuche, Kleinkram, Tankbelege. In der nächsten befanden sich Büroutensilien wie Tesafilm und Klammeraffe. Das amüsierte mich. Zumindest in der Büroorganisation sind wir alle gleich. Darunter fand ich Clemens von Lübtows Briefpapier und Visitenkarten, dann wurde es unordentlich. Je weiter unten desto unsortierter. Ich wechselte zur rechten Schubladenseite und staunte nicht schlecht. Abgesperrt. Obwohl ich kein Schloss sehen konnte. Schade! Kurz überlegte ich, den Laptop zu starten, der auf dem Sekretär lag, verwarf den Gedanken aber wieder. Von Lübtow hatte sicher ein Passwort, und es würde wohl kaum Celina lauten. Da fiel mein Blick auf den Aktenkoffer neben der dunkelbraunen Kassettentür. Hatte er den nicht in der Hand gehalten, als er sich vorgestern von mir verabschiedet hatte? Also war er noch einmal zu Hause gewesen, auch wenn er hier nicht übernachtet hatte. Ich versuchte es einfach mal. Mit einem Klack sprangen die beiden Scharniere auf. Oben steckten Kugelschreiber, es gab mehrere Fächer, alle voller Unterlagen. Ich zog einige heraus, auf den meisten prangte das Wappen des Freistaates Bayern. Im vordersten Fach entdeckte ich das Schreiben eines grafologischen Instituts.

Sehr geehrter Herr von Lübtow,

wie bereits telefonisch besprochen, könnte die uns überlassene Schriftprobe durchaus von demselben Verfasser stammen wie die in Anlage eins, siehe Signifikanz-Tabelle. Die Anlagen zwei bis fünf stammen mit hoher Wahrscheinlichkeit alle vom selben Drucker, wie Sie dem beigefügten Gutachten im Detail entnehmen können.

Wir bedanken uns für Ihren Auftrag, erlauben uns, in den nächsten Tagen eine Rechnung zu übersenden, und verbleiben mit freundlichen Grüßen

In der Anlage fand ich Expertisen zu den drei Beispielen, die vom selben Drucker stammten, allerdings nicht beigelegt waren. Sie waren lediglich im Betreff aufgeführt.

DU DRECKSAU DENKST NUR AN DICH.
DU GEHST ÜBER LEICHEN.

HOCHMUT KOMMT VOR DEM FALL.

VERRÄTER!

In einer Klarsichthülle fand ich ein Blatt mit der Zeile ICH HABE HUNGER. Darunter Motive, die man aus dem Fernsehen kennt. Dunkelhäutige Babys mit greisenhaften Gesichtern, pergamentener Haut und aufgeblähten Bäuchen. ... *Das hat Celina ihm gegeben*, schoss es mir durch den Kopf.

WAS, GLAUBST DU, TUT DER MINISTER, WENN ER ERFÄHRT, DASS ...

Ja, was? Es gab nur diese Zeile, sie war fotokopiert, das Original mit der Fortsetzung des Satzes fehlte.

»Interessant«, flüsterte ich, ohne zu wissen, worum es ging. Ja, ich wusste nicht mal, warum ich hier suchte und wonach.

Plötzlich ging der Alarm los. Flipper bellte. O, du heilige Scheiße! Im Bemühen, die Unterlagen so schnell wie möglich zurückzustecken, entglitten mir die rutschigen Klarsichthüllen, einige Papiere fielen heraus, Flipper bellte immer wilder, hastig steckte ich mir einige gefaltete Papiere hinten in die Jeans, Hauptsache Frau Vogt entdeckte sie nicht auf dem Boden, schob sie Richtung Po, zog den Pullover darüber, zu spät!

»Darf ich fragen, was Sie hier machen?«

Ja. Sie hätte sehr gut zu von Lübtow gepasst. Aufmerksam stand Flipper hinter der Haushälterin, ließ sie nicht aus den Augen. An seiner Körperspannung konnte ich stets ablesen, wer mir wohlgesonnen war. Und wer nicht … Frau Vogt streckte den Arm schroff aus und wies in Richtung Treppe. »Raus!«

»Wo ist Celina?«, fragte ich sie, während ich verstohlen den Sitz der Papiere kontrollierte.

»Die kann Ihnen jetzt nicht helfen. Gut, dass ich Sie erwischt habe. Das wird ein Nachspiel haben. Glauben Sie bloß nicht, dass Ihnen Herr von Lübtow eine zweite Chance gibt. Celina kommt aufs Internat und basta.«

»Wo ist sie?«

»Sie hat zufällig in Herrsching ihre Freunde getroffen. Die bringen sie nach Hause.«

Ich stand auf. Wenn von Lübtow von meinem Einbruch in sein Arbeitszimmer erfuhr, würde er mir keine fünfhundert Euro überweisen. Frau Vogts triumphierender Blick provozierte mich. »Ich dachte, Herr von Lübtow hat eine Kontaktsperre zu der Bande angeordnet. Sollten Sie nicht dafür sorgen, dass diese auch eingehalten wird?«

»Raus!«, brüllte sie.

Flipper entblößte seine kräftigen Zähne. Zum ersten Mal zeigte sie Angst vor meinem ständigen Begleiter. Frau Vogt war ihm bisher bemerkenswert neutral begegnet. Sie schien mit Hunden vertraut zu sein. Doch ein schwarzer Riese mit gesträubtem Nackenfell ist kein Hund, sondern eine Bestie.

Ich schlug mir sacht an meinen linken Oberschenkel, Flipper kam ins Fuß, so liefen wir die Treppe hinunter. Frau Vogt blieb oben stehen.

»Grüßen Sie Celina und Herrn von Lübtow von mir!«, bat ich sie zum Abschied. Höhnisch lachte sie auf.

11

Mein Gewissen war blütenrein, als ich mein Fahrrad an diesem Mittwochabend vor Felix' Haus abschloss. Ein kleines bisschen würde ich vielleicht noch lügen müssen, vielleicht aber auch nicht. Sinahs Gegenwart würde unsere Themen bestimmen. Deshalb würden wir auch nicht über das Treffen mit seinen Kollegen sprechen, ich würde ihn nicht stichelnd fragen, wie sein gestriger Abend verlaufen war. Klug eingefädelt, Herr Kommissar.

Wie immer begrüßte Sinah mich höflich und Flipper begeistert. Es gab, wie zu erwarten, Spaghetti mit Tomatensoße. Auf Sinahs Handrücken klebte ein Pflaster, das sie mir stolz zeigte.

»Hast du dir wehgetan?«, fragte ich überflüssigerweise.

Sie nickte.

»Da hat der kleine Sneku großes Glück gehabt«, erfuhr ich von Felix. »Sie hat sich die Hand in einer Schublade eingeklemmt.«

»Es hat geblutet«, erklärte Sinah mir mit ernstem Gesicht.

Flipper schleckte über das Pflaster. Sie kicherte. Felix küsste mich auf die Wange. Wie immer war er anders in Sinahs Gegenwart. Oder war ich anders?

Während Felix unsere Teller mit Nudeln füllte, tat er mir auf einmal wahnsinnig leid. Heute war es nur ein Pflaster auf der Hand, doch was stand ihm alles noch bevor! Auch der blonde Engel würde einmal in die Pubertät kommen und Felix in die Hölle stoßen. Jetzt saß der blonde Engel noch liebreizend in seinem extrahohen Stuhl, Tomatensoße bis zu den Ohren. Eines Tages würde er mit beiden Händen Schwarzwälder Kirschtorte in sich hineinstopfen. Oder sich eine Nadel in die Vene rammen. Oder bis zum Koma saufen. Klauen, kotzen, kein Schulabschluss. Jetzt lachte der blonde Engel noch darüber, wie Felix den Tisch abräumte. Eines Tages würde er Teller und Tassen an die Wand donnern und Felix vorwerfen, nie Zeit gehabt zu haben. Jetzt ließ sich der blonde Engel noch widerspruchslos ins Bett bringen, nun ja, fast, Flipper sollte mitkommen, weil Flipper die Gutenachtgeschichte unbedingt hören wollte.

»Woher weißt du denn das?«, fragte Felix.

»Weil er es mir erzählt hat.«

»Na, dann muss er natürlich mitkommen«, nickte Felix.

»Ich räum derweil die Geschirrspülmaschine ein«, sagte ich.

»Danke!« Felix streichelte mir über die Wange.

Die Gutenachtgeschichte dauerte zehn Minuten, dann verließ Felix Seit an Seit mit Flipper das Schlafzimmer.

»Sie schläft. Danke fürs Aufräumen.«

»Bitte.«

Er lachte. »Daran könnte ich mich gewöhnen.«

»Woran?«

»Sinah ins Bett bringen, und du bist da.«

Vor einigen Wochen hätte so etwas tatsächlich einmal wahr werden können. Wir hatten nicht aufgepasst, und ich hatte befürchtet, schwanger zu sein. In meine Erleichterung beim Eintreffen meiner Regel mischte sich ein Hauch Bedauern. Aber damals hatte ich nur an ein Baby, nicht an Pubertät gedacht.

Felix setzte sich neben mich auf die hässliche Couch. Er hatte die Wohnung als Übergangslösung möbliert gemietet, als er aus seinem Eigenheim ausgezogen war. Nun lief die Scheidung, und er wohnte noch immer hier. Ob er mich jetzt fragen würde, ob wir … zusammenziehen sollten …

Sein Handy klingelte. Er warf einen kurzen Blick darauf und meldete sich genervt.

»Alles okay«, sagte er, und ich wusste, dass Melanie dran war. Wie oft hatte sie heute schon angerufen – zehnmal, fünfzehnmal? Melanie rief mit leidenschaftlicher Inbrunst an, wenn Sinah bei Felix war. Wenn er nicht dranging, war damit zu rechnen, dass sie vor der Tür stand: Ich hab mir Sorgen gemacht.

»Melanie, ich schalte das Handy jetzt aus. Sinah schläft. Ich … was? Okay. Ja. Ja, mach ich. Servus.«

Er drückte den roten Knopf. »Ich soll Sinah morgen früh in den Kindergarten bringen.«

»Vielleicht überlegt sie es sich noch fünfmal anders.«

»Wir gehen nicht mehr ran«, sagte er, und seine Stimme wurde dunkler. »Wie du weißt, ist die erste Schlafphase bei Sinah die tiefste.«

Sicherheitshalber legte ich Flipper vor die Kammertür ins Platz. Sollte Sinah wider Erwarten zur Toilette müssen, würde er uns warnen.

»Denkst du eigentlich manchmal an später?«, fragte ich ihn danach, als das scheußlichste Sofa der schönste Ort auf Erden war.

»Wie, später?«

»Wenn die Sinah groß ist.«

»Oft.«

»Und was denkst du dann so?«

»Wie?«

»Allgemein.«

»Du meinst persönlich? Nichts, was sich auf die weltpolitische Lage oder den Klimawandel bezieht?«, vergewisserte er sich.

Ich nickte.

»Ich wünsch mir natürlich, dass sie ein schönes Leben führt. Dass sie sich selbst verwirklicht. Dass sie das macht, womit sie glücklich ist. Ich wünsch ihr gute Freunde, keine Sorgen, einen Superjob, Gesundheit, Geld in Hülle und Fülle.« Er lachte. »Was man seiner Tochter halt so wünscht. Und ...«, er legte eine Pause ein, »vor allem wünsch ich ihr, dass sie es besser macht als ihre Eltern. Ich wünsche ihr eine glückliche Beziehung.«

»Mit Kindern?«, fragte ich schnell. Wie immer, wenn er sich und Melanie als Eltern bezeichnete, tat mir das weh, weil es mich ausschloss. Die beiden teilten ein Wir, zu dem mir der Zugang versperrt war.

»Darüber hab ich noch nie nachgedacht. Dann wär ich ja ... Opa!« Wieder lachte er. In der Sonne, die dabei aufging, hätte ich mich aalen können. »Nein, das muss nicht sein. Also jetzt, also ich meine ...« Er schloss kurz die Augen. »Vielleicht gefällt mir das irgendwann mal. Doch. Mein Chef, der Chefbauer, der flippt völlig aus, seit er zum zweiten Mal Opa ist. Aber darauf kommt es ja nicht an. Wichtig ist, dass es für Sinah stimmt. Sie muss sich Kinder wünschen, nicht ihr Vater Enkel.«

»Glaubst du, dass du immer einen guten Kontakt zu ihr haben wirst?«

Felix nahm mich sanft bei den Schultern und schob mich ein Stück von sich weg. Forschend schaute er mich an. »Was fragst du dauernd für komische Sachen, Franza Fischer?«

»Man hört halt manchmal so Geschichten.«

»War's heute wieder besonders dramatisch in deinen Umkleidekabinen?«

Eine kleine Lüge bloß. »Ja.«

Er wartete.

»Wenn die Kinder in die Pubertät kommen«, fuhr ich fort. »Das ist nicht so einfach.«

Felix schmunzelte »Bis dahin fließt aber noch viel Wasser die Isar runter.«

»Man hört, dass die Zeit schneller vergeht, als man glaubt.«

»Das mag wohl wahr sein«, erwiderte er lapidar.

»Jedenfalls«, ich holte tief Luft, »ich bin da.«

»Wie?«

»Also, wenn was ist.«

Felix schaute mich belustigt an. »Du meinst, wenn ich mal Probleme mit Sinah in der Pubertät habe, dann wende ich mich vertrauensvoll an dich, das meinst du?«

Innerlich seufzte ich. Das war ja ein schwierigeres Thema als Zusammenziehen.

»Du meinst«, fuhr Felix fort, »dass ich mich nicht genug um Sinah kümmere und deshalb mit Schwierigkeiten rechnen muss?«

»Nein! So habe ich das nicht gemeint. Ich finde dich als Papa ... umwerfend!«

»Leider sehe ich selbst das anders«, sagte Felix leise, schüttelte den Kopf und schaute mir tief in die Augen. »Ich weiß nicht, ich weiß nicht, Franza. Irgendwas gefällt mir hier nicht. Was ist los?«

»Nix«, sagte ich. Denn ich konnte ihm ja nicht erklären, wie leid er mir heute schon tat. Und wie sehr ich mir wünschte, er möge das alles nicht erleben müssen. Wie sehr ich mir wünschte, niemals möge Sinah ihm Vorwürfe machen oder ihn gar hassen.

Weil ich doch wusste, dass er es wirklich nicht leicht und sein Bestes gegeben hatte.

»Ich mein ja nur, also wenn wir dann getrennt wären, wenn sie in der Pubertät ist und du mit ihr Probleme hättest, könnte ich ihr sagen, dass du alles getan hast, was in deiner Macht stand, und dass …«

»Getrennt«, wiederholte Felix.

»Ja, also zum Beispiel«, sagte ich.

Er schaute mich noch intensiver an. Ich befürchtete, wir würden gleich streiten. Als Mann verstand er manchmal die einfachsten Dinge nicht.

»Getrennt«, wiederholte er noch einmal. Dann lächelte er. Sehr sexy. Und nickte langsam. »Wenn ich jetzt mal versuche, das Ganze mit meinen rudimentären Kenntnissen der Franza-Fischer-Logik zu durchleuchten, dann würde ich übersetzen«, tief holte er Luft. »Erstens: Sie will sich trennen.«

»Nein!«, rief ich erschrocken.

»Zweitens: Mein Essen hat ihr nicht geschmeckt.«

»Falsch!«

»Drittens«, er beugte sich zu mir, seine Lippen dicht an meinen, »der Sex mit mir war so fantastisch, dass sie danach einfach nichts mehr braucht.«

Schleunigst bewies ich ihm, dass auch ein Superbulle sich täuschen kann.

12

Felix kam als Letzter zur Besprechung am Donnerstagmorgen – an der Hand seine Tochter, die Kollegen sahen es durch die Glastür und stöhnten.

Felix stellte die Kleine ab, schärfte ihr ein zu warten und betrat den Raum.

»Entschuldigung. Sinah hat bei mir übernachtet, und ich sollte sie in den Kindergarten bringen. Dort stellte sich heraus, dass er heute erst am Mittag öffnet. Davon hat mir Melanie nichts gesagt.« Felix richtete den Blick auf den Ersten Kriminalhauptkommissar Leopold Chefbauer. »Ich kann jetzt einen halben Tag Urlaub nehmen, oder ich behalte sie bei mir im Büro. Ich schließe heute den Fall mit der Drückerkolonne ab, das täte also passen, will sagen, es steht nichts Dringendes an. Tut mir leid.«

»Ist es dir schon mal aufgefallen, Felix«, fragte Kriminalhauptkommissarin Laura Lichtenstern, »dass keine einzige deiner Kolleginnen ihre Kinder mit zur Arbeit nimmt?«

Felix hob die Hände zum Himmel. »Ja. Frauen können besser organisieren. Vielleicht sind sie aber auch nicht mit Frauen verheiratet, sondern mit Männern, und die machen solche Sachen nicht.«

»Was für Sachen?«, hakte Kommissarin Claudia von Dobbeler nach, während Kriminalhauptkommissar Dieter Manzinger und Kriminalkommissar Bert Roch breit grinsten.

»Die stellen dir kein Kind im T-Shirt vor die Tür, wenn es draußen regnet, damit du ihm Klamotten kaufst, die sagen dir Bescheid, wenn der Kindergarten geschlossen hat, die ...«

Der Chef unterbrach ihn. »Wir wissen, dass du das nicht machst, um uns zu ärgern, Felix. Du brauchst keinen Urlaub zu nehmen. Heute ist noch nichts Neues passiert, und wenn ma Glück haben, bleibt das so.«

»Dann geb ich der Sinah in meinem Büro was zum Malen, sie braucht ja bei der Besprechung nicht zuzuhören«, sagte Felix.

Leopold Chefbauer nickte.

In diesem Moment bog Veronika um die Ecke, eine der Schreibkräfte, entdeckte Sinah, ging vor ihr in die Knie, blickte sich suchend um und nickte Felix dann lächelnd zu. »Danke!«, rief er nach draußen, obwohl sie ihn nicht hören konnte. Jetzt konnte er sich entspannen, Sinah war erst mal aufgeräumt. Er setzte sich zwischen seine beiden Kolleginnen Laura und Claudia. In der Morgenrunde wurden jeden Tag die Ereignisse der Nacht besprochen, die Kollegen brachten sich gegenseitig auf den aktuellen Stand ihrer Ermittlungen, Aufgaben wurden verteilt. Felix schätzte die Zusammenarbeit in diesem kleinen Team sehr. Die Kripo Fürstenfeldbruck war keine Fabrik wie die in München, man musste sich nicht auf etwas Bestimmtes spezialisieren. In München gab es Kollegen, die den ganzen Tag nichts anderes bearbeiteten als rechte Fahrertür oder linke Fahrertür aufgebrochen. Das Aufgabengebiet des Fürstenfeldbrucker K1 war genauso breit wie sein Einsatzgebiet, nebenbei bemerkt der Speckgürtel Münchens: das herrliche Fünfseenland.

»Mittags bring ich sie in den Kindergarten«, sagte Felix noch einmal in die Runde.

»Da hab ich was für dich«, sagte der Chef. »Dein Kindergarten, der ist in Schwabing, oder?«

»Sein Kindergarten«, wiederholte Claudia von Dobbeler.

»Aber deine Frau wohnt doch in Gräfelfing?«, fragte Laura.

Leopold Chefbauer seufzte.

»Genau das mein ich«, sagte Felix.

»Das verstehe ich jetzt aber nicht«, schaltete sich Claudia von Dobbeler ein.

»Eben«, nickte Felix.

»Ruhe!«, verlangte der Chef.

Sie grinsten. »Oiso«, sagte Leopold Chefbauer zu Felix. »Wenn du schon in Schwabing bist, dann fährst du in das Bayerische Staatsministerium für Ernährung, Landwirtschaft und Forsten. Das ist in der Ludwigstraße.«

»Ich weiß, wo das ist. Und was mach ich da?«

»Du nimmst den Johannes mit.«

Kriminalobermeister Johannes Winter schnellte in eine aufrechte Sitzposition. Seit zwei Monaten gehörte er zu den Bruckern. Sein Vorgesetzter im Streifendienst hatte ihn gefragt, ob er sich vorstellen könnte, zur Kripo zu wechseln, und dort, daraus machte er kein Hehl, war Felix Tixel sein großes Vorbild.

»Aber was hamm mir mit München zu tun?«, erkundigte Felix sich.

»Nix«, brummte Leopold Chefbauer. »Der Polizeipräsident hat mich angerufen. Der ist vom Herrn Staatsminister aufgescheucht worden. Da ist einer nicht zum Dienst erschienen.«

Alle grinsten.

Abwehrend hob Leopold Chefbauer die Hände. »Ja, ja. Das hab ich dem Polizeipräsidenten auch gesagt, und er hat es dem Minister gesagt. Aber der Mann«, Chefbauer setzte seine Lesebrille auf und blätterte in seinen Unterlagen, »Clemens von Lübtow heißt er, ist wohl ziemlich zuverlässig. Man macht sich Sorgen.«

»Wie alt ist er?«, fragte Dieter.

»Neunundvierzig.«

»Krank?«, fragte Dieter.

»Nein. Keine chronische Erkrankung. Und auch nicht psychisch auffällig. Alles deutet darauf, dass wir nichts damit zu tun haben!«

»Wir schon gar nicht!«, rief Laura. »Wir sind die Kripo.«

»Ja, ja. Wir haben damit nichts zu tun und auch nicht die Kollegen von der Streife. Der Mann ist erwachsen. Es gibt keine Anzeichen für ein Verbrechen. Also auch keinen Fall. Aber«, Chefbauer machte eine Pause. »Wir müssen trotzdem mal schauen.«

»Und wieso wir?«, fragte Felix.

»Weil er in Wartaweil wohnt. Das gehört nun mal zu uns.«

Johannes blickte auf die Karte mit dem Gebiet der Kripo Fürstenfeldbruck. Es war riesig mit den an München angrenzenden Landkreisen Starnberg, Dachau, Fürstenfeldbruck und Landsberg am Lech.

Chefbauer schob Felix eine Mappe zu. »Hier ist das Fax drin, und ein Foto haben sie auch geschickt. Fahrt auch mal zu dem nach Hause.«

»Das kann doch eine Streife machen.«

»Hat sie schon. Zwei Kollegen waren heute Morgen da.«

»Wieso sollen wir dann noch mal hin?«

Chefbauer seufzte. »Ich will mir nicht nachsagen lassen, dass wir den Schmarrn von denen nicht ernst nehmen.«

Drei Stunden später gingen Felix und Johannes zu einem der 3er BMWs auf dem Parkplatz. Sinah hüpfte vor ihnen her.

»Ich freu mich, dass wir mal wieder einen Fall zusammen haben, Felix«, sagte Johannes.

»Das ist kein Fall«, korrigierte Felix. »Das ist ein Gefallen.«

»Im Gefallen steckt der Fall aber drin.«

»Es ist wohl eher ein Vorfall«, grinste Felix. »Jetzt bring ma die Sinah in Kindergarten, danach fahr ma ins Ministerium.«

Im Dunkeln

Irgendwann hatte er sich in den Sarg gelegt. Es wäre dumm gewesen, es nicht zu tun. Der Sargboden war mit Heu aufgeschüttet, das wärmte auch. Zuerst hatte er nur geschrien. Er war so entsetzt, dass er den Schmerz in den Rippen vorübergehend vergessen hatte. Bis er ihn fast ohnmächtig machte. Dann hatte er lange geweint – staunend, dass er das noch konnte. Schließlich hatte er sich gezwungen, es einzustellen. Tränen schwächten. Er merkte jetzt schon deutlich, wie seine Kräfte nachließen. Allzu viel Fett hatte er nicht am Körper, wobei das nicht das vordringliche Problem war. Er musste trinken. Er spürte förmlich, wie seine Zellen austrockneten. Sein Hals war eine einzige Wunde, die nach Wasser schrie. Selbst wenn er sich leicht in die Backe biss, produzierte er keinen Speichel mehr. Flüssigkeit brauchte er aber, weil er gründlich überlegen musste.

Wer hatte ihn entführt? Warum war er hier? Was wollte der Entführer von ihm, waren es mehrere?

Sobald er das wusste, konnte er verhandeln. Er hatte keine Ahnung, wer dahintersteckte, wobei es natürlich einen Verdacht gab. Aber er traute Bodenstedt so etwas nicht zu. Er an Bodenstedts Stelle hätte seinen Wagen manipulieren lassen oder einen Autounfall fingiert. Er an Bodenstedts Stelle hätte die Sache aus der Welt geschafft. Mich, dachte er bitter. Und genau das war der Unterschied. Er war ein Profi, Bodenstedt ein Dilettant. Oder steckte gar nicht Bodenstedt dahinter, sondern Gempel? Oder … Er spürte die Müdigkeit aufziehen. Dabei hatte er doch eben erst geschlafen, oder nicht? Es war nicht kalt in dem Raum, dennoch fror er nun stark. Er gab seinen schleppenden Kreisgang um den Sarg auf und legte sich wieder in das Heu. Er war bereits so verzweifelt, dass er sich lediglich wünschte, von Wasser zu träumen, einem Bad in reiner Quelle und trinken, trinken, trinken.

13

Um neun – ich war eine Stunde mit Flipper an der Isar gejoggt und meiner Wohnung beim Mariahilfplatz an der Corneliusbrücke schon recht nah – bellte mein Handy. Gleichzeitig wurde Flipper von einer Schäferhündin entdeckt – Stereo. Ich telefoniere nicht gern beim Gassi, ich finde das unhöflich dem Hund gegenüber. Manche Herrchen und Frauchen disqualifizieren sich allein dadurch als Chefs, dass sie, kaum auf Geschäftetour, ihre elektronischen Spielzeuge zücken und somit nicht mitbekommen, was wichtig ist im Leben. Nämlich dieses angeschwemmte Holz da vorne und dass die Luft heute so mild ist, spürst du's? Nein, sie spüren nichts, sie tippen bloß. Sind allein deshalb draußen, damit sie kein schlechtes Gewissen dem Hund gegenüber haben müssen, und merken nicht, was sie verpassen, wenn sie nicht da sind, wo sie sind.

Die Nummer auf dem Display war mir fremd.

»Hallo?«, meldete ich mich, während ich über das Spielfeld an der Reichenbachbrücke lief, an dem sich bei schönem Wetter Obdachlose und interessierte Bürgerinnen und Bürger zu einer Partie Schach treffen.

»Hey, Frau Ziska, wo bleibst du?«, brüllte mir Celina ins Ohr.

Ich überquerte die Eduard-Schmid-Straße. »Ich komm nicht mehr.«

Flipper schnupperte konzentriert auf dem Schachfeld herum.

Als Junghund im Sommer vor zwei Jahren hatte er den Spielern mit Vorliebe den König geklaut. Das hatte mich einige Flaschen Augustiner gekostet. Bei manchen der Spieler hieß Flipper respektvoll nach einem Schachweltmeister aus dem vergangenen Jahrtausend: *Fischer*, weil er zuweilen inspirierend in den Spielverlauf eingegriffen und sich mit zunehmendem Alter auch mal einen Läufer oder Springer geschnappt hatte – manchmal läutete er damit eine neue Spielphase ein und verhalf einem im Schatten des Schach darbenden Denker zu völlig neuen Perspektiven. Die hätte ich jetzt auch gebraucht.

»Das kannst du nicht bringen«, brüllte mir Celina ins Ohr.

»Doch«, sagte ich und ließ Flipper nicht aus den Augen, bis er die Straße überquert hatte. Großstadt ohne Leine ist Nervenkitzel. Klar folgt er. Klar bleibt er vor Bordsteinkanten stehen. Aber ob er das immer macht, weiß man erst danach.

»Frau Ziska! Du musst kommen!«

»Hat dir Frau Vogt nicht gesagt, dass sie mir gekündigt hat?«, fragte ich Celina.

»Frau Vogt?« Celina lachte hysterisch. »Das kann sie nicht. Sie ist unsere Angestellte! Sie darf keine solchen Entscheidungen treffen! Das kann nur mein Vater beziehungsweise«, sie machte eine Pause, »ich. Und ich habe dir nicht gekündigt, Frau Ziska. Also komm gleich her!« Es schien wirklich dringend zu sein, denn Celina fügte ein »Bitte« an. Ob Frau Vogt ihr nichts von meiner Durchsuchung des Arbeitszimmers ihres Vaters erzählt hatte? Oder war genau das der Grund, warum sie mich zurückhaben wollte, nach dem Motto: Sein Feind ist mein Freund?

»Du hast dich gestern nicht an unsere Abmachung gehalten. Frau Vogt ist ohne dich vom Einkaufen zurückgekommen«, erinnerte ich Celina und erwartete, dass sie mich im Gegenzug an mein Fehlverhalten im Arbeitszimmer ihres Vaters erinnern würde. Stattdessen entschuldigte sie sich. »Ich war wirklich nur kurz unterwegs. Es war total wichtig. Ich musste nach Herrsching, und ich hab doch noch kein Moped. Kommst du jetzt, Frau Ziska?«

»Was ist mit deinem Vater?«

»Der ist weg.«

»Machst du dir keine Sorgen?«

»Um den CvL?« Sie lachte schrill. »Jetzt bestimme ich. Ich entscheide, wer ins Haus kommt und wer nicht. Und ich werfe keinen Jungen raus, der überhaupt nichts gemacht hat, bloß mit meiner Tochter im Internet Mopeds angeschaut.«

»Aber du weißt doch, dass dein Vater dem Schorsch Hausverbot erteilt hat!«, erinnerte ich sie.

»Das war nicht der Schorsch.«

Aha, daher wehte der Wind. So wie Celina im Moment aussah waren Verehrer wahrscheinlich Mangelware für sie.

»Er hat den Tobi gefragt, ob ich ihm nicht zu fett bin!«, brüllte sie mir ins Ohr. »Der Tobi ist total ausgeflippt. Er hat ihm ordentlich die Meinung gesagt. Dass man so nicht mit seiner Tochter redet, mit überhaupt niemandem redet man so, hat der Tobi gesagt, nicht mal mit einem Haustier. Aber bei uns ist das normal. Und dann hat der CvL ihn rausgeschmissen. Der Tobi hat mich nie mehr besucht, verstehst du, nie mehr! Weil der CvL alle rausekelt, an denen mir liegt. Weil er mich isolieren will. Weil er mir überhaupt nichts gönnt. Der Tobi ist jetzt immer mit der Annalena und den anderen Dünnen zusammen. Mir doch egal. Ich will nicht dünn und sportlich sein! Ich interessiere mich für andere Sachen. Geistige. Da muss man keine Muskeln haben, verstehst du! Also, wann kannst du hier sein?«

»Celina, das tut mir sehr leid«, sagte ich aufrichtig betroffen.

Ich konnte mir die Szene gut vorstellen, auch wenn Celina mir nur einige Bruchstücke hingeworfen hatte.

»Wann bist du da?«, wiederholte sie trotzig.

»Und wenn dein Vater nie mehr wiederkommt?«, malte ich den Teufel an die Wand, um ihr den Ernst der Lage klarzumachen, denn irgendetwas an diesem Verschwinden gefiel mir nicht, ganz und gar nicht. So wie ich von Lübtow kennengelernt hatte, war er keiner, der eben mal schnell die Fliege machte. Er war eher einer, dem die Fliege gemacht wurde, da hatte Frau Vogt schon recht.

»Ich rechne nicht damit«, erwiderte Celina, »meinen Vater so bald wiederzusehen.« Ihre Stimme klang seltsam, als wüsste sie etwas, das sie mir vorenthielt. Gänsehaut rieselte meinen Nacken hinab.

»Und deshalb kann ich dich auch einstellen, Frau Ziska. Ich bin jetzt die Chefin im Haus, nicht die olle Vogt. Also, wann kommst du?«

Fieberhaft überlegte ich. Dann sagte ich: »Celina, heute kann ich nicht. Ich ruf dich später noch mal an.«

»Aber du kannst mich doch jetzt nicht im Stich lassen!«

»Ich lass dich nicht im Stich. Du kannst dein Programm auch ohne mich absolvieren.«

»Gestern hast du gesagt, heute fangen wir mit der Gymnastik an. Und Yoga wolltest du mir auch beibringen.«

»Das läuft ja nicht weg«, sagte ich. »Celina, ich melde mich später wieder.«

»Aber ...«

Flipper erlöste mich, indem er sich von einem Dackel verbellen ließ. Mutiges Ansinnen, aber gänzlich ohne Erfolg – Flipper schaute nicht mal in seine Richtung.

»Das ist Flipper?«, fragte Celina.

»Ja, ja«, sagte ich. »Ich muss jetzt Schluss machen.«

»Okay«, zeigte Celina sich einsichtig. So was war ich gewöhnt. Flipper wurde ein Verständnis zuteil, das man mir nur selten angedeihen ließ.

»Bald hab ich auch einen Hund«, verkündete Celina zum Abschied. »Und ich weiß auch schon, wie er heißen wird: Edward.«

Als ich die Verbindung weggedrückt hatte, zitterten meine Hände, und auch meine Stimme zitterte, wie ich beim Bäcker hörte, wo ich mir eine Breze und eine Kürbiskernsemmel einpacken ließ.

»Kriegen Sie auch an Katarrh, Frau Fischer?«, vermutete die Bäckermeistersfrau.

»Hoffentlich nicht.«

»Es geht ja was um.«

»Ja, um die Jahreszeit geht immer was um.«

»Ach, geben s' mir doch noch zwei Semmeln für meine Nachbarin«, fiel mir Rosina Marklstorfer ein.

Vor dem Laden erwartete mich Flipper ungeduldig. Er hatte es eilig. Jetzt war Napfzeit. Wenn ich schnell gehe, kann ich nicht gut denken – ich folgte ihm langsam. Konnte Celina hinter dem Verschwinden ihres Vaters stecken? Hatte ihr die Clique geholfen beziehungsweise Schorsch? Der Gedanke war so schrecklich, dass ich ihn kaum fassen konnte, doch auf einmal fügte sich alles. Celinas Hass, ihre Anspielungen, ihre Freude über das Verschwinden des Vaters ... Sie war überhaupt nicht überrascht gewesen, als Frau Vogt uns mitgeteilt hatte, er habe nicht zu Hause geschlafen ... Und bei der Polizei wollte sie sein Verschwinden auch nicht anzeigen ...

Aber war denn so etwas möglich? Celina war doch noch ... ein Kind! Nein, war sie nicht. Flipper zuliebe rief ich Andrea nicht vom Handy aus an, sondern erst, als er seinen Napf bekommen und ich Kaffee aufgesetzt hatte.

»Klar ist das möglich«, erklärte Andrea mir am Telefon.

»Bisher habe ich immer nur von Eltern gehört, die ihre Kinder umbringen«, dachte ich laut.

»Von Umbringen ist ja wohl keine Rede.«

»Aber er ist weg!«

»Du vermutest, Celinas Clique hat ihn entführt – sie könnte die Kidnapper ins Haus gelassen haben. Vielleicht ist er aber auch normal weg, und Celina wünscht sich bloß, dass er nie mehr kommt, womöglich ist er auf einer Dienstreise? Du sagtest doch, sein Wagen steht in der Garage, da hat er sich eben ein Taxi zum Flughafen gerufen.«

»Frau Vogt hat mit dem Ministerium telefoniert. Die wüssten es ja wohl, wenn er weggeflogen wäre.«

»Ich kann keine Diagnose stellen, solange ich Celina nicht gesehen habe.«

»Also bringe ich sie zu dir?«

Andrea wehrte ab. »So einfach ist das nicht, Franza. Ich bin keine Werkstatt für essgestörte Mädchen. Es ist nicht so, dass man da einfach mal an einer Schraube dreht, und alles läuft wieder rund.«

Ich grinste. »Rund soll sie eben nicht laufen. Und es ist weniger ein Schraub-, eher ein Einspritzpumpenproblem.«

Andrea seufzte. Solche Witze mochte sie nicht. »Ich glaube nicht, dass Celina freiwillig zu mir kommt.«

»Ich könnte ihr sagen, dass wir ins Tierheim fahren, Hunde anschauen, und auf dem Heimweg besuchen wir eine Freundin, dich. Sie will nämlich jetzt auch einen Hund. Stell dir mal vor, der soll Edward heißen, also wie Prinz Charles.«

»Nein, wie Bella«, seufzte Andrea noch einmal.

»Wer?«

»Das ist Edwards Freundin.«

»Kenn ich nicht.«

»Das wundert mich auch nicht. Er ist Vampir. Hm …« Sie zögerte. »Ich maile dir später ein paar Termine«, sagte sie. »Celina allein wird es nicht getan haben, nein, das halte ich für ausgeschlossen, aber wenn sie vor den anderen gut dastehen will … Und du hast doch gesagt, dass sie in diesen Schorsch verliebt ist.«

»Liebe soll man prinzipiell meiden«, sagte ich leichthin. Eine Erkenntnis, die nicht neu für mich war, aber zurzeit kaum durchführbar. Denn in Felix war ich viel mehr als nur verknallt und verliebt. Ich hatte begonnen, ihn zu lieben. Die Art, wie er morgens voller Energie aus dem Bett sprang, wie er sich die Schuhe zuband mit diesem Spezialknoten, seinen Geruch, den bettwarmen am Morgen und den am Abend, wenn er frisch aus der Dusche kam. Seine wilden Spiele mit Flipper und dass er so unkonventionell dachte. Bei ihm musste nichts genauso sein wie immer oder wie bei allen anderen, alles durfte auch anders sein, das fand er sogar interessant, und obwohl sie mir großen Kummer bereiteten, liebte ich seine Fürsorge und seine Anstrengung, für seine Tochter da zu sein. Und natürlich den Halbmond, dieses hauchzarte Grübchen auf seiner linken Wange. Und wie er mich zuweilen anschaute mit diesem tiefseeblauen Blick. Und dass er mich manchmal Reh mit Löwenmähne nannte.

Liebe ist gefährlich. Mich daran zu erinnern, bedurfte es keiner Celina. Aber Liebe ist auch gesund. Auf der körperlichen Ebene als Herzkreislauftraining, und seelisch ersetzt sie manche Yogastunde. Ich musste heute Abend aber trotzdem eine abhalten. Und danach würde ich Felix sehen und brauchte nicht zu lügen.

Wir könnten zu unserem schönen Alltag zurückkehren, der mir noch immer wie ein Wunder erschien. Ich erzählte von meinem Tag, er von seinem. Alles Eierkuchen und überhaupt nicht langweilig.

14

Im Ministerium wurden Felix und Johannes von Ministerialrat Hilger, einem kleinen dicken Mann mit struppigem Schnauzer und glänzender Halbglatze, in Empfang genommen.

»Im Namen des Staatsministers, des Amtschefs und unserer Abteilungsleiter möchte ich mich bedanken. Wir sind uns vollumfänglich darüber bewusst, dass dies ein Entgegenkommen Ihrerseits darstellt. Wir selbst gehen derzeit von keinem Verbrechen aus, jedoch sind die Umstände nebulös, denn unser geschätzter Mitarbeiter Herr von Lübtow hat noch nie unentschuldigt gefehlt, und Sie werden eine gewisse unserseitige Beunruhigung teilen, wenn Sie erfahren, dass sein Bereich durchaus als vertraulich zu bezeichnen ist.«

»Was für ein Bereich?«, fragte Felix.

»Herr von Lübtow hat in unserem Ministerium die Position eines Abteilungsleiters inne. In unserer Organisationsstruktur bedeutet dies, dass er eng mit dem Herrn Staatsminister zusammenarbeitet.«

»Aha«, sagte Felix. »Und was arbeitet er da genau zusammen?«

Der Beamte Hilger wand sich. »Nun, ich bin vorerst lediglich beauftragt, Ihnen den Arbeitsplatz des Herrn von Lübtow zu zeigen. Seine Sekretärin und seine engste Mitarbeiterin sind heute unglücklicherweise beide nicht im Hause.«

»Wo sind sie denn?«

Johannes grinste in sich hinein. Je geschraubter sich der Ministerialrat ausdrückte, desto weniger Gewinde legte Felix auf.

»Frau Strehle, das ist quasi die Assistentin, hat Urlaub, und Frau Krennrich ist krank.«

»Schon länger?«

»Nein ich habe mich extra erkundigt. Sie hat einen Zahn gezogen bekommen.«

»Ihr Ministerium kümmert sich um Ernährung, Landwirtschaft und Forsten?«

»Ja. Das ist ein großes Aufgabengebiet mit vielerlei Berührungspunkten, aber auch ganz unabhängig voneinander.«

»Und für welche Sparte ist Herr von Lübtow zuständig?«, bohrte Felix nach.

»Im Moment ist Herr von Lübtow vordringlich mit unserer Taskforce Verbiss beschäftigt, die ist auf der Referatsebene Sonderaufgaben angesiedelt.«

»Sonderaufgaben«, wiederholte Felix.

»Ja, wie gesagt, unser Aufgabengebiet ist breit gefächert und komplex.«

Felix' Handy klingelte. Er warf einen Blick auf das Display, nickte Johannes zu. »Lass dir doch mal das Büro zeigen. Ich komme dann nach, oder wir treffen uns draußen.«

Einige Minuten lang sagte Felix gar nichts. Melanie hatte ein großes Redebedürfnis, und die Erfahrung hatte ihn gelehrt, dass es klüger war, nichts zu entgegnen. Sie musste sich müde laufen, leer reden. Am liebsten hätte er sie weggedrückt, doch wenn er guten Kontakt zu Sinah wollte, musste er mit Melanie klarkommen. Obwohl Melanie wollte, dass er auszog, fand sie es empörend, dass er jetzt eine Freundin hatte, was sie von Sinah wusste, wobei diese wohl nur von dem Hund erzählt hatte. Sinah wünschte sich brennend einen Hund, und nun hörte sich Felix zum wiederholten Mal an, dass er Sinah einen Floh ins Ohr setzen würde. Über die Freundin kein Wort. »Ich will keinen Scheißköter im Haus«, sagte Melanie, und Felix dachte, dass das der allererste Fehler war, als er Melanie kennengelernt hatte. Er war hin und weg von ihr gewesen, doch beim zweiten oder dritten Treffen hatte sie Scheißköter zu einem freundlichen Hund gesagt, der neugierig an ihrem Schuh schnüffelte. Da war er skeptisch geworden. Aber ihre Augen leuchteten, und ihr Lachen klang hell. So hatte Felix den »Köter« vergessen. Das war ihm zum Verhängnis geworden. Andererseits – ohne Melanie gäbe es keine Sinah. Insofern war alles richtig, genau so, wie es war. Doch nie mehr würde er eine Beziehung mit einer Frau führen, die keine Hunde mochte. Felix grinste. Oder nur Hunde mochte. Bei Franza war er am Anfang mehr auf den Hund abgefahren als auf das Frauchen, das es hasste, als Frauchen tituliert zu werden. Franza war die Chefin, wenigstens auf den ersten Blick. Auf den zehnten oder zwanzigsten Blick konnte man manchmal ein Rehlein erkennen, allerdings mit einer Löwenmähne. Es war sehr scheu, und kaum bemerkte es den Blick des Jägers, sprang es ins Unterholz.

»Felix, hörst du mir überhaupt zu?«

»Ja, Melanie«, sagte er freundlich und beobachtete zwei Männer in dem hier üblichen Dresscode – Anzug, Aktenkoffer, unauffällig – die sich vor dem Fahrstuhl leise unterhielten. Nervös, wie er meinte.

»Ja«, wiederholte Felix ins Telefon und merkte, dass ihn irgendetwas irritierte, ganz weit außen, am Rande seiner Aufmerksamkeit. Wie ein Störgeräusch. Für einen kurzen Moment begegnete sein Blick dem eines der beiden Männer, die nun langsam zum Fenster gingen. Ein Blick wie ein Dolchstoß.

»Felix, und deshalb finde ich, dass du ...«, sagte Melanie.

»Ich muss jetzt leider aufhören. Ich bin im Dienst.«

»Deine Scheißfreundlichkeit kannst du dir sonst wohin stecken. Du bist wie Seife. Du glitschst einem durch die Hände. Nie beziehst du Stellung!«

Felix musste sich zusammenreißen. Es war völlig egal, wie er sich verhielt. Es war immer falsch. Weil er nun der Falsche für Melanie war, was sie sich ständig neu beweisen musste, da sie noch immer an einem Felix hing, den es vielleicht nie gegeben hatte.

»Ich bin hier bei einer Befragung und möchte jetzt weitermachen«, sagte er neutral.

»Natürlich«, keifte sie. »Du bist ja immer im Dienst.«

»Was dich freuen sollte, Melanie. Schließlich hast du mir erst neulich wieder eine Liste gemailt, was die Sinah alles braucht. Und das ist ja nicht billig.«

»Andere Väter würden sich darüber freuen, wenn ihre Kinder so prächtig gedeihen und schnell wachsen.« Damit legte sie auf. Er atmete durch. Die beiden Männer am Fenster, einer überdurchschnittlich groß, verabschiedeten sich mit einem Händedruck. Felix wusste nicht, warum er es tat, es war wie ein Reflex: Aus der Hüfte fotografierte er den Mann mit dem stechenden Blick. Er erwischte ihn im Profil. Kurz überlegte er, ob er selbst sich nach dem Namen erkundigen sollte, dann beschloss er, Johannes das Bild zu schicken. Da klingelte sein Handy. Melanie, vermutete er. Doch es war der Chefbauer.

»Felix, jetzt hamma vielleicht doch einen Fall.«

»Aha?«

»Wart's ihr schon im Ministerium?«

»Wir sind gerade fertig. Der Johannes lässt sich das Büro noch zeigen.«

»Sag da mal nichts. Aber im Moment schaut's nach Entführung aus.«

»Entführung?«

»Ja. Die Haushälterin hat sich bei uns gemeldet. Sie hat einen Anruf gekriegt. Ein Mann mit ausländischem Akzent hat gesagt, dass Herr von Lübtow in seiner Gewalt ist und er sich wieder melden wird.«

»Und was will er?«

»Woher soll ich das wissen! Am besten, ihr fahrt's da jetzt mal hin, und dann schau ma weiter.«

»Kommt die Spurensicherung auch?«

»Die wissen Bescheid und halten sich bereit, auch mit dem LKA habe ich schon telefoniert wegen der Telefonüberwachung, aber ich möchte erst deine Einschätzung. Offiziell hamma noch immer keinen Fall.«

»Wenn sich ein Erpresser gemeldet hat, hamma aber einen.«

»Oder auch nicht«, sagte der Chef und hatte wie immer recht. Denn sobald der Entführer eine Forderung stellen, sich die Entführung in eine Erpressung verwandeln würde, wäre nicht mehr das K1 zuständig, sondern das K2, Raubdezernat. Was Felix im Moment am liebsten gewesen wäre. Ermittlungen unter Beamten waren unbeliebt, denn das waren ja quasi Kollegen. »Ihr fahrt's jetzt sofort los«, instruierte Leopold Chefbauer Felix. »Ich habe gesagt, dass jemand in dreißig Minuten vorbeikommt.«

»Mia fahrn blau«, wies Felix Johannes an, als sie im Wagen saßen.

Ein breites Grinsen erschien auf dessen Gesicht, als er Felix den Aufsatz reichte, der hinter seinem Sitz lag. Johannes konnte manchmal sogar zu jung für die Führerscheinprüfung aussehen. Ein großer, schlaksiger blonder Junge mit Flaum auf den Wangen.

»Das ist das Einzige«, vertraute Johannes Felix an, »was mir bei euch fehlt. Die Kripo fährt so selten mit Blaustich.«

»Bei den Toten pressiert's halt nicht«, erwiderte Felix, bremste und wies Johannes an: »Fahr du!«

»Hey, super, danke Felix!«, freute sich Johannes und riss die Beifahrertür auf, da rollte der BMW noch: »Weil, nicht alle Toten sind tot.«

15

Nach einem späten und ausgedehnten Frühstück setzte ich mich auf mein Leopardensofa und versuchte nachzudenken. Darin bin ich nicht besonders gut. Ich finde es schwierig, mich lange auf eine Sache zu konzentrieren, die im Nebel liegt. Auch draußen nebelte es. Es war einer dieser Tage, an denen man am liebsten zu Hause bleibt, vorausgesetzt, man ist kein Hund. Flipper schlief eingerollt in seinem Luxushundebett. Ich holte mir einen Kuli und Papier und schrieb die Leute auf, die ich bei Clemens von Lübtow kennengelernt hatte.

Der Gärtner, die Putzhilfe, der Mann mit den Wäscheklammern im Wald, der mit dem Gamsbarthut, Schorsch und die Clique.

»Und jetzt?«, fragte ich Flipper.

Er reagierte nicht.

»Angenommen«, sagte ich, wusste nicht weiter und fing noch mal an. »Also mal angenommen, der Schorsch hat die Celina dazu gebracht, ihren Vater – zu entführen ... Er hat ihr natürlich dabei geholfen – vielleicht wollen sie Lösegeld?«

Unruhig stand ich auf und schaute aus dem Fenster. Nebel. Vielleicht schien im Umland die Sonne. Verdammt, ich konnte Celina nicht ausstehen. Und ich mochte sie. Was würde Anton mir raten?

»Herr Dr. Dürr ist in einer Besprechung, Frau Fischer. Soll er sich bei Ihnen melden?«

»Ja, bitte.«

»Und jetzt?«, fragte ich Flipper. »Was machen wir mit dem Tag? Wir sind ja jetzt quasi Privatiers.«

Flipper brachte mir sein Halsband.

»Und wohin?«, fragte ich ihn, als könnte er das in der Wohnung entscheiden. Wenn Flipper beim allmorgendlichen Gassigehen an der Buche anstatt an der Eiche markierte, hieß das Landpartie. Darauf hatten wir uns nach zähen Verhandlungen geeinigt. Ich hätte es andersherum besser gefunden. Eiche Umland und Buche Stadt. Das klang für mich logisch. Buche wie Buch lesen, und zwar zu Hause. Aber Flipper liest ja nicht. Also nicht in Büchern, nur an Buchen.

Fünfundvierzig Minuten später an der Bayerischen Brandung schien die Sonne, und alle Tische waren besetzt.

»Bei so einem Wetter kannst du den ganzen Winter geöffnet haben!«, sagte ich zu dem Besitzer, der Flipper wiedererkannte und ausgiebig begrüßte.

»Ich bin der Miene«, stellte er sich vor.

»Das ist der Flipper«, setzte ich Prioritäten.

»Servus Flipper«, sagte Miene, schaute mich an. »Cappuccino, Weißbier, Tee?«

»Cappuccino.« Der Typ war mir sympathisch. Mein Name interessierte ihn offenkundig nicht, also fragte er auch nicht danach. So was ist mir lieber als falsche Höflichkeit.

Eine Viertelstunde später waren die anderen Tische leer. »Jetzt wird's ruhiger«, sagte Miene. »Die Mittagspause ist rum. Magst noch was, Frau Flipper?«

Ich schüttelte den Kopf. »Aber ich würde gern ein bisschen hier sitzen bleiben, wenn's recht ist.«

»Freilich.«

Nach einer Weile hörte ich eine Gitarre. Jemand sang. *Watch me.* Es war Miene, und es klang toll. Als der Song zu Ende war, applaudierte ich. Vielleicht könnte ich mit Felix zu dem Konzert gehen?

»Wann ist das Konzert von deiner Band?«

Miene drückte mir einen Flyer in die Hand. »Samstag nächste Woche spielt Gruba in der *Kuba* in Schondorf. Und wie gesagt, 'nen Backgroundsänger tät ich noch brauchen.«

»Sag mal, kennst du hier so 'ne Clique, Geisterbahnlook, zwei Jungs, zwei Meedels? Der Anführer heißt Schorsch?«

»Klar. Die kennt in Herrsching jeder. Die spinnen so rum mit Vampiren. Hier gibt es 'ne richtige Szene, das sind mindestens ein Dutzend«, er senkte die Stimme. »Andechs ist ja nicht weit, verstehst du.«

»Äh, nein?«

»Na, die Mönche und die Vampire, das ist doch alles derselbe Klub. Ich sag bloß Exorzismus.«

»Aha.«

»Im Sommer haben die bei Vollmond am See Party gemacht. Da ist auch die Gendarmerie gekommen. Eins von den Mädels ist die Tochter von einem hohen Tier bei der Polizei, denen passiert nichts. Angeblich wurde sogar mal ein Schaf geschlachtet – aber was Genaues weiß ich nicht. Es heißt, die Mitglieder müssen Mutproben absolvieren, wenn sie aufgenommen werden wollen – Blut trinken und so. Aber ob das stimmt? Wieso interessiert dich das? Willst du bei denen eintreten?«

»Ich bleib lieber bei deinem leckeren Milchschaum.«

»Bloody Mary wär auch eine Alternative«, er grinste.

»Und wo wohnen diese Vampiristen?«

Miene stellte die leeren Tassen vom Nebentisch auf ein Tablett. »Die meisten um den See rum, sind ja keine armen Leute. Dann haben sie noch so ein Klubhaus in Raisting, aber frag mich was anderes, ich will mit denen echt nichts zu tun haben.«

Achselzuckend räumte Miene Geschirr vom Nebentisch ab, an der Promenade bellten zwei Hunde, und so hörte ich das Bellen meines Handys erst spät. Anton Dürr staunte, als ich ihm vom Verschwinden Clemens von Lübtows berichtete.

»Ach ... das ist ja merkwürdig. Und du bist sicher, dass er gegen seinen Willen verschwunden ist? Ich meine ... in seinem Alter? Aus dem Stegreif fallen mir da einige Kandidaten ein, die auch mal schnell Zigaretten holen gegangen sind, und ich vermute, die Polizei sieht das genauso.«

»Er ist Nichtraucher«, schmunzelte ich.

»Die brauchen mehr Einfallsreichtum, wenn sie abhauen wollen«, sagte Anton und wollte wissen: »Aber ist es denn sicher, dass sein Aufenthaltsort unbekannt ist, vielleicht hat er Termine?«

»Was heißt sicher? Er ist seit Mittwochmorgen verschollen. Die im Ministerium wissen nichts von einer Dienstreise.«

»Jetzt machst du dir Sorgen um dein Honorar?«, fragte Anton und versicherte mir: »Ich habe dir diesen Auftrag verschafft, ich werde für dein Honorar aufkommen, sollte Herr von Lübtow«, er machte eine kleine Pause, »nicht mehr zahlungsfähig sein.«

»Ach, Anton! Das ist sehr lieb von dir, aber ... das brauchst du nicht. Ich komm schon klar. Bestimmt taucht er wieder auf. Mir macht die Tochter mehr Sorgen.«

»Was willst du unternehmen?«

Kurz überlegte ich, ob ich Anton von meinem Verdacht erzählen sollte, sie könnte mit dem Verschwinden ihres Vaters zu tun haben. Dann sagte ich: »Ich habe das Gefühl, mich um sie kümmern zu müssen. Und ich sollte versuchen herauszufinden, wo Clemens von Lübtow ist.«

»Das ist Sache der Polizei.« Seine Stimme klang scharf. So hatte ich ihn schon einige Male gehört. Man traute es dem gemütlich wirkenden Mann nicht zu, doch gut versteckt in seinen Polstern verwahrte er eine stattliche Sammlung scharfer Messer.

»Die Polizei wird erst aktiv, wenn es einen Hinweis auf ein Verbrechen gibt«, erinnerte ich ihn.

»Das ist leider wahr.« Anton zögerte. »Du bringst dich aber nicht in Gefahr!«, bat er, was bedeutete: *Du bringst Flipper nicht in Gefahr*.

»Nein! Ich werde nur ein bisschen rumfragen. Ich ruf dich wieder an ...« Auf der Hauptstraße Richtung Wartaweil sah ich ein Blaulicht zucken. In diesem Moment begriff ich, dass ich mittendrin war. Mittendrin in Felix' Revier.

16

Felix stieß einen Pfiff aus, als sie vor von Lübtows Landhaus parkten. Wie manchmal in letzter Zeit stellte er sich bei Wohnungen, die er bei seinen Ermittlungen zu Gesicht bekam, vor, mit Franza dort zu leben. Natürlich wäre das viel zu früh, und er wusste nicht, ob er es überhaupt wollte, aber es war schön, es sich hin und wieder bei ausgesuchten Objekten wie diesem auszumalen. Hier könnte er im Sonnenuntergang mit Flipper am See entlangjoggen.

Auch Johannes stieß einen Pfiff aus. Er klang exakt wie der von Felix. »Hier würde man doch gern seine Zelte aufschlagen.«

Felix nickte.

»Da kannst du quasi morgens vom Bett in den See.«

»Wenn er wärmer ist.«

»Es gibt Leute, die schwimmen das ganze Jahr über.«

Und Hunde, dachte Felix.

»Und was machma jetzt genau?«, fragte Johannes.

»Wir überprüfen, ob eine Straftat vorliegen könnte. Ich würde mich gern ein bisschen im Haus umsehen. Vielleicht finden wir einen Abschiedsbrief ...«

Sie hatten noch nicht geklingelt, da wurde die Tür aufgerissen. Eine attraktive Frau Anfang vierzig, sportliche Figur, in Jeans und engem, in Herbstfarben gemustertem Pullover, begrüßte sie.

»Petra Vogt. Ich bin die Haushälterin. Ich warte schon auf Sie.«

Felix ergriff ihre ausgestreckte Hand. »Kriminalhauptkommissar Felix Tixel, das ist mein Kollege Kriminalobermeister Johannes Winter.« Auch Johannes schüttelte die Hand der Frau.

»Ja, dann. Bitte kommen Sie doch herein. Vielleicht ruft er gleich noch mal an, hören Sie die Leitung schon ab? Das ist doch möglich, oder?«

»Also eine Männerstimme. Wann hat er denn angerufen?«

»Vor über einer Stunde ungefähr. Ich bin …« Sie atmete schwer. »Jetzt wird doch eine Fahndung eingeleitet? Jetzt tun Sie doch etwas, oder? Es muss doch jetzt losgehen, die ganze Maschinerie!«

»Gewiss«, nickte Felix, während er der Frau durch den geräumigen Flur, von dem einige Türen abgingen, in eine Art Salon folgte.

Superhütte, dachte er. Sehr geschmackvoll, der Stilmix aus modernen Möbeln und Antiquitäten. Und die Böden! Der Name für diese Art von Parkett lag ihm auf der Zunge. Irgendwas mit Angeln.

»Möchten Sie vielleicht einen Kaffee?«, bot Frau Vogt an.

»Ja, gern«, sagte Felix.

Als sie das Zimmer verließ, raunte Johannes: »Aber wir sollen doch sofort dem Chefbauer Bescheid geben.«

»Wir trinken jetzt einen Kaffee und schauen uns hier mal alles an.«

»Aber der Chef hat doch gesagt …«

»Ich hab da so ein Gefühl«, sagte Felix und lächelte Frau Vogt entgegen, die mit einem offensichtlich vorbereiteten Tablett hereinkam. »Das ist ja nett. Und wie schnell Sie das hergezaubert haben.«

»Ich wusste ja, dass Sie kommen.«

Felix grinste. Johannes dachte, dass er aussah, als hätte sich eine Vermutung bestätigt. Doch so angestrengt Johannes auch nachdachte, er wusste nicht, welche.

Felix ließ sich Kaffee einschenken. »So, Frau Vogt. Dann erzählen Sie uns doch bitte alles, was Ihnen wichtig erscheint.«

»Am Dienstagabend, also vor zwei Tagen, ist Herr von Lübtow nicht nach Hause gekommen.

»Woher wissen Sie das, wohnen Sie hier?«, erkundigte Felix sich.

»Ich habe es erst am Mittwochmorgen bemerkt. Sein Bett war unberührt.«

»Ist das ungewöhnlich?«

»Ja. Natürlich!«

»Könnte er im Haus woanders geschlafen haben?«

»Nein. Ich habe alle Zimmer kontrolliert. Und dann sind Ihre uniformierten Kollegen einmal durch das Haus gelaufen. Von oben bis unten haben sie alles inspiziert. Als ob ich nicht gründlich gesucht hätte.«

»Das ist eine Routinemaßnahme«, erklärte Johannes, der mit halbem Herzen noch immer bei der Streife war. »Manche Leute haben im Keller einen Herzinfarkt, und dann …«

»Ich habe über-all«, sie zerhackte das Wort in zwei scharfe Hälften, »gesucht. Nein. Herr von Lübtow war nicht zu Hause.«

»Könnte er zumindest kurz zu Hause gewesen und von hier noch einmal fortgegangen sein?«, erkundigte Felix sich.

»Normalerweise nimmt er Abendtermine im Anschluss an seine Tätigkeit wahr, sie finden häufig in München statt, aber ja. Das wäre möglich, wenn auch ungewöhnlich.«

»Er könnte eine Freundin haben?«

Säuerlich lächelte sie. »Sicher. Aber er war nicht im Ministerium. Und das ist besorgniserregend. Herr von Lübtow ist ein sehr zuverlässiger Mann. Er würde nicht einfach unentschuldigt fernbleiben. Deshalb bin ich so sicher, dass ihm etwas zugestoßen ist. Und das hat sich ja nun auch bestätigt mit dem Anruf. Außerdem steht sein Auto in der Garage. Wo soll er denn hin ohne Auto?«

»Vielleicht hat er einen Nachbarn besucht?«, warf Johannes ein.

»Seit Dienstag?«, fragte Frau Vogt und schüttelte den Kopf. »Hier sind doch nur Villen. Da gehen Sie nicht zu Fuß.« Sie schaute Felix an. »Sie müssen das Gebiet durchkämmen. Wenn sich jemand völlig anders benimmt als gewöhnlich, dann spricht das doch für ein Verbrechen!«

»Oder für eine große Leidenschaft, Frau Vogt.« Felix lächelte sie offen an. Dann trug er Johannes auf: »Schau mal, ob der Wagen anspringt.« Er wendete sich an Frau Vogt. »Würden Sie meinem Kollegen den Autoschlüssel geben? Dann können wir überprüfen, ob Herr von Lübtow wegfahren wollte und vielleicht wegen eines Defekts am Wagen ein Taxi gerufen hat.«

Sie schlug sich auf die Stirn. »Aber sicher! Das hätte ich auch kontrollieren können. Der Zweitschlüssel liegt in der Garderobenschublade.« Sie sprang hoch. »Bitte kommen Sie!«

Während Frau Vogt und Johannes zur Garage gingen, schaute Felix sich im Erdgeschoss um, warf einen kurzen Blick in die Küche, rüttelte an einer verschlossenen Tür, stand eine Weile an der Schwelle zum Wohnzimmer und schaute durch die Fensterfront zum See. Der lag ideal, wollte man jemanden aus dem Haus verschwinden lassen. Wenn sich sein Verdacht nicht bestätigte, sollten sie vielleicht Taucher anfordern.

»Sofort angesprungen«, meldete Johannes, und Frau Vogt nickte.

»Wer wohnt hier im Haus außer Herrn Lübtow?«, fragte Felix.

»Von Lübtow«, korrigierte die Haushälterin.

Felix schwieg.

»Seine Tochter Celina, sie ist vierzehn.«

»Hat sie ihr Zimmer im Erdgeschoss?«

»Ja. Das haben Ihre Kollegen auch inspiziert, obwohl es ihr nicht gefallen hat. Da hat sie mal gesehen, dass nämlich doch ein solcher Fall eintreten kann, dass man überraschend Besuch bekommt, und dann steht man blöd da in seinem Saustall.«

»Und die Mutter?«

»Herr von Lübtow hat sich vor einigen Jahren von seiner Frau getrennt.«

»Wann?«

»Das war vor meiner Zeit.«

»Wann begann Ihre Zeit?«

»Vor vier Jahren.«

»Sie arbeiten hier als Haushälterin?«

»Sozusagen. Ich kümmere mich darum, dass alles funktioniert, mache Besorgungen, Herr von Lübtow betraut mich darüber hinaus mit Sonderaufgaben.«

»Sonderaufgaben?«, wiederholte Felix.

»Geschenke für Freunde besorgen. Essenseinladungen organisieren. Den Wagen in die Werkstatt bringen. Was eben so anliegt.«

»Putzen, kochen?«, fragte Felix.

»Wir haben eine Haushaltshilfe und einen Gärtner, beide kommen stundenweise. Herr von Lübtow isst häufig auswärts. Celina erhält in der Schule ein Mittagessen. Aber natürlich koche ich auch gelegentlich. Ach ja, eine Firma putzt alle sechs Wochen die Fenster.«

»Und was wollte der Entführer?«, platzte Johannes heraus, der nicht verstand, warum Felix nicht endlich zur Sache kam. Felix schüttelte kaum merklich den Kopf und wandte sich entspannt an Frau Vogt. »Erzählen Sie uns doch einmal, wie der Alltag von Herrn von Lübtow so verläuft.«

»Normalerweise steht Herr von Lübtow gegen sechs Uhr auf. Oft joggt er vor dem Frühstück. Gegen acht fährt er ins Ministerium. Manchmal hat er auch Termine woanders. Meistens kommt er spät nach Hause, nach zwanzig Uhr.«

»Woher wissen Sie das, wenn Sie nicht hier wohnen? Warten Sie jeden Tag auf ihn?«

Frau Vogt errötete leicht. »Nein, natürlich nicht. Aber manchmal bereite ich etwas für ihn vor, das braucht er dann nur in die Mikrowelle zu stellen. Er schickt mir eine SMS, wann er nach Hause kommt. Natürlich nur, wenn er nicht essen geht. Er hat sehr viele Abendtermine.«

»Können wir mal einen Blick in sein Schlafzimmer werfen?«

Frau Vogt schnellte hoch. Sie folgten ihr in den ersten Stock. Lang schaute Felix auf die runde Holzbadewanne neben dem Bett. Auch Johannes zeigte sich beeindruckt.

»Ich habe nichts verändert«, sagte Frau Vogt. »Sie sehen, das Bett ist unberührt.« In ihrer Stimme schwang Stolz mit, als gehörte ihr dies alles.

»Die anderen Zimmer?«, fragte Felix.

Frau Vogt öffnete sie alle, bis auf eines. »Das ist sein Arbeitszimmer. Es ist abgesperrt. Darin befindet sich der Waffenschrank.«

»Schlüssel?«

Sie hob die Hände. »Keine Ahnung. Das darf ich doch auch gar nicht wissen. Das wäre ein Verbrechen.«

»Was das betrifft, würden Sie mit einem hellblauen Auge davonkommen«, sagte Felix beiläufig, »während ...«, er brach ab und musterte Frau Vogt streng. »Woher wissen Sie, dass Herr Lübtow nicht in diesem Zimmer ist? Es könnte ihm etwas zugestoßen sein. Er könnte einen Schlaganfall erlitten haben.«

Irritiert musterte Johannes Felix. Die Kollegen hatten doch alles durchsucht. Was bezweckte er mit dieser Frage?

»Ich habe durch das Fenster geschaut. Da ist doch der Balkon, und man kann von seinem Schlafzimmer aus nachsehen. Das hat Ihren Kollegen gereicht.«

»Herr von Lübtow ist Jäger?«, fragte Felix und machte einen zufriedenen Eindruck.

Sie nickte.

»Und im Besitz eines Waffenscheins?«, fragte Johannes.

»Das nehme ich an.« Frau Vogt seufzte schwer und umklammerte Felix' Unterarm. »Sie müssen ihn finden! Es ist ihm etwas zugestoßen. Das weiß ich genau! Ich spüre es!«

»Es gab ja auch einen Anruf, nicht wahr? Erzählen Sie uns davon.«

»Ja ... also was ... was soll ich da sagen ...?«

»An welchem Apparat hat der Entführer angerufen, was genau hat er gesagt, wie hat seine Stimme geklungen, wie lang hat das Telefonat gedauert, haben Sie Nebengeräusche wahrnehmen können, was ist Ihnen sonst noch aufgefallen?«

Kurz schloss Frau Vogt die Augen. Eine steile Falte bildete sich auf ihrer Stirn. »Er hat in der Küche angerufen.«

»Also hier im Haus über die Festznetznummer?«

»Wir haben mehrere Nummern. Wir ...« Sie räusperte sich.

»Das heißt, nein. Verzeihung, ich bin völlig durcheinander. Er hat natürlich auf meinem Handy angerufen.«

Nun bildete sich auch auf Johannes' Stirn eine Falte. Angespannt schaute er Felix ins Gesicht. Nichts war dort abzulesen. Felix schwieg. Frau Vogts Unterlippe begann zu zittern. Er schaute sie freundlich an. »Ich möchte Sie darauf aufmerksam machen, dass eine Falschaussage strafbar ist.«

»Aber ich weiß, dass ihm etwas zugestoßen ist, ich weiß es, hier!« Sie schlug sich auf die Brust.

Johannes starrte fassungslos von Frau Vogt zu Felix und zurück. Hitze schoss ihm ins Gesicht. Woher hatte Felix das jetzt schon wieder geahnt? Das war doch nicht normal! Der wusste Sachen, die konnte er gar nicht wissen!

»Wo ist Ihr Handy?«, fragte Johannes.

»Das ... ist mir ins Wasser gefallen. Als ich am Steg war.« Frau Vogt starrte zu Boden.

»Und was haben Sie da gemacht, am Steg?«, fragte Johannes.

»Sie wissen, dass wir das alles überprüfen können?«, formulierte Felix sehr allgemein.

»Und wenn niemand angerufen hätte?«, rief Frau Vogt. »Ich bin ja bloß die Haushälterin. Wenn Celina nichts unternimmt!«

»Die Tochter?«, fragte Felix.

»Die müsste ihn vermisst melden. Aber die ist eher froh, wenn ihr Vater weg ist, dabei tut er alles für sie. Dankbar sollte sie sein! Stattdessen macht sie ihm das Leben zur Hölle.«

»Ja, die Pubertät ist ein schwieriges Alter«, sagte Felix, und das seltsame Gespräch mit Franza fiel ihm ein. Er legte seine Hand auf den Unterarm von Frau Vogt und fragte leise: »In Wirklichkeit hat niemand angerufen, stimmt's?«

Schluchzend brach sie zusammen, ließ sich einfach fallen. Johannes half ihr auf und setzte sie in einen Sessel im Wohnzimmer. Von schluckaufähnlichen Geräuschen unterbrochen stammelte sie: »Ich weiß, dass ihm etwas zugestoßen ist.«

»Ein vermisster Erwachsener ist kein Verbrechen«, erklärte er mitfühlend. »Wenn wir von einer Entführung ausgehen, befinden wir uns im Bereich eines Kapitalverbrechens.«

Frau Vogt fuhr sich mit dem Ärmel ihres schönen Pullovers über die triefende Nase.

Felix räusperte sich. »Wo finden wir die Tochter?«

»Vielleicht in der Schule. Vielleicht auch nicht. Die macht doch, was sie will. Eigentlich sollte sie auch in den Ferien zu ihrer Lerngruppe. In Physik und Mathematik ist sie versetzungsgefährdet.«

»In welcher Schule, Frau Vogt?«

»Dießen. Ammerseegymnasium.«

»Wann kommt sie normalerweise nach Hause?«

Frau Vogt zuckte mit den Schultern.

»Ich schlage vor, Frau Vogt, Sie fahren jetzt mit uns ins Büro, und wir nehmen Ihre Aussage auf. Passt das für Sie?«

»Also suchen Sie ihn nicht?«, fragte Frau Vogt.

»Herr Lübtow ist ein erwachsener Mann. Nichts liegt gegen ihn vor. Er kann sich frei bewegen. Wir haben keinen Grund, eine Straftat zu vermuten«, Felix machte eine Pause ... »Allerdings diese Flecken hier auf dem Sofa«, er fragte Johannes: »Was meinst du? Das könnte Blut sein?«

Johannes sprang hoch. Jetzt sah er es auch. Dunkle, fast schwarze Flecken auf dem weißen Leder. Wieder schoss Hitze in sein Gesicht.

»Diese Frau steckt dahinter«, stieß Petra Vogt hervor.

»Welche Frau?«

»Ziska. Die Trainerin von der Celina. Herr von Lübtow hat sie engagiert, damit Celina abnimmt; sie ist viel zu dick, und das schon in dem Alter. Herr von Lübtow hat keine Kosten gescheut. Was glauben Sie, wie teuer so was ist! Privatunterricht.«

»Und wo ist diese Frau Ziska jetzt?«, fragte Felix.

»Weg. Sie hat hier mit ihren Kumpanen ein Saufgelage veranstaltet, das ganze Wohnzimmer verwüstet – und dann ist sie abgehauen.«

»Wann?«

»Gestern. Nein, vorgestern. Entschuldigung, aber ich bin völlig durcheinander. Herr von Lübtow hatte einen schrecklichen Streit mit dieser Frau. Dann hat er sie aus dem Haus geworfen.«

»Und wo war die Tochter?«

»Keine Ahnung.«

»Ich dachte, Frau Ziska sollte sich um die Tochter kümmern?«

»Celina war nicht begeistert von dieser Sportdiät. Sie lehnt ja alles ab, was ihr Vater vorschlägt. Und dann hat er mit dieser Frau Ziska die völlig falsche Wahl getroffen. Er hätte mich jemanden für Celina suchen lassen sollen. Ich hätte keinen solchen Fehlgriff getan.«

»Kennen Sie den Vornamen der Frau Ziska? Wo wohnt sie? Gibt es irgendwelche Unterlagen, einen Arbeitsvertrag?«

»Das weiß ich nicht.« Wieder klammerte sie sich an Felix' Unterarm. »Sie werden ihn doch suchen, oder?«

»Jetzt fahrma zuerst ins Büro, Frau Vogt.«

»Ja«, nickte sie. »Ich schreib noch einen Zettel. Falls Herr von Lübtow doch nach Hause kommt.«

»Wir schicken auch eine Kollegin vorbei. Falls Celina nach Hause kommt«, sagte Felix.

»Aber ich bin doch später wieder da?«

Er ignorierte ihre Frage. »Gibt es Verwandte in der Nähe?«

Die Haushälterin schüttelte den Kopf.

»Wir müssen trotzdem das Jugendamt informieren. Wobei ...«, er dachte kurz nach. »Ich bin mir ziemlich sicher, dass behördenseitig niemand Celina abholen wird. Sie ist ja hier in Ihrer Obhut gut aufgehoben? Sie kochen für sie, und es fehlt ihr an nichts?«

»Aber nein! Das ist doch meine Aufgabe!«

»Das Handy des Vermissten?«, fragte Johannes.

»Gut«, nickte Felix ihm anerkennend zu.

»Ich habe es oft angerufen und auch gehorcht, ob es in seinem Arbeitszimmer klingelt. Aber er hat es wohl dabei.«

»Schreiben Sie uns die Nummer auf«, bat Felix und reichte den Zettel an Johannes weiter. Der nickte und ging zum Wagen, um als präventive Maßnahme eine Ortung in die Wege zu leiten. Dazu brauchte es keinen Gerichtsbeschluss.

Frau Vogt schrieb eine Nachricht für Herrn von Lübtow und Celina und legte den Zettel auf die Garderobe. »Bin ich jetzt verhaftet?«, fragte sie.

»Sie können mit Ihrem eigenen Wagen fahren«, sagte Felix. »Wenn Sie den Anschluss verlieren – wir treffen uns bei der Kripo in Fürstenfeldbruck, das ist ausgeschildert, gleich beim Baumarkt.«

17

Fassungslos stand ich vor den Schüsseln. Ohne Mienes Tipp, dass die Vampiristen in Raisting ein Klubhaus hatten, wäre ich hier nie gelandet. So etwas hatte ich noch nie gesehen! Riesengroße Satellitenschüsseln in einer weiten Ebene, dahinter das Alpenpanorama, gekrönt von der Zwiebel einer oberbayerischen Kirche. Hier waren nicht nur Vampiristen gut aufgehoben, auch Science-Fiction-Freaks konnten ihre Ohren an die Schüsseln legen und lauschen, ob die stillgelegte Erdfunkanlage in Raisting das eine oder andere Geheimnis aus dem Weltall preisgab. Flipper buddelte nach Unterirdischen, dass die Brocken nur so flogen. Allein vom Zusehen tat mir mein Knie weh, es tat heute schon den ganzen Tag weh. Wie sollte das bloß weitergehen mit mir? Mein Plan war fehlgeschlagen. Ich würde mich keine drei Monate erholen können beim Abspeckprogramm einer Pubertierenden ... Ich musste Felix die Wahrheit sagen. Nicht die ganze Wahrheit allerdings. Ich würde ihm sagen, dass ich meine Schonung morgen beginnen würde. Ich konnte das Thema in einer günstigen Minute ganz locker ansprechen, nebenbei. Dann würde ich schon merken, wie er darauf reagierte. Ob er Frauen mit Knieknacks unsexy fand, ob er befürchtete, ich würde erwarten, dass er mich und Flipper ernährte. Ich nickte. Ja, so würde ich es machen. Hauptsache, ich ließ diese Lügengeschichte hinter mir.

Ich rief Celina an. Sie meldete sich schon nach dem ersten Klingeln:

»Frau Ziska! Wann kommst du?«

»Wie geht's dir?«, fragte ich sie.

»Geht schon. Du, ich hab noch nicht mit Frau Vogt reden können, weil sie bei den Bullen ist. Aber das macht nichts. Du kannst dich auf mich verlassen. Frau Vogt hat nichts zu melden in meinem Haus. Wenn ich will, dass du hier bist, kann sie das nicht verbieten. Ich bin jetzt die Chefin, verstehst du.«

»Bei den Bullen?«, wiederholte ich erschrocken »Wo genau?«

»In Fürstenfeldbruck bei der Kripo. Kommst du morgen? Um acht zum Nordic Walking? Nächste Woche kann ich nicht mehr so früh, dann fängt doch die Schule wieder an!«

»Celina, ich ... Hallo, hallo?«, spielte ich Ins-Funkloch-gefallen und drückte sie nach einigen Sekunden weg. Und das hätte ich am liebsten auch mit mir selbst gemacht.

Im Dunkeln

Es war noch gar nicht so lange her, da hatte er gehört, wie viele Tage ein Mensch ohne Wasser lebensfähig ist. Und doch war es eine Ewigkeit her. Ein ganzes Leben, so kam es ihm vor. Aber er regte sich nicht mehr auf. Er war sehr müde, und sein Brustkorb schmerzte entsetzlich. Oft fühlte er sich wie träumend. Es war im Auto gewesen, er hörte auf kurzen Strecken gern Bayern 2 und natürlich Bayern 5, die Nachrichten. Verwundert spürte er die Träne, die über seine Wange rann, was für eine Verschwendung, aber vielleicht träumte er sie auch nur. Bayern 2. Ein Königreich für Bayern 2, aber als der König Ludwig lebte, da gab es noch kein Radio, kein Fernsehen, kein Internet. Ob sie ihn suchten? Und warum schwitzte er so stark, wenn er doch seit Tagen, Wochen, Monaten nichts mehr getrunken hatte, was schwitzte er da eigentlich aus, Gedankenwasser, Gedankenwasser, Gedankenwasser. Das enthielt sicher Kristalle. Gedankenwasser konnte nicht bloß Wasser sein, womöglich ließ sich das analysieren aufgrund seiner Reinheit, das Reinheitsgebot des bayerischen Bieres müsste bei einem bayerischen Mitbürger doch auch zu einem besonders reinen Gedankenwasser führen, wenn ... Wenn also ... Wenn also ... Wenn also der Entführer wiederkam. Dann würde er ihn darauf aufmerksam machen. Ja. Ludwig musste das wissen. Diese Kristalle durften nicht in den See gelangen. Das würde zu einem entsetzlichen Fischesterben führen. Wie sollte er das vor dem Minister rechtfertigen. Wo es mit dem Wild schon schwer genug war. Jetzt begann diese Zeit wieder. Überall stellten die

Jäger Salzlecksteine auf. Wenigstens geriet er nicht in Versuchung, Salzwasser zu trinken, wie so viele Havarierte, die in einem Boot über die Meere trieben, so viel Wasser und nichts zu trinken, da war es doch besser, wenn es gar keins gab, denn Salz machte Durst. Noch mehr Durst. Und so müde. So müde, dass es lange dauerte, bis das Geräusch der Falltür in sein Bewusstsein drang und plötzlich Licht. Er stöhnte, als ihm die Lampe in die Augen grellte. Ein schrecklicher Schmerz ließ ihn zusammenzucken, und obwohl er die Augen schnell wieder schloss, genügte das nicht, er legte seinen Unterarm schützend darüber. Und dann begann der da oben zu sprechen.

18

Es war schon nach achtzehn Uhr und draußen lange dunkel, als sie sich nach diesem langen Arbeitstag im Besprechungszimmer trafen. Leopold Chefbauer, Johannes, Felix und Claudia von Dobbeler.

»Oiso«, eröffnete der Erste Kriminalhauptkommissar die Runde, »bringt's mich mal auf den aktuellen Stand.«

Aufmunternd nickte Felix Johannes zu. Dessen Adamsapfel sprang ein paarmal auf und ab. Dann begann er: »Wir waren im Ministerium, und ich konnte dort den Arbeitsplatz des Vermissten …«

»Des wissma ned«, unterbrach Leopold Chefbauer. »Vermisst wär er bloß, wenn er sich selber abgehen würd.«

»Hä?«, machte Claudia von Dobbeler.

»Wenn nur die anderen ihn vermissen, er selbst aber im Vollbesitz seiner geistigen Kräfte, seiner Gesundheit und seines Willens ist, dann vermisst er sich ja nicht, also muss er, wenn es nach ihm gangad, nicht gesucht werden.«

»Frau Vogt möchte ihn aber unbedingt gefunden wissen«, warf Felix ein.

»Ja, aber wenn ich nicht will, dass jemand weiß, wo ich bin, muss ich auch nicht gesucht werden.«

»Wenigstens nicht von uns«, brummte Claudia und schaute verstohlen auf ihre Armbanduhr.

»Oiso, weiter!«, forderte der Chef Johannes auf.

»Der Arbeitsplatz des Verm…, von Clemens von Lübtow, befindet sich …«

»Weiter. Inhalt«, forderte der Chef.

»Nichts. Der Ministerialrat Hilger hat uns an die beiden Mitarbeiterinnen des Verm…, Herrn von Lübtow, verwiesen. Die eine war krank, die andere auf einer Fortbildung.«

»Hat er einen Computer?«, fragte Claudia, die im letzten Monat bei der RBA, Regionale Beweismittel Auswertungsstelle, rolliert hatte und sich seither für eine begnadete Hackerin hielt, vor allem nachdem sie das abgestürzte Mailprogramm des stellvertretenden Ersten Kriminalhauptkommissars in zehn Minuten reanimiert hatte.

»Ja, freilich. Aber den können wir ja wohl kaum mitnehmen, oder? Also ich meine aus dem Ministerium?« Unsicher schaute Johannes in die Runde.

»Wenn es was gibt, was ich nicht leiden kann«, ließ Claudia die anderen wissen, »dann sind das Ermittlungen in einem Ministerium. Da läufst du doch von Haus aus an die Wand. Da musst du wegen jeder Kleinigkeiten einen ellenlangen Antrag stellen, und der letzte Aktenstaubverwalter weiß, lange bevor du kommst, dass du kommst. Da findest du nichts, auch wenn es was zu finden gäbe.«

»Beamte sind wir alle«, erinnerte der Chef sie. »Hat er einen Computer?«

»Ja«, sagte Felix zu Johannes' Erstaunen. »In seinem Arbeitszimmer.«

»Aber Felix! Da waren wir doch gar nicht drin!«, rief Johannes.

»Ich hab durchs Schlüsselloch geschaut«, gestand Felix. »Die Tür ist gegenüber dem Fenster, davor ein Schreibtisch, darauf ein Laptop. Vom Balkon aus sieht man ihn auch.«

»Wieso habt's ihr euch nicht aufsperren lassen?«, wollte der Chef wissen.

Johannes erklärte: »Frau Vogt hatte keinen Schlüssel. Aber die Kollegen von der PI in Herrsching haben das Haus durchsucht. Herr von Lübtow hält sich dort definitiv nicht auf. Im voll einsehbaren Arbeitszimmer befindet sich auch der Waffenschrank.«

»Waffenbesitzkarte in Ordnung«, meldete Claudia. »Mehrere Gewehre, eine Pistole.«

»Weiter«, forderte der Chef.

»Wir können die beiden Mitarbeiterinnen von Lübtow am Montag vernehmen.«

»Hamma die Privatadressen?«

»Äh, nein«, sagte Johannes.

»Ja«, sagte Felix.

»Ja«, wiederholte Johannes.

»Gut«, nickte der Erste Kriminalhauptkommissar. »Wemma jetzt einen Fall haben, dann besuchen wir die Damen mal.«

»Und?«

»Was und?«

»Hamma an Fall?«, fragte Felix. »Wemma an Fall haben, dann schau ma uns auch des Haus einmal genauer an.«

»Und wemma keinen haben?«, fragte Claudia.

Der Chef seufzte. »Red weiter, Johannes.«

»Felix und ich trafen im Landhaus des Herrn von Lübtow in Wartaweil auch die Haushälterin an, die bei Felix den Eindruck erweckte, den Erpresseranruf erfunden zu haben, um Ermittlungen in Gang zu setzen, die ja nur anlaufen, wenn von einem Verbrechen ausgegangen wird. Als Felix sie damit konfrontierte, gab sie das indirekt zu, später bei der Vernehmung auch direkt.«

»Also hamma definitiv keinen Fall«, sagte Dieter Manzinger,

der sich vor einer Minute zu ihnen gesellt hatte, einen Stoß Papier in der Hand.

»Eher doch«, wagte Johannes sich nach einem schnellen Blick zum Chef vor. »Es hat nämlich zwischen Lübtow und einer Frau Ziska einen heftigen Streit gegeben am Tag seines Verschwindens. Frau Ziska wurde von ihm als Personal Trainerin für seine übergewichtige Tochter engagiert und hat in Abwesenheit des Hausherrn, der Haushälterin und der Tochter mit einigen Freunden eine wilde Party gefeiert. Felix hat vielleicht Blutspuren auf einem Sofa entdeckt. Gestern wurde die Wand neu gestrichen.«

»Ja, das mit dem Blut, das hat mir der Felix schon gesagt. Wer hat denn den Maler beauftragt?«, fragte der Chef.

»Lübtow, noch am selben Abend. Der Malermeister sagte, er musste eine ganze Wand komplett neu streichen, es waren auch einige Stellen im Putz ausgeschlagen, als hätte man Flaschen an die Wand geworfen.«

»Das ist ja mal 'ne unkonventionelle Fitnesstrainerin«, gab Claudia mit einem Seitenblick auf Felix zum Besten. Er reagierte nicht darauf.

Leopold Chefbauer lehnte sich zurück »Wenn die Frau Vogt mit dem Erpresseranruf gelogen hat, wieso soll das mit dieser ominösen Frau Ziska stimmen?«

»Der Gärtner hat bestätigt, dass es die gibt. Die Putzfrau haben wir noch nicht erreicht.«

»Warum hat sie gelogen? Habt's ihr gefragt?«

»Die Liebe«, seufzte Felix.

»Ham die was miteinanda?«

»Sie tät wollen, aber ich glaub nicht.« Frech grinste er Claudia an. »Das kennt man ja.«

»Wie schaut's mit einer Kameraüberwachung aus?«, fragte sie genervt. »Bei so 'ner Hütte am See?«

Johannes nickte. »Gibt es. Aber die ist kaputt. Es hat eine Anzeige gegeben vor knapp«, Johannes stockte, »einer oder vielleicht zwei Wochen, das haben die Kollegen von der PI Herrsching aufgenommen. Die Kamera am Eingang wurde mutwillig zerstört.«

»Und innen?«

»Gibt es keine.«

»Was ist mit der Tochter?«, fragte Claudia.

»Sie ist verschwunden.«

»Wie verschwunden?«

»Also nicht verschwunden wie weg, sie ist noch nicht nach Hause gekommen. Wir haben die Kollegen von der Schutzpolizei informiert, und Frau Vogt meldet es uns, sobald sie auftaucht«, sagte Felix.

Leopold Chefbauer nickte. »Wir müssen mit der Tochter reden. Sie wohnt ja schließlich mit ihrem Vater in dem Haus. Hm. Ob die jetzt auch weg ist?«

»Das ist ein schwieriges Alter«, sagte Felix.

»Freilich. Schwieriges Alter. Das muss nichts bedeuten. Auch das Blut muss nichts bedeuten. Aber natürlich hamma jetzt einen Fall, wemma Blut haben in dem Haus eines Vermissten.« Leopold Chefbauer schaute Felix auffordernd an.

Der bestätigte die Meinung des Chefs. »Ich denke, dass wir uns um diese Sache kümmern sollen. Es brennt ja nix anderes an.«

Chefbauer nickte. »Gut. Felix, Johannes und Claudia bleiben dabei. Dieter hilft aus, wenn ihr ihn braucht, passt das, Dieter?«

»Freilich. Ich hab ja schon ein bisserl mitgemischt.«

»Die Leitung übernimmt der Felix.« Er schaute Dieter an. »Du bist ja noch mit der Vergewaltigung beschäftigt.«

»Nimma lang.«

Alle nickten.

»Ich hab morgen frei«, sagte Felix. »Halt, Moment. Er zog sein Handy hervor.

»Nein, Sonntag. Beziehungsweise muss ich noch mal telefonieren. Morgen sollte ich der Melanie was helfen, da wird was am Haus gemacht.«

»Was jetzt?«, fragte Claudia.

»Eigentlich sollte ich die Sinah morgen haben, dann aber am Sonntag, was sich mittlerweile viermal hin und her geändert hat. Und jetzt kommen eben auch noch die Leute für den Zaun. Prinzipiell hätte ich das ganze Wochenende frei, aber an dem Tag, an dem ich die Sinah nicht hab, komm ich. Ich brauch nämlich den nächsten Freitag frei. Da ist eine Feier im Kindergarten.«

Chefbauer schüttelte den Kopf. »Bin ich froh, wenn das mal durch ist. Warum gehst du nicht zum Anwalt, Felix? Da gibt es klare Regelungen, ich glaub, jedes zweite Wochenende, oder?«

»Ich geb ihr ein Jahr. Wenn ich jetzt einen Anwalt einschalte ... Ein Kind kapiert das doch nicht. Ich will nicht, dass sie dauernd schlecht über mich redet. Das ist nicht gut für die Sinah.«

»Hast du dir schon mal überlegt, Felix«, fragte Dieter besonnen, »dass es egal ist, ob du mitspielst oder nicht, dass das keinen Einfluss darauf hat, wie sie vor deiner Tochter über dich redet?«

»Sind die Herren mit ihrer psychiatrischen Fachsimpelei jetzt dann mal fertig?«, fragte Claudia.

»Hast es schon wieder eilig?«, wollte der Chef wissen.

»Man kann es auch ohne Kind eilig haben.«

Dieter schlug vor: »Ich könnte morgen mal eine Internetrecherche starten und Lübtows Finanzen prüfen.«

»Sehr gut«, lobte Leopold Chefbauer. »Da wirst du ja eine Weile brauchen. Bis dahin haben wir auch das Ergebnis von den Blutspuren im Wohnzimmer.«

»Läuft das denn schon?«, fragte Claudia erstaunt.

»Freilich«, nickte der Erste Kriminalhauptkommissar und überraschte sie damit alle. »Die Spurensicherung weiß Bescheid, dass sie ausrückt, sobald wir grünes Licht von der Staatsanwaltschaft haben.« Das war typisch Chefbauer. Nuckelte an seiner Pfeife, als könnte er kein Wässerchen trüben, fragte sie freundlich um ihre Meinung, hamma an Fall oder nicht, und hatte bereits alles in die Wege geleitet.

Die Kollegen redeten durcheinander.

Chefbauer hob die Hände »Oiso. Dann legma los.«

»Super«, sagte Claudia. »Ein neuer Fall vorm Wochenende. Gibt nix Schöneres.«

»LKA und Telefonüberwachung brauchma nicht mehr?«, fragte Dieter in die Runde.

»Nein«, erwiderte der Chef.

Johannes meldete sich. »Sein Handy hat der Lübtow übrigens zu Hause ausgeschaltet. Es ist nicht mehr eingeschaltet worden seit Dienstagabend zweiundzwanzig Uhr zweiundzwanzig. Das ist doch komisch, oder? Wer schaltet denn sein Handy heutzutage aus?«

Dieter grinste. »Ältere Leute tun so was, Johannes.«

»Auch jüngere!«, rief Claudia. »Es gibt nämlich Menschen, die finden Handys ungesund.«

»Dazu kannst du nicht gehören«, bemerkte Felix.

Der Chef hob die Hände »Herrschaften! Jetzt machma mal Schluss. Felix, du schreibst den Sachverhalt für die Staatsanwaltschaft noch zusammen, geht das?«

Felix nickte.

»Oiso. Dann hamma jetzt einen neuen Fall.«

»Das heißt, ich kann rückwirkend die Verbindungsdaten anfordern von dem Vermissten seinem Handy?«, fragte Johannes.

»Das beantrage ich auch gleich noch beim Jourdienst der Staatsanwaltschaft«, sagte Felix.

»Dann hamma doch ein schönes Packerl«, stellte Dieter fest. »Die Blutproben, Durchsuchungsbeschluss für das Haus, Computer, Telefonnummern, mal sehen, was die Spurensicherung noch findet. Vielleicht gibt's interessante Hinweise auf andere Personen oder einen Abschiedsbrief?«

»Dann hättma aber keinen Fall mehr«, warf Claudia ein.

»Woher weißt du, dass der echt ist?«, erkundigte Felix sich.

Claudia verdrehte die Augen. »Ich kümmere mich jedenfalls um diese Frau Ziska. Ich kann morgen reinkommen, also wenn es nötig sein sollte. Ruft's mich halt an.« Sie stand auf.

Johannes räusperte sich. »Den Namen Ziska findet man häufig in Polen und der Schweiz. Ich ruf am Montag mal beim Ausländeramt an. Vielleicht schreibt man sie auch mit C oder so Häkchen irgendwo drauf.«

»Was hat sie für ein Auto, die kann doch nicht hergeflogen sein?«, meinte Leopold Chefbauer. »Da fährt doch keine U-Bahn hin?«

Johannes erwiderte »Der Gärtner sagt, ein schwarzer Kombi; Frau Vogt sagt, ein blauer Kleinwagen.«

»Marke?«

Johannes schüttelte den Kopf.

Felix stand auf. »Das ist nur eine Frage der Zeit. Wir kriegen die Ziska.« Er machte eine Pause. »Wie alle anderen auch.« Er nickte dem Chef zu. »Ich ruf dich morgen früh an.«

Leopold Chefbauer nickte.

»Musst du jetzt wieder in den Kindergarten?«, stichelte Claudia, schon an der Tür.

»Man merkt, dass du keine Ahnung hast«, erwiderte Felix. »Um die Uhrzeit haben die meisten Kindergärten geschlossen.«

»Und die Läden auch«, sagte Claudia, »Leute, ich muss los.«

Im Treppenhaus trafen sie sich noch einmal. »Du kannst ja mal deine Freundin fragen«, schlug Claudia vor, »ob sie eine polnische Fitnesstrainerin kennt. Die ist doch auch so was.«

Felix zeigte ihr seine Zähne »Was du vorhin meintest, heißt psychologische Fachsimpelei, nicht psychiatrische.«

19

Mit einem blütenreinen Gewissen küsste ich Felix, der vor dem Yogastudio in Haidhausen auf mich wartete, wo ich jeden Freitagabend unterrichtete. Alles normal. Normal war wunderbar. Felix und Flipper und Franza am Freitag. Ein Abend, eine Nacht, ein Frühstück und dann mal sehen.

»Ich hatte heute zu viel Büroluft«, sagte Felix, der alles andere aussah als verstaubt, ich hätte ihn sofort anbeißen können, »gehen wir noch eine Runde?«

»Ich dachte, du hast Melanie geholfen?«, erkundigte ich mich. Am Vormittag hatte er mir eine SMS geschickt.

»Nur bis Mittag. Dann gab es einen Vorfall.«

Ich wollte nachfragen, da packte er Flipper bei den Schultern und schubste ihn hin und her. Er hatte recht. Es war besser, nicht nachzufragen. Wegen seiner Ex hatten wir schon einige Male gestritten. Ich fand, dass er viel zu nett zu ihr war. Felix hingegen bemängelte mein fehlendes Feingefühl für die Mutter seiner Tochter. Was mich erst recht auf die Palme brachte. Aber heute war Freitag, unser Freitag. Da würde ich Melanie nicht einladen, uns in die Suppe zu spucken. Ich nahm Felix' Friedensangebot an und fiel in sein Lachen ein, als Flipper ihn auffordernd anstupste.

Felix legte seine immer warmen Hände um mein Gesicht und schaute mich tiefseeblau an. Mir wurde heiß.

Von der Isar zog Nebel auf. Nach dem frühlingshaften Nachmittag waberte nun der November auf, rau und kühl, mit einer feuchten Kälte, die schnell in die Knochen zog. Aber an Felix' Seite fror ich nicht. Wir liefen vom Volksbad Richtung Friedensengel.

»Stell dir mal vor«, sagte Felix. »Der Kindergarten hatte gestern geschlossen.« So leicht war es auch für ihn nicht, das Thema Melanie fallen zu lassen. Sie brachte ihn genauso auf die Palme wie mich.

»Wo hast du Sinah dann hingebracht?«

»Ich hab sie mit ins Büro genommen.«

»Das ist sowieso ein Schmarrn mit dem Kindergarten in Schwabing, wenn Melanie in Gräfelfing wohnt.«

»Ist ja nur noch dieses Jahr. Die Sinah will halt nicht wechseln. Ihre Freundin geht da auch hin. Aber deren Mutter arbeitet zwei Straßen weiter.«

Ich aber wollte jetzt unbedingt wechseln. Das Thema. Ich wollte nicht mit dem Vater Felix Gassi gehen, sondern mit meinem Freund. Flipper brachte einen Stock. Felix warf ihn einige Male, und wir hatten Spaß an Flippers Schnaufen auf der Suche nach seiner Beute. Er fand sie jedes Mal.

»Obwohl es stockdunkel ist«, sagte Felix anerkennend.

»Im Stockdunkeln bringt er den Stock ... Wieso heißt das eigentlich so?«

»Ist wahrscheinlich aus der Hundesprache entlehnt«, schmunzelte Felix.

»Und was hast du sonst noch so gemacht?«, fragte ich mich weg vom Kindergarten.

»Ich hatte heute einen Termin in Schwabing. Da wird so ein hohes Tier im Ministerium für Landwirtschaft vermisst.«

Mir wurde schlagartig schlecht. Felix war doch nicht der Einzige in Fürstenfeldbruck. Er hatte ein Dutzend Kollegen in seiner Abteilung. Warum er? Ich versuchte, normal zu klingen. »Aber Vermissungen macht ihr doch gar nicht. Und München ist auch nicht euer Gebiet.«

»Der wohnt in Herrsching. Genauer gesagt in Wartaweil. Schöne Gegend, Franza. Und das Haus ... Also da ließe es sich wohnen.«

»Ja?«, forderte ich ihn auf, mehr zu erzählen, damit ich meine Fassung wiedergewinnen konnte. Felix beschrieb mir das Haus, das ich viel besser kannte als er. Sollte ich es ihm jetzt sagen? Du, übrigens Felix, ich habe ganz vergessen, dir zu erzählen, dass ich drei Monate in den Fitnessstudios pausiere, ich hab da was am Knie, weißt du, und ach ja, übrigens diesen Clemens von Lübtow, den kenne ich, und das Haus, du hast recht, das ist wirklich ein Schmuckstück, das wäre genau das Richtige für uns, oder? Ganz schön neblig heute, findest du nicht auch?

»Franza?«, fragte er.

Meistens war es toll, mit einem Kriminalhauptkommissar zusammen zu sein, von wegen aufmerksam und so. Manchmal war es die Hölle.

»Ja, es ist schon Wahnsinn, in was für Häusern manche Leute leben.«

»Da kannst du morgens in der Badehose vor zum See«, er lachte. »Oder gleich nackt.«

»Und warum ermittelt ihr da draußen?«

»Der Typ scheint recht wichtig zu sein. Nach den meisten Vermissten, nach den sogenannten Zigarettenholern, kräht kein Hahn. Meist geht es um private Konflikte. Aber jetzt sind doch Ungereimtheiten aufgetaucht. Sag mal, kennst du zufällig eine Frau Ziska? ... Franza!«

Ich hustete mir ein Drittel Lunge aus dem Leib in meiner Verzweiflung, eine Denkpause zu gewinnen.

»Hab mich verschluckt. Ich glaub, ich hab 'ne Fliege in die Kehle gekriegt.«

»Eine Fliege?«

»Keine Ahnung. Geht schon wieder, danke.«

Felix kramte in seiner Jackentasche, legte mir ein Bonbon in die Hand. »Das hat mir Sinah mal gegeben. Erdbeere. Schmeckt bestimmt scheußlich, hilft aber vielleicht.«

Ich packte es aus, steckte das Papier in meine Jackentasche und den Inhalt in den Mund und sagte mit klackerndem Bonbon an den Zähnen. »Ziska? Nie gehört. Wir duzen uns ja alle.«

»Den Vornamen kennen wir noch nicht. Könnte eine Ausländerin sein. Vielleicht Polin?«

»Das kann schon sein, dass sich die Fitnesscoachs in Polen siezen. Aber ich kenn keine.«

Flipper brachte einen neuen Stock Marke Ast. Während Felix mit ihm Tauziehen spielte, überlegte ich panisch, was ich tun sollte. Felix und Franza und Flipper am Freitag. Ich würde es ihm nicht jetzt sagen. Jetzt hatten wir frei. Ich würde ihm einen Brief schreiben. Da konnte er mich nicht unterbrechen. Denn wenn ich es ihm jetzt sagen würde, würde er zu Recht explodieren. Der schöne Freitag wäre zerstört. Er würde wissen wollen, warum ich ihm nichts erzählt hatte, vielleicht sogar behaupten, ich schlösse ihn aus meinem Leben aus, dabei wollte ich ihm doch bloß nicht zur Last fallen. Franza Fischer fällt niemandem zur Last, aber das kapierte er nicht, das Thema hatten wir schon einige Male. Ich wusste, wie stur er sein konnte, und ich wollte unser zartes Glück nicht gefährden mit so einer blöden Geschichte. Ich musste mit Bedacht vorgehen. Ein Brief wäre vielleicht die beste Lösung. Ich würde von ganz vorne anfangen, meine Krankengeschichte offenlegen. Beim Knie würde ich anfangen. Sonntagabend würde ich ihm den Brief geben, dann wusste er vor Dienstbeginn am Montag Bescheid. Ja. So würde ich es machen.

»Hast du eigentlich Hunger, Franza?«, rief Felix mir zu, durch das begeisterte Knurren von Flipper, der nicht genug vom Tauziehen am Stock bekommen konnte.

»Und wie«, behauptete ich, weil das normal war. Freitagabend hatte ich immer Hunger.

»Du bist wahrscheinlich schon im Unterzucker, so still wie du die ganze Zeit bist«, vermutete Felix.

»Das kann gut sein.«

»Wollen wir zu Wanni?«

»Du wolltest doch sparen«, erinnerte ich ihn und ärgerte mich gleich darauf über mich. Wenn er meinen Brief gelesen hatte, glaubte er womöglich, ich erwartete, er spare für mich, dabei hatte er doch wegen Melanie sparen wollen, damit er sie ausbezahlen konnte.

Er kam zu mir, zog mich eng an sich. »Aber für die Vorspeise gehen wir noch schnell zu dir, oder? Glaubst du, das schaffst du?«

»Es könnte sein, dass ich eine Spritze brauche«, kicherte ich, und auf einmal war alles genauso normal, wie es sich gehörte für Felix, Flipper und Franza am Freitag.

20

Felix setzte Flipper und mich am Samstagvormittag an der Reichenbachbrücke ab. Er wollte Sinah holen und mit ihr ins Schwimmbad fahren. Im Moment sah es so aus, als sollte er sie das ganze Wochenende behalten, was sich stündlich änderte. Das machte mich wahnsinnig. Doch ich spürte, wie er selbst unter Melanies Launen litt und sich bemühte, sie von Sinah fernzuhalten. Er würde mich anrufen, wenn irgendetwas feststand. Beim Aussteigen sagte er es mir noch einmal. »Du bist uns jederzeit willkommen, Franza.«

Es war lieb gemeint, doch er kapierte nicht, dass sein *Uns* mich ausschloss. Sinah war ich bestimmt nicht willkommen. Die war froh, wenn sie ihren Papa für sich allein hatte, da wollte ich nicht stören. Außerdem hatte ich genug zu tun. Der Brief lag mir im Magen. Ich bin keine große Briefeschreiberin, ehrlich gesagt hasse ich es. Aber nun musste ich einen der wichtigsten Briefe meines Lebens aufsetztεn, und das war keine schöne Aussicht für das Wochenende. Vielleicht würde ich Stunde um Stunde vor dem leeren Papier sitzen; ich hatte beschlossen, mit der Hand zu schreiben, und sogar überlegt, einen Füller zu kaufen, konnte mich dann aber nicht für eine Patronenfarbe entscheiden – oder lieber zwei? Ständig fielen mir Sachen ein, die ich dringend erledigen sollte, und bis zum Zwölfeläuten machte ich die auch. Wahnsinnig wichtiges Zeug wie Altpapier und Altglas weg, Bett neu beziehen, Böden wischen. Und dann war es schon Zeit für Flipper, natürlich die große Runde einmal Isar auf-, einmal abwärts. Danach lud mich meine Nachbarin Rosina Marklstorfer zum Kaffee mit ofenwarmen Rohrnudeln ein, die sie ausnahmsweise Samstag statt Freitag gebacken hatte, weil ihr Herd kaputt gewesen war.

»Zum Glück nur die Sicherung«, strahlte sie und wollte von mir wissen »Welche?«

Frau Marklstorfer frönte der Rätselei. Die einfachsten Dinge machte sie spannend und nannte das Quiz. Sogar Felix hatte sie eines aufgezwungen, als ich auf der Flucht vor der Russenmafia eine Weile untertauchen musste und er meine Nachbarn befragte. Ich kannte Rosina Marklstorfer vom Gassigehen. Wir hatten uns gelegentlich getroffen und waren ins Plaudern gekommen. So hatte ich auch erfahren, dass sie eine neue Wohnung suchte, weil ihr das Treppensteigen – sie ging auf die achtzig zu – Probleme bereitete. Alles wies auf die Endstation Städtisches Altersheim, und das bedrückte die alte Dame sehr. Dass sie geistig fit war, nutzte ihr nichts mit einer Wohnung im zweiten Stock. Seit einigen Monaten waren wir nun Nachbarinnen, was wir Flipper verdankten, der bei unserem Vermieter Herrn Kammerer mehrere Felsbrocken im Brett hatte, weil er immer so schön brav auf seinen Jaguar aufpasste.

Rosina Marklstorfer konnte ich nichts vormachen. Kaum saßen wir vor unseren dampfenden Kaffeetassen, die ganze Küche duftete verlockend nach Rohrnudeln, legte sie ihre Hand mit dem zarten Aderngeflecht und zwei dicken Lebensströmen in dunklem Violett auf meine. Weich war die Hand und warm. Braune Punkte wie Sternbilder umtanzten die Adern. »Ich habe es gleich gesehen, Fräulein Franza. Ich sehe es Ihnen immer an. Man merkt es schon an Ihrem Gang, wenn etwas nicht stimmt.«

Ich widersprach nicht. Das wäre bei Rosina auch zwecklos gewesen. Sie reichte mir ein kariertes Stofftaschentuch, blau-weiß-braun, Kante auf Kante gebügelt. Ein brotwarmes Stück Trost, gerade groß genug für meinen Kummer. »Manchmal läuft alles ...«, ich suchte nach Worten. »Verquer.«

Rosina Marklstorfer nickte.

»Ehrlich gesagt finde ich normal am besten.«

Meine Nachbarin zog eine Augenbraue hoch. »Auf einmal?«

»Es kommt immer darauf an, wie man normal definiert. Mein derzeitiges«, ich räusperte mich, »also ich meine damit mein neuliches Normal gefällt mir ziemlich gut. So gut, dass es schade wäre, wenn es ...« Wie so oft bei Rosina, sah ich plötzlich klar. Sie musste gar nichts tun, wenig sagen oder fragen. Womöglich steckte in ihren Rohrnudeln ein Psychologiestudium, jedenfalls konnte ich mir vorstellen, dass ein Bissen davon selbst ein essgestörtes Mädchen erleuchten könnte. Vielleicht konnte Rosina aber auch bloß Gedanken lesen oder korrespondierte heimlich mit Flipper. »Ich meine, dass ich früher gedacht habe, normal wäre langweilig, aber das denkt man bloß, wenn man selber gerade nicht normal ist, ich meine, dass normal doch immer das sein sollte, was am schönsten ist, weil normal eben das Normale ist.«

Rosina Marklstorfer musterte mich forschend.

»Ich muss nämlich einen Brief schreiben«, brach es aus mir heraus.

»Den Herrn Felix habe ich schon länger nicht gesehen«, sinnierte Rosina.

»Ich war öfter bei ihm. Und ich soll grüßen.«

»Nehmen Sie eine Rohrnudel für ihn mit?«

»Gern, danke.«

Sie stand auf, um sie einzupacken.

»Wenn man aus Liebe lügt«, sagte ich in ihren schmalen Rücken an dem Küchenbuffet, das sie von ihrer Mutter zur Hochzeit geschenkt bekommen hatte, »ist das doch eigentlich keine Lüge?«

»Nein, aber da sollte man keinen Brief schreiben.«

»Keinen Brief?«

»Nein, Fräulein Franza, keinen Brief. Da muss man sich in die Augen schauen und die Wahrheit erkennen. «

»Aber er würde es wieder falsch verstehen. Immer versteht er alles falsch. Manchmal kapiert er die einfachsten Dinge nicht!«

»Beim Quiz ist er recht begabt«, verteidigte Frau Marklstorfer ihn.

»Nicht nur beim Quiz«, entfuhr es mir.

Da lachte sie. »Sie sind so ein schönes Paar, der Herr Felix, der Herr Flipper und Sie. Machen Sie mir fei jetzt keinen Schmarrn, Fräulein Franza! Nicht dass Sie plötzlich ein anderes Normal wollen. Ich finde Ihr jetziges Normal nämlich am allernormalsten.«

»Nein, ich mach keinen Schmarrn! Aber ich kann doch nichts dafür, wenn ständig Dinge passieren, die ... also, die bei ihm dann ganz anders ankommen. Ich benehme mich völlig normal, und er nennt mich unberechenbar.«

»Nein, Fräulein Franza«, tröstete Rosina mich, »das sind Ihre Special Effects.«

Es dauerte eine Weile, bis ich den englischen Begriff aus ihrem Genuschel herausgeschält hatte. Dann musste ich, ein Riesenstück Rohrnudel im Mund, so sehr lachen, dass es mir in beiden Backen zwickte.

Frau Marklstorfer nickte zufrieden. Die Überraschung war ihr gelungen. Sie erweiterte ihren Quiz-Horizont ständig. Sie tätschelte meine Hand. »Das ist halt so zwischen Männern und Frauen. Das war auch zu meiner Zeit nicht anders.«

»Und was mach ich jetzt?«

»Eine Rohrnudel essen, den Kaffee austrinken und dann beichten. Mündlich.«

»Keinen Brief?«

Frau Marklstorfer schüttelte den Kopf. Ich nahm es als Urteil und kaute gründlich. Später half ich ihr beim Abwaschen, und als ich eine trockene Kaffeetasse in das Küchenbüfett stellte, warf ich einen Blick aus dem Fenster. Ein großer schwarzer Vogel überquerte unseren Hinterhof. Das war doch ... »Celina!«, rief ich. Flipper sprang auf alle viere. »Ich muss ... Das ist für mich ... Wie hat sie ... Frau Marklstorfer, danke. ... Ich melde mich wieder.« Ich stürmte nach draußen und traf Celina an der Haustür, wo sie aufmerksam das Klingelschild las. Als sie mich sah, schlug sie sich erschrocken die Hand vor den Mund. Was ich idiotisch fand. Wegen mir war sie doch wohl hier. Ihre Augen waren klein und rot geweint. *Ihr Vater ist tot*, schoss es mir durch den Kopf. »Celina, was ist los?«

»Du heißt ja gar nicht Ziska!«

Sie wedelte mit einem Stück Papier vor meiner Nase herum. »Das habe ich von CvL. Da steht deine Adresse.« Sie hatte ihren Vater gefunden? Wo? Im Puff? Im Wald? Mit Fraßdefekten? Meine erste Leiche fiel mir ein. An der fehlten zweieinhalb Finger. Ich warf einen kurzen Blick auf das Papier. Ich kannte es. Das war die Vereinbarung, die ich mit Clemens von Lübtow getroffen hatte. Auf meinem Laptop befand sich ein gleichlautendes PDF.

»Hat er dir das gegeben?«, formulierte ich vorsichtig.

Celina klopfte auf ihren schwarzen Rucksack. »Ich habe es auf seinem Compi gefunden. Ich habe deine Adresse gesucht. Er macht ja alles schriftlich, weißt du. So habe ich dich ausfindig gemacht.«

»Er ist nicht nach Hause gekommen?«

Sie schüttelte den Kopf. Doch ihre Freude über die Abwesenheit ihres Vaters schien erloschen. Fest packte sie meinen Unterarm. »Du musst mir helfen!«

»Komm erst mal rein.«

Als wir den Hausflur betraten, ließ Frau Marklstorfer Flipper aus der Wohnung, den Celina innig begrüßte. Ich sperrte meine Wohnung auf. Celina vergaß ihre Sorgen kurzfristig. »Toll hast du's hier. Supergegend, wo du wohnst. Da will ich auch mal wohnen. Boah, ein Leopardensofa! Geil!«

Ich befahl Flipper in seinen Korb und bedeutete Celina, sich an den Küchentisch zu setzen. Es gefiel mir nicht, dass sie mich so leicht gefunden hatte. Gleichzeitig stresste es mich, dass ich schon wieder in eine Situation geschlittert war, in der es ratsam erschien, unentdeckt, unbekannt zu bleiben. So stellte ich mir mein Leben nicht vor, Normalzustand: untergetaucht. Hätte Frau Vogt meinen Namen richtig verstanden, wäre es nie so weit gekommen.

»Willst du ein Glas Wasser?«, fragte ich Celina, die sich, ohne es zu verbergen, ausgiebig umsah.

Schließlich erinnerte sie sich, warum sie hier war. »Du musst mir helfen! Du musst zu Schorsch und dich entschuldigen.«

»Bitte?!«

»Die wollen nichts mehr mit mir zu tun haben. Die sagen, der CvL hätte dich engagiert, um sie auszuspionieren und zusammenzuschlagen. Die sagen, du bist unter einem Vorwand eingeschleust worden, damit er beweisen kann, dass sie Sachen klauen und wegen der Kamera. Als ob sie so was nötig hätten! Bines Vater ist superreich. Und außerdem ...« Sie schluchzte laut, und ich befürchtete, das Schlimmste käme erst noch.

»Ja?«

»Sie haben so ein Foto von mir. Wenn du dich nicht entschuldigst, dann ... dann stellen sie es ins Netz.«

Ich wusste, wie das Foto aussah. Celina mit verdrehten Augen auf dem Sofa, Schnapsflaschen zwischen den Beinen, übersät von Chips und Erdnüssen. »Sie sagen, das könnte dann auch die Presse finden, es könnte in die Zeitung kommen.«

»Und deinem Vater schaden?«

Sie machte eine wegwerfende Handbewegung.

»Mir. Es schadet mir! Es gibt mich nämlich auch noch, weißt du, nicht bloß den sagenumwobenen Clemens von Lübtow, auf den seine fette Tochter zurückfällt. FT«, stieß sie hervor.

»Ehrlich gesagt habe ich mich bereits während eurer Fotosession gefragt, wie du so etwas tun kannst. Du ...«

»Das sind meine Freunde!«

»Ich kann dir da nicht helfen. Am besten, du zeigst das bei der Polizei an.«

»Spinnst du! Die haben mich heute Nacht in Herrsching erwischt und dann nach Hause gefahren. Die haben mir Besuch vom Jugendamt angekündigt! Ich würde doch den Schorsch nicht hinhängen! Das erzähl ich denen doch nicht! Der hat genug Ärger, weil mein Vater behauptet, er hat unsere Überwachungskamera demoliert.«

»Hat er das?«

Trotzig schwieg sie.

»Begreifst du denn nicht, dass die dich ausnutzen?«

»Das verstehst du nicht! Das ist alles anders! Man muss zeigen, dass man dazugehört. Da rennt man nicht zur Polizei und petzt. Ich sage den Bullen bestimmt nichts, zum Schluss soll der Schorsch auch noch den Maler bezahlen. Ich verrate meine Freunde nicht. Ich bin kein CvL, der vorne allen ins Gesicht grinst und hinten dreht er ihnen einen Strick.«

»Was meinst du damit?«

»Das wirst du schon noch merken. Jeder merkt es. Der nette Herr von Lübtow hat nämlich auch ein anderes Gesicht. Dorian Gray, sagt dir das was? Das haben wir im letzten Jahr in der Schule gelesen. Genauso ist er. Aber seine Fratze ist noch viel, viel abscheulicher. Der edle CvL ist nämlich gar nicht so nett und höflich und an seinen Mitmenschen interessiert, wie er vorgibt. Nein, er denkt nur an sich. Alles, was er sagt, alles, was er macht, ist seinem großen Plan unterworfen. Er lässt die Leute in dem Glauben, dass er an ihnen Anteil nimmt. Sie erzählen ihm dies und jenes, er merkt sich alles. Und er findet immer eine Gelegenheit, das dann für seine Zwecke nutzen. Und wenn du glaubst, dass du irgendeine Bedeutung für ihn hast, dann hast du dich geschnitten. Es gibt nämlich nur einen Menschen, der eine Bedeutung für ihn hat. Das ist er selbst.«

»Celina, ich hatte durchaus den Eindruck, dass er sich um dich sorgt.«

»Ha! Er will eine stromlinienförmige Tochter, weil das in sein Bild passt. Du hast dich einwickeln lassen wie alle! Er interessiert sich einen Furz für mich, für dich, für andere. Er interessiert sich immer nur dafür, wie er andere benutzen kann!«

»Und warum … Also, was hat er davon?«, fragte ich neugierig.

»Macht.«

»Schorsch scheint ja auch auf Machtspielchen zu setzen?«

»Das ist doch etwas ganz anderes!«

»Aha?«

Empört musterte sie mich. »Schorsch ist nicht so, wie ihr denkt. Er will halt Spaß haben. Und da hat er voll recht. Weil das Leben so beschissen ist, und außerdem kriegen wir eh nur Probleme, wenn wir mal in eurem Alter sind. Ihr habt alles kaputtgemacht und kapiert nichts.«

»Hast du dir schon mal überlegt, dass der Typ dich verarscht?«

»Das verstehst du nicht. Das ist bedingungslos. Wie bei Bella und Edward.«

»Was hat dein zukünftiger Hund damit zu tun?«

Entgeistert starrte sie mich an.

»Der arme Schorsch«, seufzte ich und überlegte. War das eine Falle? Sollte ich als Lockvogel dienen? Oder sagte sie die Wahrheit? Schorsch hatte eine offene Rechnung mit mir. Es wäre dumm, in die Höhle des Löwen zu gehen ... Andererseits wollte ich Celina nicht im Stich lassen ...

»Was ist mit deinem Vater?«, fragte ich den schwarzen Vogel, der verzweifelt an meinem Küchentisch saß. Glaubst du, Schorsch hat was mit seinem Verschwinden zu tun? Sag mir die Wahrheit, Celina!«

»Mein Vater hat genug andere Feinde.«

»Ach? Wen denn?«

»Da brauchst du bloß mal im Ministerium zu fragen. Die hassen ihn alle. Und auch die Jäger hassen ihn.«

»Und warum?«

»Weil er am Hebel der Macht sitzt. Weil er Verordnungen erlassen kann, was weiß denn ich. Ich habe die Schnauze voll davon, dass die Leute mich schief anschauen, wenn sie hören, wer ich bin. Ich bin ein eigener Mensch, ist das so schwer zu kapieren?«

»Das mit den Feinden solltest du der Polizei erzählen! Das sind wichtige Spuren, die helfen können, deinen Vater zu finden.«

Sie stützte die Hände auf den Tisch und stand langsam auf. Mit stierem Blick schaute sie mich an. »Ich will nicht, dass er gefunden wird, kapierst du das nicht? Es geht mir besser, wenn er weg ist. Dann bin ich nämlich frei!«

In diesem Moment schoss mir ein schrecklicher Gedanke durch den Kopf. Celina ging zur Tür. »Halt! Warte!«, rief ich. Sofort blieb sie stehen. »Celina. Ich helf dir. Ich komm mit.«

Als sie ihr Gesicht zu mir drehte, liefen ihr Tränen über die Backen, und ich konnte das empfindsame, verletzte Mädchen, das eingesperrt in seinem dicken Körper steckte, deutlich erkennen. Auch Flipper hatte es gesehen und schmiegte sich eng an Celina.

Erst als wir im Volvo saßen – von der Mariahilfkirche schlug es zweimal vier –, ließ ich sie wissen, dass ich sie nach Hause fahren würde.

»Nein, wir müssen zu Schorsch.«

»Du gibst mir seine Adresse. Ich fahre alleine hin.«

»Aber das geht nicht! Ich muss dich hinbringen!«

»Wenn er nur eine Entschuldigung von mir hören will, ist das wohl kaum nötig.«

»Wie kriege ich dieses Foto?«, fragte ich sie. »Oder habt ihr vereinbart, dass die das dann löschen?«

»Weiß nicht.« Celina kniff die Lippen zusammen.

Ich stellte das Radio an. Erst am Autobahnende kam ich auf die Feinde ihres Vaters zurück. »Ich habe mal im Wald einen Jäger getroffen, der hat so eine Art von Wäscheklammern an Weißtannen geknipst. Kennst du den?«

»Klar. Das ist der Jäger hier. Mein Vater hat es nicht geschafft, ihn rauszuekeln, dabei wäre die Jagd vom Hellhake viel praktischer für ihn, als immer nach Wolfratshausen zu fahren. Wo er doch so wenig Zeit hat, der wahnsinnig wichtige CvL, das ist ja direkt eine Zumutung, dass man ihm die Jagd vor der eigenen Haustür so schäbig vorenthält.«

Ein gehässiger, kleiner Giftzwerg, saß sie neben mir.

»Wie heißt der Hellhake mit Vornamen?«

»Nikolaus. Er wohnt in Aidenried, warum willst du das wissen?«

»Nur so.«

Wir schwiegen eine Weile. Dann fragte sie: »Hast du eigentlich keine Angst?«

»Vor wem?

»Na, vor den Bullen.«

Ich hab nur Angst vor einem Bullen, dachte ich und schüttelte den Kopf.

»Aber die suchen dich doch!«

Warum musste sie mich daran erinnern? Ich hatte mich so gut abgelenkt mit ihren Problemen, ich hatte gar keine Kapazitäten mehr für meine eigenen.

»Was hast du denen von mir erzählt?«

»Nichts. Ich wusste ja nicht, dass du eine andere bist. Ich habe halt gesagt, dass mein Vater eine Frau Ziska für mich engagiert hat zum Abnehmen. Was anderes hat Frau Vogt auch nicht gesagt.«

»Wenn sie meine Autonummer haben, ist das nur eine Frage der Zeit«, seufzte ich.

»Woher sollen sie die wissen? Die Vogt hat sie nicht aufgeschrieben. Die kennt sich mit Autos null aus. Außerdem habe ich den Bullen, die mich heute Nacht heimgefahren haben, erzählt, du hättest einen schwarzen Škoda Fabia, so einen hat meine Deutschlehrerin, die joggt auch jeden Morgen.«

»Warum tust du das?«, fragte ich. »Warum legst du eine falsche Fährte?«

»Damit du zu Schorsch fährst.«

Ich wusste, dass sie log, aber ich konnte mich im Moment nicht genug konzentrieren, um die Wahrheit herauszufinden.

»Du meinst, wenn ich nicht zu Schorsch fahre, sagst du der Polizei, wer ich bin?«

»Vielleicht.«

Scharf bremste ich den Volvo, hinter mir hupte es, dann standen wir rechts am Rand der langen Eichenallee zwischen Weßling und Seefeld. Kühl musterte ich Celina.

Da begann sie zu heulen. »Ich sag nichts. Bestimmt nicht. Weil, sie glauben doch, die Ziska hat das Wohnzimmer demoliert. Wenn ich sage, wer du bist, wissen sie, dass du es nicht warst, also Franziska Fischer war es nicht. Das wäre scheiße für Schorsch, verstehst du? Solange sie Frau Ziska suchen, lassen sie Schorsch in Ruhe.«

»Da wäre ich mir nicht so sicher. Glaubst du, die Polizei ist so blöd? Wenn die mal ihre Ermittlungen aufnehmen, kriegen die so ungefähr alles raus, sogar, bei wem du während einer Matheschulaufgabe vor fünf Jahren abgeschrieben hast.«

»So ein Quatsch!«

»Leider nein. Ich kenne mich da aus. Die drehen jeden Kieselstein am Ammersee um. Weiß dieser Idiot Schorsch eigentlich, wie du dich für ihn reinhängst?«

Sie heulte noch lauter.

»Hör auf!«, brüllte ich.

Erschrocken schaute sie mich an. Flipper leckte sich betroffen über die Schnauze und schmatzte dann besänftigend.

»Ich lasse dich in Herrsching raus, du kannst zu Fuß heimgehen«, teilte ich Celina mit.

»Ich trampe«, erwiderte sie trotzig, wohl in der Hoffnung, das würde ich verhindern wollen.

»Von mir aus. Besser wäre es, du joggst.«

»Und du fährst wirklich zum Schorsch?«

»Ja. Danach rufe ich dich an.«

»Versprichst du es?«, fragte sie mich beim Aussteigen an der Buchhandlung Reich.

»Ja«, sagte ich. Über die Reihenfolge meiner Besuche ließ ich sie im Dunkeln. Eigentlich hatte ich einen großen Bogen fahren wollen. Über Inning und Greifenberg nach Dießen. Doch dann überlegte ich es mir anders und wagte das Risiko, fuhr durch Wartaweil und hatte Glück: Es begegnete mir kein unauffälliger 3er BMW mit einem auffallend attraktiven Fahrer.

21

Aidenried, direkt am Ammersee gelegen, besteht aus wenigen Häusern. Über dem See waberten Nebelschwaden und am rötlich-blauen Himmel gräulich-gelbe Wolken. Ich entschloss mich, an dem Haus mit den Hirschgeweihen an der dunklen Holzwand über dem Eingang zu beginnen. Meine Intuition leitete mich richtig, *Hellhake*, las ich neben der Tür. Keine Klingel, ein Türklopfer. Ich atmete tief durch. Es wäre mir wesentlich lieber, einen Mörder, Räuber, Dieb, Entführer für Felix zu fangen, als ihm einen Brief zu schreiben oder eine Beichte abzulegen.

Es dauerte nicht lange, da wurde mein Klopfen von Schritten beantwortet, die Tür ging auf. Der Jäger, in Jacke und mit seinem Gamsbarthut auf dem Kopf, wollte das Haus wohl gerade verlassen. Er sah mich, zuckte zusammen, trat einen Schritt zurück.

»Aha, schickt der feine Pinkel jetzt seine Freundin?«

Ich brauchte eine Weile, bis ich begriff, was er meinte.

Nikolaus Hellhake verkreuzte die Arme vor der Brust. »Der versucht es wohl mit allen Mitteln?«

»Hören Sie, ich bin nicht die Freundin von Herrn Lübtow!«

Hellhake griff nach der Tür, um sie zuzuschlagen, riss plötzlich die Augen auf, ein Gurgeln kam aus seinem Mund, dann ging er in die Knie und fiel seitlich auf den Boden, in den Augen nur noch das Weiße zu sehen, die Hände zu Krallen verkrampft, der ganze

Körper eine einzige Anspannung, das Gesicht verzerrt. Um Gottes willen! Herzinfarkt! Hilfe! Was tun? Stabile Seitenlage?

»Hallo, hallo ist da wer?«, brüllte ich ins Haus, während ich mein Handy aus der Jackentasche riss.

»Ja?« Eine Frauenstimme, dann ein Aufschrei. »Niko!« Die Frau – sie war um die fünfzig und hatte feuerrote, dicke, schulterlange Haare – kniete sich neben ihren Mann.

»Ich verständige den Notarzt«, rief ich.

»Das müssen Sie nicht. Ich bin Ärztin. Bitte bleiben Sie hier, ich hole eine Spritze.« Weg war sie.

Ich kniete mich neben den Mann und wusste nicht, was ich tun sollte. Ich wollte ihn nicht anschauen, ich kannte ihn doch gar nicht. Mir wäre es äußerst unangenehm, während einer solchen Unpässlichkeit beobachtet zu werden, noch dazu von jemandem, für den ich keine Sympathie hegte. Auch Flipper fand auf Anhieb kein passendes Verhalten und überbrückte mit Fellreinigung. Ein wenig schaumige Spucke sickerte in den grauen Vollbart des Ohnmächtigen. Zum Glück kam die Frau schnell zurück, in der Hand eine aufgezogene Spritze.

»Sollen wir wirklich keinen Notarzt rufen?«, fragte ich zur Sicherheit.

»Mein Mann leidet an Epilepsie. Also, wahrscheinlich. Die Tests laufen noch. Bitte halten Sie kurz.« Sie reichte mir die bereits aufgezogene Spritze, während sie den Gürtel an seiner Hose öffnete, sie herunterzog, seinen Po befühlte, nickte und ihm die Spritze gab. »Gut«, sagte sie währenddessen und noch einmal: »Gut«. Dann erklärte sie mir: »Bei manchen Patienten ist der Muskel so verhärtet, dass man gar keine Spritze reinbringt.« Sie bemerkte meine Irritation. »Es ist besser, auch den eigenen Mann als Patienten zu betrachten, wenn es pressiert.«

Ihr Gesichtsausdruck strafte ihre Aussage Lügen. Dort las ich unendliche Liebe und Sorge. Das ließ Flipper nicht kalt. Mitfühlend schnupperte er zuerst am Ohr des Mannes und schließlich an den Händen der Frau. Sie ließ ihn gewähren. Er setzte sich eng zu ihr. Verwundert betrachtete sie ihn, dann mich. Ich zuckte mit den Schultern »Also eigentlich wollte er Notarzt werden. Aber er hat die praktische Prüfung versemmelt.«

»Ja, gell, es ist nicht so einfach, eine Spritze mit den Pfoten aufzuziehen«, ging sie zu meiner Verwunderung auf den Scherz ein. Ihr Verhalten signalisierte mir, dass sie die Situation im Griff hatte. Neugierig schaute ich sie an. Vielleicht war sie älter als fünfzig, ihre roten Haare hatten mich getäuscht.

Plötzlich flatterten die Augenlider des Patienten. Mit verständnislosem Blick schaute er zuerst mich an, dann seine Frau.

»Alles ist gut, Niko«, sagte sie leise.

Er schloss die Augen.

»Helfen Sie mir, meinen Mann ins Wohnzimmer zu tragen?«, fragte mich Frau Hellhake.

Ich umfasste seine Fußknöchel, sie packte ihn unter den Achseln, er kam mir leicht wie eine Feder vor, was darauf hinwies, dass ich ziemlich viel Adrenalin ausgeschüttet hatte. Wir legten ihn auf ein Sofa gegenüber einem großen, grünen Kachelofen. Das Zimmer wirkte sehr gemütlich, auch hier Geweihe und Bilder mit Jagdmotiven. Der Wald, das Wild, der Jäger. Dieser hier war sehr müde. Sein Gesicht leuchtete weiß.

»Ist wirklich alles in Ordnung«, erkundigte ich mich besorgt, während Frau Hellhake eine Decke über ihren Mann breitete.

»Ich danke Ihnen für Ihre Hilfe. Sie brauchen sich keine Sorgen zu machen, mein Mann ist nun im postiktalen Zustand, er wird schlafen, es ist nicht gefährlich.«

»Da hat er ja ziemlich Glück, mit einer Leibärztin in der Nähe.«

»Nein, Glück hat er nicht«, sagte sie leise, wechselte dann in Gesprächslautstärke. »Ich bringe Sie hinaus.«

Im Flur erklärte sie mir, was sie damit meinte »Ich hatte gehofft, dass die Tests ...« Sie seufzte. »Es sieht nicht gut aus, es scheint sich zu bestätigen. So eine Diagnose verändert das Leben gravierend. Da kann man nicht mehr wie vorher leben, da ...«, sie brach ab, musterte mich aufmerksam. »Was wollten Sie eigentlich von meinem Mann?«

»Ich wollte ihn nur etwas fragen, aber das ist nicht so wichtig.«

»In ein paar Stunden geht es ihm bestimmt wieder besser. Sie können auch anrufen.«

»Das mach ich.«

»Sie haben einen außergewöhnlich schönen Hund. So etwas sieht man selten: schwarzes Fell mit blauem Auge.«

»Ja, das stimmt.«

»Was steckt denn da alles drin?«

»Von jeder Rasse nur das Beste.«

Sie schmunzelte. »Selbstverständlich!« Fest drückte sie mir die Hand, öffnete die Haustür für uns, strich Flipper über das glänzende Fell und entließ uns in die Dämmerung.

Von Aidenried nach Raisting ist es nicht weit. Celina hatte mir den Weg gut beschrieben, ich fand das einzeln stehende Haus mit dem abgeblätterten Putz am Ortsrand auf Anhieb; ein Bau aus den 1950er-Jahren auf einem kleinen Grundstück mit einer kleinen Garage. Vor dem Klubhaus der Vampiristen parkten drei Autos, auch der alte Golf, den ich bei Lübtow gesehen hatte, Schorschs Wagen oder der des Milchbubis, wie ich vermutete. Aber zu Milchbubi passte eher das schicke Mercedes Coupé. Papa zahlt. Da öffnete sich schon die Haustür, sie mussten mich gesehen haben, oder Celina hatte mich angekündigt. Das Licht hinter Schorsch ließ ihn größer und bedrohlich erscheinen. Unschlüssig blieb ich in meinem Volvo. Die Dämmerung war in die Nacht gekippt. Was wollte ich hier? Wieso ließ ich mich auf so etwas ein? Das alles hatte doch gar nichts mit mir zu tun. Flipper murrte. Warum stiegen wir nicht aus, wir hatten geparkt, und danach stieg man aus, so lauteten die Regeln. Hunde schätzen es nicht, wenn Gewohnheiten gebrochen werden. Plötzlich wurde es taghell im Hof. Scheinwerfer! An der Garage befestigt, beleuchteten sie den Hof.

»Du bleibst eng bei mir!«, gab ich die Parole nach hinten und wiederholte sie mit ernster Stimme, als ich Flipper aus dem Kofferraum befreite: »Bei mir bleiben!«

Natürlich passte ihm das nicht. Hier gab es eine Menge zu beschnuppern und zu markieren, war ja Neuland. Er nahm eine Nase Witterung und knurrte leise. Nachtragend ist er selten, aber er hatte Schorsch nicht vergessen – und der uns auch nicht, was einen barmherzigen Bruder erfordert hätte mit den zahlreichen Andenken im Gesicht. Schorsch trug eine Vielzahl kleiner und größerer Pflaster, und der schwarze Balken, den man aus der Bildzeitung kennt, war bei ihm weiß und eine Station tiefer über die Nase gerutscht. Er tat mir überhaupt nicht leid, im Gegenteil: Sein Anblick erfüllte mich mit Genugtuung. Wenn ich beispielsweise die Fenster geputzt habe, schaue ich sie danach eine Weile an. Auch die Fußböden, wenn sie glänzen nach dem Wischen. Das ist ein schönes Gefühl, es erfüllt mich mit Befriedigung. Irgendwo habe ich mal gelesen, dass das Gehirn Glückshormone ausschüttet, wenn man etwas erledigt hat. So wie jetzt. *Gute Arbeit, Franza,* lobte ich mich und ließ mich nicht von meinem schlechten Gewissen beirren, das mir flüsterte, dass solche Triumphe pfui sind.

Seit meinem zwölften Lebensjahr sammle ich Gürtel. Sie sehen nicht modisch aus, nur meine ersten zierten Farben, längst trage ich Schwarz. Meine Oma hatte mich beim Judo angemeldet, weil ich mich im dunklen Keller fürchtete, später probierte ich Taekwondo, Jiu Jitsu und Aikido aus, nach einem Ausflug beim Kickboxen landete ich erneut bei Taekwondo, das unterrichte ich auch in meinen Selbstverteidigungskursen. Ich war bis zu meinem dreiunddreißigsten Lebensjahr niemals in eine bedrohliche Situation geraten, wie auch, mit meiner abschreckenden defensiven Kampfsportausstrahlung. Bis ... ja, bis ich Felix Tixel kennenlernte. Seitdem wusste ich, dass ich mich nicht nur im Training auf meine Schlagkraft verlassen konnte. So etwas weiß man immer erst danach. Der erfahrenste Kämpfer kann in einer Stressreaktion in Schreckstarre fallen. Aber natürlich ist es leichter, wenn der Körper die Abläufe, die er jahrelang trainiert hat, automatisiert ausführt wie beim Autofahren.

Nein, Schorsch tat mir nicht leid.

Hinter ihm kamen Milchbubi und zwei andere Männer und dann die Mädchen, vier an der Zahl, ich wusste nicht, welche ich schon mal gesehen hatte, sie traten in Zivil auf, die Geisterbahn hatte Ruhetag, trugen Jeans und Jacken. Man würde mich also nicht ins Haus bitten.

Mit Flipper an der Seite ging ich auf die Gruppe zu, blieb zirka zehn Meter vor Schorsch stehen. In meinem Kopf spielte das Lied vom Tod. Völlig unpassend, wenn ich an die uns umgebende Flora und Fauna und Jahreszeit dachte. Dennoch ratschte ich meine Lederjacke auf und legte die Colts frei.

Auch Schorsch öffnete seine Jacke. Ein fieses Grinsen fiel aus seinem Gesicht in eine Pfütze. Zwei silberfarbene Knaufe blitzten im Licht auf. Flipper setzte sich neben mich. Hell glänzte der Marshalstern auf seiner breiten Brust. Schorschs Adjutanten umringten ihn in einem Halbkreis. Die Melodie der Mundharmonika zerschnitt den Nebel. Wir fixierten uns. Und obwohl er viel zu weit weg stand, sah ich das unkontrollierte Flattern unterhalb seines linken Auges. Oder ich witterte es. Oder Flipper. Und ich hörte es an seiner Stimme.

»Was gibt's?«

Schorsch hatte Schiss – obwohl er seine Truppe im Rücken wusste. Er hatte vorne und hinten Schiss. Vor mir und Flipper und davor, bei seinen Gefolgsleuten zu versagen.

»Das Foto!«, rief ich.

»Welches Foto?«, stellte er sich blöd.

Wie beiläufig streichelte ich über den glatten Mahagoniknauf an meiner Hüfte. »Von Celina.«

»Ach ja, das Foto.« Ohne mich aus den Augen zu lassen, neigte er seinen Mitläufern den Oberkörper zu. »War da nicht die Rede von einer Entschuldigung und einer Entschädigung? Eine milde Gabe an unseren gemeinnützigen Verein zur Blutspende?«

Grölendes Gelächter antwortete ihm.

Ruhig zog ich, den Daumen am Ladehebel, den rechten Colt aus seinem Halfter. Das Flattern an Schorschs Auge wurde schneller, und als ein Lichtstrahl von Flippers Marshalstern ihn blendete, kniff er die Augen zusammen. Doch er gab nicht auf. Wie auch. Er hatte viel zu verlieren. Deshalb sollte man sich auch niemals mit einer Gruppe anlegen und wenn, dann nicht mit dem Anführer sprechen. »Sollte es gar nicht anders gehen«, predige ich in meinen Selbstverteidigungskursen, »such dir das schwächste Glied der Kette aus. Sag zum Beispiel: Wir kennen uns doch aus dem Supermarkt. Oder: Wohnen Sie nicht in meiner Nähe? Verunsichere ihn. Verunsichere alle. Sobald der Anführer sein Publikum verliert, wird er sich nicht mehr produzieren müssen.«

»Du wolltest dich bei mir entschuldigen«, konfrontierte ich Schorsch mit meiner Sicht der Dinge.

Er fuhr herum, dann besann er sich und versuchte eine lässige Haltung. Sie misslang. Er machte eine kleine Handbewegung zu seinem Gefolge, sie entging mir nicht, doch ich konnte sie nicht deuten. Eines der Mädchen lief ins Haus.

»Du wirst das Foto von Celina nicht auf Facebook oder irgendwo sonst posten.«

»Aha. Und wer sagt das?«

»Ich.«

»Und warum sollte ich deinen Wünschen entsprechen?«

»Weil du erfahren hast, wie weh es tun kann, sich ihnen zu widersetzen.«

»Hör mal, Ziska, du entschuldigst dich jetzt bei mir. Du scheinst hier irgendetwas nicht zu kapieren. Du brauchst nicht zu glauben, dass wir nur von Celina Fotomaterial haben. Dich haben wir auch, und zwar allein im Haus. Kannst du dir einen besseren Beweis vorstellen, Ziskafotze, dass du das alles angerichtet hast? Die Bullen freuen sich bestimmt, deine Bekanntschaft zu machen.«

Deshalb also wollte er mich sehen. Um mich zu erpressen. Großspurig breitete Schorsch seine Arme aus. »Wir können das alle bezeugen, oder?«

Zustimmendes Gemurmel.

Irgendetwas gefiel mir hier nicht, ganz und gar nicht. Schorschs

Verhalten erschien mir sonderbar. Was führte er im Schilde? Kurz kontrollierte ich meinen Fluchtweg. Mein Volvo war unversehrt. Keine gebückten Gestalten stachen in seine Reifen oder rissen die Bremsleitung ab.

Ich setzte alles auf eine Karte. »Wo ist Clemens von Lübtow?«

Schorsch begann zu lachen und mit ihm die ganze Bande. Sie lachten, als hätte ich ihnen den besten Witz der Welt erzählt, drehten sich sogar zum Haus, als hockten dort noch ein paar, die das lustig finden könnten. Waren die bekifft?

»Wo ist Clemens von Lübtow?«, höhnte Schorsch.

Das Mädchen, das eben im Haus verschwunden war, kehrte zurück und kam lächelnd auf mich zu, aber mit zwei geballten Fäusten. Schorsch und die anderen beobachteten sie unauffällig. In mir schrillten alle Alarmglocken. Sie war in Celinas Alter, sonst keine Ähnlichkeit. Schmal, hoch aufgeschossen, Beine wie ein Fohlen.

»Darf ich deinen Hund mal streicheln«, fragte sie, wartete keine Antwort ab, streckte die Faust vor.

Kurz zögerte ich. Warum eine Faust? Befürchtete sie, Flipper würde ihr die Finger abbeißen? Hinzu kam, dass ich es sehr schätze, als Hundechefin gefragt zu werden, ehe man meinen Hund berührt, wobei das natürlich in letzter Konsequenz Flipper entscheidet. Neugierig schaute er ihr entgegen. Dann starrte er auf die Faust. In diesem Augenblick kapierte ich. Später sollte ich mich fragen, warum ich eine so lange Leitung hatte. Doch ich war eben auch gestresst von der Szene. Als ich begriff, war es zu spät. Sie öffnete die Faust und bot Flipper ihre Hand als Silbertablett, darauf ein Stück Fleisch – ein Köder für den Köter. Flipper verzichtet meistens darauf, zu kauen, er schluckt einfach. Je größer die Brocken, desto schneller das Schlucken, lediglich Globuli pflegt der Gourmand zu kauen wie ein Gourmet. Doch normalerweise schnapp und schluck. So wie jetzt. Schnapp und ...

»Aus!«, brüllte ich. »Aus! Aus! Aus!«

Womöglich hatte ich ihn noch nie in seinem Leben so angeschrien. Sein Schluckreflex versagte. Perplex starrte er mich an. Ich wagte es nicht, mich zu bewegen. Wenn ich jetzt zu ihm rannte, würde er den Bissen vielleicht schnell in Sicherheit bringen – in seinen Magen. »Aus!«, brüllte ich und sah zu meiner Erleichterung, dass er vorsichtig und nicht ohne Bedauern, als handle es sich um eine Kostbarkeit, die sich die Chefin unter den Gaumen reißen wollte, den Bissen in den Kies legte.

»Fuß«, sagte ich leise, obwohl ich Flipper nun dringend hätte loben müssen, aber dabei hätte ich mich angreifbar gemacht. *Feiner Junge, gut gemacht, super Flipper, feini, feini, braver Hund, guter Hund, bester Hund*, so säuselt keine Autoritätsperson. Stattdessen ließ ich Schorsch wissen: »Wenn das Foto von Celina oder mir irgendwo auftaucht, lass ich euch hochgehen.« Ohne ihn und seine Mitläufer aus den Augen zu verlieren, bückte ich mich, griff mir den weichen Brocken, er war mit Leberwurst beschmiert, sehr beliebt bei Hundehassern.

»He, das ist meiner!«, rief das Mädchen.

In dem Moment brannte bei mir eine Sicherung durch. Ja, man soll keine Mädchen schlagen. Ja, man soll immer nett zu seinen Mitmenschen sein. Ja, ich hatte nur eine Vermutung, keinen Beweis, aber bei Flipper reichte mir das. Drohend ging ich auf sie zu, den Brocken in der Hand. »Und wenn ich dir den jetzt ins Maul stopfe?«

Kreischend rannte sie ins Haus. Schorsch kam auf mich zu. Ich konnte mir denken, was er wollte. Aber nein, diesen Köder würde ich behalten. »Einsteigen!«, rief ich Flipper zu, spurtete zum Volvo, riss die Fahrertür auf, ein kurzer Blickwechsel, er verstand und sprang über den Fahrersitz nach hinten.

Mit hundertzwanzig raste ich die schmale Straße durch das Vogelschutzgebiet Richtung Pähl. An der Kreuzung – links nach Herrsching, rechts nach Andechs – fuhr ich geradeaus auf den Parkplatz des Kupfermuseums, der gut ausgeleuchtet war, und untersuchte den Köder, den ich auf den Beifahrersitz geworfen hatte. Es war ein Stück Fleisch, gulaschgroß, mit Leberwurst bestrichen. Und was war drin? Ich untersuchte es auf Einstiche, konnte aber nichts erkennen. Flugs schwang ich mich auf die Rücksitzbank und leuchtete mit einer Taschenlampe in Flippers Maul. Alles schön rosa, ein Hollywoodgebiss. Ich horchte auf seinen Atem. Regelmäßig und ruhig. Manche Gifte wirken sofort tödlich, durch eine Lähmung des Atemzentrums. Ich nahm einen Hundekotbeutel aus dem Handschuhfach und legte das Fleisch hinein. Dann ließ ich Flipper aussteigen und spülte sein Maul mit Mineralwasser, was er eklig fand. Ich wusch mir die Hände und wischte das Lenkrad ab. Danach öffnete ich den Kofferraum. Sehr erleichtert sprang Flipper auf seinen Platz und rollte sich zusammen. Er hatte genug. Ich nahm mir vor, morgen das Futterausspucken unter Idealbedingungen mit ihm zu üben und ihn dann auch zu belohnen. Denn diesmal war er ja leer ausgegangen. Hatte seine Beute hergegeben und nichts anderes dafür bekommen. Das sollte er sich auf keinen Fall merken. Wer seine Beute hergab, bekam immer etwas Besseres. Ich würde einen Karton Hundewurst bei Marcus Bauermann auf Rügen bestellen. Eine feinere Delikatesse gab es nicht für Flipper, da atmete er kaum mehr, sondern schluckte nur noch.

Ich wollte Felix anrufen, als mein Handy bellte. Gedankenübertragung, freute ich mich, doch es war Celina. Ich drückte ihren Anruf weg. Dann fiel mir mein Versprechen ein, und ich schickte ihr eine SMS. *Alles erledigt, F&F.*

Zum zweiten Mal an diesem Tag fuhr ich durch Aidenried, es lag bereits zwei Kilometer hinter mir, da drehte ich um. Erfolgserlebnisse sind wichtig. Man schläft dann einfach besser. Hatte ich heute nicht ein Leben gerettet? Wie ging es Niko Hellhake?

22

Schon an der Haustür konnte ich am Gesicht seiner Frau ablesen, dass er sich gut von seinem Anfall erholt hatte. Sie bat mich sogar herein, wobei ich mich keiner Illusion hingab. In ihrem Blick war deutlich zu erkennen, dass sie sich mehr über Flipper denn über mich freute, aber daran bin ich gewöhnt, und im Grunde genommen verstehe ich das.

»Wie geht es Ihrem Mann?«, fragte ich.

»Besser. Er schläft. Ich würde ihn nur ungern wecken ...«

»Das ist auch nicht nötig.«

»Möchten Sie vielleicht eine Tasse Tee, wenn Sie sich zum zweiten Mal hierherbemüht haben? Ich habe vorhin ihr Nummernschild gesehen. Sie kommen aus München?«

»Ja.«

»Und was führt Sie hierher?« Sie ging voraus in die Küche, alles Holz, sehr gemütlich, Zimtgeruch lag in der Luft, auf einem Schaffell an der breiten Fensterbank lag eine Katze, die Flipper misstrauisch musterte, jedoch keine Anstalten zur Flucht machte. Eine Hundekennerin. Nirgends hörte ich Stimmen aus einem Fernsehapparat. Ja, so etwas gab es auch. Bestimmt befanden sich in diesem Haus viele Bücher. So stellte ich mir das Landleben vor. Kontemplativ, kulturell, kalorienbewusst.

Frau Hellhake stellte zwei Tassen auf den Tisch. Ich setzte mich auf die Eckbank, hinter mir ein Holzregal mit Zinnkrügen.

»Ich weiß nicht, ob Ihrem Mann das recht ist, dass ich hier bin«, ich zögerte. »Vielleicht habe ich ihn aufgeregt?«

»Lübtow hat Sie geschickt?«, vermutete sie, und es erstaunte mich, dass sie mir trotz dieser Vermutung so freundlich begegnete.

»Eben nicht! Leider konnte ich das Ihrem Mann nicht mehr erklären.«

»Dann erklären Sie es *mir*. Aber jetzt trinken Sie erst mal Ihren Tee«, forderte sie mich auf und schenkte mir ein. Ich nahm einen Schluck flüssigen, süßen Zimt. Die Katze hatte sich zusammengerollt, öffnete aber immer mal wieder ein Auge. Ich vermutete, dass sie und Flipper auf ihre Art und Weise kommunizierten.

Hey, eine falsche Bewegung, und ich kratz dir die Augen aus.

Man trifft sich immer zweimal.

Macker.

Zicke.

Frau Hellhake wirkte abgrundtief traurig auf mich – und als ich nachfragte, vertraute sie mir an, weshalb. »Wenn sich die Diagnose Epilepsie bewahrheitet, und es sieht danach aus, wird mein Mann nicht mehr Auto fahren können. Er wird auch nicht mehr zur Jagd können und sein Leben in vielen Bereichen komplett ändern müssen. Das wird ihm sehr, sehr schwer fallen. Die Jagd ist seine Leidenschaft, er hat sogar ein zweites Revier in den Bergen. Mein Mann braucht das Auto«, nachdenklich schaute sie der Katze beim Putzen einer Pfote zu, »gut, dass er die Fässer mit dem Apfeltrester schon in den Wald gefahren hat.«

»Trester?«

»Was von Äpfeln nach dem Pressen übrig bleibt. Die Rehe mögen Trester, wenn es sehr kalt ist und die Bäche zufrieren, können sie so ihren Flüssigkeitsbedarf decken. Aber den muss man erst mal in den Wald schaffen. Und wenn es ein harter Winter wird –

die Säcke mit dem Kraftfutter, fünfundzwanzig Kilo wiegt einer. Ich kann meinem Mann nicht ständig zur Verfügung stehen, ich habe meine Praxis. Das wird alles zum Problem für ihn, für uns … jetzt wird also auch unser Haus getroffen.«

Ich konnte ihr nicht folgen. »Was meinen Sie damit?«

»Wenn man älter wird, kommen die Einschläge immer näher. Ich vergleiche das Alter mit einem Krieg. Krieg ist ja immer irgendwo. In der Realität, aber auch in uns, in unserem Körper. Wenn man jung ist, merkt man das gar nicht, was der Organismus leistet, Gesundheit zu erhalten, da ist der Krieg weit weg, wie auf einem anderen Kontinent. Je älter man wird, desto näher rückt er. Irgendwann hört man die ersten Einschläge. Noch sind sie fern, doch Häuser von Freunden, von Verwandten werden getroffen, es gibt Verletzte, manchmal Tote. Das betrifft auch das eigene Leben. Aber es ist noch lange nicht das Ende. Unaufhaltsam rückt der Krieg näher – und auf einmal ist man selbst mittendrin. Auch wenn ich nicht direkt betroffen bin: In dem Moment, wo mein Mann angeschossen ist, ändert sich mein Leben fundamental.«

Ich nickte. Sobald ein Partner krank wird, hat das Folgen für den anderen, auch wenn bloß ein Knie zwickt.

Frau Hellhake schaute mich neugierig an. »Verraten Sie mir, wie Herr Lübtow zu einer solch sympathischen Freundin wie Ihnen kommt. Das ist mir ein wenig schleierhaft. Außerdem sind Sie zu jung für ihn, also meiner Meinung nach. Er würde das sicher bestreiten.«

»Ich bin nicht seine Freundin.«

»Warum kommt er nicht selbst?«

»Er hat mich nicht geschickt.«

»Sie müssen vor mir nicht schauspielern.«

»Ich bin aus freien Stücken hier.«

»Aber Sie kennen Lübtow?«

»Ja. Er hat mich engagiert, um Celina beim Abnehmen zu helfen. Doch nun ist er verschwunden.«

Frau Hellhake beugte sich vor. »Wie, verschwunden?«

»Er ist nicht nach Hause gekommen. Schon seit einigen Tagen nicht.«

Frau Hellhake kniff die Augen zusammen. »Tatsächlich? Na, das wird mein Mann gern hören.« Sie stutzte. »Und was hat das mit uns zu tun?« Dann freute sie sich. »Aber sicher! Natürlich hat das etwas mit uns zu tun. Das ist ja wunderbar!«

Ich kapierte gar nichts mehr. »Würden Sie mir das bitte erklären?«

»Aber gern! Wenn Lübtow weg ist, ist der schlimmste Feind der Jäger weg. Denn der Jäger tötet nicht nur Tiere, er ist ein Anwalt des Wildes.«

»Und was bedeutet das genau?«

Frau Hellhake lehnte sich zurück. »Für Sie sind die Jäger auch die Bösen, hab ich recht?«

Ich zuckte mit den Schultern und gab dann zu: »Na ja. Also ich hab zwar bereits mit einigen gesprochen ... aber ehrlich gesagt ... warm werde ich nicht mit denen. An den Tieren liegt mir nämlich. Sehr.«

»Einem Jäger liegt auch sehr an den Tieren«, ließ mich Frau Hellhake wissen. Sie klang resigniert und so, als hätte sie dieses Gespräch schon unzählige Male geführt. »Ein Jäger ist keiner, der wild herumballernd durch den Wald rennt. Er verrichtet eine verantwortungsvolle und zeitintensive Arbeit, die im Übrigen auch eine Stange Geld kostet. Die Pacht, die Waffen, die Ausrüstung, das Material, das Futter. Mein Mann hat ein teures Hobby.«

»Aber er schießt auch auf Tiere!«, widersprach ich.

»Sicher. Das ist seine Aufgabe. Er hegt das Wild, das bedeutet, dass er kranke Tiere erlöst oder solche, die von Autos angefahren wurden. Der Jäger ersetzt die wilden Tiere – Luchs, Wolf, Bär und Adler –, die früher für ein natürliches Gleichgewicht sorgten.«

Ich schwieg.

»Für meinen Mann ist die Jägerei ein großes, reines Naturerlebnis. In seiner Pacht hat er in übertragenem Sinne einen riesigen Garten. Da darf er spielen und mitmischen.«

»Schießen.«

»Ja, auch schießen«, sagte Frau Hellhake und schaute mich genervt an.

»Aber dann hat er eine Gemeinsamkeit mit von Lübtow? Der jagt doch auch?«

»Herr Lübtow«, begann Frau Hellhake, und es klang wie zwei Schüsse, »ist Funktionär beim ökologischen Jagdverband.«

»Öko ist doch gut. Also, bio?«, wunderte ich mich.

»Ja, ja. Der Wolf im Schafspelz. Unter dem Deckmäntelchen der Ökologie vertreten die Ökojäger die Interessen des Forstes, also ökonomische.«

»Was bedeutet das?«

»Bei Ihnen fange ich wohl am besten mit Adam und Eva an?«, fragte sie.

»Den Leittrieb kenne ich schon«, sagte ich.

»Waldbesitzer schließen sich zu sogenannten Jagdgenossenschaften zusammen. Die Waldbesitzer möchten, dass ihr Wald rasch wächst, damit er viel Geld bringt.«

»Wie bringt der Wald denn Geld?«

»Jede Natur bringt mittlerweile Geld. Sie laufen durch den Wald und denken: Ach, wie schön und unberührt. In Wirklichkeit ist der Wald ein Wirtschaftsfaktor. So ist es überall. Jede Wiese, jedes grüne Fleckchen wird in irgendeiner Art und Weise bewirtschaftet, auch wenn Sie das nicht sehen. Die Holzpreise steigen, der Wald bringt viel Geld, ohne dass man sich dafür anstrengen muss. Die Bäume schießen in den Himmel, einfach so. Was für eine tolle Investition. Leider muss man auf den Ertrag eine Weile warten. Wenn die Rehe an dem Baum herumknabbern, wächst er etwas langsamer. Das ärgert die Waldbesitzer, und deshalb machen sie ihren Jägern Druck. Sie wollen, dass die Jäger mehr Wild schießen, damit der Wald schneller wächst. Sie interessieren sich nicht dafür, warum das Wild den Wald anknabbert. Es soll einfach weg.«

»Und Lübtow ist so einer?«, fragte ich.

»Ja. Unter den Ökojägern gibt es auch viele Förster.«

»Ich dachte, Jäger wären Förster?«

Frau Hellhake seufzte. »Was kommt vor Adam und Eva?«

Ich grinste »Gott.«

»Jäger und Förster sind zwei völlig verschiedene Bereiche. Förster sind sozusagen die Hausmeister im Wald. Die haben Waldbau studiert und betreuen verschiedene Jagdgenossenschaften. Sie machen Vorschläge, was man tun kann, damit der Wald gedeiht. Viele Förster sind bei den Ökojägern aktiv – und führen einen Feldzug gehen die Rehe. Wie von Lübtow.«

Auf einmal sah Eva Hellhake aus wie ihr Mann. Paare werden sich immer ähnlicher, so wie Hundehalter und Hunde.

»Von Lübotw ist ein rücksichtsloser, eiskalter Egoist, der nur eines im Sinn hat: seine Karriere. Er hängt sein Mäntelchen stets nach dem Wind. Er ist machthungrig, durchtrieben und sehr, sehr schlau, wenn es darum geht, andere für seine Zwecke einzuspannen, ohne dass sie es merken. Nach außen hin will er die Fassade aufrechterhalten. Der gebildete, kultivierte bayerische

Politiker von Welt. Lederhose und Laptop sage ich da bloß. Seine Jagd hat er nicht umsonst im Landkreis unseres ehemaligen Ministerpräsidenten. Aber wenn Sie einmal hinter diese Fassade schauen« – sie schüttelte sich –, »dann graust es Ihnen.« Sie beugte sich vor. »Und jetzt ist er also weg?«

»Ja.«

Kurz lachte sie auf. Dann wurde sie wieder ernst. »Aber es wird einer nachkommen. Immer kommt einer nach. Doch so schlimm wird es hoffentlich nicht mehr werden. Das hält mein Mann nicht aus. Im letzten Jahr hatte er einen Herzinfarkt, nur einen kleinen zwar, aber ich weiß ganz genau, auf wessen Rechnung das geht.« Sie nahm einen Schluck Tee und wollte wissen, woher ich ihren Mann kannte.

»Ich habe ihn im Wald kennengelernt, als ich mit Flipper spazieren ging, kurz bevor ich Celina zum Training abholte.«

»Das arme Mädchen«, entfuhr es Frau Hellhake.

»Wieso?«, stellte ich mich dumm. »Es fehlt ihr doch an nichts.«

»Das sind bloß materielle Dinge. Wer kümmert sich um sie?«

»Ich weiß nicht, ob sie so viel Wert auf die Aufmerksamkeit ihres Vaters legt. Sie hat ihre eigenen Freunde.«

»Meines Wissens ist sie nicht mehr mit Annalena unterwegs, dabei waren die beiden doch wie Pech und Schwefel. Das hat zumindest ihr Vater meinem Mann erzählt. Angeblich hängt Celina jetzt mit dieser Tierquäler-Clique rum.«

Ich musste mich an der Tischplatte festhalten, um nicht aufzuspringen. »Mit wem?«

»Das sind so ein paar Schulabbrecher und -schwänzer, zum Teil wohl auch verzogene Millionärsschratzen, Taugenichtse, ein richtiges Gschwerl alle miteinander. Die feiern nachts angeblich schwarze Messen. Mein Mann und der Benedikt haben schon mehrfach scheußliche Sachen im Wald gefunden, die Jagdgebiete der beiden liegen ja nebeneinander. An den Läufen mit Draht aufgehängte Hasen, geköpfte Katzen, ein aufgeschlitztes Lamm. Obwohl sie ihren Verdacht bei der Polizei angezeigt haben, ist nichts passiert. Einige der Eltern haben großen Einfluss und sehr viel Geld. Justitia ist blind. Vielleicht tue ich den jungen Leuten auch unrecht«, sie zuckte mit den Schultern. »Vielleicht sind das alles nur Gerüchte. Aber ist nicht an jedem Gerücht ein kleiner Funken Wahrheit? Ich weiß mit Sicherheit, dass seit einem halben Jahr in Herrsching auffallend viele Katzen verschwinden.«

Ich konnte nicht anders, ich musste mich kurz und innig Flipper widmen. Der spürte meine Beunruhigung und stieß mir seine feuchtkalte Schnauze an die Wange.

»Wie schnell wirkt Gift eigentlich?«, fragte ich.

»Wie bitte?«

»Wenn ein Hund Gift frisst?«

»Das kommt auf das Gift an.«

»Kann auch ein Gift, das sich lediglich in seinem Maul befand, das er dann aber wieder ausgespuckt hat, gefährlich sein?«

Frau Hellhake musterte mich fragend.

»Das ist vorhin passiert.«

»Hm«, machte sie. »Ich habe nichts von Ködern gehört – manchmal legen Hundehasser ja welche aus. Hm. Also, ich denke, wenn es ein sehr aggressives Gift ist, dann wirkt es sofort – und wenn er es nicht runtergeschluckt hat und Sie nichts merken ... Ich glaube nicht.«

»Sie glauben nicht?«, wiederholte ich.

»Ganz bestimmt ist alles in Ordnung«, versicherte sie mir nachdrücklich. Dann goss sie mir frischen Tee ein und fragte mich direkt: »Was wollten Sie mit meinem Mann besprechen?«

»Ihr Mann hat Klammern um Pflanzen geknipst. Ich habe ihm angeboten zu helfen. Er hat mir erklärt, dass er als Jäger für den Schaden aufkommen muss, den das Wild am Wald verursacht. Deshalb habe ich ihn ja zuerst für einen Waldbesitzer gehalten.«

»Das ist ja das Verrückte!«, rief sie. »Eigentlich müsste man annehmen, die Waldbesitzer würden sich um ihre Bäume kümmern. Aber nein, viele wollen einfach nur raschen Ertrag. Daran krankt unsere ganze Gesellschaft. Politik und Wirtschaft denken kurzfristig, was zählt, sind die schnellen Erfolge, das Stimmungsbarometer vor einer nächsten Wahl. Klüger wäre es«, erklärte mir Frau Hellhake, »nicht an den Symptomen herumzudoktern, sondern nach der Ursache zu forschen. Wenn ich einen Patienten mit Fieber habe, suche ich doch, woher das kommt, anstatt nur das Fieber zu senken. Warum also knabbert das Wild die Triebe an, was dann zu dem sogenannten Verbiss führt, den ein Jäger dem Waldbesitzer zu erstatten hat?«

»Weil es Hunger hat.«

»Ja, im Winter hat es Hunger. Aber es würde lieber was anderes fressen. Doch das ist nicht möglich, wenn erstens Füttern verboten ist und zweitens sich überall auf den Flächen, wo es Nahrung gibt, Menschen herumtreiben. Auch das ist nichts anderes als eine Form der Bewirtschaftung der Natur: Tourismus. Erholungssuchende, Schneeschuhläufer, Mountainbiker, Spaziergänger. Das Wild zieht sich zurück in den Wartesaal Wald und kaut dort Kaugummi.«

»Leittriebe.«

Sie nickte. »Sagen Sie das dem Lübtow.«

»Ich schätze, ihm sind Ihre Argumente bekannt.«

»Ja, sicher.«

»Und Sie kennen seine.«

»Selbstverständlich. Aber …«, sie zögerte, »das dürfte ja jetzt keine Rolle mehr spielen, wenn er weg ist.«

»Manchmal kommt einer, der weg ist, wieder.«

»Manchmal bleibt einer, der weg ist, aber für immer weg«, erwiderte sie, und sowohl in ihrer Stimme als auch in ihrem Blick schwang eine so starke Hoffnung mit, dass mir kalt wurde. Ob sie eine Waffe hatte?

»Sind Sie ebenfalls Jägerin?«, fragte ich.

Frau Hellhake lächelte. »Wissen Sie, die Menschheit teilt sich in zwei Spezies. Es gibt die Jäger, und es gibt die Sammler. Ich bin eine Sammlerin«, sie beschrieb einen Halbkreis mit dem Arm, als wollte sie mir einen Eindruck vermitteln von den schönen Dingen, die sie in diesem Haus gehortet hatte. Bücher, wie ich annahm. Und vielleicht irgendwo kleine Porzellanentchen oder Zuckerpäckchen aus der ganzen Welt, Meeressand, Mokkatassen, Muscheln. »Mein Mann ist ein Jäger, dazu gehört der Beutetrieb. Aber er schießt nicht nach Lust und Laune, sondern gemäß dem Abschuss, den er von der Unteren Jagdbehörde vorgeschrieben bekommt. Alle drei Jahre wird ein Vegetationsgutachten erstellt, das über den Abschuss in einem Revier bestimmt.«

Ich überlegte, ob ich Frau Hellhake von meinem Verdacht erzählen sollte, Celina könnte etwas mit dem Verschwinden ihres Vaters zu tun haben. Aber mittlerweile hatte ich nicht nur Celina im Verdacht, sondern auch Frau Hellhake beziehungsweise ihren Mann. Als hätte sie meine Gedanken gelesen, stand sie auf. »Ich muss Sie jetzt leider bitten zu gehen.«

Dieser Rauswurf erschien mir etwas unvermittelt, aber natürlich leistete ich ihm Folge. Auf dem Weg zur Tür fragte sie mich: »Was ist mit Ihrem Bein? Sie hinken leicht …« Sie stockte. »Da fällt mir ein: Ich weiß ja nicht mal, wie Sie heißen!«

Sollte ich Ziska sagen? Nein, die Zeit der Lügen war vorüber.

»Franza Fischer. Manchmal tut mir das Knie ein bisschen weh«, stellte ich mich vor.

»Sie sollten etwas dagegen unternehmen, sonst gewöhnen Sie sich eine Schonhaltung an.«

»Klar«, sagte ich locker. »Das mach ich. Ich rede mit ihm.«

»Also eine Gesprächstherapie wäre bei einem Knieproblem erst mal nicht nötig.«

»Super«, sagte ich erleichtert. »Bestimmt geht es von selber wieder weg.«

»Wenn Sie Glück haben«, entließ mich die Ärztin.

Ein Sichelmond stand über dem See, als ich zu meinem Auto lief. Die Fenster des Jägerhauses strahlten Behaglichkeit und Wärme aus. Jetzt wohin fahren dürfen, wo auch Fenster leuchteten für mich, das hätte mir gefallen. Vielleicht wäre ich Felix willkommen? Doch ich wollte in keine Gutenachtgeschichte hineinplatzen. Lieber später. Oder gar nicht. Oder doch einen Brief schreiben? Oder einfach in zwei, drei Stunden unter seine Decke schlüpfen?

Im Dunkeln

Das Flüstern erfüllte die Gruft, war ein Gebet und ein Fluch, fast eine Melodie, und es dauerte eine Weile, bis es zu ihm durchdrang. Dass der Maskierte nun wieder oben stand. Und dass er diesmal sprach, zum ersten Mal sein Schweigen brach. Und es dauerte noch eine Weile, bis er die einzelnen Worte verstand, die aber keinen Sinn ergaben, so oft der Entführer sie auch wiederholte.

Ich werde dich so lange füttern, bis du verhungerst.
Ich werde dich so lange füttern, bis du verhungerst.
Ich werde dich so lange füttern, bis du verhungerst.

Sagte er das wirklich? Oder hörte er nun schon Dinge, die es nicht gab, stand der andere wirklich da oben? Aber das Licht. Der Schmerz in den Augen. Er blinzelte.

Ich werde dich so lange füttern, bis du verhungerst.
Ich werde dich so lange füttern, bis du verhungerst.

Irgendetwas schlug neben ihm auf dem Boden auf. Schwer. Polternd. Und noch etwas. Und gerade in dem Moment, als er die Augen öffnete, als er sich an die Helligkeit, die er vorsichtig zwinkernd in seine Pupillen ließ, gewöhnt hatte, erlosch das Licht. Aus dem Dunkeln flüsterte es weiter.

Ich werde dich so lange füttern, bis du verhungerst.
Ich werde dich so lange füttern, bis du verhungerst.
Ich werde dich so lange füttern, bis du verhungerst.

Auf allen vieren tastete er sich voran. Als Erstes umfassten seine Hände etwas Raues, Viereckiges, er wusste sofort, was es war, glaubte es aber nicht. Weil es nicht sein konnte. Weil es einfach nicht sein durfte. Zitternd legte er seine Zunge auf den Block. Scharf der Schmerz. Das Salz zog ihm den letzten Rest Flüssigkeit aus der Mundhöhle. Wie mit Salzsäure verätzt brannte seine Kehle. Nein! Nein!

»Warum?«, krächzte er.

Die Tür über ihm fiel mit einem Krachen zu. Er durfte nicht weinen, er durfte keine Flüssigkeit verschwenden, aber für einen schrecklichen Moment war ihm alles egal. Neben dem Salzleckstein krümmte er sich zusammen und zitterte. Nach unendlich langer oder sehr kurzer Zeit – was bedeutet Zeit schon in der immerwährenden Finsternis – glaubte er sich zu erinnern, zwei Dinge auf den Boden fallen gehört zu haben. Wie maß die Zeit sich, wenn man verdurstete – in Millilitern? Warum konnte er nicht von seinem Gedankenwasser leben? Wie viel Gedankenwasser produzierte ein Mensch am Tag, pro Stunde, pro Minute, und wie konnte er es auffangen, vielleicht über die Ohren? Wenn er die Möglichkeit hätte, einen Trichter zu bilden, könnte er dieses Gedankenwasser sammeln und … Sein Fuß stieß an etwas Hartes. Das war nicht der Sarg. Das war neu. Mit zitternden Händen tastete er das Ding ab. Und konnte es nicht fassen. Aber es war wirklich ein Kanister. Ein Kanister! In Kanistern wurden Flüssigkeiten transportiert. Doch – was würde darin sein? Benzin? Aber er hoffte. Er verbot es sich, aber er hoffte. Und drehte den Verschluss auf. Nicht sofort trinken, ermahnte er sich, sonst verreckst du elendig. Als könnte es überhaupt noch schlimmer kommen. Er kippte den Kanister, er war schwer, fünf Liter, schätzte er, ließ ein wenig Flüssigkeit über seinen rechten Zeigefinger laufen, schnupperte daran, glaubte es nicht, leckte vorsichtig, wartete. Überlegte. Dann streichelte er den Kanister, hob ihn an, und während er das Wasser durch seine Kehle rinnen ließ, schüttelte ihn ein solcher Weinkrampf, dass es ihm durch die Nase herausspritzte, er wollte aufhören, doch es gelang nicht, er wusste, dass dies Verschwendung war, aber er konnte nicht aufhören, und er trank viel zu viel, sodass er erbrach. Das Würgen schoss ihm grell in die Rippen. Zitternd fing er das erbrochene Wasser mit den zu einer Schale geformten Händen auf und trank es erneut.

23

Am Sonntagmorgen wachte ich von Sturmklingeln auf. Verschlafen blinzelte ich. In meine Orientierungsphase – wer bin ich, wo bin ich, wie spät ist es – schoss Felix senkrecht nach oben. Jetzt wusste ich Bescheid. Ich war kurz vor Mitternacht bei ihm eingetroffen, als ich sicher sein konnte, dass Sinah schlief, und nun zeigte der Wecker halb acht. Eigentlich hätte ich hellwach sein müssen um diese Uhrzeit, doch Mitternacht bei Felix im Bett hieß ja alles andere als sofort einschlafen. Felix machte kein Licht und verließ das Zimmer leise. Was nicht nötig war. Das Sturmklingeln übertönte alles. Sogar Flippers begeistertes Tapsen im Flur, er legte eine Tonspur, wie Pfotenabdrücke mit großen Abständen im Schnee. Wie schön, dass ich liegen bleiben durfte. Bestimmt würde Felix mit Flipper rausgehen, sobald er den unverschämten Glockenputzer zur Räson gebracht hatte.

Ich rollte mich gerade noch einmal ein, es war zwar gemein, aber wunderbar, da toste ein Tsunami in den Flur. Flipper bellte, Felix rief: »Melanie!«. Nun saß auch ich aufrecht im Bett. Melanie! Um diese Uhrzeit! Was machte die hier? Felix sollte Sinah doch erst am Mittag zu ihr bringen, oder hatte sie sich alles schon wieder anders überlegt und wollte ihn nun bestrafen, weil er am Freitag nicht den ganzen Tag bei ihr geblieben oder gestern Abend nicht ans Telefon gegangen war, um ihre neuerlichen Änderungen dienstbeflissen entgegenzunehmen?

Ein gellender Schrei sprengte meine letzten Schlafreste weg. Melanie brüllte, als hätte ihr Flipper mindestens einen Arm zerfleischt.

»Tu diesen Scheißköter weg!«

Die Schlafzimmertür wurde aufgerissen, Flipper reingeschoben, geschlossen. Verdutzt schauten wir uns an. Dann freute er sich in einem Begeisterungsanfall, mich zu sehen: *Du hier! Was für eine Überraschung! Wahnsinn, ich flipper ja total aus!* Er führte seinen Tanz über das unfassbare Glück auf, dass ein neuer Tag begann, fiepte und hechelte mit ansteckender Lebensfreude, ohne sich um die Naturgewalt im Flur zu kümmern. Die mich aber brennend interessierte. So reduzierte ich unser Morgenritual auf ein Minimum und spitzte gleichzeitig die Ohren, was gar nicht nötig war, so laut tat Melanie ihre Meinung kund. Dass Felix das Letzte war und unverantwortlich. Dass sie hier sei, um ihre Tochter zu retten. Dass Felix nicht zum Vater tauge, was sie von Anfang an gewusst habe. Wie sie nur so blöd sein konnte, ein Kind von ihm zu kriegen, das er sträflich vernachlässige und in Todesgefahr bringe.

Flipper jaulte. Er wollte mehr. Mehr Kraulen, Knuddeln, Klopfen.

»Still«, zischte ich.

»Jetzt ist Schluss!«, kreischte Felix' zukünftige Exfrau. »Wie konntest du das zulassen! Glaubst du, ich werde dir meine Tochter noch einmal anvertrauen, wenn ich weiß, dass ...«

»Melanie!«

»Nein, jetzt reicht's mir. Du bist total unzuverlässig, womöglich war sie allein mit ihm, ja, ja, das traue ich dir zu. Wenn du glaubst, dass du einen Richter findest, der dir das Kind zuspricht, dann hast du dich getäuscht, und da kannst du noch so gute

Beziehungen haben, du bringst meine Tochter in Todesgefahr, du …«

»Schrei hier nicht so rum. Du weckst das ganze Haus auf!«

»Ja, ja, darum geht es dir, dass niemand mitkriegt, was du in Wirklichkeit für einer bist. Ist sie da? Ja? Ich nehme mein Kind mit!«

»Sinah ist unsere gemeinsame Tochter, und wir haben vereinbart, dass ich sie heute Mittag …«

Ich hörte den Schmerz in seiner Stimme, hörte, wie er sich bemühte. Mir brach das Herz. Und ihm auch. Denn anscheinend war Sinah aufgewacht.

»Mama!«

Scheiße, die Kleine. Nicht gut, gar nicht gut.

»Sinah, Schatz! Melanies Stimme klang, als hätte sie mit Distelöl gegurgelt. »Die Mama holt dich ab.«

Dann zischte sie irgendetwas in Richtung Felix. Leider konnte ich bei diesem Hörspiel nirgends lauter drehen.

»Nein, du holst sie jetzt nicht ab. Ich bringe sie dir mittags«, widersprach er.

»Sinah, du kommst jetzt mit der Mama mit, ja?«

Waren die denn wahnsinnig, alle beide?!

Ich öffnete die Schlafzimmertür einen Spalt und ließ Flipper in den Flur. Als Friedensrichter ist er erste Klasse, meistens. Aber Melanie gellte – Angst vor Hunden.

Wie konnte ich Felix helfen? Durfte ich das überhaupt? Meine Klamotten waren im Bad. In die Bettdecke gewickelt mitzumischen, würde die Situation wohl kaum befrieden. Was hatte Felix eigentlich an? Die Tür wurde aufgerissen, Flipper zurück ins Schlafzimmer geschoben und Sinah hinterher.

»Nein!«, brüllte Melanie.

Sinah weinte. Ich wusste nicht, was ich tun sollte. Flipper als einfühlsamer Kinderpsychologe schon.

»Bist du verrückt?«, keifte Melanie. »Mein Kind bei dieser Bestie! Wie kannst du die beiden allein lassen? Liest du keine Zeitung? Ständig werden Kinder totgebissen.«

»Sinah ist nicht allein«, sagte Felix.

»Sie ist also da? Dachte ich's mir doch. Warum traut sie sich nicht raus, die feige Schlampe!«

Irgendetwas krachte, jetzt bekam ich wirklich Angst, Sinah schrie wie am Spieß, nicht mal Flipper konnte sie beruhigen. Ich riss die Tür auf. Felix – so hatte ich ihn noch nie gesehen – war völlig außer sich. Die Wut schoss Blitze aus seinen Augen, aber wo war sie, wo war Melanie? Die Wohnungstür geschlossen. Er hatte sie rausgeworfen. Was ihr gar nicht gefiel, wie sie mit ihrem erigierten Finger auf der Klingel deutlich zum Ausdruck brachte. Der schrille Ton machte mich nervös. Felix erst recht. Er sah aus, als würde er ihr jeden Moment eine knallen, sogar durch die geschlossene Tür hindurch. Ich fand diese Maßnahme nicht übertrieben angesichts der weiterhin wie am Spieß schreienden Sinah. Aber natürlich der falsche Ansatz, wie Flipper erkannte, der sich dem verzweifelten Mädchen anteilnehmend widmete. Felix kam allmählich zur Besinnung und ging vor seiner Tochter in die Knie. Er hatte seine Unterhose falsch herum angezogen. Die Klingel schrillte weiter.

»Alles wird gut, Sneku«, sagte Felix.

Melanies Zeigefinger bohrte sich in meinen Gehörgang. Rasch holte ich einen Stuhl aus der Küche und stopfte ein Taschentuch vor den Klöppel.

Jetzt brummte es nur noch. Felix nickte mir dankbar zu.

Sinah schluchzte herzzerreißend. Auf dem Boden lag ein Foto.

»Da sind ja Flipper und die Sinah!«, rief ich verblüfft und hob es auf.

»Das hab ich Sinah mal in irgendein Bilderbuch gelegt«, sagte Felix. »Das ist schon ein paar Wochen her.«

Ich erinnerte mich sofort an die Szene. Wir hatten gestritten, weil Felix mir nicht glaubte, dass mich die Russenmafia im Visier hatte, während Flipper und Sinah aneinandergekuschelt schliefen. Dieser Anblick hatte uns beide zur Besinnung gebracht, und Felix hatte ein Foto gemacht. Ein Fehler, wie sich nun herausstellte.

»Hast du der Mama das Foto gezeigt?«, fragte Felix seine Tochter.

Völlig überfordert schüttelte Sinah den Kopf. Er hob sie hoch und trug sie ins Wohnzimmer, weg von dem Brummen, und ich konnte mir vorstellen, wie er sie getragen hatte, nächtelang, weil sie als Säugling so oft geschrien hatte. Mit dem schreienden Kind auf dem Arm war er stundenlang durch die Straßen gelaufen. Passanten hatten ihm kopfschüttelnd geraten: »Lassen Sie das Kind doch schlafen.« Doch sobald sie lag, drehte sie erst recht auf. Im Gehen beruhigte sie sich, wie jetzt. Ihr blondes Köpfchen kippte in seine Halsbeuge. Er warf mir einen Blick zu. Waidwund, wie aufgerissen. So hatte ich ihn noch nie gesehen, es war, als hätte er gar keine Haut mehr am Körper.

»Vielleicht sollte ich Sinah mit Melanie nach Hause fahren lassen?«, überlegte Felix.

»Papa!«, rief Sinah und klammerte sich an ihn.

In Felix' Blick flackerte die pure Verzweiflung. Aber er ließ sich nicht überfluten.

»Sinah, die Mama ist doch extra hergefahren, um dich abzuholen«, sagte er ruhig. »Und wir sehen uns ja bald wieder.«

»Papa!« Sie wurde von einem neuen Schluchzen geschüttelt. Wie konnte ich Felix helfen? Was konnte ich tun?

»Du darfst Sinah jetzt nicht mit Melanie fahren lassen! In ihrem Zustand baut sie noch einen Unfall!«, sagte ich das Erste, was mir in den Sinn kam.

»Ich weiß nicht mal, ob sie das Foto wirklich erst heute Morgen gefunden hat«, erwiderte Felix zwischen zusammengebissenen Zähnen. »Ich traue ihr zu, dass sie es schon lange kennt und auf einen passenden Moment gewartet hat. Wir hatten am Freitag einen ziemlich wüsten Streit.«

Das Taschentuch rutschte aus der Klingel. Melanie hatte wirklich Talent, sich Freunde zu machen. Ich hätte sie gern eigenhändig verdroschen. Felix wohl auch. Er stürmte zur Tür. Ich stellte mich ihm in den Weg. »Felix! Bitte warte mit Sinah in der Küche. Ich übernehme!«

»Nein, Franza, das ist meine Sache.«

»Ja schon, aber ...« Ich nickte Richtung Sinah.

Kurz überlegte er. »Sag Melanie, ich rufe sie an.«

»Ich richte es ihr aus«, sagte ich und setzte meinen eigenen Plan in die Tat um. Zuerst einen von Sinahs Söckchen, die in ihren Schuhen steckten, unter den Klöppel. Dann Flippers Aufmerksamkeit auf mich konzentrieren.

»Flipper, pass auf!«, warnte ich ihn vor.

Wir hatten die Nummer lange nicht geprobt. Keine Ahnung, ob er sich erinnerte.

»Flipper, Zirkus!«

Ich riss die Tür auf. Melanie starrte mich an. Mist, ich war nackt! Das hatte ich völlig vergessen. Auch Flipper war einen Moment irritiert, dann richtete er sich hoch auf, stand nur noch auf den Hinterpfoten, die vorderen ausgestreckt, um sie freundlich auf Melanies Schultern zu legen. Kleiner Bauchmuskeltest: Würde sie unter Flippers Gewicht einkrachen? Nein – mit einem Aufschrei taumelte sie zurück, polterte die Treppe hinunter. Ich lobte Flipper, schloss die Wohnungstür, zog den Telefonstecker aus der Dose und meine Klamotten an.

Felix und Sinah hatten sich eine Decke über den Kopf gebreitet und spielten »Ich sehe nichts, und ich höre nichts«. Gut so.

»Kaba für Sinah?«, fragte ich.

Felix zog die Decke weg.

Sinah zog sie wieder drüber.

»Kaba für alle«, sagte ich.

Fünf Minuten später kam Felix in die Küche. »Was hat sie gesagt?«, fragte er.

»Ich hab nicht mit ihr geredet.«

»Ist sie einfach so gegangen?

Ich schwieg.

»Hast du Flipper auf sie gehetzt?

»Gehetzt! Spinnst du?«

»Franza?«

Ich hatte die dritte Tasse befüllt und drehte mich zu ihm. »Das geht so nicht! Die ist verrückt! Und du auch! Ihr müsst an eure Tochter denken! So kann man sich nicht benehmen! Paarebene und Elternebene«, warf ich zwei Begriffe ein, die ich von Andrea kannte. »Sinah hat das doch alles mitgekriegt!

»Was glaubst du, warum ich zu Hause ausgezogen bin?«

»Ach, das war normal bei euch? Da kannst du jetzt gleich einen Therapieplatz für Sinah beantragen.«

Er riss eine Schublade so heftig auf, dass sie auf den Boden fiel. Messer, Gabel, Löffel. Na super. Und Sinah im Türrahmen.

»Puh«, machte ich. »So was Blödes. Wie krieg ich das jetzt wieder in die Schublade rein?« Ich legte eine Hand an meine Wange.

Sinah kam näher. »Ich weiß, wie das geht.«

»Echt?«

Sie nickte.

»Du weißt, wo die vorher waren? Also, ich glaub ... die Gabeln waren in der Mitte?«

Sie schüttelte den Kopf.

»Nicht in der Mitte?«

Sie schüttelte den Kopf noch einmal.

»Hm«, machte ich.

Sinah kniete sich auf den Boden und begann, das Besteck zu sortieren. Felix entschuldigte sich bei mir und setzte die Schublade wieder ein.

Sinah musste mal und wollte das alleine erledigen.

»Hat dir schon mal jemand gesagt«, fragte Felix mich, dass du ein Händchen für Kinder hast?«

»Quatsch«, sagte ich.

»Doch«, beharrte er.

»Ist ja im Grunde genommen nichts anderes als mit einem Hund«, sagte ich, »alles eine Frage der Motivation«. Ich erschrak über den unpassenden Vergleich, aber er nahm ihn mir nicht übel.

»Es würde mich nicht wundern, wenn Melanie die Polizei riefe. Ich glaube, wir verlassen die Wohnung besser.«

»Zu mir?«, fragte ich.

»Nein. Wir fahren zu meinen Eltern. Da wollte ich heute sowieso hin. Die haben Sinah ewig nicht gesehen. Meine Mutter kocht mittags. Jetzt kommen wir eben ein bisschen früher. Begleitest du uns?«

»Papa, fertig!«

»Ich bin gleich da!«

Er ging ins Bad. Ich hörte ihn ruhig mit Sinah reden. Dass die Mama nur so geschrien hatte, weil sie die Sinah so lieb und sie vermisst hatte. Wie viele Lügen musste sich so ein kleines Butzerl anhören.

»Morgen ruf ich einen Anwalt an«, ließ er mich wissen, Sinah schon wieder auf seinem Arm, die wollte da gar nicht mehr runter, obwohl sie sonst bei jeder Gelegenheit erklärte, dass sie zu groß war, um getragen zu werden.

»Kennst du einen guten?«, fragte ich, Anton Dürr im Sinn.

»Klar«, grinste er schief. »Ich nehm den, den ich am allerwenigsten ausstehen kann.«

Felix verließ die Wohnung vor mir. Noch nie war ich hier offiziell allein gewesen. Ich war ganz brav. Ich durchsuchte nichts, räumte ein bisschen auf, schaltete die Spülmaschine ein, machte die Betten und legte einen Zettel auf sein Kopfkissen: Es tut mir so leid. Die Formulierung fand ich unverfänglich. Sie konnte alles Mögliche bedeuten, konnte sich auf Sinah beziehen oder den Brief, den ich ihm heute schreiben würde. Es tut mir leid, passte irgendwie immer. Besonders wenn man Franza Fischer hieß.

24

Am liebsten hätte er sich die Ohren zugehalten. Stattdessen saß Felix ruhig da und nickte und machte einen aufmerksamen Eindruck, während sein Blutdruck in die Höhe schnellte und er sein Herz im ganzen Körper pochen fühlte. Völlig relaxt war er in die Montagsbesprechung gekommen, wie immer herrschte rege Betriebsamkeit, obwohl nichts Herausragendes passiert war. Zwei Leichen vom KDD, natürliche Todesursache, eine versuchte Vergewaltigung, eine Rauferei. Ein ganz normales Wochenende. Doch dann kam die Rede auf den Vermissten. Dieter trug den Stand der Ermittlungen vor. Dazwischen fragte er Felix: »Wo warst du eigentlich? Ich hab gedacht, du kommst mal vorbei?«

»Hatte die Sinah«, brachte Felix gepresst heraus.

»Hättest ja mal anrufen können.«

Felix schwieg.

»Alles okay?«, fragte Dieter. Er galt als Vernehmungscrack im Haus. Felix zuckte mit den Achseln und hoffte, seine Probleme mit der Mutter seiner Tochter erklärten sein merkwürdiges Verhalten. Am liebsten wäre er rausgerannt, weggerannt vor den Erkenntnissen, die Dieter, Claudia und Johannes sowie die Kollegen von der Spurensicherung im Laufe des Wochenendes gewonnen hatten.

Frau Ziska fuhr mit ziemlicher Sicherheit einen Kombi, blau, grau oder dunkelgrün, außerdem hatte sie einen Hund. Rabenschwarz und riesig. Eventuell hatte sich der Hund in von Lübtows Haus verletzt, denn die sichergestellten Blutspuren stammten von einem Tier und einem Menschen, aber nicht von dem Hausherrn.

Bert Roch staunte. »Und das wissen wir heute schon? Wenn die Spurensicherung am Freitag in Wartaweil war? Wie gibt's denn das? Das dauert doch sonst immer eine Woche!«

Chefbauer nahm seine Pfeife aus dem Mund. »Die mussten eine Sonderschicht fahren. Da hat sich der Präsident eingeschaltet.«

»Soll uns recht sein«, sagte Claudia, »dann können wir die Akte schneller schließen.«

»Die werden ganz schön geflucht haben«, grinste Bert.

Felix' Gesicht befand sich schon eine Weile unterhalb des Tisches, um die Blutspuren zu verbergen, die ihm ins Gesicht geschossen waren, die Fassung wiederzufinden, die er verloren hatte, als Detail für Detail auf den Tisch kam, was nicht zu begreifen war. Kombi. Großer schwarzer Hund. Pfotenschoner. Es konnte nicht sein. Das musste alles ein aberwitziger Zufall sein. Hingebungsvoll knotete er seine beiden Schuhbänder neu. Flipper mit Pfotenschonern lag unter dem Tisch. Und auf dem Tisch drehte Franzas blauer Kombi Runde um Runde. *Ziska, Ziska, Ziska*, quietschen die Reifen. *Franziska, Ziska, Ziska.*

»Wenn das Blut vom Vermissten stammen würde, wäre die Lage klar. Aber so? Wo ist unser Verbrechenstatbestand?«, fragte Claudia.

»Das Blut stammt also von dieser Frau Ziska und dem Hund?«, fasste Johannes zusammen.

»Nein. Kein Hund. Ein Tier. Und keine Frau. Männliches Blut«, stellte Dieter richtig.

»Und was ist ein Hund, wenn nicht ein Tier?«

Bert lehnte sich zurück und deutete auf seinen Bauch. »Du, des kann ich dir sagen: ein Beziehungsersatz. Meine Nachbarin zum Beispiel ...«

»Manderl oder Weiberl?«, unterbrach Claudia.

Der Chef nickte. »Ja, des is spannend. Könnten die des Geschlecht beim Hund, also beim Tier, auch rausfinden? Das tät mich mal interessieren.«

»Bestimmt«, meinte Bert, der die Geschichte mit der Nachbarin gern noch näher ausgeführt hätte. »Das steht aber nicht im Bericht. Fakt ist lediglich, dass es sich bei dem auf dem Sofa sichergestellten Blut nicht um das eines Menschen handelt.«

»Man könnte also auch ein Reh geschlachtet haben auf dem Sofa?«, fragte Dieter.

»Rolf Benz«, warf Claudia ein.

»Was?«

»Das ist ein Nobeldesigner. Was glaubst du, was so ein Sofa kostet. Also, ich war ja in letzter Zeit in einigen Möbelgeschäften und ...«

»Wir wissen alle, dass du kürzlich mit deinem Freund zusammengezogen bist und wie anstrengend ein solcher Umzug ist, danke«, schnitt Chefbauer ihr das Wort ab.

Beleidigt starrte Claudia aus dem Fenster.

»Natürlich wären Blutspuren vom Vermissten eine heiße Spur«, dachte der Erste Kriminalhauptkommissar laut.

»Diese verschollene Polin ist auch nicht von schlechten Eltern«, meinte Bert.

Der Chef nickte Claudia zu, die das erst mitbekam, als Johannes sie anstupste. Chefbauer half ihr. »Die Claudia war ja neulich beim Rollieren bei den Kollegen von der Datenauswertung.«

Alle nickten. Das war bekannt. Claudia copypastete es bei jeder passenden und unpassenden Gelegenheit. »Erklär das den Kollegen mal, Claudia, was du mir vorhin erzählt hast.«

»Computer haben wir zwar keinen gefunden«, begann sie, »aber ...«

»Wie, kein Computer?«, unterbrach Felix.

»Da war keiner.«

»Aber ich hab doch einen gesehen. Auf dem Schreibtisch im Arbeitszimmer.«

»Nein, da war nichts. Aber«, sie legte den Kopf schräg, »du hast natürlich recht. Da stand mal einer. Man konnte den Abdruck erkennen, keine dicke, aber eine dünne Staubschicht.«

»Und wo ist der hin?«

»Sie weiß es nicht. Die Tochter weiß auch nichts. Angeblich gehen beide niemals in das Arbeitszimmer.«

»Die lügen doch!«, sagte Johannes empört. »So ein Laptop löst sich nicht einfach in Luft auf.«

»Ich knöpf mir die zwei noch mal vor«, nickte Claudia grimmig. »Im Arbeitszimmer steht schließlich auch der Waffenschrank.«

»Habt ihr den aufgemacht?«

Chefbauer mischte sich ein. »Nein. Da warten wir noch. Wir hätten ihn aufbrechen müssen. Claudia, erzähl das mit dem Stick.«

»Also, die Kollegen haben das Haus ja durchsucht, und da habe ich mir gedacht, schaue ich doch mal vorbei.«

»Weiter«, drängelte der Chef.

»Es ist nämlich so, dass so ein USB-Stick ja nicht ausschauen muss wie ein USB-Stick. Der kann ausschauen wie ein Flaschenöffner, ein Stück Holz, ein Feuerzeug oder Kugelschreiber, da musst du erst mal draufkommen! Wie ihr wisst, war ich ja vor einem Monat für einige Tage bei den Kollegen vom ...«

»Ja, wir wissen es! Weiter!«, forderte Dieter sie auf.

»Ich hab einen Stick gefunden«, verkündete sie triumphierend und konnte es sich nicht verkneifen hinzuzufügen: »Die Kollegen von der Spurensicherung hatten ihn übersehen.«

»Gut, dass wir dich im Team haben«, grinste Bert.

»Ist auch was drauf?«, fragte Felix, der seine gesamte Konzentration darauf verwandte, nicht an einen schwarzen Hund mit Pfotenschonern zu denken, mit dem Resultat, dass er innerlich kurz vorm Ausflippern stand. Aber es konnte nicht wahr sein. Das wäre ... Nein, das war unmöglich! Und doch sagte eine leise Stimme in ihm, dass er der Wahrheit ins Auge sehen sollte. Und diese Stimme wurde immer lauter.

Dieter berichtete: »Lübtow hat Dossiers über seine Kollegen angelegt.«

»So ein Depp«, entfuhr es Bert. »Das macht man doch nicht schriftlich!«

»Und wenn er sie nun nur auf dem getarnten Stick hat oder auf höchstens zwei?«, fragte Claudia. »Überlegt doch mal, warum er diese Methode gewählt hat?« Sie schaute in die Runde und beantwortete die Frage selbst: »Weil er eben nicht will, dass sie gefunden werden. Wir sollten auch an seinem Arbeitsplatz nach USB-Sticks Ausschau halten.«

Bert nickte nachdenklich »Wenn ich es mir recht überlege, passen die Dossiers ins Bild. So was haben wir doch öfter. Viele Vorgesetzte machen das.« Viele Augenpaare richteten sich auf den Chef. Der verwandelte sein Gesicht in das einer Madonna. Und schwieg.

Bert schnalzte mit der Zunge und fuhr fort: »Das bedeutet, man sammelt Material für schwierige Zeiten, besonders wenn man Angst um seinen Posten hat, oder? Man hat gern was in der Hand.«

»Alter Brauch in Bayern«, grinste Dieter. »Ich sag bloß Hohlmeier.«

»Wer?«, fragte Johannes.

»Die Dossier-Affäre«, erinnerte Bert sich feixend.

Ratlos schaute Johannes von einem zum anderen.

»Das war vor deiner Zeit«, erklärte der Chef. »Da bist du noch in Abrahams Wurschtkessel umeinandergeschwommen. Hohlmeier ist die Tochter vom Strauß ...«

»Der war mal Ministerpräsident«, erklärte Claudia.

»Also Kini von Bayern«, übersetzte Bert.

»... die legte angeblich Dossiers über ihre Parteifreunde an und drohte ihnen damit.«

»Hat ihr aber nix geholfen«, sagte Claudia. »Nicht die anderen mussten zurücktreten, sondern sie.«

»Ja, das mit den Dossiers klappt halt nicht immer«, seufzte der Chef.

Irritiert musterten seine Mitarbeiter ihn.

»Hat der Lübtow denn jemanden erpresst?«, bemühte Felix sich, so zu sein wie immer.

»Des wissma no ned«, sagte der Chef.

Bert rieb sich die Hände. »Das wird ein richtig schöner Fall.«

»Wie viel Material ist es?«, wollte Felix wissen.

»Einiges«, sagte der Erste Kriminalhauptkommissar. »Es ist allerdings verschlüsselt. Wir haben die Namen nicht, es wimmelt von Abkürzungen. Dieter hat sich die Ausdrucke unter den Nagel gerissen.«

Alle zeigten sich erleichtert. Dieter konnte sich in so einen Job geradezu verbeißen.

»Da brauch ich mindestens zwei Tage«, schraubte Dieter ihre Erwartungen zurück.

»Der Lübtow muss eine Menge Feinde gehabt haben«, sagte Claudia.

Chefbauer stimmte zu. »Ja, sicher hat er die gehabt. Das ist jetzt unsere Priorität. Außerdem natürlich diese Frau Ziska. Im Moment weist alles darauf hin, dass die beiden ein Verhältnis haben.«

»Alle beide sind verschwunden«, sagte Johannes.

»Das ist doch kein Grund!«, rief Felix.

Bert blätterte in den Akten. »Die Putzfrau, Frau Lien, hat ausgesagt, dass die beiden ein Paar sind. Sie würden sehr gut zusammenpassen, und sie sei sehr glücklich darüber.«

»Hat sie die im Bett erwischt?«, knurrte Felix.

»Was ist denn heut mit dir los?«, fragte Bert. »Nein, das hat sie nicht. Aber die ist von woanders. Die haben ein Gespür für so was.«

»Dann brauchen wir ja in Zukunft nur noch Leute von woanders nach ihrem Gespür zu befragen, da sparen wir uns eine Menge Arbeit«, erwiderte Felix. »Die Haushälterin hat eine Affäre zwischen ihrem Dienstherrn und der Fitnesstrainerin ausgeschlossen!«

»Ja, weil sie ihn selber gerne hätte!«, rief Claudia.

»Das hat sie nicht gesagt«, erwiderte Felix und ärgerte sich gleich darauf über sein schwaches Argument.

»Ist ja wohl kein Wunder, wenn sie ihn will, er sie aber nicht, dass sie das dann nicht zugibt, oder?« Claudia funkelte ihn an.

Die Kollegen schwiegen betreten. Es war ein offenes Geheimnis, dass Claudia einmal auf den Felix gesponnen hatte. Mittlerweile wohnte sie mit ihrem Freund zusammen. Allerdings ging das Gerücht, sie suche schon wieder eine neue Wohnung. Ein Einzimmerappartement.

Als hätte Kriminalhauptkommissarin Laura Lichtenstern nur auf einen passenden Moment gewartet, öffnete sie die Tür zum Besprechungszimmer. Von allen Kolleginnen arbeitete Felix am liebsten mit ihr zusammen. Doch als sie nun die Personenbeschreibung von Frau Ziska auf den Tisch legte, die von einem Studenten stammte, der am Wochenende auf der Tankstelle in Herrsching gejobbt hatte, rutschte sie bei Felix auf den letzten Platz. Der Student erinnerte sich deutlich an das rote Stirnband der mittelblonden Frau. Seine Freundin trage so ein Stirnband öfter zum Joggen. Attraktiv sei die Frau gewesen und einen sportlichen Eindruck habe sie gemacht.

»Dass sie nicht klein und dick ist, war doch logisch«, brummte Claudia von Dobbeler, die ihren Spitznamen Moppelchen kannte. »Die ist schließlich Fitnesscoach.«

»Kamera an der Tankstelle?«, fragte der Chef.

Laura Lichtenberg verneinte. »Sie hat nicht getankt. Sie hat Süßwaren gekauft. Vielleicht Airwaves Kaugummis. Extra stark, die hellblauen. Aber sicher ist er nicht. Keine Kreditkarte, Barzahlung.« Sie ging wieder hinaus.

Bert und Johannes nickten ihr nach. Felix war wie gelähmt. Airwaves Extreme, klar, was sonst? Und auch das Stirnband kannte er. Er selbst hatte es Franza geschenkt. Vor zwei Wochen, als es plötzlich so kalt gewesen war. Sie waren lange spazieren gegangen, und dann hatten Franzas eiskalte Ohren feuerrot geleuchtet. Da hatte er ihr gegen ihren Willen dieses Stirnband gekauft. Und er hatte genau gesehen, dass sie sich narrisch darüber freute.

Der Chef betrachtete seine kalte Pfeife. Als hätte er von dort Rauchzeichen erhalten, sagte er bedächtig: »Wir sollten auch daran denken, dass die Haushälterin, die Frau Vogt, sich vielleicht betrogen von ihrem Chef gefühlt haben könnte, wenn der plötzlich was mit einer anderen anfängt. Vielleicht war sie ja auf Stand-by für eine Beziehung?«

»Das wäre ein Motiv«, stieß Johannes hervor.

Chefbauer fuhr fort: »Vielleicht hat er seine Freundin auch unter dem Vorwand eingeschleust, sie soll die Tochter dünner machen, da ist sie schon mal im Haus. Von da ist es ja nicht mehr weit in sein Bett.«

»Was auch erklären würde, warum die Haushälterin so schlecht über die Ziska gesprochen hat. Vielleicht stimmt das mit der Party genauso wenig wie das mit der Entführung?«, vermutete Johannes.

»Vielleicht hat die Haushälterin selber eine Party veranstaltet.«

»Komisch ist jedenfalls«, meldete Johannes sich, »dass wir nicht wissen, wo diese Frau Ziska jetzt ist. Warum hat die sich nicht gemeldet?«

»Ich täte mich auch nicht melden, wenn ich eine Party gefeiert hätte, nach der ein Maler das Wohnzimmer instand setzen musste«, warf Claudia ein.

»Wir wissen nicht, ob das stimmt«, erinnerte Johannes sie.

»Warum gibt es keine Unterlagen zu dem Arbeitsverhältnis zwischen Lübtow und Ziska?«, fragte Dieter. »Hat sie die mitgenommen, vernichtet?«

»Ja, wir müssen diese Frau Ziska finden«, nickte der Chef. »Das ist unsere heißeste Spur.«

Felix nickte auch. Er hatte sie mit höchster Wahrscheinlichkeit bereits gefunden. Das letzte Mal gestern Morgen in seinem Bett.

»Das kann ja nicht so schwierig sein. Sportclubs gibt es einige hier in der Gegend. Irgendwoher muss sie doch ihre Kunden haben. Vorausgesetzt, sie ist wirklich Sportcoach«, dachte Bert laut. »Vielleicht ist sie auch eine osteuropäische Prostituierte?«

»Aber so jemand wie der Lübtow, der lässt doch nicht irgendwen ins Haus. Der will doch Referenzen sehen«, widersprach Claudia.

»Glaubst du, die gibt es in der Branche nicht?«, feixte Dieter.

»Jedenfalls scheint der Lübtow noch eine andere Seite gehabt zu haben. Er ist nicht nur der traumhafte Chef, in den alle Mitarbeiterinnen verliebt sind«, resümierte Bert.

Felix fuhr hoch.

Chefbauer musterte ihn schmunzelnd. »Du bist halt nicht der einzige Herzensbrecher.«

Claudia schnaubte verächtlich.

Chefbauer wurde wieder sachlich. »Wir haben mit seiner Assistentin und seiner Sekretärin telefoniert. Die lassen nichts auf ihn kommen. Die sollt ihr heute mal besuchen.«

»Mach ich«, sagte Felix schnell.

»Die eine ist zu Hause, das ist sowieso besser, weil ihr wisst ja, was für eine diffizile Geschichte es ist, wenn wir im Ministerium ermitteln. Ich hab schon mit der Staatsanwältin gesprochen«, informierte der Chef sie.

»Und wenn die Ziska den Lübtow umgebracht hat?«, fragte Claudia.

Felix japste.

»Felix?« Die Gesichter seiner Kollegen wandten sich ihm zu.

»Verschluckt«, sagte er gepresst und stürmte nach draußen, wo er sich einem fingierten Hustenanfall hingab. Liebe macht blind. Franza war seltsam gewesen in den letzten Tagen. Sie hatte ihn nicht angerufen gestern. Sie hatte sich nicht gefreut, als er sie in Schwabing treffen wollte. Die Nervosität, als ihr Handy gebellt hatte. Viele, viele Kleinigkeiten fielen ihm ein. Zu viele. Und das Allerschlimmste: der Zettel, den sie auf seinem Kopfkissen hinterlassen hatte. Aber mit einem *Es tut mir so leid* kam sie ihm nicht davon! Nein, nein, das konnte nicht wahr sein! Das musste ein Zufall sein. Tixel, denk nach! Zwei Zufälle. So was gibt's. Geh keinem Vorurteil auf den Leim. Tixel, knips deinen Verstand an! Lass dich nicht hinreißen. Das kann nicht sein. Aber was nicht sein kann, kann trotzdem sein. Nein, kann es nicht, nicht bei Franza. Aber warum nicht, du Depp? Weil du total verschossen in die bist, weil du …

»Felix, alles okay?« Johannes stand besorgt neben ihm.

»Geht schon wieder.« Er wollte den jungen Kollegen loswerden. Doch der strahlte ihn an. »Du weißt es auch, oder?«

»Was?«

»Der Chef hat gerade gesagt, ich soll mich mal drauf einrichten, demnächst eine Brotzeit auszugeben.«

»Ja?«, fragte Felix, mit den Gedanken ganz woanders.

»Aber das kann doch nur heißen, dass er schon was gehört hat von meiner Beförderung!«

Felix riss sich zusammen. »Vom KOM zum KHM, ja klar, Kriminalhauptmeister Johannes Winter.«

»Du weißt nichts Genaues?«

»Nein, aber wenn der Chef dir eine Brotzeit androht, dann dauert es bestimmt nicht mehr lang, bis das offiziell ist.«

Er klopfte Johannes auf die Schulter und wollte weg. Bloß weg. Kaltes Wasser ins Gesicht. Kühlen Kopf. Klares Denken. Verdammt, wie konnte ihm so was passieren. Er musste ja völlig auf den Hund gekommen sein. Einem Felix Tixel setzte Franza keine Hörner auf! Was bezweckte sie damit? Warum schien sie plötzlich eine andere zu sein als die, die er zu kennen glaubte? Aber kannte er sie denn überhaupt? Und wenn Claudia recht hatte? Wenn Franza tatsächlich hinter dem Verschwinden Lübtows steckte? Wenn sie gar ... nein, ausgeschlossen. Sie hatte schließlich keine Waffe ... oder? Aber eine wie Franza Fischer brauchte keine Waffe. Das hatte sie ihm von Anfang an bewiesen, damals am Starnberger See, als er sie im Spaß angegriffen und sie ihn dann aufs Kreuz gelegt hatte, dass ihm Hören und Sehen vergangen war ... Da war von Anfang an der Wurm drin, man fängt nichts an mit einer Zeugin, einer Geschädigten ... Mörderin?

»Fahr ma?«, fragte Johannes.

Nein, hätte Felix am liebsten gesagt. Aus dem Besprechungsraum heraus schaute der Chef ihn an. Sie kannten sich lange. Viel zu lange, wie es Felix nun vorkam.

»Der Chef meint, wir sollen den Mitarbeiterinnen wegen den Dossiers mal auf den Zahn fühlen«, gab Johannes ihren Arbeitsauftrag bekannt.

»Dann mal los!«, nickte Felix, während er einen Plan schmiedete, wie er Johannes loswerden und sich Franza vorknöpfen könnte.

Im Dunkeln

Solange er mir Wasser gibt, will er wohl kaum, dass ich sterbe. Weil er mir Wasser gibt, hat er etwas mit mir vor. Wenn er etwas mit mir vorhat, wird er mir auch etwas zu essen geben. Früher oder später. Ich muss warten. Das Wasser rationieren und warten. Bis ich erfahre, weshalb ich hier bin.

Seit er keinen Durst mehr litt, fühlte er sich klar und stark. Der Hunger war längst fort. Das war normal. Hunger litt man nur zu Beginn des Nahrungsentzugs, viele berichteten von regelrechten Hochgefühlen ohne Nahrung, von einem sehr wachen Verstand. Den brauchte er. Um dem Entführer das zu geben, was er wollte. Es musste etwas Bedeutendes sein. Sonst hätte er seine Forderung längst gestellt, anstatt ihn zu zermürben

Aber was konnte es sein?
Ich werde dich so lange füttern, bis du verhungerst.
Und wenn der Kidnapper wahnsinnig war?

Er umklammerte die Umrandung des Sarges und setzte sich auf. Mit scharfen Messern stach der Kopfschmerz in seine Schläfen. Daran hatte er sich gewöhnt, er durfte sich nur nicht schnell bewegen. Keuchend versuchte er, den Schmerz zu veratmen. Der faulige Geschmack in seinem Mund bereitete ihm Übelkeit. Ein Königreich für eine Zahnbürste.

Und einen Schwall frischer Luft. Ein Königreich für die Freiheit. Langsam ließ er sich zurücksinken in den Sarg. Das Heu war längst platt und wärmte kaum mehr.

Wie ein Kind nach seinem Schnuller, so griff er nach seinem Handy. Hielt sich daran fest, drückte ein paar Tasten, schon lange tutete hier nichts mehr. Der Akku hatte sich schnell entladen im Funkloch. Aber es tat gut, das Handy in der Hand zu halten, Nabelschnur in eine Welt, die es irgendwo da draußen gab, eine Welt, in der er ein sehr glücklicher Mann gewesen war, was er damals gar nicht wahrgenommen hatte. Er hatte gegessen, ohne zu merken, dass er aß. Er hatte im Auto gesessen und war irgendwo hingefahren und hatte das für normal gehalten. Er hatte jederzeit den Ort wechseln können, ob von einem in ein anderes Zimmer, von einem in ein anderes Land, und nichts daran war ihm bemerkenswert erschienen. Er war ein freier Mann gewesen, der die Freiheit nicht geschätzt hatte.

Warum wurde er nicht gefunden? Man musste doch nach ihm suchen! Er war eine wichtige Persönlichkeit. So einer wie er verschwand nicht sang- und klanglos. Sie würden ihn vermissen im Ministerium und … Celina.

Celina. Ein wenig von ihrem Speck nur würde ihm helfen. Vielleicht hatte sie gar nicht so unrecht. Sollte sie jemals in eine solche Situation geraten, könnte sie lange überleben. Mehrere Wochen, vielleicht sogar Monate.

Und dann wäre die FT keine FT mehr. Ja, so musste es sein. Dies alles war eine tragische Verwechslung. Celina. Sie würde staunen, wenn sie wüsste, wo er gelandet war. Vielleicht glaubte sie ihn längst tot? Vielleicht freute sie sich darüber, weil sie nun endlich essen konnte, was sie wollte. Dick abgeschnittene Brotscheiben mit fingerbreit Butter und Käse und Wurst und Nutella und Honig und Marmelade und Ketchup ... und Wachtelbrüstchen und ein Porterhousesteak, Kastaniensuppe und Wildschweinbraten, Sushi und Lachsfilet, Lammkoteletts, Pistazienrisotto und Crème brûlée, Crêpes Suzette, Café au lait und Kaiserschmarrn und Schokopudding. Mit Schaum. So wie ihn seine Mutter zu seinem Geburtstag serviert hatte. Immer nur zu seinem Geburtstag, einmal im Jahr Schokopudding mit Schaum und heiße Vanillesoße darüber. Nur ein einziges Mal ist der Schokopudding ausgefallen, im Jahr, als sein kleiner Bruder gestorben war. Der Unfall und sein Geburtstag lagen nur drei Wochen auseinander, man hatte ihm das erklärt, und er hatte vorgegeben, es zu verstehen. In Wirklichkeit hatte er es nie verstanden, und wenn er es recht bedachte, schuldete ihm das Leben bis heute eine Schale Schokopudding mit Schaum.

Denn hatte er nicht immer alles gegeben für die anderen? Wann hatte er schon einmal an sich gedacht? Aber wer hatte es ihm gedankt? Wenigstens Celina müsste alles unternehmen, sämtliche Hebel in Bewegung setzen, um ihren Vater zurückzubekommen. Sie würden noch einmal ganz von vorne anfangen. Jede Krise barg eine Chance, jede Krise war in Wirklichkeit ein wichtiger Hinweis auf einen Makel, und es gab immer eine Möglichkeit, etwas zu optimieren.

Wer würde ihn gern verschwinden lassen? Gempel? Bodenstedt? Rohe? Plank? Heer? Nein, die nicht. Einer Frau traute er so was nicht zu. Andererseits. Er war betäubt worden. Wie waren die, waren es überhaupt mehrere, ins Haus gekommen?

Er selbst hatte genug gegen jeden Einzelnen von ihnen in der Hand. Aber was hatten sie? Unwahrscheinlich, dass sie sich zusammengetan hatten. Eher jeder für sich.

Oder war alles ganz anders?

Der Atem stockte ihm. Alles in ihm sträubte sich dagegen weiterzudenken. Doch diesmal, diesmal dachte er den Satz zu Ende: Was, wenn Celina hinter alldem steckte?

Sein eigen Fleisch und Blut.

War die von ihrem kleinkriminellen Freund zerstörte Kamera eine Vorbereitung gewesen? War das alles von langer Hand geplant und, als er das Internat ins Spiel brachte, eskaliert?

Kon-zen-trie-ren!

Er war vor dreiundzwanzig Uhr gewesen. Er hatte sein Handy im Wagen liegen lassen und wollte es über Nacht laden. Weil der Mond so schön über den See leuchtete, war er nach draußen gegangen. Er war vor der Garage stehen geblieben und hatte nach oben geschaut. Plötzlich ein Stoß. Mehr wusste er nicht. Egal, wie angestrengt er nachdachte. Es blieb im Dunkeln.

Er hob den Wasserkanister in die Höhe, der nun schon besorgniserregend leicht war. Es war ein Fehler gewesen, sich Wasser über das Gesicht laufen zu lassen. Zweimal hatte er sich diesen Luxus gegönnt und sträflich geprasst.

Der Kanister spendete nur noch vier Schlucke und wenige Tropfen.

Er schüttelte ihn. Nichts. Leer! Panik kroch in ihm hoch. Am ganzen Leib zitternd legte er sich in den Sarg. Bestimmt würde es bald frisches Wasser geben. Den Wein erst später. Um die Geschmacksblumen zu entfalten. Wasser zu Thai Curry und Rehrücken und Kartoffelklößen und Salzkartoffeln, Bratkartoffeln, Pellkartoffeln mit Quark und Schnittlauch, Kartoffelsalat, Kartoffelschnaps, Zwetschgenwasser, Kirschwasser, Gedankenwasser. Er lutschte an seinem Handy.

25

Am Rotkreuzplatz, kurz vor ihrem Ziel, der Gerner Taxisstraße, die den meisten Münchnern wegen der dort ansässigen Frauenklinik oder des Biergartens ein Begriff ist, womit zwei bedeutungsvolle Säulen des bayerischen Brauchtums – Gebräu und Gebären – benannt wären, wies Felix Johannes an: »Du machst die Befragung der Sekretärin allein. Ich fahr weiter zu der Assistentin ins Ministerium.«

»Aber ...«, setzte Johannes an, besann sich jedoch. Schließlich stand seine Beförderung zum Kriminalhauptmeister an. Felix traute ihm das zu. Er würde ihn nicht enttäuschen. Felix sollte stolz auf ihn sein.

Der dunkle 3er BMW schoss über die orange anzeigende Ampel Ecke Lachnerstraße. Johannes wunderte sich. Normalerweise hielt sein Chef sich ohne Blaulicht auf dem Dach an die Verkehrsregeln. Heute raste er wie der Henker. Und er schwieg. Kein Wort von Fürstenfeldbruck bis München. Von der Waisenhausstraße bog Felix so scharf in die Tizianstraße ab, dass Johannes sich festhalten musste. Trotz der Dreißigerzone raste er die kleine Straße bis zum Ende, machte sich in der Taxisstraße nicht die Mühe zu parken, sondern entließ Johannes quasi aus dem fahrenden Wagen. »Ich ruf dich an, wenn ich fertig bin und hol dich ab. Wenn du vor mir so weit bist, geh in ein Café oder kauf Weihnachtsgeschenke, mir egal. Vorne am Rotkreuzplatz gibt es viele Läden.

Mit Weihnachtsgeschenken kann man nicht früh genug anfangen. Servus.«

Verdattert schaute Johannes ihm nach.

An der Stadtsparkasse setzte Felix das Blaulicht aufs Dach und raste weiter Richtung Schwabing. Er parkte auf der Leopoldstraße wenige Meter von seinem Ziel, einem der schicksten Fitnessstudios Münchens, denn er wollte in Deckung bleiben. Ein kurzer Blick in den Rückspiegel. *Um Jahre gealtert*, dachte er bitter. Jedenfalls sah er aus wie einer, der Sport nötig hätte. Zumindest im Gesicht. Rasch stieg er aus, das Blaulicht ließ er auf dem Dach, betrat das Fitnessstudio, in dem Franza wöchentlich sechs Stunden unterrichtete. Hier hatten sie sich einmal zufällig getroffen, als er ein Probetraining absolvierte. Während er normalerweise mit einem Lächeln an diese Begegnung zurückdachte, die ihm einen unvergesslichen Muskelkater beschert hatte, erfüllte sie ihn heute mit Schmerz. Und Zorn. An der Rezeption lächelte ihn ein junges blondes Ding mit Brillanten auf den Schneidezähnen an. »Hallo.«

»Servus«, grüßte Felix. »Bei euch unterrichtet doch diese Trainerin mit dem Hund? Wann hat die ihre Kurse? Die sind mir empfohlen worden.«

Sie griff hinter sich und legte einen Trainingsplan auf die Theke. »Sind Sie Mitglied?«

»Nein, aber vielleicht werd ich das ja, wenn ich mal eine Probestunde mitmache.«

»Sie haben Glück«, behauptete sie. »Bis Weihnachten läuft unsere Gutschein-Aktion. Da können Sie nicht nur an den Trainings teilnehmen, sondern alle Geräte benutzen. Unsere Saunalandschaft ist ...«

»Ich will zu der mit dem Hund.«

Sein messerscharfer Ton verunsicherte die junge Frau. »Ich bin erst seit einer Woche da. Aber ich weiß, wen Sie meinen. Lassie heißt der Hund …«, sie stockte. »Nein, so ähnlich. Jeder hier vermisst ihn. Sein Frauchen macht Babypause.«

»Babypause!«, brüllte Felix durch den Empfangsbereich des Fitnesstempels.

»Äh, ja, ich glaub schon. Aber sie kommt wieder. Soll ich Ihre Nummer aufschreiben, und wir rufen Sie an?«

Er stürmte nach draußen. Vom Wagen aus rief er in zwei weiteren Fitnessstudios an, in denen Franza unterrichtete. Angeblich. Beide Male erhielt er die gleiche Auskunft. Franza Fischer befand sich voraussichtlich bis Mitte Februar im Urlaub. Am Telefon verschwiegen sie die Mutterschaft diskret.

Er starrte sein Smartphone an wie einen Feind. Warf es auf den Beifahrersitz. Überlegte es sich anders. Tippte F&F. Trennte die Verbindung. Schaute minutenlang regungslos durch die Windschutzscheibe auf die Leopoldstraße. Alles grau. Rollsplitt auf den Gehsteigen. Der Schnee fortgeleckt vom Föhn. Schmutziges graues Scheißwetter. Passenderweise rief Melanie an. Er drückte sie weg. Sie rief sofort wieder an. Er hob ab und sagte nichts. »Mein Anwalt sagt«, sagte sie. Er drückte sie weg. Schaute noch eine Runde aus dem Fenster. Dann stieg er aus, nahm das Blaulicht vom Dach und fuhr so langsam – neunundzwanzig in der Dreißigerzone –, dass er angehupt wurde, zu Sinahs Kindergarten. Eine der Kindergärtnerinnen erkannte ihn durch die Glasscheibe und öffnete.

»Soll ich die Sinah holen?«, fragte sie.

Er schüttelte den Kopf. »Wollte nur mal vorbeischauen.«

Sie deutete durch den Gang nach links. Er nickte. Er kannte sich aus. Dann stand er vor der Glasscheibe mit den ausgeschnittenen Bunt- und Filzstiftzeichnungen, meistens Menschen mit Sonnen am rechten oder linken oberen Blattrand und sehr viele Häuser und Bäume, und schaute zu, wie die Kinder – sie hatten sich an den Händen gefasst – im Kreuzschritt im Kreis gingen. Dabei mussten sie irgendeine Aufgabe lösen. Sinah wirkte hoch konzentriert. Immer wollte sie alles richtig machen. Der kleine Sneku strengte sich viel zu sehr an, alles gut zu machen, damit die Großen ihn nicht wegschickten. Stellte kaum Ansprüche, verhielt sich angepasst, viel zu angepasst, wie Felix fand, aber war das denn ein Wunder in ihrer Situation? Felix' Brust wurde eng, und seine Augen wurden feucht. Er ballte die Hände zu Fäusten. Am liebsten hätte er Sinah an sich gerissen und wäre mit ihr weggefahren. Weit, weit weg. Als hätte sie etwas von der Liebe, die Felix durchflutete, gespürt, schaute seine Tochter zur Glasscheibe. Schnell wich er zurück. Er wollte sie nicht aus ihrer Gemeinschaft herausreißen. Er hatte sie schon viel zu oft herausgerissen, sollte ein Kind nicht das verdammte Recht haben, in einer Familie groß zu werden? Mama und Papa und goldgelb gebackene Pfannkuchen. Abrupt wandte er sich um und verließ den Kindergarten. Die verwunderten Blicke der Erzieherin ignorierte er. Hoffentlich meldete die seinen Besuch nicht bei Melanie.

26

Oberregierungsrätin Strehle, die Assistentin Clemens von Lübtows, war Anfang dreißig, attraktiv, hochgeschlossen gekleidet in braunem Rollkragenpullover und Hosenanzug, was durchaus seine Reize hatte. Sie trug breite Silberringe am linken Mittel- und rechten Ringfinger – einer davon mit grünem Stein – eine wahrscheinlich teure Uhr und die dunklen Haare kurz geschnitten. Mit der schwarz umrandeten Brille, die ihr ausgezeichnet stand, hätte sie erfolgreich als Optikermodel anheuern können. In dem kleinen Besprechungszimmer, in das sie Felix geführt hatte, bot sie ihm keinen Kaffee an. Bloß Wasser.

»Ich nehme an, es gibt keine Neuigkeiten?«, fragte sie, während sie ihm gegenüber Platz nahm.

»Nein.«

»Herr von Lübtow ist also noch immer wie vom Erdboden verschwunden?«

Felix ignorierte den Vorwurf in ihrer Stimme. »Für uns ist es wichtig, ein genaues Bild von ihm zu erhalten. Bitte beschreiben Sie Ihren Chef. Was ist er für ein Mensch? Was zeichnet ihn aus? Wo liegen seine Stärken, seine Schwächen? Hat er Feinde? Gibt es Probleme mit Mitarbeitern? Was wissen Sie über sein privates Umfeld? Ist er körperlich in guter Verfassung? Könnte er krank sein? Wurde er bedroht?«

Sie unterbrach ihn. »Ich weiß, was Sie meinen.«

»Und?«

Sie holte tief Luft, den Blick zum Fenster gewandt, wo nichts zu sehen war, bis auf eine graue Hausfassade und einen Fetzen grauen Himmels. »Ich arbeite seit zwei Jahren für Herrn von Lübtow. Er ist ein überdurchschnittlich intelligenter, weitsichtiger, kluger, kompetenter, erfahrener Chef und denkt strukturiert« – sie machte eine Pause –, »obwohl er ein Mann ist. Dabei verliert er nie den Blick für die Details. Dennoch kann er sehr wohl – hervorragend, wie ich meine – Prioritäten setzen. Es macht Freude, mit ihm zu arbeiten.«

Felix zog seine Jacke aus und hängte sie über den Stuhl. Das linderte seine Hitzewallung kaum. Er nahm einen Schluck Wasser.

»Schwächen?«, fragte er.

»Keine«, erwiderte sie wie aus der Pistole geschossen.

»Jeder Mensch hat Schwachstellen.«

Sie musterte ihn kühl. »Man muss damit leben lernen, dass es Menschen gibt, die über so etwas erhaben sind. Mein Chef gehört zu diesen charismatischen Individuen.«

»Jetzt ist er aber weg, Ihr Chef. Und vielleicht ist er einem Verbrechen zum Opfer gefallen. Ein Verbrechen passiert nicht, wenn einer keine Schwachstellen hat.«

»Eine sogenannte Schwachstelle basiert immer auf einer subjektiven Einschätzung. Was der eine für eine charakterliche Schwäche halten mag, interpretiert der andere als Stärke«, widersprach sie.

»Schwachstellen?«, beharrte Felix.

»Interessanter fände ich die Suche nach dem Motiv«, belehrte sie ihn.

Felix spürte sein Herz im ganzen Körper pochen und sein Blut rauschen. Es war lange her, dass er sich bei einer Vernehmung oder Zeugenbefragung innerlich so aufgeregt hatte, und damals hatte der Täter die achtjährigen Zwillingsmädchen seiner Lebensgefährtin über ein halbes Jahr hinweg missbraucht, weil sie es angeblich darauf angelegt hatten mit ihren koketten Verführungsversuchen. Nach außen hatte er sich nichts anmerken lassen. Es war ihm leichter gefallen als hier.

»Ich meine«, fuhr Frau Strehle fort, »dass natürlich all jene Zeitgenossen, die nicht über die Ausstrahlung und Stärke eines Herrn von Lübtow verfügen, sich durch diese Omnipotenz provoziert fühlen können.«

Felix schnalzte mit der Zunge. »Das klingt nach Übermensch.«

In Frau Strehles Blick stand klar zu lesen, zu welcher Gruppe sie Felix zählte.

»Fanden Sie ihn attraktiv?«, suchte er ihre Schwachstelle.

»Wie bitte?«

»Als Mann.«

»Er ist mein Chef. Und ich verstehe nicht, warum Sie im Imperfekt von ihm sprechen.«

»Dann nehme ich das *Im* zurück von Ihrem Mister Perfect.«

Der Hauch eines Lächelns huschte über ihr Gesicht. Sprachwitz verdiente ihre Anerkennung. Doch schnell gefror das Eis wieder. »Ich verstehe außerdem nicht, warum Sie so einen aggressiven Ton an den Tag legen. Wäre es nicht vielmehr Ihre Aufgabe, sich ein objektives Bild von meinem Chef zu machen?« Sie zelebrierte eine Kunstpause. »Unvoreingenommen?«

Felix nahm noch einen Schluck Wasser. Wie klein dieser Raum war. Die mussten hier doch auch größere Besprechungszimmer haben. Aber da durfte wohl bloß einer wie Mr. Perfect rein.

»Hat Herr von Lübtow Feinde?«

»Das habe ich doch eben deutlich dargelegt. Allerdings ist das in seiner Position nichts Ungewöhnliches. Er sitzt an den Schalthebeln der Macht. Auf sein Wort hört der Minister. Es existiert eine Vielzahl von Gesetzen und Erlassen, die auf seine Arbeit zurückzuführen sind, so zum Beispiel die Durchführungsverordnung zur Verordnung über das Bejagen des europäischen Schneehuhns. Wir brauchen wohl nicht darüber zu diskutieren, dass es immer Menschen geben wird, die nicht zufriedenzustellen sind.«

»Ich möchte eine Liste, wer zu diesen Leuten gehört.«

Genervt rollte sie ihre Augen. »Ich kenne diese Leute nicht. Es sind Hunderte, vielleicht Tausende. Unter der Jägerschaft hat Herr von Lübtow nicht nur Freunde.«

»Ist er nicht selbst Jäger?«

»Schließt sich das aus?« Sie grinste ihn frech an. »Oder haben sich alle Polizisten lieb?«

»Ich dachte eher an Mitarbeiter hier aus dem Haus«, bemühte Felix sich um Fassung.

»Ich kann nicht in die Köpfe anderer hineinschauen.«

»Wollen Sie denn nicht, dass Ihr Chef zurückkommt?«

»Das steht wohl kaum in meiner Macht.«

»Wenn Sie meine Fragen beantworten würden, kämen wir vielleicht weiter.«

»Stellen Sie mir eine gute Frage. Bis jetzt haben Sie sich in Gemeinplätzen wie aus einem Krimi verloren. Sie dürfen davon ausgehen, dass ich Ihnen jeden Verdacht sofort mitteilen würde. Ich bin hochgradig daran interessiert, meinen Chef zurückzubekommen. Es ist keineswegs so, dass ich automatisch auf seinen Posten rücken würde, wenn er nicht zurückkehrte.«

»Jetzt befinden Sie sich im Krimi«, wies Felix sie nicht ohne Genugtuung zurecht.

»Nein. In diesem Genre würde ich als Frau wohl kaum befördert. In unserem Haus gibt es keinen einzigen weiblichen Abteilungsleiter, und diese Position liegt auch jenseits meiner Ambitionen.«

»Haben Sie ein Verhältnis mit ihm?«

Sie lachte. »Weiter können Sie nicht denken?«

»Hätten Sie gern eins mit ihm?«

»Vielleicht hätten Sie gern eins mit mir?« Spöttisch schaute sie ihm in die Augen.

Felix zuckte zusammen. Das Gespräch war ihm vollständig entglitten. Er versuchte zu retten, was zu retten war, und fragte kühl: »Was wissen Sie über sein Privatleben?«

»Er lebt mit seiner Tochter am Ammersee bei Herrsching.«

»Wissen Sie etwas von einer persönlichen Fitnesstrainerin?«

»Ich glaube nicht, dass Herr von Lübtow so etwas in Anspruch nimmt. Er ist sportlich sehr aktiv, ich glaube, er ist Mitglied in einem Fitnessstudio und – wenn ich mir die Bemerkung erlauben darf, ohne dass Sie Ihre hormonell gesteuerten Schlüsse ziehen – körperlich in erstklassiger Verfassung. Man sieht ihm sein Alter nicht an.«

»Hat er eine Freundin?«

»Das weiß ich nicht.«

»Ist er in den letzten Wochen, Tagen, anders gewesen als sonst?«

»Mir ist nichts aufgefallen.«

»Gibt es einen schwelenden Konflikt? Ein Kollege von Ihnen erzählte, Ihr Chef sei Leiter einer Taskforce Verbiss. Was bedeutet das?«

»Das ist die Antwort unseres Ministeriums auf die Tatsache, dass überhöhte Wildbestände unsere Wälder gefährden. Wir haben nicht zu wenige Rehe, Rotwild und Gemsen, sondern zu viele.

Deshalb sind wir auch gegen eine Winterfütterung und für eine scharfe Bejagung sowie eine Aufhebung der Schonzeiten. Denn natürlich setzen Rehe alle verfügbaren Nahrungsquellen in die Reproduktion.«

»Rehproduktion?«, stockte Felix. »Ach so.«

»Sie sind wohl von der schnellen Truppe?«

Felix griff nach seinem Wasserglas, bemerkte seine Übersprunghandlung, trank trotzdem.

Frau Strehle fuhr fort. »Es gibt immer mehr Rehe. Wenn dann noch eine falsch verstandene Hege hinzukommt, die sich auch in der Winterfütterung dokumentiert, verschärft sich das Problem. Die Taskforce Verbiss präsentiert dem Herrn Staatsminister eine Empfehlung, und er entscheidet über das weitere Vorgehen. Es gilt, zahlreiche Interessen gegeneinander abzuwägen, um schlussendlich das Optimum für den Freistaat zu erreichen. Dabei ist die Taskforce Verbiss nur ein kleiner Teil des Bereichs Herrn von Lübtows auf der Referatsebene Sonderaufgaben. Da mein Chef das Vertrauen des Ministers genießt, mit dem er übrigens auch gemeinsam studiert hat ...«

»Was denn?«

»Jura. ... ist meine Arbeit sehr abwechslungsreich und interessant. Herr von Lübtow führt seine Mitarbeiter ausgezeichnet. Wer in seinem Stab tätig ist, kann sich glücklich schätzen.«

In oder an, dachte Felix. Verdammt, er musste sich zusammenreißen.

Er fragte sie: »Was vermuten Sie, wo Ihr Chef ist? So gründlich, wie Sie über alles nachdenken, haben Sie bestimmt eine Vermutung?«

»Gründliches Nachdenken mündet nicht automatisch in einer Vermutung«, teilte sie ihm herablassend mit. »Herr von Lübtow ist überaus pflichtbewusst, zuverlässig, verantwortungsvoll. Ich kann mir nicht vorstellen, dass er ..., wie man so schön sagt, mal eben schnell Zigaretten holen gegangen wäre. Ich kann mir vorstellen, dass er einen Unfall hatte. Vielleicht hat er sein Gedächtnis verloren?«

»Und dass er mit einer hübschen Frau durchgebrannt ist?«

Sie schürzte die Lippen und blickte Felix verächtlich an. »Warum mit einer hübschen? Warum nicht mit einer unattraktiven?«

Sie ist eine Lesbe, schoss es Felix durch den Kopf, und gleich darauf ärgerte er sich über diesen Gedanken. Bloß weil sie ihn dermaßen auf die Palme brachte. Bloß weil Franza ihn dermaßen auf die Palme brachte.

»Weil Sie ja schon mehrmals betont haben, wie attraktiv Ihr Chef ist«, argumentierte er schwach.

»Ach, habe ich das? Mir scheint eher, Sie interpretieren das in meine Worte hinein.«

»Könnte Herr von Lübtow Dossiers über seine Mitarbeiter geführt haben?«

»So etwas ist doch nicht unüblich.«

»Ich spreche hier nicht von objektiven Mitarbeiterbeurteilungen.«

»Sie lassen wohl nicht locker? Wieso habe ich den Eindruck, Sie wollen auf Teufel komm raus irgendeinen Fleck auf der blütenreinen Weste meines durch und durch integren Chefs finden? Nein, davon ist mir nichts bekannt.«

»Es gibt keine blütenreinen Westen. Wer gehört noch zu der Taskforce Verbiss?«

»Die Herren Gempel und Bodenstedt, Frau Dr. Plank und Heer sowie Herr Leitner.«

»Schreiben Sie mir diese Namen auf«, ordnete Felix an.

Sie betrachtete ihn amüsiert und fing an, ihm die Namen überdeutlich zu diktieren, als wäre er nicht nur schwer von Begriff, sondern auch schwerhörig und Legastheniker.

Felix stand auf. Dieses Gespräch war in die Hose gegangen. Deshalb hatte es keinen Sinn, jetzt weiterzumachen. Er hatte nichts herausgefunden. Er hatte gefragt wie ein Anfänger. Er musste noch einmal kommen oder einen Kollegen schicken.

»Wir sind schon fertig?«, wunderte Frau Strehle sich. »Obwohl Sie keinen einzigen relevanten Anhaltspunkt von mir erhalten haben?«

»Woher wollen Sie das wissen?«, hielt er sich bedeckt.

»Sie können doch nicht so einfach gehen, ohne Ergebnis. Das hat Herr von Lübtow nicht verdient, dass dermaßen schludrig ermittelt wird.«

Felix stützte die Hände auf den Tisch und schaute ihr tief in die Augen. »Ich habe wahrscheinlich mehr erfahren, als Sie ahnen.«

»Und das wäre?«, schnappte sie.

»Frau Strehle, machen wir es doch einfach so: Wenn Ihnen noch etwas Relevantes einfällt, rufen Sie mich an.« Er legte seine Visitenkarte auf den Tisch. Einen kurzen Moment wirkte sie verunsichert. »Das mit den Dossiers«, sagte sie dann. »Vielleicht haben Sie recht. Um die verschiedensten Interessen auszugleichen, um Kompromisse zu finden, bedarf es zuweilen unkonventioneller Vorgehensweisen. Aber dazu sollten Sie mit Frau Krennrich sprechen. Das ist seine Sekretärin. Sie kennt Herrn von Lübtow länger als ich. Frau Krennrich weiß vielleicht auch mehr über sein Privatleben.«

»Einer meiner Kollegen spricht gerade mit ihr«, sagte Felix.

»Dann kann man nur hoffen«, ließ Frau Strehle ihn mit unverhohlener Geringschätzung wissen, »dass er professioneller arbeitet als Sie.«

So hörte es sich allerdings nicht an, als Felix, kaum stand er wieder auf der Ludwigstraße, Johannes anrief. »Sie ist zu Hause, weil ihr letzte Woche ein Zahn gezogen wurde. Zuerst hatte sie keine Probleme, doch dann hat sie im ganzen Gesicht höllische Schmerzen bekommen. Anscheinend passiert so was öfter nach einem Zahnarztbesuch. Da gibt es so einen Nerv, Trigeminus, der läuft durch die Backe, und da ...«

»Konnte sie sprechen?«, unterbrach Felix.

»Ja. Nur mit dem Kauen hat sie Probleme. Es ist nämlich so ...«

»Johannes!«

»Ich sag dir das bloß, damit du weißt, warum ich so lange gebraucht habe. Mindestens zwanzig Minuten lang musste ich mir ihre Zahnarztgeschichten anhören. Mir tut schon der ganze Mund weh!«

»Und sonst?«, fragte Felix. »Wie alt ist sie eigentlich?«

»Geboren 1964, also Ende vierzig. Schlank, wahrscheinlich sieht sie ganz gut aus. Sie könnte meine Mutter sein. In ihrer Wohnung hängen viele Fotos von Bergtouren. Sie ist geschieden, hat einen erwachsenen Sohn und eine Katze, die mir die Hand verkratzt hat.«

»Zur Sache, Johannes.«

»Clemens von Lübtow ist eine Seele von Mensch. Obwohl er nur selten über sein Privatleben spricht, ist Frau Krennrich sicher, dass er sehr darunter leidet, ledig zu sein. Aber er ist beruflich eben zu sehr eingespannt. Sie rechnet es ihm hoch an, dass er seine Tochter allein erzieht. Über die weiß sie einiges, sie telefoniert gelegentlich mit der Haushälterin, was Clemens von Lübtow allerdings nicht weiß. Sie ruft an, wenn der Chef nach Hause fährt, dann kann Frau Vogt schon mal den Herd anschmeißen. Ungefähr so. Mir kam es vor, als würden die beiden die Fürsorge unter sich aufteilen. Die Vogt ist für das Haus, die Krennrich für das Büro zuständig. Dass sie ihn beide wollen, aber nicht kriegen, verbindet sie miteinander.«

»Hm«, machte Felix. Das hatte Johannes wahrscheinlich gut durchschaut. »Hast du die Dossiers angesprochen?«, fragte Felix.

»Davon weiß sie nichts. Sie tippt zwar für ihn –, er scheint viel in sein Diktiergerät zu quatschen –, aber er schreibt auch selbst, seine E-Mails zum Beispiel erledigt er ohne sie. Er kann, das hat sie mehrmals betont, mit zehn Fingern tippen.«

»Das kann man von einem Mr. Perfect ja wohl erwarten«, entfuhr es Felix.

Johannes lachte. »Den Eindruck habe ich auch. Glaubst du, wir kriegen einen Ausdruck von den letzten Bändern, die sie abgetippt hat?«

»Besprich das mit dem Chef. Auch das Diktiergerät wäre interessant.«

»Zum Schluss ist sie in Tränen ausgebrochen, dass wir ihn unbedingt finden sollen, weil er so ein guter Mensch ist«, seufzte Johannes.

»Es gibt wenig, was mir mehr am Herzen liegt«, erwiderte Felix grimmig.

27

Schon wieder war Felix' Handy besetzt. Entweder aus oder besetzt. Keine Mailbox. Das war nichts Ungewöhnliches, beunruhigte mich aber dennoch, weil er sich Montagmorgen oft mit einer SMS meldete und mir einen schönen Start in die Woche wünschte oder etwas anderes Liebes, manchmal Keckes. Schließlich hatte ich ihn am Samstag das letzte Mal gesehen, und in meinem Zustand war dies verdammt lang! Ich wollte seinem Schweigen keine Bedeutung beimessen; sobald man ein schlechtes Gewissen hat, sieht man Gespenster. Bestimmt hatte er Stress mit Melanie. Außerdem wusste ich, dass es ihn nervte, wenn er sich kontrolliert fühlte. Diesbezüglich waren wir uns sehr ähnlich. Aber eine SMS konnte ich ihm ja wohl schreiben: *Hoffentlich nimmst du dir das alles nicht zu sehr zu Herzen*, tippte ich in der tiefen Überzeugung, er würde herauslesen, dass ich in Gedanken und im Herzen bei ihm war, auch wenn er es gerade schwer hatte mit Melanie und Sinah.

Mit jeder Stunde, die verstrich, ohne dass Felix' Kollegen bei mir anriefen oder vor meiner Tür standen, fühlte ich mich sicherer. Wenn sie mich bis jetzt nicht hatten, und sie suchten Frau Ziska seit Freitag, würden sie mich nicht mehr finden. Gerade in den ersten ein, zwei Tagen brachten Ermittlungen oft die größten Erfolge. Lediglich in Aidenried hatte ich eine deutliche Spur hinterlassen, Frau Hellhake kannte mein Autokennzeichen, aber bei ihr war ich als Franza Fischer aufgetreten. Warum sollte ich nicht Glück haben? Celina würde mich kaum auffliegen lassen, weil sie damit Schorsch verraten würde, und solange niemand Frau Ziska fand, hatte auch Frau Vogt einen wunderbaren Sündenbock.

Ich wollte es nicht, aber ich fühlte mich verantwortlich für Celina. Nach wie vor befürchtete ich, dass sie mehr über das Verschwinden ihres Vaters wusste, als sie zugab. Wenn ich diesbezüglich etwas herausfand, würde Felix Milde walten lassen, denn dann stünde Frau Ziska ja nicht mit leeren Händen vor ihm, sondern mit Fakten, die vielleicht sogar zur Aufklärung eines Verbrechens führten. Nein, einmischen würde ich mich nicht. Aber die Augen und Ohren offen halten. Nicht nur Flipper apportierte gern.

Es war kurz vor zwölf am Mittag, als Celina mich anrief.

»Die wollen mich ins Waisenhaus stecken! Wenn mein Vater nicht zurückkommt, muss ich weg von zu Hause! Ich hau ab! Ich halte das nicht aus!«

»Wo bist du?«

»In der Schule.«

Ach ja. Die Herbstferien waren vorbei.

»Wann hast du aus?«, fragte ich sie.

»Ich kann jederzeit verduften.«

»Wann ist dein Unterricht beendet?«

»Um halb zwei.«

»Ich hol dich ab.«

Aus Gewohnheit fuhr ich zwei Ausfahrten zu früh von der Autobahn ab und am Ammersee-Ostufer entlang. Die Zeit reichte noch für einen Milchkaffee. Miene freute sich, Flipper zu sehen.

Unter dem grauen Himmel an der Bayerischen Brandung waren wir die einzigen Gäste.

»Du«; sagte er mit gesenkter Stimme, als er mir die Tasse über den Tresen schob. »Der Schnittlauch hat nach dir gefragt.«

»Was?«

»Gestern waren zwei Gendarmen von der PI in Herrsching bei mir. Die kommen öfter auf einen Kaffee vorbei. Ob ich eine sportliche blonde Frau mit einem großen schwarzen Hund kenne.«

»Und, kennst du eine?«, fragte ich.

»Ich will keinen Ärger mit denen«, sagte Miene. »Aber bei mir ist echt ständig was los, wahnsinnig viele Leute mit Hunden. Ehrlich gesagt, müsste ich lügen, wenn ich Ja oder Nein sagen würde.«

»Danke«, sagte ich.

»Hast du Dreck am Stecken?«

»Nein. Ich bin da wo reingerutscht.«

»Du hast mich mal nach Schorsch und der Vampirsclique in Raisting gefragt.«

»Denen bin ich ein wenig zu nah getreten.«

»Betonung auf getreten?«, grinste Miene. »Ich hab den Schorsch am Samstag beim Tengelmann gesehen. Der sah schon mal besser aus.«

Ich parkte in der Nähe des Ammerseegymnasiums, überquerte die Lachener Straße und traf Celina wie verabredet kurz nach halb zwei am Ufer des Sees auf der Höhe der Bahnhaltestelle, wo sie sich mit einem Mädchen unterhielt, das zwei Köpfe größer war als sie. Kaum erkannte sie mich, verabschiedete sie sich und kam zu mir. Nachdem sie Flipper ausgiebig geknuddelt hatte, gingen wir am See entlang, und Celina schüttete mir ihr Herz aus. Es war sehr schwer, sodass der See über die Ufer trat und wir beide nasse Füße bekamen in Sankt Alban, wo es vom Glockenturm der kleinen Kapelle zwei Uhr nachmittags schlug. Schorsch hatte Celina vor allen anderen als Verräterin bezeichnet. Dabei hatte sie doch keinen Ton zu den Bullen gesagt. Bine behauptete, Celina hätte ihren Eid gebrochen, indem sie Frau Ziska von dem Vereinsheim erzählt hatte. »Schorsch wollte, dass ich dich zu ihm lotse!«, rief sie mit Tränen in den Augen. Bine sei scharf auf Schorsch. Ständig versuche sie, ihn gegen Celina aufzuhetzen. Diesmal sei es ihr wohl gelungen. Sogar Tschoh, der sich normalerweise raushielt, habe vor ihr ausgespuckt. Außerdem hatte sie in der Mathe-Ex von vor den Ferien eine Sechs. Und als sie der Lehrerin gesagt hatte, dass sie niemanden habe, der das unterschreiben würde, habe die blöde Kuh sie als Lügnerin bezichtigt vor der ganzen Klasse ...

»Hast du denn keine Verwandten?«, fragte ich.

»Nur noch eine olle Tante in Weilheim. Die ist aber schon scheintot.«

»Das ist doch dem Jugendamt egal. Die wollen einfach, dass sich jemand aus deiner Familie um dich kümmert. Ist das eine Verwandte deines Vaters?«

»Von meiner Oma mütterlicherseits eine Schwester oder Cousine, keine Ahnung.«

»Weiß das Jugendamt von ihr, dass es sie gibt?«

»Nein.«

»Das musst du denen sagen! Noch besser ist es, du rufst die Tante selbst an.«

»Ich kann sie nicht ausstehen. Sie stinkt aus dem Mund. Und überall schüttet sie Maggi rein. Die macht sich morgens eine Thermoskanne mit heißem Wasser, und das muss reichen bis abends. Wenn die um drei am Nachmittag eine Tasse Kaffee trinkt, schüttet sie das Wasser aus der Thermoskanne über ihr Nescafé Pulver. Das ist total krank.«

»Nein, sparsam.«

»Die ist aber nicht arm. Die hat total viel Kohle.«

»Das ist doch jetzt egal, Celina. Du musst sie anrufen!«

»Meinst du wirklich?«, stöhnte sie.

»Waisenhaus oder Maggi«, stellte ich sie vor die Wahl.

»Aber die blöde Vogt hat gesagt, wir können alles so lassen, wie es ist. Sie würde auch unterschreiben, dass sie für mich kocht.«

»Ich dachte, ihr könnt euch nicht ausstehen?«

Mit ihrem Zungenpiercing klackerte Celina an ihre Zähne. Diese silberfarbene Stecknadel, das war mir schon öfter aufgefallen, half ihr beim Nachdenken.

»Was ist eigentlich mit deiner Mutter?«, fragte ich sie. »Woran ist sie gestorben?«

»Wieso gestorben ... ach so!« Sie kniff die Augen zusammen. »Das hätte der CvL gern. Dass sie tot wäre. Das macht sich besser, als Hörner aufgesetzt kriegen. Der arme Witwer.«

»Sie lebt?«

Celina schwieg.

»Und wo?«

Sie zuckte mit den Schultern.

»Aber das musst du doch wissen!«

»Nein, das muss ich nicht«, brüllte sie mich an. Es beruhigte mich, dass es die Celina, die ich kennengelernt hatte, noch gab, wenn mir dieser Ausbruch auch unangenehm war. »Meine Mutter ist abgehauen. CvL sagt, wegen mir. Weil ich immer geschrien habe. Weil ich ihr als Säugling in die Brustwarzen gebissen habe. Sie wollte mich nicht, von Anfang an wollte sie mich nicht, und dann ist sie durchgebrannt mit ihrem Tangolehrer.«

»Das wusste ich nicht«, stammelte ich. »Ich dachte, sie wäre tot. Dein Vater hat das so dargestellt.«

»Das ist sie auch«, Celina schlug sich auf die Brust. »In mir drin ist sie tot.«

»Du hast ja immerhin noch deinen Vater«, entfuhr es mir, obwohl ich mir da nicht so sicher war. Und selbst wenn sie ihn hätte, stellte sich die Frage, ob er gut für sie war.

»Nein, ich habe auch keinen Vater mehr«, sie spuckte mir den mit Bitterkeit marinierten Satz entgegen. »Er hat behauptet, sie hätte sich nie für mich interessiert, all die Jahre hätte sie nie nach mir gefragt. Aber das stimmt nicht! Ich habe ihre Mails gefunden in seinem Computer. Keine einzige hat er mir gezeigt. Vielleicht hat sie auch angerufen? Ich weiß es nicht. Bis zu meinem zwölften Geburtstag hat sie mir geschrieben. Das habe ich nicht gewusst. Es ist ein ganzer Ordner voll. Er heißt RM, das bedeutet Rabenmutter.«

Ein schreckliches Weinen schüttelte sie.

»Celina!« Ich legte meinen Arm um sie.

Grob stieß sie mich zurück. Ich ließ mich nicht einschüchtern, legte den Arm erneut um sie. Diesmal ließ sie es geschehen und sank wie ein zerzauster, kleiner Vogel an meine Brust.

»Du hast die Mails in seinem Computer gefunden?«

»Er hat alles eingescannt. Auch die Geburtstagskarten. Papier bewahrt er normalerweise nicht auf.«

»Da kannst du doch nun Kontakt zu deiner Mutter aufnehmen? Bestimmt kommt sie, wenn sie erfährt, dass dein Vater spurlos verschwunden ist!«

»Die letzte E-Mail ist zwei Jahre her. Bestimmt hat sie eine neue Adresse.«

»Einen Versuch ist es wert, und wenn die Adresse nicht mehr

aktuell ist, findet sich ein anderer Weg. Gibt nicht auf, Celina! Freu dich doch, dass du sie gefunden hast.«

»Wieso soll sie jetzt was von mir wissen wollen, wenn ich mich nie gemeldet habe?«

»Weil du ihre Tochter bist.«

»Aber sie mochte mich nie«, schluchzte sie. »Sie hat mich nur gekriegt, weil der CvL darauf bestanden hat. Alles andere hätte seiner Karriere geschadet.«

Ich packte sie an den Oberarmen und zwang sie, mich anzusehen. »Celina! Du musst mit ihr reden! Du weißt doch nicht, ob das stimmt! Einerseits behauptest du, er hat dich hintergangen, andererseits wiederholst du, was er dir gesagt hat. Das passt nicht zusammen!«

»Keine Mutter verlässt ihr Kind! Das ist wider die Natur! Das macht niemand! Außer man ist ein total gefühlloser Egoist. Oder …« Sie brach ab.

»Kein Baby ist so schlecht oder schrecklich, dass es verlassen wird. Das liegt nicht an dem Kind, hörst du! Das liegt immer, immer, immer an den Eltern!« Ich wusste nicht so genau, ob ich zu ihr oder zu mir sprach. Aber ich wusste jetzt, warum ich mich für Celina ins Zeug legte. So fremd waren wir uns gar nicht, auch wenn sie auf den ersten Blick das komplette Gegenteil von mir verkörperte.

Schweigend liefen wir weiter, Flipper traute es uns zu, ohne ihn zurechtzukommen, und strawanzte durch die Büsche neben dem Weg. Allein seine wedelnde Rute war sichtbar. Ein Stück weiter vorne tauchte das ehemalige Bahnwärterhäuschen auf, das nun, in einem fröhlich anmutenden Rotton gestrichen, als Kunstraum fungierte.

»Und außerdem kann meine Mutter gar nicht kommen«, teilte Celina mir mit. »Sie wohnt in Amerika. Da betreibt ihr Freund eine Tangoschule. Falls sie mit dem überhaupt noch zusammen ist. Vielleicht hat sie einen anderen, vielleicht hat sie eine neue Familie und viele Kinder.«

»Dann hättest du auf einen Schlag Geschwister«, erwiderte ich leichthin.

Ein dunkler 3er BMW fuhr auf den Parkplatz neben dem roten Häuschen. Eine Frau stieg aus. Irgendetwas an ihr kam mir bekannt vor. Sie war mittelgroß, mollig, und bewegte sich, als wäre die Luft um sie herum gepolstert, als müsste sie ständig einen leichten Widerstand überwinden. Suchend blickte sie nach rechts und links.

Das war ... Moppelchen! Claudia von Dobbeler!

»Das ist eine Bulette«, zischte ich, »ich muss weg. Ich ruf dich an. Sag ihr das von deiner Tante. Tschau.«

Ich drehte mich um, zog die Schultern hoch und lief den Weg zurück, bis ich rechts zum See abbiegen konnte. Von hier rief ich Flipper leise zu mir. So ein schwarzer Hund ist kontraproduktiv, sobald man den Pfad der Tugend verlässt. In Deckung eines Baumes beobachtete ich, wie Moppelchen Celina zu sich winkte. In ihrem BMW fuhren die beiden weg. Was bedeutete das? Hatte Moppelchen mich erkannt? Würde Celina mich verraten? Ein starkes Bedürfnis nach Sicherheit in den eigenen vier Wänden überkam mich. Ich entschied mich für den Rückweg durch Dießen. Da würde eine Frau mit großem schwarzem Hund weniger auffallen als am See, wo wir keinem einzigen Spaziergänger begegnet waren. Doch auch in dieser hübschen kleinen Ortschaft fühlte ich mich beobachtet. Als ein dunkler BMW Richtung Kino abbog, öffnete ich die erstbeste Ladentür. Ich hatte keine Ahnung, wo ich hier hineingeraten war. Keine Klamotten, kein Schnickschnack, auch nichts zu essen.

Eine große, kräftige Frau um die fünfzig begrüßte Flipper und mich freundlich. »Ein neuer Patient?«

Klassische Homöopathie Ingrid Steinel, entzifferte ich das Türschild.

»Ich glaube nicht.«

Flipper schien anderer Meinung zu sein. Er legte seinen Leib vertrauensvoll in die Hände Frau Steinels, wie ich annahm, und ließ sich streicheln.

»Manu, gibst du dem schönen Kerl etwas zur Begrüßung?«

Die angesprochene Assistentin, ganz in Weiß gekleidet, saß hinter der Rezeption und kramte in einer Tüte. Flippers Radar ortete das unbekannte Objekt. Und auch ich begriff: Wir waren in einer tierheilkundlichen Praxis gelandet.

»Okay«, sagte ich, da nahm er das Leckerli vorsichtig aus Manus Hand und legte dann seine verletzte linke Pfote auf den Unterarm von Frau Steinel.

»Was ist denn da passiert?«, fragte sie mich.

»Glasscherben«, sagte ich verdutzt. Es war mir neu, dass Flipper seine therapeutischen Maßnahmen selbst bestimmte. Immerhin, bezahlen durfte ich noch. Fünf Minuten später hatte ich ein Wundspray erhalten und erfahren, dass es besser wäre, Luft an Flippers gut heilende Wunde zu lassen. Die Luft draußen war auch heil. Nirgends ein Zivilbullenfahrzeug, wenigstens kein mir bekanntes.

Ich mied die Hauptstraßen und schlug mich über kleine Seitenwege zu meinem Auto zurück. Moppelchen kannte meinen Volvo.

In meiner Situation wäre es angebracht, öfter mal den Wagen zu wechseln. Warum nicht mal einen Peugeot Bipper. Kein schönes Auto, gewiss, aber darüber konnte man hinwegsehen, wenn man sich dafür sagen hörte: Flipper in den Bipper, hopp! Ich checkte meine SMS, obwohl kein Symbol blinkte.

28

Felix las die SMS dreimal. *Hoffentlich nimmst du dir das alles nicht zu sehr zu Herzen.* Dann löschte er sie, was ihm gleich darauf leidtat. Aber was gab es da zu deuten? Es war unmissverständlich. Genauso wie die Nachricht von Melanie. Sie wollte ein Besuchsverbot beantragen, weil Felix seine Tochter in Lebensgefahr brachte. Ihr Anwalt bezeichnete das nur als Formsache bei den »besorgniserregenden Geschehnissen am vergangenen Wochenende«.

Er versuchte, einen klaren Kopf zu bekommen. Aber alles, was ihm einfiel, war, dass sein Leben aus dem Ruder lief, seit er Franza Fischer kannte. Nein, das war falsch, es hatte schon vorher begonnen, mit der Trennung von Melanie, aber seit Franza stürzte er von einer Katastrophe in die nächste. Niemals hätte er ihr einen solchen Betrug zugetraut. Ihr Verhalten widersprach zu einhundert Prozent seiner Einschätzung. Normalerweise konnte er sich auf seine Intuition verlassen. Das machte den guten Cop aus. Noch nie hatte er sich so fundamental getäuscht. Er hätte es für unmöglich gehalten, sich derart vorführen zu lassen. Liebe macht blind. Und wenn alles ganz anders war? Ein guter Cop setzt nicht auf die Hoffnung, sondern auf Fakten. Felix klatsche einige Male in die Hände, wie immer, wenn er sich zur Konzentration rufen wollte. Die Fakten! Er zählte sie auf. Franza hatte ihn belogen. Franza pausierte in den Studios. Einwand: Das hatte er nicht persönlich überprüft, lediglich erfahren und telefonisch erfragt. Doch er konnte davon ausgehen, dass diese Information der Wahrheit entsprach. Und was war mit den Pfotenschonern? Und noch schlimmer: der schwarze Hund insgesamt und der Volvo, ein Kombi. Ganz zu schweigen von der platten Namensverkürzung, Franziska zu Frau Ziska. Aber er brauchte sich nicht zu wundern. Das kam davon, wenn man seinem Vorsatz untreu wurde. Er hatte es sich doch geschworen: keine neue Beziehung. Mindestens drei Jahre lang. Und dann war sie in sein Leben gedonnert. Franza Fischer. Lass die Finger von dieser Frau, hatte er sich selbst am Anfang immer wieder gewarnt. Da war es schon zu spät gewesen, da hatte er sich die Finger bereits verbrannt. Von Anfang an war es ihm klar gewesen, dass Franza speziell war. Aber für so was hatte er eine Schwäche. Leider. Ihn interessierten immer die Komplizierten, vielleicht weil Mörder oft so einfach gestrickt waren.

Er erinnerte sich sehr gut an die Szene, als sie mit der aufgespießten Krähe in der Plastiktüte vor ihm stand. Das wäre der richtige Moment gewesen. Er hätte sie allein im Wald zurücklassen sollen. Aber wie sie dastand und dann wegstapfte, den Flipper mit hängender Rute an ihrer Seite … Er hatte ihr ein paar Augenblicke lang nachgesehen, und es war ihm vorgekommen als könnte er durch das Guckloch eines Eichenblattes durch ihren Rücken in ihr Herz schauen. Da hatte er sie zurückgerufen, und das Verhängnis nahm seinen Lauf. Er hatte sich für sie entschieden, auch wenn es noch sehr lange gedauert hatte, bis sie ein Paar wurden. Diesen einen Moment müsste er rückgängig machen. Sie hätte weiterlaufen sollen mit Flipper an ihrer Seite. Aus seinem Leben rauslaufen, das damals ja noch einigermaßen in Ordnung war.

Nun ging es nur noch um Schadensbegrenzung. Wenn die Kollegen merkten, dass Franza zum dritten Mal innerhalb eines Jahres eine Schlüsselrolle in einem Fall des K1 spielte, würden sie Vermutungen anstellen. Dass er, Felix, Ermittlungsergebnisse der Kriminalpolizei in seinem privaten Umfeld herumposaunte. Womöglich war er spielsüchtig, erpressbar, brauchte Geld? Steckte er nicht ohnehin in Schwierigkeiten wegen seiner Scheidung? Da kam schnell eins zum anderen. So viel Zufall konnte es gar nicht geben, das würde ihm keiner glauben. Zu Recht, er selbst hätte das auch nicht geglaubt. Abermals würde er wie ein Idiot vor den Kollegen stehen, auch wenn es beim letzten Mal glimpflich ausgegangen war für ihn. Seinen Alleingang hatte er zwar mit einem Disziplinarverfahren bezahlt, es hatte aber auch eine lobende Erwähnung gegeben. Der Polizeipräsident persönlich hatte ihm bei einem Empfang in Ingolstadt die Hand gedrückt und sich für seinen vorbildlichen Einsatz bedankt. So etwas würde diesmal nicht passieren. Er konnte bloß hoffen, dem Polizeipräsidenten nirgends zu begegnen, es genügte ihm, sich das Gesicht seines Chefs vorzustellen. Da gab es einen gewissen Blick, unter dem lief es einem kalt über den Buckel; nein, für diesen Blick wollte man nicht verantwortlich zeichnen. Felix wollte seinen Job nicht nur gut machen, er war auch darauf angewiesen. Um Melanie abzufinden, brauchte er ein geregeltes Einkommen, eventuell sogar ein Darlehen von seinen Eltern. Sehr unangenehm, sie danach zu fragen. Wo er doch immer darauf gepocht hatte, sein Leben allein zu finanzieren. Am Starnberger See, dort hatte er als Kind viele Wochenenden bei seinen Großeltern verbracht, gab es Millionärssöhnchen zuhauf, und manche von ihnen hingen bis heute in der Gegend rum, weil sie nicht wussten, was sie mit ihrem Leben anfangen sollten, da sie nie die Nabelschnur gekappt hatten, durch die längst keine Nährstoffe mehr, sondern nur noch Devisen flossen.

Franza war keinen Deut besser als viele andere Frauen, die sich allein für die Kohle interessierten. Klar fuhr sie da mit einem von Lübtow besser als mit einem Kriminalhauptkommissar. In dem Haus am See hätte Felix auch gern gewohnt, aber es kam doch darauf an, *mit wem* man dort wohnte! Und wenn sie tatsächlich verliebt war? Woher kannte sie den Adeligen überhaupt? Wahrscheinlich aus einem Fitnessstudio, klar. Aber warum hatte sie die Beziehung zu Felix dann nicht beendet? Das passte überhaupt nicht zu ihr. Sie war doch sonst so – ehrlich, gnadenlos ehrlich fast schon und scherte sich keinen Deut darum, wie ihre Meinung, ihr Verhalten bei anderen ankam. Das war es doch, was ihn an ihr so faszinierte. Und aufregte.

Wer war Franza Fischer?

Oder war sie womöglich von Anfang an und immer eine andere gewesen ... eine Frau Ziska?

Flipper würde ihm fehlen. Flipper war überhaupt an allem schuld. Der Hund hatte sein Herz im Sturm erobert, da kannte er dessen sperrige Chefin noch gar nicht. Freilich hatte sie ihm gefallen. Saugut sogar. Nicht nur äußerlich. Auch ihre rotzfreche, schräge Art, die sie für völlig normal hielt. Das war überhaupt das Verrückteste an Franza Fischer, dass sie glaubte, sie selbst wäre normal, und alle anderen verhielten sich merkwürdig. Womöglich war das eiskalte Berechnung. Wie hatte er sich nur so sehr täuschen können? Ja, das mit Flipper war ein herber Verlust. Den er in Kauf nehmen würde. Am liebsten sogar per SMS. Sehen wollte er sie eigentlich nicht mehr. Das würde nur Wunden aufreißen. Aber er war kein Feigling. Je früher er diese von Anfang an verquere, schließlich leidenschaftliche, dann fürchterliche, eine Weile aber sogar glückliche, wahnsinnig glückliche Beziehung beendete, desto besser. Weh würde es trotzdem tun. Sauweh.

Am liebsten hätte er Franza sofort zur Rede gestellt. Natürlich würde er ihr die Chance geben, ihre Version der Geschichte zu erzählen, so wie jedem Verdächtigen. Aber eigentlich wollte er sie gar nicht hören. Er wollte nicht sehen müssen, wie sie sich winden würde, wie sie ihn anlügen würde. Dabei wurden die Menschen so klein, so hässlich, und manchmal war es schwer, ihnen mit Respekt und Achtung zu begegnen. So wollte er Franza nicht in Erinnerung behalten.

Vorm Kaufhof am Rotkreuzplatz winkte Johannes wie ein Ertrinkender – als würde sein roter Anorak nicht von allein auffallen. Unmögliche Klamotte. Knallrot bei der Kripo. Am liebsten hätte Felix ihn einfach stehen lassen und wäre weitergefahren.

Johannes ließ sich auf den Beifahrersitz fallen. »Gehma was essen?«, fragte er.

»Du hast doch jetzt lang genug Zeit gehabt zum Essen.«

»Ich hab gedacht, wir holen uns zusammen was.«

»Hab kein' Hunger«, sagte Felix, fuhr los, bremste. »Dann kauf dir halt schnell was.«

»Hab eigentlich auch kein' Hunger«, erwiderte Johannes. »Also von mir aus kömma ins Büro fahrn.«

»Wir fahren nicht ins Büro«, teilte Felix ihm mit.

»Nicht ins Büro?«

»Nein. Wir fahren jetzt noch mal ins Ministerium.«

»Aber da warst du doch eben?«

Eben?, dachte Felix. Dieses unerfreuliche Gespräch kam ihm vor wie Tage zurückliegend.

»Es war nicht sehr ergiebig mit der Frau Strehle. Ich hab mir eine Liste von ihr geben lassen.« Felix reichte sie Johannes. »Ruf die mal alle an und schau, dass wir mit denen reden können. Einzeln und jetzt sofort.«

»Du, Felix, mir hätte des fei nix ausgemacht, wenn ich mit der U-Bahn gefahren wäre, da hättest du gleich dortbleiben können.«

»Taktik«, behauptete Felix knapp.

»Äh, warum?«

Ja, das hätte er auch gern gewusst. »Ruf den Dieter an«, beauftragte er Johannes. »Sag ihm, was bei uns läuft, und frag ab, ob es bei denen was Neues gibt und wann wir uns im Büro treffen.«

»Wir fahren noch mal hin, weil sie damit nicht rechnen? Damit die auf der Liste sich in Sicherheit wiegen?«, vermutete Johannes.

»Schau ma mal«, erwiderte Felix vage.

Zehn Minuten später wussten sie, dass sie heute lediglich mit zweien der Herren sprechen konnten, Gempel und Bodenstedt. Von Claudia erfuhren sie, kurz bevor sie im Funkloch verschwand, dass die Tochter von Lübtows behauptete, den Computer nicht an sich genommen zu haben. Sie bezichtigte die Haushälterin. Die wiederum hatte geschworen, nie im Leben ohne Herrn von Lübtows Erlaubnis Herrn von Lübtows Arbeitszimmer betreten zu haben. Außerdem wisse sie nicht, wo der Schlüssel liege. Die Haushälterin habe angedeutet, dass sie davon überzeugt sei, die Tochter habe den Computer verschwinden lassen.

»Bei denen herrscht wohl ziemlich dicke Luft«, meinte Johannes.

»Die Tochter muss da raus«, nickte Felix. Kurz überlegte er, sich das Mädchen vorzuknöpfen. Er würde sie so lange in die Mangel nehmen, bis sie ihm erzählte, was da lief zwischen ihrem Vater und Franza. Dann erkannte er, dass er sich damit immer tiefer hineinreiten würde. Er musste sich komplett aus dem Fall Franza herausziehen. Privat und beruflich. Die Kollegen sollten Frau Ziska suchen. Er würde sich um Lübtow kümmern.

Als sie das Ministerium betraten, hoffte Felix inständig, Frau Strehle nicht über den Weg zu laufen. Johannes war im Überschwang oder im Unterzucker. Er hatte offenbar den Eindruck, Felix erwartete, dass er das Gespräch mit Herrn Gempel leite. Felix ließ ihn zuerst einmal machen. Sobald sein junger Kollege ihn fragend anschaute, nickte er einfach, auch wenn er nicht zugehört hatte. Johannes würde später einen Aktenvermerk schreiben, da konnte er sich dann ja kundig machen. Herr Gempel, er war Mitte vierzig, hatte sie in ein größeres Besprechungszimmer geführt, was Frau Strehle bei Felix noch im Nachhinein Minuspunkte verschaffte. Der spärliche Haarwuchs auf Gempels Kopf wurde durch einen Schnauzer wie ein Schwebebalken zwischen Nase und Mund ausbalanciert. Seine Erläuterungen waren Felix zum Teil bekannt. Sein Opa war Fischer gewesen, viele seiner Freunde waren Jäger; als kleiner Bub war Felix oft dabei gewesen in den Wäldern rund um Starnberg, und dann hatten sie ja noch den Rex gehabt, ihren Schäferhund, mit dem sie ausgiebige Streifzüge unternahmen, auf denen Felix die Natur schätzen und ehren lernte. Nicht nur die alten Herren, auch viele junge Jäger hatten sehr gelitten unter der Forstreform, die alles veränderte.

2004 hatte der ehemalige Ministerpräsident Edmund Stoiber in einer Regierungserklärung einen ausgeglichenen Haushalt angekündigt. Um den zu erreichen, schlachtete er auch den Wald: Er wurde privatisiert. Die bayerischen Forstämter wurden aufgelöst und in die Landwirtschaftsämter eingegliedert. Dies und viele weitere Änderungen führten zu einer Unterschriftensammlung für das Volksbegehren *Aus Liebe zum Wald*. Das Interesse der Bürgerinnen und Bürger war jedoch gering, viele begriffen nicht, worum es dabei eigentlich ging. Dass der bayerische Wald dem bayerischen Volk gehört. Der Staat als Waldbesitzer hat die Interessen seiner Bürger zu wahren – ob diese sich selbst im Wald erholen möchten oder den Wald auch dem Wild gönnten. Das bayerische Volk verschlief seine Chance: Ein Volksbegehren kam mangels Unterschriften nicht zustande.

Herr Gempel erklärte Johannes: »Wir sichern den Ernährungsstandort Bayern für die Zukunft. Dazu haben wir sechs Säulen definiert: Klima- und Ressourcenschutz, Ernährung, Forschung und Innovation, Diversifizierung, nachwachsende Rohstoffe und natürlich auch die Vermarktung.«

»Das hab ich schon auf Ihrer Internetseite gelesen«, sagte Johannes.

Herr Gempel zeigte sich überrascht. »Ach ja? Ehrlich gesagt bin ich an deren Redaktion maßgeblich beteiligt.«

»Ist er denn beliebt, der Herr von Lübtow«, schaltete Felix sich ein.

»Wo?«

»Hier.«

»Hier im Haus?«

»Ja«, nickte Felix genervt.

»Nun, beliebt, was heißt das schon?«, wich Herr Gempel aus.

»Mag man ihn?«

»Wir sprechen hier über seine berufliche Tätigkeit, also ich weiß nicht, ob mögen da das richtige Wort ist.«

»Also nicht?«

»Herr von Lübotw, und da schließe ich mich voll und ganz an, ist der Auffassung, dass eine effektive Jagd durch die falsch verstandene Hege im Keim erstickt wird. Wir müssen mehr, nicht weniger schießen. Und in Sachen Verbiss gehört dazu die Winterfütterung, die den Schaden eben nicht eindämmt, wie landläufig behauptet wird, sondern sogar verstärkt.«

»Satte Rehe verbeißen keine Tannen«, widersprach Felix.

Gempel lehnte sich zurück, kreuzte die Arme vor der Brust und begann zu dozieren: »Schaun S', wir hier sind die Fachleute. Wir kennen uns aus. Wir sind nicht irgendwelche Laien, die irgendeine Meinung haben. Wir kümmern uns um die Fakten.«

»Fakten«, nickte Felix. »Gern. Sind nicht die Forstleute am Wildverbiss selber schuld, weil sie Nadelholzmonokulturen begründet haben, in denen kaum eine Äsung vorhanden ist?«

»Äh? Äsung?«, fragte Johannes.

»Wildfütterung«, übersetzte Felix knapp und fuhr fort: »Da ist es doch nur folgerichtig, dass die Laubholzpflanzen verbissen werden, wenn die Rehe nichts zum Beißen finden. Und es ist nicht nur eine Frage der Nahrung. Wo sollen sich die Rehe verstecken, wenn es kein Unterholz gibt? In einer Nadelholzmonokultur fehlt nun mal das Gebüsch.«

Herr Gempel wand sich. »Es ist nicht so, dass wir keine Fehler einräumen. Sicher, die Einbringung von Nadelbaumarten auf Grund höherer Verzinsung und kurzen Umtriebszeiten gehört zu den ökologischen Sünden der Forstverwaltung. Das war, wenn ich darauf hinweisen darf, vor dem Aufbau der Taskforce. Wir haben daraus gelernt. Wir plädieren jetzt schon lange für Mischwälder. Dennoch muss eine effektive Jagd mindestens den Zuwachs abschöpfen, was aber oftmals nicht geschieht. Also müssen wir ein Fütterungsverbot durchsetzen, um das laxe Benehmen der Jägerschaft einzugrenzen. Nix schießen, aber füttern, das geht einfach nicht, das verträgt unser Wald nicht.«

Johannes wollte auch mitspielen, und nachdem er mehrmals von Felix unterbrochen wurde, warf er einen Knaller in die Runde »Das heißt, nur ein totes Reh ist ein gutes Reh? Weil es dann keinen Schaden mehr im Forst anrichtet?«

Gempel ließ sich nicht aus der Fassung bringen: »Uns Ökojägern geht es um das Gleichgewicht in Einklang mit der Natur!«, belehrte er Johannes. »Man muss den veränderten Umständen Rechnung tragen. Die Natur funktioniert heute nicht mehr von selbst. Man muss regulierend eingreifen. Wir sind der Ansicht, dass die Rehe zu schonen auch bedeutet, dass wir ihnen dabei helfen, ihr Leben, das sie oft unter großen Qualen führen, zu beenden. Viele Rehe leiden unter starkem Parasitenbefall wie Zecken oder Dasselfliegen. Wenn wir den Rehwildbestand so gering wie möglich halten, weil wir nämlich nicht nur die alten und kranken Tiere schießen, sondern gerade auch die Jungen, helfen wir dem Bestand insgesamt. Unsere Taskforce Verbiss sammelt verschiedene Erkenntnisse, um sie dann dem Minister vorzutragen.«

»Das ist Herrn von Lübtows Aufgabe?«, hakte Felix nach.

Gempels »Selbstverständlich« klang gepresst. War das ein Fingerzeig? Felix hörte manchmal viel mehr auf den Ton als auf den Inhalt des Gesagten. Auch Johannes war es aufgefallen, wie er merkte. Er wollte gerade nachhaken, als sich die Tür öffnete. Ein hagerer Mann trat ein, zuckte zurück, murmelte »Verzeihung, ich wusste nicht ...«, schloss die Tür.

»Halt!«, rief Herr Gempel. Sonst hätte Felix ihn zurückgerufen. Es war jener, der sich mit dem Mann unterhalten hatte, der Felix wegen seines stechenden Blickes aufgefallen war. Das Foto musste noch auf seinem Handy sein.

»Herr Bodenstedt«, stellte Gempel ihn vor. Der Angesprochene kam zurück.

»Ach, Herr Gempel! Ich hab Sie gar nicht gleich gesehen, ich hab Sie schon gesucht, allerdings im unteren Besprechungszimmer – guten Tag.«

»Herr Bodenstedt«, Gempel stand auf, »das sind die Herren von der Kripo, die mit uns in Sachen von Lübtow sprechen wollen.«

»Ich weiß Bescheid«, sagte Bodenstedt. »Meine Sekretärin hat den Termin ja bestätigt.« Er begrüßte Felix und Johannes, die sich beide vorstellten. Dann nahm er Platz. Gempel schob ihm ein Wasserglas zu. Er beachtete es nicht, sondern schaute Felix und Johannes neugierig an. Johannes reichte Bodenstedt das gleiche Blatt Papier, das zuvor Gempel unterzeichnet hatte, die Einwilligungserklärung zur Aufzeichnung des Gesprächs. Bodenstedt unterschrieb. Mit leicht zittriger Hand, wie Felix registrierte.

Als wären sie nie unterbrochen worden, redete Gempel einfach weiter. »Die Taskforce ist unparteiisch. Das heißt für uns auch, dass wir die Jäger dabei unterstützen möchten, ihre Zahlungen an den Forst so gering wie möglich zu halten.«

»Welche Zahlungen?«, warf Johannes ein.

»Ein Jäger hat für den Schaden, den sein Wild dem Wald zufügt, aufzukommen. Letztlich zeigt uns der Zustand des Waldes, ob ein Jäger sein Handwerk versteht. Dabei möchten wir ihn stets partnerschaftlich begleiten. Manchmal geht das aber eben nur in Form von Verordnungen oder Gesetzen.«

Felix ließ Bodenstedt nicht aus den Augen. Der Mann fühlte sich sichtlich unwohl, aber es war nicht auszumachen, was ihm mehr zu schaffen machte: die Anwesenheit der Kriminalpolizei oder die Anwesenheit Gempels.

»Heißt das, Sie wollen ein Gesetz zum Fütterungsverbot?«, erkundigte Johannes sich.

»Darüber kann ich keine Auskunft geben. Ich bin lediglich für das Zusammentragen der relevanten Informationen zuständig. Herr von Lübtow wird alle Fakten zum gegebenen Zeitpunkt dem Herrn Staatsminister vortragen.«

»Bekommen Sie denn manchmal Gegenwind?«, fragte Johannes. »Es sind bestimmt nicht immer alle Bürger mit Ihren Entscheidungen einverstanden.«

»Was meinen Sie dazu, Herr Bodenstedt?« Herausfordernd schaute Gempel seinen Kollegen an.

»Alles, was Sie bislang ausführten, kann ich bestätigen«, erwiderte dieser mit leiser, angenehmer Stimme. Felix hörte ihm gern zu, da klang ein Dialekt durch, der ihn an irgendetwas erinnerte. Bodenstedt wirkte trotz seiner knapp zwei Meter bescheiden, er machte den Eindruck, als strenge er sich fortwährend an, sich zusammenzufalten, um nicht gar so viel Platz einzunehmen. Dabei scheute er keinen Blickkontakt, seine grauen Augen wirkten aufmerksam.

»Sie gehören ebenfalls zur Taskforce Verbiss?«, vergewisserte Felix sich.

»Ja. Allerdings erst seit einigen Wochen. Herr Gempel ist diesbezüglich viel erfahrener als ich. In ihm haben Sie einen kompetenten Gesprächspartner.«

Gempel nickte zufrieden. Das hatte er hören wollen, und das bewies er ihnen im Anschluss auch in aller Langatmigkeit. Über von Lübtow erfuhren sie trotz ständigen Nachfragens wenig, umso mehr aber darüber, dass Gempel der eigentliche Stratege war, schließlich arbeitete er von Lübtow zu, damit dieser nicht mit leeren Händen vor dem Herrn Staatsminister stehen musste. Dass er, Gempel, wiederum einen Stab von Mitarbeitern unter sich hatte, deren Ergebnisse er abschöpfte, bejahte er nur widerwillig, allerdings zur unverhohlenen Genugtuung Bodenstedts, was dieser trotz intensiven Auf-den Boden-Starrens nicht verbergen konnte.

Im Auto wollte Johannes wissen: »Warum haben wir den Gempel nicht rausgeschickt, als der Bodenstedt reinkam?«

»Das habe ich mich eben auch gefragt«, gestand Felix. »Vielleicht war es falsch, vielleicht aber auch nicht.«

Johannes nickte. »Ich fand, dass der irgendwie befangen wirkte. Aber ob das was mit uns oder mit dem Gempel zu tun hat ...«

»Wir werden es rausfinden.«

»Ich dachte immer, es gäbe bei uns viel zu wenig Rehe«, sagte Johannes. »Die meisten werden doch sowieso überfahren. Mein Vater kennt einen Jäger, der sagt, sein Abschuss wird von BMW getätigt.«

»Das mit dem Bestand kommt wohl auf die Region an. Schau doch mal nach, Johannes, wie das mit dem Fütterungsverbot geregelt ist.«

Der Angesprochene zückte sein iPhone und berichtete kurz darauf: »Deutschlandweit gibt es dazu keine einheitliche Gesetzgebung. Das Fütterungsverbot wird von Bundesland zu Bundesland verschieden gehandhabt und ändert sich ständig. Und hier ... Moment«, er wischte über das Display, »hier steht, dass man in einer Notzeit wohl füttern muss, aber dass die Notzeit nicht konkret definiert ist.«

»Was bedeutet das?«, erkundigte Felix sich.

»Gilt allein der Winter als Notzeit, oder muss Schnee liegen und wenn ja, wie viel?«

»Das klingt kompliziert.«

»Hm«, machte Johannes, während er weiterwischte.

»Ich denk mir mal«, sagte Felix, »dass das mit der Fütterung für einen Jäger einen Gewissenskonflikt darstellen kann und vom Geldbeutel abhängt. Die Jagd ist kein billiges Hobby, und Futter kostet zusätzlich Geld. Aber natürlich will ein Jäger, dass es seinem Wild gut geht. Dazu ist er ja auch verpflichtet vom Gesetz. Und er will sich nicht reinpfuschen lassen von irgendwelchen Schreibtischfuzzis. Schließlich zahlt er Pacht. Das ist ja, wie wenn du einen Garten pachtest und den nicht gestalten darfst, weil dir ständig andere reinreden, die schlimmstenfalls keine Ahnung haben. Dabei bist du doch derjenige, der sich auskennt.«

»Heißt der Jagdschein nicht auch das grüne Abitur?«, fragte Johannes.

»Ja, die Prüfung ist sehr anspruchsvoll. Das mit den Jägern ist ein guter Ermittlungsansatz. Da können wir mal mit Bert reden. Der hat in Sachen Jägerschaft vor einigen Wochen schon mal recherchiert.«

»Ja klar!«, rief Johannes. »Das war mein erster Fall bei euch! Da war ich ganz frisch da!« Das war doch, wo der Hund von deiner Freundin das Maschinengewehr ausgebuddelt hat.«

Felix schwieg.

»Oder?«

»Jetzt fahrma ins Büro und besprechen das alles mit dem Team.«

»Kömma noch anhalten für a Leberkässemmel?«

»Freilich«, sagte Felix.

»Du auch?«

»Ich hab kein' Hunger.«

Im Dunkeln

Es kam aber kein Schokopudding mit Schaum. Es kam klebriger Matsch von oben herab, er hatte so fest geschlafen, dass er die Tür nicht hörte, und als er seine verbliebenen Sinne beieinanderhatte, war die Tür wieder zu. Er roch es sofort. Diesen unvergleichlichen Gärungsgeruch von Äpfeln, die in Fässern gelagert waren. Trester. Der da oben hatte Trester in sein Verlies geschüttet. Apfeltrester, wie sie ihn zur Kirrung verwendeten, um die Rehe anzulocken. Als wäre er – ein Stück Wild. Das bald erlegt würde. Sobald es dämmerte, würde der Mörder seinen Posten beziehen. Jagdlich war das wenig reizvoll. Aber es war auch ehrenrührig, Wild einzusperren. Das Wild war eine herrenlose Sache, so stand es im Gesetz. Aber das Wild und die Freiheit, das war doch untrennbar! Deshalb war das Wild doch wild. Weil es frei war. Frei zum Abschuss.

29

Es wurde sehr spät an diesem Montag, weil ständig neue Ergebnisse eintrudelten. In Eichenau war ein Sexklub aufgeflogen, in dem junge Frauen aus Osteuropa, darunter zwei Minderjährige, zur Prostitution gezwungen worden waren. Bert hatte sie mit Dolmetschern befragen lassen.

Niemand kannte eine Frau Ziska. Claudia hatte die Tochter von Lübtows erneut in die Mangel genommen. »So was Verstocktes ist mir selten begegnet. Ich meine, sie kennt die Ziska doch. Aber sie kann sie nicht beschreiben. Sagt die doch glatt, man könne sich nur an sympathische Leute erinnern, weil man sich für die unsympathischen nicht interessiere. Sie behauptet, sie hätte mit der Trainerin nichts zu tun haben wollen, ihr Vater hätte ihr die aufs Auge gedrückt. Als ich sie fragte, ob die beiden ein Verhältnis haben, hat sie einen Lachkrampf gekriegt. Auf mehrmalige Nachfrage bekam ich immerhin heraus, dass die Ziska zwar in das Beuteschema ihres Vaters passen würde, aber als Ausländerin käme sie für Celina als Stiefmutter nicht infrage. Da bin ich natürlich hellhörig geworden. Bis jetzt sind wir davon ausgegangen, dass sie Deutsch ohne Akzent spricht. Und das stimmt wohl auch, weil dieser verzogene Schratzen seine Aussage auf das Seelische bezogen hat. Wer nämlich nicht an die bedingungslose Liebe glaube, sei für sie aus der falschen Welt, ungefähr so hat sie es ausgedrückt. Erst als ich ihr mit dem Jugendamt drohte …«

»Damit droht man nicht!«, warf der Erste Kriminalhauptkommissar ein.«

»... räumte sie ein, dass ihr Vater die Ziska auch aus privaten Gründen ins Haus geschmuggelt haben könnte. Sie sagte sogar, im Prinzip sei so etwas typisch für ihn. Aber Anhaltspunkte gibt es im konkreten Fall keine. Das mit der bedingungslosen Liebe bezieht sich auf den Vampirhype, der gerade grassiert. Da geht es um Dienen und so 'nen Scheiß.«

»Was hast du gegen Dienen?«, stichelte Bert.

Claudia ignorierte ihn. »Ich fragte, ob es einen Streit zwischen der Ziska und ihrem Vater gegeben haben könnte, der zu dem Schaden im Wohnzimmer und den Blutflecken führte. Dazu sagt sie nichts, weil sie ja nicht dabei war. Seltsam finde ich, dass jetzt plötzlich eine Tante in Weilheim aufgetaucht ist.« Claudia seufzte. »Ich glaub der kein Wort. Der Hund der Ziska heißt übrigens Bella.«

»Na, dann können wir uns die Anfrage zum Geschlecht bei der Blutbestimmung ja sparen?«, grinste Dieter.

»Ist der Nachname auch bekannt?«, feixte Laura.

»Block«, lachte Johannes. Da niemand das witzig fand, erklärte er: »Die schaut meine Mutter recht gern an.«

»Warum lügt diese Göre? Wen will sie decken?«, fragte Bert in die Runde. »Ihren Vater?«

»Ich habe nicht den Eindruck, dass sie ihn vermisst«, erklärte Claudia.

»Das mit dem Mädel, das gefällt mir nicht«, sagte der Chef. »Laura. Ich möchte, dass du mal mit ihr sprichst.«

Claudia schnappte nach Luft.

»Das ist jetzt nix gegen dich, Claudia. Aber du bist halt manchmal a bisserl ruppig. Die Laura, die kann so schön sanft sein.«

Alle starrten den Chef an. Das Wort sanft hatten sie noch nie aus seinem Mund gehört.

»Nur Tarnung«, sagte Laura schnell.

»Des is uns scho klar«, schmunzelte der Chef.

»Ich tät gern mitkommen«, meldete Felix sich.

»Nein, da fährt die Laura allein hin«, entschied Leopold Chefbauer und nickte Dieter auffordernd zu.

Dieter hatte sich in den letzten Stunden in die Ausdrucke der Dossiers vertieft und präsentierte seine ersten Ergebnisse. Die fielen mager aus, da von Lübtow alles verschlüsselt hatte. Ohne die Namen der Betreffenden konnten sie den Inhalt nicht zuordnen. »Ich hab mir zwar eine Liste mit den Namen der Leute faxen lassen, die im Ministerium mit Lübtow unmittelbar zu tun haben – aber viel weiter bin ich damit noch nicht. Gebt's mir a bisserl Zeit«, bat Dieter.

Vielversprechender waren die Drohbriefe, die sie im Aktenkoffer von Lübtows gefunden hatten. Laura hatte Kontakt mit dem grafologischen Institut aufgenommen, das von Lübtow beauftragt hatte. Die zuständige Mitarbeiterin weilte jedoch derzeit auf Sri Lanka bei einer Ayurveda-Kur und würde erst in zehn Tagen zurückkehren.

»Und ein anderer kann uns nicht weiterhelfen?«, fragte der Chef.

»Leider nein. Sie hat den Auftrag angenommen, mit von Lübtow telefoniert und das Gutachten erstellt.«

»So ein Mist«, brummte Bert.

»In Sachen Ziska schaut's auch nicht rosig aus«, fuhr Laura fort. »Von ihrem Kombi haben wir noch immer kein Kennzeichen. Wir gehen allerdings von einem deutschen und auch von einem aus der Region aus. Ein ausländisches, zum Beispiel ein polnisches, wäre aufgefallen. So was registrieren die Leute, wenn auch unbewusst.«

»Reifenspuren?«, fragte der Chef.

»Bringt gar nichts, Kiesauffahrt. Meiner Meinung nach sollten wir uns darauf konzentrieren, wie die Ziska ins Haus gekommen ist. So einer wie der Lübtow, der lässt doch nicht irgendwen ins Haus, vorausgesetzt er hatte nichts mit ihr.«

»Ich glaub, die hatten was miteinander«, warf Bert ein.

»Ja, des glaub ich auch«, sagte der Chef, »aber mia wissens ned. Und solang ma des ned wissen, glaub' ma's auch ned.«

»Und wenn es so wäre«, begann Laura in diesem bedächtigen Tonfall, den sie alle kannten und dem so oft ein echter Knaller folgte, »dass die Vogt eifersüchtig auf die Ziska gewesen ist, weil sie ein Verhältnis mit ihrem Chef gehabt hat, was die Vogt ja selber gern gehabt hätte, und die Vogt dann die Ziska und den Lübtow hat verschwinden lassen?«

Dieter schnalzte mit der Zunge. »Gekauft. Bloß leider unmöglich. Denn die Ziska war ja noch da, als der Lübtow schon weg war.«

»Und wenn die Vogt nur den Lübtow erwischt hätte, hätte sie wohl Ärger mit der Ziska gekriegt.«

»Also der Vogt traue ich so was nicht zu«, warf Felix ein. »Da musst du planen. Da brauchst du einen Überblick, nein, die Frau ist eine Sackgasse.«

Johannes nickte zustimmend.

»Hast du noch was, Johannes?«, fragte der Chef.

»Im Ministerium weiß keiner was von der Trainerin«, sagte Johannes eifrig. »Die Frau Krennrich, die hab ich ja befragt, hat kaum Privates für ihn gemacht. Dafür war die Vogt zuständig.«

»Und wer hat dem von Lübtow die Ziska empfohlen?«, fragte

Bert. »Das ist doch jetzt die Schlüsselfrage. Wenn wir den Empfehler haben, kommen wir der Ziska auf die Spur.«

»Laut Auskunft von Frau Strehle ist von Lübtow Mitglied in einem Fitnessstudio im Fünfseenland. Da könnten wir mal nachhaken«, schlug Felix vor, um auch mal eine Idee einzubringen; eine harmlose, wie er wusste. Claudia nickte. »Die Studios stehen ohnehin noch auf meiner Liste. Er ist auch Mitglied in diversen Klubs und Vereinen – Rotarier, Wirtschaftsjuristen, eine Studentenverbindung und so weiter. Das ist Wahnsinn, wo der sich überall rumgetrieben hat. Damit bin ich mindestens einen Tag beschäftigt.«

»Dummerweise haben wir keinen privaten Kalender von ihm«, bedauerte Bert. »Er hat seine Daten wohl im Handy oder im Computer, und beides ist ja nicht vorhanden. Sonst könnten wir gezielt die Leute befragen, die er in letzter Zeit getroffen hat.«

»Als ich die Celina heimgefahren habe«, sagte Claudia, »habe ich noch mal mit dem Gärtner gesprochen.«

»Klaus-Peter Hiltner?«, warf Dieter ein.

Claudia nickte. »Dein Namensgedächtnis ist mir unheimlich. Der Gärtner hat die Ziska ja auch mal gesehen.«

»Und?«

»Er sagt, für ihn war sie hundert Pro deutsch.«

»Hat er mit ihr geredet?«

»Nein. Er sagt, sie hat so selbstbewusst gewirkt.«

»Na prima«, stöhnte der Chef.

Laura hob die Hand. »Moment mal! Vielleicht ist das gar nicht so dumm. Wer tritt denn selbstbewusst auf?«

Die Kollegen schauten sie fragend an.

»Wenn ich die neue Hausherrin bin, dann merkt man mir das auch an«, vollendete Laura ihren Gedanken.

»So ein Schmarrn!«, platzte Felix heraus.

»Wieso?«, fragte Dieter. »Ich find das plausibel.«

»Laura wird rausfinden, ob da was dran ist«, beschloss der Erste Kriminalhauptkommissar und beauftragte sie: »Fahr gleich morgen früh hin, hol die Tochter in der Schule ab, aus ihrer Klasse raus, wenn es sein muss. Mach Druck.«

Alle bis auf Felix nickten zustimmend.

30

Gegen zehn am Abend gab ich meine Wache vor Felix' Wohnung auf. Er ging nicht ans Telefon, er war nicht zu Hause ... Ich hatte kein gutes Gefühl, gar kein gutes Gefühl. Und außerdem fror ich erbärmlich.

Ich knipste Flippers in Regenbogenfarben blinkendes Halsband an und stieg auf mein Rad. Ohne dass ich es ihm befehlen musste, lief Flipper an meiner rechte Seite. Auf dem Radweg an der Lindwurmstraße kam ich um diese Uhrzeit gut voran. Tagsüber war dieser schmale Streifen, den ständig Fußgänger kreuzten, ein gefährliches Pflaster.

Felix bog von der Lindwurm- in die Rothmundstraße ein, da sah er es zwanzig Meter vor sich in Regenbogenfarben blinken. Er bremste, fuhr rückwärts auf die Lindwurmstraße und folgte dem Signal, bis er sicher war. Franza! Bestimmt war sie bei ihm gewesen! Ob sie eine Nachricht hinterlassen hatte? In großem Abstand folgte er Flippers Blinken. An Franzas Rad – wie immer raste sie wie der Henker, und das in der Gefahrenzone Lindwurmstraße – war die Beleuchtung ausgefallen. *Freuen tät es mich*, dachte er, *wenn sie aufgehalten wird.* Aber die Kollegen von der Schutzpolizei hatten andere Sorgen, wie er am Sendlinger Tor erkannte, wo drei Autos mit Warnblinklichtern mitten auf der Straße parkten, eines mit der Front gegen die Fahrtrichtung. Während Franza das

Hindernis auf dem Gehsteig passierte, musste er auf der Fahrbahn bleiben. An der Fraunhoferstraße hatte er sie wieder. Das war der direkte Weg zu ihr nach Hause. Früher hatte Felix die Fraunhoferstraße nie ausstehen können. Sie war zu eng, die Straßenbahn störte, es gab oft Stau. Seit Franza war diese lang gezogene Gerade der Zieleinlauf. Gleich würde er bei ihr sein.

Nie mehr würde er bei ihr sein. Das wollte er ihr jetzt sagen. Er war keine sechzehn mehr. Wenn etwas von Anfang an nicht passte, musste man es beenden. Er würde denselben Fehler nicht noch mal machen. Auch bei Melanie hatte er es frühzeitig gewusst und den Absprung trotzdem nicht geschafft.

Doch als Franza über die Isarbrücke radelte, dort abrupt bremste, ihr Mountainbike an die Mauer lehnte und ins Wasser schaute. Als sie sich, im Schein einer Laterne, zwei, drei Minuten gar nicht bewegte, Flipper im Sitz neben ihr, den Kopf aufmerksam zu ihr erhoben. Sie trug eine Jeans und knallbunte Joggingschuhe, eine blaue Jacke und das rote Stirnband. Sein rotes Stirnband. Fast konnte er ihre Wärme spüren. Franza war die einzige Frau, die er kannte, die nie kalte Hände oder Füße hatte. Immer war sie warm. Und wahnsinnig sexy, allein diese Beine in der Jeans, aber das war es nicht gewesen, das war es alles nicht gewesen. Es war der Flipper gewesen und wie sie mit ihm umging. Ihr Lachen. Ihr Blick auf die Welt. Diese blauen Augen und der süße Spalt zwischen den Schneidezähnen, die nach unten hin leicht auseinanderdrifteten. Es waren ihre Käsebrote, die sie ihm manchmal in die Hand drückte, und die Art, wie sie morgens aus dem Bett sprang. Ihre Großherzigkeit und Hilfsbereitschaft. Wie sie sich um ihre alte Nachbarin kümmerte. Der ganze kleine große Franza & Flipper-Kosmos. Es waren ihre Wettrennen und Gassirunden mit Flipper, Squashen, Schwimmen, Biken, Tischtennis ... Yoga hatte sie ihm auch beigebracht ... und dass man den Quark unter, nicht auf die Marmelade der Frühstückssemmel strich.

Franza stieg auf und fuhr weiter, am Ende der Brücke bog das Regenbogenlicht links ab. Weg war sie.

Vielleicht sollte er kurz zu sich nach Hause fahren. Vielleicht hatte sie ihm eine Nachricht hinterlassen?

Obwohl ich es mir so sehr wünschte, gab es keine Nachricht von Felix in meinem Briefkasten. Zweimal schon hatte er mir auf diesem altmodischen Weg einen Gruß geschickt. Auch an meiner Tür klebte kein Zettel, und der Anrufbeantworter blinkte nicht.

Morgen, machte ich mir Hoffnung. Bestimmt würde er morgen anrufen. Wahrscheinlich steckte er tief in Ermittlungen. Es passierte doch ständig irgendwas, und auch wenn ich heute nichts in der Zeitung gelesen hatte, die ich mir extra gekauft hatte, um einen Mord in Fürstenfeldbruck zu finden, bedeutete das nichts, es konnte eine Nachrichtensperre geben.

Ich kochte mir einen Betthupferltee und schaute Flipper beim Schlafen zu. Doch ich wurde nicht müde, sondern immer wacher, unruhiger. Ich sollte noch mal zu Felix. Irgendwann musste er doch nach Hause kommen! Ich sprang auf, Flipper sprang auf, starrte mich an.

»Sorry«, entschuldigte ich mich. »Wir müssen noch mal los. Bring mir dein Halsband.«

Es dauerte eine Weile, bis die Botschaft ankam. Wahrscheinlich hatte er tief geschlafen. Er brachte sein Tageshalsband.

»Falsch. Das andere«, befahl ich ihm.

Nachdem er eine halbe Stunde am Küchentisch gesessen und sich allen Ernstes überlegt hatte, ob er sich eine Packung Zigaretten holen sollte, obwohl er nicht mehr rauchte, beschloss er, zu ihr zu fahren. Es hatte keinen Sinn, es hinauszuzögern. Jetzt war sie zu Hause. Er würde es hinter sich bringen. Und er würde ihr keine Chance geben zu lügen. Er wollte nicht sehen, wie sie sich wand und schrumpfte.

Und wenn sie nicht lügen würde?, fragte eine Stimme in ihm.

Er drückte sie weg. Er wollte der Hoffnung nicht auf den Leim gehen. Er wollte nicht noch einmal einen solchen Horror erleben wie mit Melanie.

Obwohl es kühl und neblig war, entschied er sich, mit dem Rad zu fahren. Unterwegs, die Kälte kroch durch seine Jackenärmel auf seine Brust zu, hatte er den Verdacht, dass er lieber Rad fuhr, weil es dann länger dauern würde. Es gab kein Zurück. Franza hatte ihn betrogen, vorgeführt, enttäuscht. Davon abgesehen gefährdete sie mit ihren ständigen Eskapaden seine berufliche Laufbahn. Der Fall lag klar vor ihm. Dennoch würde er ihr eine Gelegenheit geben, sich zu erklären. Und das Ganze dann beenden. Was das Vertrauen betrifft, verträgt eine Liebe keinen Haarriss.

Als Felix die Regenbogenfarben blinken sah, wäre er fast vom Rad gefallen. Sie fuhren direkt aufeinander zu und trafen sich an der Hauptfeuerwehrwache. Franza sah ihn nicht, stieg trotzdem vom Rad, weil just in diesem Augenblick ein Löschzug ausrückte. Flipper und sie im bläulichen Zucken – ein futuristisches Gemälde.

Flipper sah ihn zuerst. Rannte zu ihm. Sie rief ihn zurück. Dann erkannte sie ihn.

»Felix!«

Ihre Stimme. Wie konnte sie so voller Freude klingen? Keine Spur von schlechtem Gewissen. Dann stockte sie. Sie standen sich gegenüber. Hielten sich an ihren Fahrrädern fest. Flipper begeistert wedelnd zwischen ihnen.

»Du weißt es?«, fragte sie.

Er nickte. Überrascht. Sie wollte ihn nicht anlügen? Sie wollte … gestehen?

»Felix, bitte … Es tut mir leid. Es tut mir so leid!«

»Du wiederholst dich«, sagte er, obwohl er gern etwas ganz anderes gesagt hätte. Aber die Mauer, hinter der er seine Hoffnung eingesperrt hatte, war hoch.

Sie ließ ihr Rad fallen und machte einen Schritt auf ihn zu. Er wich zurück. Ihr keinen Raum geben, ihn einzuwickeln. Die Fakten auf den Tisch.

»Felix!«

»Meine Kollegen suchen dich.« Er machte eine Pause. »Besser gesagt suchen sie eine Frau Ziska.«

Fest packte er den Lenker. Ihre Nähe war wie Folter. Er wollte weg!

»Felix!« Da stand sie schon neben ihm, ihr Geruch, ihre Hand auf seiner. Wie gern hätte er sie an seine Wange gelegt.

»Bitte hör mir zu!«

Grob schüttelte er sie ab.

»Das hätte ich nie von dir geglaubt, Franza! Nie!«

»Ich hätte es dir ja gesagt! Ehrlich! Ich wollte dir sogar einen Brief schreiben. Aber jetzt ist sowieso alles aus.«

»Ja, jetzt ist alles aus«, sagte Felix. Da von Lübtow weg war, war auch ihr Verhältnis beendet, und wegen dieses Verhältnisses war die Liebe beendet, weil das kein Haarriss war, sondern ein Krater, und überhaupt war alles aus.

Sie sagte nichts. Starrte ihn an aus weit aufgerissenen Augen. So sahen Leute im Schock aus. Eine verdammt gute Schauspielerin. Er würde nicht mehr drauf reinfallen.

»Wie du dich aus diesem Schlamassel rausziehst, ist mir egal. Ich kann dich nicht schützen. Ich werde die Suche nach Frau Ziska meinen Mitarbeitern überlassen. Also schau selbst, wie du zurechtkommst.«

Sie fasste sich »Und wo ist Clemens von Lübtow?«

Bitter lachte er auf. »Ist das alles, was dich interessiert?« Es befriedigte ihn nicht, dass er recht behalten hatte. Es tat noch mehr weh, obwohl er sich vorsagte, dass es gut war, nicht weich geworden zu sein.

»Nein! Aber jetzt, wo er weg ist, jetzt ist doch alles wie vorher, Felix!«

War sie verrückt? Glaubte sie wirklich, sie könnten zu ihrem Alltag zurückkehren?

Wütend schwang er sich auf sein Rad und trat in die Pedale, als wäre der Teufel hinter ihm her. Und das war er tatsächlich. Hechelnd tauchte Flipper neben seinem Rad auf. War der wahnsinnig! Mitten auf der Straße! Felix bremste. Franza pfiff ihren gellendsten Flipperpfiff. Flipper hob den Kopf zu Felix und schaute ihn entsetzt, ja, entsetzt an.

»Tut mir leid, Flipper«, sagte Felix. Seine Stimme klang rau. »Wirst mir fehlen. Servus.«

Noch einmal gellte Franzas Pfiff, da drehte Flipper ab und trabte zurück mit hängenden Ohren und hängender Rute, ein schwarzer Schatten dicht an den geparkten Autos entlang. Felix wartete, bis er ihn in Sicherheit wusste, dann radelte er weiter, sehr langsam, und er fror erbärmlich, außen und innen.

Im Dunkeln

Mit beiden Händen schaufelte er den Trester in sich hinein, erbrach ihn, schaufelte weiter. Die Gier war nicht beherrschbar. Es war ein einziges Schlucken und Aufstoßen und Erbrechen und Schlucken und Aufstoßen und Erbrechen, bis er sich irgendwann wieder in den Sarg legte. Wo der Durst kam. Der eigentlich nicht sein durfte, denn der Trester diente dazu, den Flüssigkeitsbedarf zu stillen, wenn im Winter die Bäche zugefroren waren. Schnee war ja auf Dauer keine Alternative, enthielt keine Mineralien, wie zum Beispiel Gedankenwasser, wobei hier nach wie vor das Problem mit der Gewinnung bestand. Wie sollte man diese kostbare Flüssigkeit auffangen? Vielleicht konnte er eine Lösung finden, die er dem Minister präsentieren würde. Vielleicht fanden auch seine Mitarbeiter eine Lösung, er musste sie nur gut genug briefen, das war überhaupt das A und O, damit sie verstanden, in welche Richtung gedacht werden musste, in welche Richtung das Gedankenwasser strömen sollte. Das er dann abschöpfte.

31

Die Morgenbesprechung am Dienstag versäumte Felix. Wenn er überhaupt geschlafen hatte, dann höchstens zwei Stunden. Sein Körpergefühl passte vortrefflich zu seiner Stimmung, was man ihm wahrscheinlich ansah. Niemand fragte, warum er zu spät kam. Veronika brachte ihm eine Tasse Kaffee.

Nicht alle Frauen waren kaltherzig.

Die Kollegen von der PI im Erdgeschoss hatten einen Mann in der Telefonleitung, der seinen Namen nicht nennen und mit dem Kriminaler sprechen wollte, der gestern im Staatsministerium für Landwirtschaft, Ernährung und Forsten eine Befragung durchgeführt hatte. »Bist du des, Felix? Oder der Dieter? Aber bei dem hebt keiner ab.«

»Stell durch, danke«, sagte Felix. »Hallo?«

»Kann ich mich darauf verlassen, dass unser Gespräch vertraulich behandelt wird?«

Felix erkannte die Stimme sofort. Das war der Ringsgwandl, sprich Bodenstedt. Gestern schon hatte der Dialekt des Mannes ihn an irgendjemanden erinnert. Nun wusste er, an wen. Der Ringsgwandl sprach das i auch mit zwei Punkten, wie es üblich war im Berchtesgadener Land – stammte er nicht sogar aus Reichnhoi, Bad Reichenhall? Wer hier geboren war, wurde jenseits der bayerischen Grenzen häufig für einen Österreicher gehalten.

»Das hängt von den Ermittlungen ab.«

Der Anrufer atmete schwer. »Meine berufliche Existenz hängt davon ab.«

»Da lässt sich bestimmt was machen«, sagte Felix vage. »Bitte nennen Sie mir Ihren Namen.«

Bodenstedt schwieg.

»Sollen wir uns treffen?«, bot Felix ihm an. »Jetzt gleich? Oder möchten Sie zu uns kommen?«

»Um Gottes willen!«

»Wo können wir uns treffen, Herr Bodenstedt?«

Der Anrufer stand so unter Stress, dass ihm die Nennung seines Namens gar nicht auffiel.

»Villa Flora?«, schlug er schließlich vor.

»Ich kann in dreißig Minuten dort sein«, sagte Felix. Er kannte das Lokal am Mittleren Ring. An einem lauen Oktobernachmittag hatte er hier mit Franza im Biergarten gesessen. Wo waren sie eigentlich nicht gewesen? Ganz München war verseucht.

Felix bemühte sich, einen genervten Eindruck zu machen, als er dem Ersten Kriminalhauptkommissar von dem Anruf berichtete. In Wirklichkeit, gab es nichts, was ihm lieber war, als hier rauszukommen.

»Nimm den Johannes mit«, ordnete der Chef an.

»Lieber nicht«, widersprach Felix, obwohl sich das nicht gehörte. Leopold Chefbauer musterte ihn aufmerksam.

»Ich hatte den Eindruck, der Anrufer will mich allein treffen«, erklärte Felix. »Es könnte wichtig sein.«

»So was mögma aber nicht«, brummte Leopold Chefbauer und gab Felix dann doch frei.

In der Villa Flora saß Ulrich Bodenstedt – achtunddreißig, wohnhaft in Oberhaching, für die Polizei ein unbeschriebenes Blatt, wie Felix abgefragt hatte – vor einem Glas Apfelschorle. Als er Felix erkannte, stand er auf. Sie schüttelten sich die Hände. Eine Bedienung kam vorbei, Felix bestellte ein Wasser.

»Sie haben gleich gewusst, dass ich es bin?«, fragte Bodenstedt.

»Ja.«

»Ich habe die ganze Nacht nicht geschlafen«, sagte Bodenstedt, und das sah man ihm an. Von außen betrachtet wirkten die beiden Männer an dem Fenstertisch, als hätten sie es gestern gewaltig krachen lassen.

»Ich weiß nicht, ob es richtig ist, mit Ihnen zu sprechen, aber ich weiß mir keinen anderen Rat.«

»Ich hätte Sie ohnehin noch einmal angerufen«, ließ Felix ihn wissen. »Sie waren gestern ein wenig gehemmt in der Gegenwart Ihres Kollegen?«

Bodenstedt starrte Felix überrascht an. Dann nickte er. »Klar. Sie sind Polizist. Sie merken so was.«

»Also, Herr Bodenstedt, was wollen Sie mir mitteilen?«

Bodenstedt nahm einen langen Zug Apfelschorle. Die Bedienung brachte Felix' Wasser.

»Es ist nicht so, wie es aussieht«, stieß Bodenstedt hervor.

»Aha?«

»Es wird ein Eindruck erweckt, der nicht richtig ist.«

»Geht's a bisserl genauer?«

Bodenstedt schaute zu Boden. Er quälte sich.

»Ja?«, fragte Felix freundlich.

»Hören Sie, ich will keinen Ärger. Ich will nichts damit zu tun haben, ich will nicht, dass mein Name genannt wird, ich will es eben nur melden.«

»Was wollen Sie melden?«

»Verschiedenste Gutachten, auch die forstwirtschaftlichen sind geschönt. Das ist wie mit dem Armutsbericht der Bundesrepublik. Der wurde ja ebenfalls frisiert.«

»Von wem?«

»Von Lübtow gibt die Gutachten in Auftrag.«

»Und verändert sie?«, bohrte Felix.

»Sagen wir so: Er nimmt darauf Einfluss, was veröffentlicht wird. Lübtow gehört zu den Ökojägern. Die sind nicht einverstanden mit den Ergebnissen der Gutachten. Dass nämlich die Maßnahmen, die ergriffen wurden, um den Verbiss einzudämmen, allesamt nichts nützen. Dass man ganz anders an die Sache herangehen muss.«

»Welche Maßnahmen?«, fragte Felix.

»Die Ökojäger plädieren für scharfe ganzjährige Bejagung.«

»Also keine Schonzeiten mehr für das Wild?«

Bodenstedt nickte. »Nun haben die Gutachter aber festgestellt, dass diese scharfe Bejagung kontraproduktiv ist. Das Wild schreckt dauernd auf, braucht mehr Energie – und verbeißt die Bäume. Wenn man es in Ruhe ließe, wäre der Schaden geringer. Das aber bedarf der Einrichtung von Ruhezonen, Schutzräumen, die auch von Spaziergängern respektiert werden. Also, es geht darum, dass wir das Reh natürlich leben lassen, die Natur würde das alles selbst regeln. Aber genau das wollen Lübtow und seinesgleichen nicht hinnehmen. Er muss um jeden Preis recht haben. Klar, er ist ja auch die treibende Kraft, das ist seine Erfindung, die sagenumwobene Taskforce Verbiss.« Bodenstedt lachte auf. Es klang wie ein Husten.

»Herr Bodenstedt, es mag sein, dass ein Gutachten geschönt wurde … Das kommt heutzutage leider überall vor.«

»Sind Sie sich der Dimension dieses Betruges bewusst?«, unterbrach ihn Bodenstedt.

»Für mich ist es entscheidend, ob diese mutmaßlich gefälschten Gutachten etwas mit dem Verschwinden Ihres Chefs zu tun haben.«

»Mutmaßlich, aha, Sie glauben mir nicht?«

»Sie machen es uns nicht leicht, wenn andererseits niemand erfahren soll, dass Sie es angezeigt haben.«

»Nicht angezeigt! Nur berichtet«, korrigierte Bodenstedt. »Ich will lediglich, dass es mal gesagt ist.«

»Gleichzeitig soll aber niemand wissen, dass wir uns treffen?«

»Das haben Sie mir zugesichert!«, rief Bodenstedt nervös.

Felix lehnte sich zurück. »Gar nichts habe ich. Und ich verstehe auch nicht, warum Sie mir diesen Verdacht anvertrauen, anstatt ihn intern im Ministerium weiterzugeben.«

»An wen sollte ich mich denn wenden? Die stecken doch alle unter einer Decke. Entweder man macht mit, oder man ist seinen Job los oder sortiert im Keller alte Akten. Das kann ich nicht riskieren. Ich habe zwei Kinder, drei und fünf Jahre alt, die will meine Frau nach dem Waldorfkindergarten auf die Waldorfschule schicken, nein, so was kann ich mir nicht leisten.«

»Kinder sind teuer«, stimmte Felix zu.

»Sie wollen wissen, wer etwas gegen von Lübtow hat?«, fragte Bodenstedt unvermittelt.

»Ja.«

»Zum Beispiel Herr Gempel. Es ist zwar so, dass er eine Linie mit Lübtow fährt, aber man muss wissen, dass die Erfolge, die von Lübtow verbucht, zumeist nicht auf ihn zurückzuführen sind. Abteilungsleiter wie Gempel arbeiten ihm in der Taskforce zu. Unter denen stehen Sachbearbeiter, die wiederum den Abteilungsleitern zuarbeiten. Von Lübtow und seinesgleichen schöpfen ab und kassieren die Anerkennung des Ministers.«

»So etwas lässt sich in einer solchen Hierarchie wohl nicht vermeiden«, erwiderte Felix. Bei der Polizei ging es nicht anders zu. Da konnte ein POM wie Johannes bis zu seiner Versetzung zur Kriminalpolizei einer gewesen war, eine Idee haben, die bei einem Fall zum Durchbruch führte, und sein Vorgesetzter oder dessen Vorgesetzter ließ sich zu seinem herausragenden kriminalistischen Instinkt beglückwünschen.

Angriffslustig funkelte Bodenstedt Felix an. »Ich sehe schon. Bei Ihnen bin ich an der falschen Adresse.« Er stand auf.

»Moment«, sagte Felix, »setzen Sie sich wieder.«

Bodenstedt setzte sich.

»Warum regen Sie sich so auf? Sie könnten doch woanders arbeiten?«

»Das habe ich Ihnen doch eben erklärt, dass ich Verantwortung für meine Familie trage. Ich bin nicht verrückt und riskiere meine Beamtenlaufbahn!«

»Dann müssen Sie wohl oder übel mitmachen. Entweder man hat ein reines Gewissen und vielleicht materielle Einbußen, oder man hat materielle Sicherheit und schläft schlecht, Herr Bodenstedt. Das ist nicht nur in Ihrer Branche so.«

»Ich verlange trotzdem, dass Sie zur Kenntnis nehmen, dass im Ministerium für Ernährung, Landwirtschaft und Forsten Gutachten frisiert werden.«

»Ich habe Ihre Darstellung zur Kenntnis genommen.«

»Und was gedenken Sie zu tun?«

»Das weiß ich jetzt noch nicht. Vor allem würde mich interessieren, warum Sie sich so aufregen.«

»Das ist Privatsache.«

»Nein, das frage ich Sie jetzt als Polizeibeamter in einer Befragung. Die Einwilligung zur Aufzeichnung unseres Gesprächs haben Sie gestern bereits unterzeichnet.« Felix stellte sein Aufnahmegerät auf den Tisch.

Bodenstedt schwieg.

Felix wartete eine Weile. Dann steckte er das Gerät wieder ein. »Gut. Ich werde Sie vorladen.«

Abrupt stand Bodenstedt auf. Felix glaubte, er würde das Lokal verlassen, doch er erklärte, »Ich komme gleich wieder« und verschwand Richtung Toiletten. Schon auf dem Weg zückte er sein Handy.

Als er zurückkehrte, wirkte er beherrscht und konzentriert. Diese innere Anstrengung ging auf Kosten seines Dialekts, der vom bayerisch gefärbten Hochdeutsch immer ringsgwandliger wurde.

»Als ich im Ministerium angefangen habe, vor nunmehr drei Jahren, war mein Chef ein Vorbild für mich. Sein Wissen, seine Umgangsformen, seine Eloquenz – wie er sich im öffentlichen Raum bewegte, so geschmeidig, so weltmännisch, so sicher. Ich war stolz darauf, von ihm lernen zu dürfen. Ich habe mich reingehängt, um seine hohen Ansprüche zu erfüllen. An den Wochenenden habe ich mich in Fachliteratur vergraben, um ihn zu beeindrucken. Wenn er mich hin und wieder merken ließ, dass er zufrieden mit mir war ...« Bodenstedt atmete tief durch. »Das waren Sternstunden für mich!«

»Und was ist dann passiert?«, fragte Felix.

»Ich habe zu viel gelesen«, erwiderte Bodenstedt bitter. »Vor allem zu viele Akten. Im Wald herrscht Krieg.«

»Genauer«, bohrte Felix.

»Die Gegenseite könnte recht haben. Ich habe«, er räusperte sich, »auch privat Ermittlungen aufgenommen, mich mit der

Gegenseite unterhalten. Ich habe zugehört, nicht gleich abgewiegelt oder auf Durchzug gestellt, wie das sonst so üblich ist, wenn man mit Leuten redet, die man von vornherein als Spinner abtut.« Bodenstedt senkte die Stimme »Vor allem geht es um das Vegetationsgutachten. Das lassen wir erstellen, um herauszufinden, in welchem Zustand der Wald ist. Im Anschluss werden dann die Maßnahmen geplant, die nötig sind, damit der Wald sich verjüngen oder wachsen kann – also den Abschuss der Rehe beizubehalten oder zu erhöhen. Die Idee wäre prinzipiell gut, wenn die Datensammler nicht schon bei der Aufnahme tricksen würden. Und wer zahlt das alles?« Bodenstedt deutete mit dem Finger auf Felix. »Der Steuerzahler.«

»Aha«, machte Felix.

»Ja!«, rief Bodenstedt. »Der Steuerzahler finanziert diesen Betrug. Es dürfen nur die von Schalenwild verbissenen Leittriebe gezählt werden, das schreibt der Gesetzgeber vor. Schließlich wird aufgrund dieses Ergebnisses der Abschuss festgelegt. Es werden aber alle verbissenen Bäume aufgenommen, ohne zu prüfen, wer der tatsächliche Verursacher ist. Auch Mäuse oder Eichhörnchen verbeißen Pflanzen. Alle knabbern sie gern am Leittrieb. Und damit es noch dramatischer wirkt, werden zusätzlich die verbissenen Seitentriebe aufgenommen, obwohl das vom Gesetzgeber so nicht vorgesehen ist und die Seitentriebe für das Wachstum eines Baumes auch keine Rolle spielen.«

»So wird der Schaden für die Jäger höher, ihre Ausgleichszahlung steigt«, kombinierte Felix.

Bodenstedt nickte. »So sieht der Betrug aus. Aber das Reh muss weg. Mit allen Mitteln. Von Lübtow hat zahlreiche Strategien ausgetüftelt, wie er es eliminieren kann.«

»Und warum?«, fragte Felix neugierig.

»Damit von Lübtow sich profilieren kann. Jeder braucht ein Thema. Weil er sich da Freunde macht unter den Waldbesitzern, weil das seine Position im ökologischen Jagdverband stärkt, weil er den Schwachsinn selber glauben will, den er verzapft. So ist es doch immer. Wenn man etwas radikal durchdrücken will, muss man dran glauben. Im Lauf der Zeit verwandelt sich der Glaube in Gewissheit. Dann sind wir bei den Fanatikern.«

»Die Ausrottung der Rehe ist sicher nicht im Interesse der Bürger«, dachte Felix laut.

»Die wissen ja nichts davon. Lübtow ist kein Idiot. Der verkauft das ökologisch hübsch verpackt. Die Bürger werden verarscht, vorne und hinten. Sobald es ums Geld geht – und im Wald steckt viel Geld –, regiert das Kapital, nicht die Vernunft.«

»Haben Sie Ihre Bedenken kein einziges Mal höheren Ortes vorgetragen?«, erkundigte sich Felix erneut.

Bodenstedt kniff die Lippen zusammen.

»Nein?«, fragte Felix.

Er schüttelte den Kopf.

»Aber warum nicht?«

»Lübtow ist ganz dick mit dem Minister. Ich wollte meine gute Position nicht verlieren. Schließlich hatte ich mir Lübtows Vertrauen erworben, und das war nicht leicht.«

Bodenstedts mühsam zusammengehaltene Beherrschung war verschwunden. »Wenn Sie glauben, ich habe das alles für mich getan, dann irren Sie sich. Ich tue es einzig und allein für meine Familie.

»Gewiss«, sagte Felix und speicherte diesen Satz. Da mussten sie nachforschen. Was meinte Bodenstedt mit »das alles«? Felix schaute ihm tief in die Augen. »Sie sind nicht besonders traurig darüber, dass Ihr Chef verschwunden ist?«

Zu Felix' Überraschung war Bodenstedt kaum überrascht von diesem Angriff.

»Ich hab ein Alibi«, ließ er Felix wissen.

Einer, der scheinbar ohne Grund ein Alibi auf den Tisch legte?

»Ja?«

»Herr von Lübtow ist meines Wissens am Dienstagabend verschwunden?«, vergewisserte Bodenstedt sich.

Felix nickte.

»Von Dienstagmorgen sieben Uhr dreißig bis Donnerstagmittag vierzehn Uhr befand ich mich für einen kleinen Eingriff in einer Klinik.«

»Das können wir überprüfen«, sagte Felix.

»Ich bitte Sie darum«, erwiderte Bodenstedt förmlich. »Ich schicke Ihnen eine Mail mit dem Namen meines behandelnden Arztes und der Klinik.« Er nahm seine Jacke von der Stuhllehne und fragte Felix, während er sie anzog: »Und was gedenken Sie nun zu unternehmen?«

Felix winkte der Bedienung. »Ich bestell mir einen Cappuccino.«

32

Wozu aufstehen? Wenn alles in Scherben liegt. Lieber weiterschlafen. Sich nicht erinnern. Ich hätte den ganzen Tag, die Woche, mein Leben verschlafen können. Im Bett bleiben und weg sein. Aber Flipper wollte da sein und mit mir raus.

Ich quälte mich in meine Joggingklamotten. Wohin ich auch blickte, überall sah ich Felix. Flippers Grunzschweinchen, mein rotes Stirnband, die reparierte Lampe im Flur, die Isar, alles.

Sogar Flipper. Der seine gute Laune längst zurückgeschraubt und sie meiner angeglichen hatte. Ein depressives Pärchen, liefen wir am Fluss entlang.

Danach legte ich mich sofort wieder ins Bett. Es roch nicht mehr nach Felix. Immer wieder ließ ich unser letztes Gespräch Revue passieren. Ich verstand nicht, dass er so brüsk reagiert hatte. Er hatte mich nicht einmal von meinem Knie erzählen lassen. Allein dass ich unter dem Namen Ziska gesucht wurde, genügte ihm. Das passte überhaupt nicht zu ihm. So hätte ich ihn niemals eingeschätzt. Er war doch sonst so offen, so großzügig und unvoreingenommen. Was war nur mit ihm geschehen? Hatte das irgendetwas mit Melanie zu tun? Plante er womöglich, zu ihr zurückzukehren wegen Sinah? Nein, das würde er niemals tun, aber ... allein, dass ich es dachte ... Plötzlich war er wieder so fremd wie ganz am Anfang. »Felix«, sagte ich seinen Namen vor mich hin, »Felix«, »Felix«, »Felix«. Die Vorstellung, dass dieser

Name nun absterben sollte, dass er von meinem Kreislauf nicht mehr mit Blut und Nährstoffen versorgt werden könnte, war entsetzlich. Die Vorstellung, dass Felix nur noch ein Klang, eine Hülle wäre, eine Erinnerung und dieser grauenvolle Schmerz … nein, das durfte nicht sein! Felix.

Ich hätte ihn nicht belügen dürfen. Ich hätte von Anfang an die Wahrheit sagen sollen. Ich hätte. Dabei konnte ich doch nichts dafür. Zum ersten Mal konnte ich nichts dafür. So oft war ich schuld gewesen und doch irgendwie durchgekommen. Immer wieder hatte er mir verziehen, obwohl ich mich in seine Arbeit eingemischt hatte. Diesmal war ich zum ersten Mal nicht schuld, und es brach mir das Genick.

Ob der Kriminalhauptkommissar befürchtete, er könnte meinetwegen einen schwarzen Fleck auf seine weiße Karriereweste kriegen?

Aus. Alles aus.

Leben ohne Felix.

In mir drin alles grau und kalt. Und es war mir völlig egal.

Flipper nicht. Flipper kam zu mir ans Bett, obwohl er das nur nach Aufforderung durfte. Flipper stieß mir seine kalte Schnauze ins Gesicht. Flipper pustete mir in die Nase, als müsste er mich beatmen. Flipper winselte leise und setzte eine Pfote auf meine Brust.

Da fing mein Herz zu zittern an. Kammerflimmern, immerhin.

Flipper stupste mich an, ich atmete wieder.

Und stand auf.

Seine Begeisterung hauchte mir eine Brise Lebenskraft ein.

»Okay«, sagte ich mit rauer Stimme. »Ich hab zwar im Moment überhaupt keine Lust mehr, am Leben zu sein. Und ich kann mir nicht vorstellen, dass sich das ändert. Aber was Felix mir angetan hat, das kann ich dir nicht antun.«

Beim Bäcker – erst mal eine vernünftige Grundlage, ein Tag, der mit einer Breze beginnt, kann nicht ganz schiefgehen – traf ich Rosina Marklstorfer. Ihr musste ich nichts erklären.

»Sie haben einen Brief geschrieben, obwohl Sie das nicht tun sollten?«

Ich schüttelte den Kopf.

»Sie haben es dem Herrn Felix gesagt?«

Ich schüttelte den Kopf.

»Aber Sie müssen mit ihm reden, egal, was geschehen ist.«

»Er redet nicht mehr mit mir«, brach es aus mir hervor.

Kummervoll schaute Frau Marklstorfer mich an. »Das glaube ich nicht. Der Herr Felix hört sich immer beide Seiten an. Das ist sein Beruf als Gendarm.«

»Ich hab ihn aber eher privat gekannt«, sagte ich leise. Und dann dachte ich, dass das vielleicht der Fehler war. Erstens hätte ich unsere kriminalistische Beziehung, die mit Flippers Leichenfund am Starnberger See begonnen hatte, niemals privatisieren dürfen. Zweitens brauchte ich jetzt Beweise, damit Felix der Bulle mir glaubte, damit Felix der Mann mich wieder mögen würde.

»Sie stehen im Wald?«, fragte meine Nachbarin mich.

Ich seufzte. »Das kann man so sagen. Und ich sehe keinen einzigen Baum.«

»Kann ich Ihnen helfen?«

»Das ist sehr lieb, Frau Marklstorfer, aber ich glaube nicht. Ich müsste mehr wissen über die Jäger und die Behörden, die ihnen vorgeschaltet sind, da scheint es Konflikte zu geben, es könnte sein, dass hier ein Schlüssel zu den Beweisen liegt, die Felix sucht. Aber der Jäger, den ich fragen könnte«, der am Boden krampfende Nikolaus Hellhake tauchte vor meinem geistigen Auge auf, daneben seine Frau mit der Spritze, »ist wegen eines Missverständnisses nicht gut auf mich zu sprechen und ...«

»Sie brauchen einen Jäger?«

Ich zuckte mit den Schultern. »Keine Ahnung. Vielleicht. Es könnte ein Anfang sein. Ein Mann ist verschwunden. Entweder er ist freiwillig durchgebrannt, oder er wurde entführt, ermordet. Er hat Feinde bei den Jägern und ... in seiner Familie.«

»Fräulein Franza, Sie wollten doch nicht mehr Hobbypolizistin spielen!«

»Das wollte ich nie!«, rief ich. »Ich bin immer reingerutscht!«

Nachdenklich musterte sie mich. »Sie glauben, dass Sie dem Herrn Felix helfen könnten, wenn Sie gewisse Informationen zusammentragen?«

Ich nickte. Die Hoffnung stirbt zuletzt. Ich würde alles dafür geben, Felix zurückzugewinnen. Alles.

»Mein alter Schulkamerad, der Prechtl Peter, der war sein Leben lang Jäger. Vielleicht ist er das heut sogar noch. In den Bergen hat er eine Jagd gehabt mit einer Hütte, da war er jedes Wochenende und auch im Urlaub. Er war auch im Jägerverein eine große Nummer und hat manchen Artikel geschrieben für eine Naturzeitschrift. Ich war mit seiner Frau befreundet. Wenn Sie irgendwas über Jäger erfahren wollen, Fräulein Franza, dann sind Sie beim Prechtl Peter an der richtigen Adresse.«

»Das ist wirklich lieb von Ihnen, Frau Marklstorfer«, sagte ich. »Aber ich glaub nicht, dass der mir weiterhelfen kann. Er ist doch schon älter, oder?«

»Ja und?«, fragte Frau Marklstorfer und stemmte die Hände in die Seiten.

»Ich weiß nicht, ob er sich so gut auskennt. Heute ist ja alles anders.«

»Vielleicht liegt genau darin das Problem«, erwiderte Frau Marklstorfer. Hatte nicht Frau Hellhake so etwas Ähnliches gesagt?

»Ja, vielleicht«, sagte ich. »Wo finde ich Ihren Schulfreund? Wohnt er in München?«

»In Giesing, wenn er noch lebt. Ich ruf ihn an für Sie, Fräulein Franza. Ich hab schon länger nichts von ihm gehört. Ich glaub, zum letzten Weihnachten hat er sich bei mir gemeldet. Er weiß nicht mal, dass ich umgezogen bin. Meine Freundin, also seine Frau, ist gestorben vor drei, vier Jahren. Manchmal hat einer dann ja keine Lust mehr und stirbt auch ganz schnell.«

Ja, so war es. Wenn einer weg war, war das Weiterleben eine Qual.

Peter Prechtl sah zehn Jahre jünger aus als knapp achtzig und wirkte geistig genauso fit wie Rosina Marklstorfer. Er war groß und schlank und trug ein rot-weiß kariertes Holzfällerhemd über einer blauen Jeans, die mit Hosenträgern am Rutschen gehindert wurde. Seine Zweizimmerwohnung war sehr sauber und aufgeräumt und strahlte die Traurigkeit der Behausungen älterer Menschen aus. Im Lauf des Lebens hatte sich vieles angesammelt, und das harmonierte nicht unbedingt. Der Stilmix symbolisierte eine gewisse Nachlässigkeit in Bezug auf äußere Dinge, die man nicht mitnehmen kann, wohin auch immer, wie Georg Ringsgwandl so schön singt: *Des konnst du net mitnehma, naa, des konnst du net mitnehma. Frog amoi an Teife, frog an liabn Gott, und der sogt – nix mitnehma!*

Auf einer Kommode standen auf weißen Spitzendeckchen Dutzende von Fotos in unterschiedlichen, nicht zueinander passenden Rahmen aus Holz, Metall und Plastik. Peter Prechtl mit seiner Frau, mit seinen Kindern, Verwandten und Freunden – auch Rosina entdeckte ich in einer Gruppe junger Menschen neben einem VW Käfer, in meinem Alter, damals ... in den 1960er Jahren. Das gleiche Foto mit dem gezackten Rand hing in ihrer Wohnung.

»Wann haben Sie die Frau Marklstorfer zum letzten Mal gesehen?«, erkundigte ich mich.

»Ach, das ist schon eine Weile her. Sie ist umgezogen. Das wusste ich bis vorhin gar nicht.«

»Die Au ist ums Eck.«

»Ja, mei«, sagte er.

Wenn man älter wurde, blieb man lieber zu Hause. Jeder für sich. Er war verheiratet gewesen wie auch Rosina. Jetzt lebten sie beide allein. Sie würden gut zusammenpassen, meine Nachbarin und Peter Prechtl, das spürte ich. Auch Flipper fand den alten Herrn sympathisch. Plötzlich erkannte ich meine Mission.

Peter Prechtl goss kochend heißes Wasser in zwei Tassen mit Nescafépulver. Eine Schale mit Gebäck hatte er bereits auf den Küchentisch gestellt, wo ich auf der rustikalen Eckbank mit ausgeschnittenen Herzchen in der Rückenlehne saß.

»Wissen S', woran man merkt, dass man älter wird?, fragte Peter Prechtl mich.

»Wenn's im Knie zwickt«, erwiderte ich wahrheitsgemäß.

»Ja, des auch. Aber man merkt's daran, dass man ständig früher sagt.«

»Früher war alles besser?«, fragte ich.

Er nickte.

»Wenn das so ist, bin ich heut schon alt«, gestand ich, denn natürlich war früher alles besser, vor zwei Wochen zum Beispiel.

»Auch im Wald war früher alles besser. Wegen dem Wald sind Sie doch da?«

Zwar hatte sich meine Mission mittlerweile verändert, doch ich stimmte zu.

Peter Prechtl nahm einen Schluck Kaffee, und als er die Tasse zurück auf den Unterteller stellte, war er ein anderer. Er redete mit tiefer, fester Stimme, und sein Gesicht leuchtete.

»Früher hat man geglaubt, der Wald stirbt. Zu meiner Zeit war der saure Regen das vorherrschende Thema. Dagegen haben vor allem die Grünen viel erreicht, also mit den Katalysatoren in Autos, Filteranlagen, Abgasgrenzwert. Das hat es ja vorher nicht gegeben. Und der Wald ist nicht eingegangen, er ist gewachsen, wächst wie wahnsinnig weiter. Er hat ja auch sehr viel CO_2 zum Wachsen.«

»Also ich tät mich jetzt mehr für die Jäger als für den Wald interessieren«, bremste ich ihn.

»Das ist g'hupft wie g'sprungen. Was früher die Grünen waren, sind heute ein bisschen die Ökojäger. Wenigstens geben sie sich als die Guten aus. Öko klingt gut und grün, da steckt aber Ökonomie dahinter, nicht Ökologie. Das wissen viele nicht, und so glauben sie, sie tun etwas Gutes, wenn sie die Ökojäger unterstützen, die quasi auf der grünen Welle schwarzfahren. Die Ökojäger haben die Schädlinge entdeckt, die es zu bekämpfen gilt, um den Wald zu schützen, nachdem der saure Regen ausgefallen ist. Und das Wild, das ist ein Schädling.«

»Das Reh ein Schädling? Nein!«, rief ich.

»Doch, Fräulein. So ist das. Unter dem Motto Wald vor Wild wird eine radikale Jagd auf Rehe und Hirsche propagiert. Begründet wird mit Fraßschäden an Forstpflanzen. Die Ökojagd möchte das Wild ausschalten, damit der Wald«, er malte Gänsefüßen in die Luft, *natürlich* wächst. Ökojäger, hinter denen ja meist durch die Forstreform überflüssig gewordene Forstbeamte stecken, grenzen sich mit dieser Auffassung von den traditionellen Jägern ab. Aus der ökonomischen Sicht eines Waldbesitzers ist diese Haltung nachvollziehbar. Er will Gewinn machen. Doch die Begründungen, die die Ökojäger anführen und mit Gutachten zu belegen versuchen, sind mehr als zweifelhaft. Letztlich läuft es darauf hinaus, den Wald für das Wild zu sperren.«

»Und wer will das?«

»Die da oben.«

»Kennen Sie einen Herrn von Lübtow?«

»Nein, nie gehört.«

»Das ist ein hohes Tier im Ministerium für Landwirtschaft und Forsten.«

»Von denen kommt selten Gutes.«

»Das glaube ich mittlerweile auch«, gestand ich.

»Zu meiner Zeit war das Reh kein Schädling. Es gehörte dazu, wie alles aus der Schöpfung. Da war es keine Frage, dass der Jäger sein Wild füttert in der Notzeit. Heute wollen sie es verbieten. Das Wild soll verhungern. Und nicht nur das! Um ihre perfiden Gewinnbestrebungen durchzusetzen, erfinden sie ständig neue Feinde. Da werden Schulklassen durch die Wälder getrieben, um Springkraut auszureißen, das angeblich nicht bei uns wachsen darf, andernorts schlägt die chemische Keule alles nieder. Der Mensch bestimmt, was Natur sein darf. Der Mensch unterteilt in gute und böse Natur. Und so ist das Reh zum Schädling gemacht worden. Das Wild wird gehetzt und gejagt. Die Tiere kommen gar nicht mehr zur Ruhe, und das ist nicht nur ein Krieg gegen das Wild, es ist ein Krieg gegen die Schöpfung. Auch die Autos auf der Straße erledigen ihren Teil, was übrig bleibt, erlegt der Gesetzgeber. Es ist wie bei den Nazis. Der Jud muss weg. Und warum?«

Ich zuckte zusammen. Prechtl ließ sich davon nicht stören: »Weil's ums Geld geht. Um das Geld der Juden, da hat man sich ihren Besitz unter den Nagel gerissen, um das Geld, das der Wald bringt, da vergreift man sich an Gottes Besitz. Ich nenne das Herrenrassentum – ein traditionell deutsches Gedankengut; bei den Nazis hat es seine verheerendste Ausformung gefunden. Als gäbe es gute und schlechte Tiere und Pflanzen, und der Mensch bestimmt darüber, wer wozu gehört. Als Krone der Schöpfung. Wer darf hier sein, wer ist einheimisch, wer ist fremd. Frag den Deutschen. Der weiß das.«

»Haben Sie im Krieg diesbezügliche Erfahrungen gemacht?«, erkundigte ich mich vorsichtig.

Peter Prechtl antwortete nicht auf meine Frage. Stattdessen wiederholte er: »Der Jud von gestern ist das Reh von heute.«

Schweigen breitete sich aus. Ich griff nach einem Keks. Es knackte laut, als ich draufbiss. Herr Prechtl rückte die Schale mit den Keksen näher zu mir.

»Das wusste ich alles gar nicht – also, das von den Rehen«, sagte ich schließlich. »Dabei bin ich oft im Wald unterwegs.«

»Was suchen Sie denn da, im Wald?«, fragte er streng.

»Ich geh Gassi mit Flipper.«

Der hob, im Flur mit Blick in die Küche liegend, den Kopf, als sein Name fiel.

»An der Leine?«, fragte Herr Prechtl.

»Er folgt«, sagte ich.

»Das glaub ich nicht«, erwiderte Herr Prechtl und hatte ein bisschen recht. Aber nur ein kleines bisschen.

»Alle Hundebesitzer behaupten, ihr Hund würde nicht jagen«,

fuhr Herr Prechtl fort. »Dabei denken sie nur an den Hund. Und was ist denn schon dabei, wenn er hinter einem Hasen, einem Reh herrennt. Ist doch nur ein Spaß. Für das Wild kann so ein Spaß tödlich enden. Wenn ich früher Hundebesitzer im Wald getroffen habe, habe ich die immer gefragt, wie ihnen das gefallen würde, wenn ihr Hund mit aufgerissenen Gedärmen verendet. Natürlich waren sie alle entsetzt. Weil ein Hund steht ja höher als ein Reh in der Hierarchie der Menschen. Weil der Mensch entscheidet, welches Tier leben darf und welches nicht.«

Verlegen schaute ich zu Boden.

»Jetzt steht der Winter vor der Tür. Wenn alles so wäre, wie der Herrgott das eingerichtet hat, würde das Wild in dieser Zeit viel schlafen, ein paarmal am Tag aufstehen, ein wenig fressen, wenn es was findet, weiterschlafen. So verbraucht es kaum Kalorien. Der Stoffwechsel und die Körpertemperatur werden heruntergefahren. Aber im Wald geht's ja mittlerweile zu wie am Stachus – ständig schreckt das Wild auf. Hunde, Spaziergänger suchen Naturerlebnis pur abseits der Pfade, Schneeschuhwanderer machen alles platt, Geocacher kriechen ohne Rücksicht auf Verluste durch das Unterholz. Und das Reh rennt. Es rennt um sein Leben, das kostet Kraft, die es nicht hat. Wieder eins weniger. Da freut sich der Forst. Und keiner kriegt was mit, weil der Förster, das ist doch der liebe Onkel. Da gibt es eine Fernsehsendung, da läuft so ein grüner Bengel als Förster verkleidet durchs Bild, das ist der mit der netten Familie in dem schönen Häuschen. Böse sind die Jäger. Ja, das sind wir wirklich«, brummte Peter Prechtl, »denn wir lassen nicht nach, für unser Wild zu kämpfen, das ja keine Stimme hat. Wer weiß denn schon, dass das Reh den übersäuerten Waldboden düngt, der sonst stellenweise komplett ausgelaugt wäre. Rehe sind unverzichtbar im Lebensraum Wald, sie hegen und pflegen ihn, indem sie Samen von Bäumen herumtragen und ...«

»Aber sie verbeißen den Leittrieb«, unterbrach ich ihn.

»Damit sorgen Sie für eine natürliche Selektion, denn viel zu viele Bäume stehen zu dicht nebeneinander und nehmen sich gegenseitig das Licht weg. Schauen Sie doch mal, wie kümmerlich die Pflanzen im Schatten wachsen. Die Natur, die braucht den Menschen nicht. Alles ist vollendet eingerichtet und im Gleichgewicht. Nur der Mensch stört. Der seit Neuestem auch noch behauptet, die Natur käme ohne ihn nicht mehr zurecht. Der Mensch müsse regulierend eingreifen. In Wirklichkeit schafft der Mensch überall dort, wo er sich einmischt, Chaos. Weil es ihm nämlich nicht um das Gleichgewicht geht, sondern ums Geld. Das ist das Problem. Und seit der Forstreform wird es immer schlimmer. Man müsste halt noch einmal jung sein«, seufzte er.

»Ich finde Sie noch ziemlich fit«, sagte ich.

»Ich bin ein alter Mann, der zu wenig Luft kriegt und keine Kraft mehr hat. Zum Aufbegehren braucht es aber Kraft. Ich verbrauch meine Energie manchmal schon damit einzukaufen. Diese vermaledeiten Treppen. Wie soll ich da noch für das Wild und den Wald kämpfen? Dabei wäre es heute wichtiger denn je.«

»Ich glaube, es gibt jetzt andere, die das tun«, sagte ich und dachte an den Jäger Hellhake und seine Frau, die Ärztin.

»Die Hoffnung stirbt zuletzt«, erwiderte Peter Prechtl.

Da bat ich ihn zu Rohrnudeln bei Rosina Marklstorfer für den nächsten Freitag. »Sie hat mir diese Einladung ans Herz gelegt«, flunkerte ich.

»Wie soll ich denn da hinkommen?«, fragte er mich. »Ich bin nicht mehr so gut zu Fuß wegen meiner Hüfte, und zur Trambahn ist es weit.«

»Ich hol Sie ab«, versprach ich.

»Machen Sie sich doch keine Umstände«, strahlte er mich an.

Da wusste ich, dass ich auf der richtigen Spur war. Rosina und er würden hervorragend zusammenpassen. Damit wenigstens eine von uns zu zweit war. Was hieß hier eine. Rosina und Peter, Flipper und ich.

Im Dunkeln

Er war so müde, dass er sich nicht einmal aufsetzte, als sich die Klappe über ihm öffnete. Er glaubte nicht, dass es am Hunger lag oder am Durst. Es war die Dunkelheit. Die ewige Dunkelheit. Es waberte nun schon so viel Dunkelheit zwischen ihm und seinem Leben, dass er nicht wusste, ob er noch einmal zurückfinden würde. Manchmal wusste er gar nicht, ob er zurückfinden wollte. Und ob das, was er glaubte, dass einmal gewesen war, überhaupt wahr war. Was war denn schon Wahrheit? Womöglich hatte es diese andere Existenz überhaupt nie gegeben. Und das war auch nicht wichtig.

Immer weniger wichtig. Weil gar nichts mehr wichtig war. Am schönsten war der Schlaf. Den er nur ungern unterbrach. Ein ständiges Dösen.

Doch eine letzte Spur Neugier. Als die Tür über seinem Kopf wieder zufiel, raffte er sich mühsam auf und untersuchte die beiden Gegenstände, die heruntergeworfen worden waren. Einer davon hatte einen Höllenlärm gemacht. Es war ein großer Kanister. Mindestens fünfundzwanzig Liter Inhalt, schätzte er. Damit würde er eine Weile über die Runden kommen. Vorausgesetzt, er enthielt Wasser, wie der kleinere leere, mit dem er nun seinen kümmerlichen Urin auffing. Nein, fünfundzwanzig Liter würden nicht genügen. Er musste essen. Seine Beine zitterten schon nach kurzer Zeit im Stehen. Er wurde immer schwächer. Und so müde. Er vermutete, dass er sich bei dem Sturz eine schwerere Verletzung zugezogen hatte als zuerst angenommen. Vielleicht eine Milzruptur. Es konnte lange dauern, bis man innerlich verblutete. Es konnte auch ganz schnell gehen. Das kam auf die Umstände an und das Wetter, sicher spielte das Wetter eine Rolle.

Er riss das Papier von dem zweiten Gegenstand. Der fühlte sich leicht an. Wie Federn oder Luft, aber er war groß. Etwas Essbares, bitte, bitte, etwas zu essen!

Seine Hände griffen in die Schnipsel, Heu ... nein. Das war ... Er steckte sich eine Handvoll in den Mund, spuckte das trockene Zeug aus. Das war Holzwolle! Holzwolle! Was sollte er mit Holzwolle! Es herrschte doch kein Krieg. Es gab genug zu essen! Im Krieg, da hatten die Menschen Holzwolle gegessen in ihrer Verzweiflung, weil sie nichts anderes fanden, Holzwolle konnte vielleicht sogar ein Gefühl der Sättigung erzeugen, blähte den Bauch auf, enthielt aber keine Nährstoffe. Holzwolle zu essen bedeutete, bei lebendigem Leib zu verhungern.

Auf einmal verstand er, warum er hier war.

33

Kurz überlegte Felix, direkt zu Frau Strehle ins Ministerium zu fahren. Wenn sie nicht da wäre, könnte er mit einem Kollegen sprechen. Andererseits waren viele Beamte stur, was die Einhaltung ihrer Mittagspause betraf. Er beschloss, ein Anruf würde genügen. Schon nach dem ersten Klingeln hob sie ab.

»Tixel. Ich habe noch eine Frage.«

»Worum geht es?«

»Um die forstwirtschaftlichen Gutachten.«

»Haben Sie sich mittlerweile in der Jägerszene schlaugemacht?«

»Ja. Wir haben mit einigen Jägern gesprochen«, behauptete Felix.

Sie lachte. »Wahrscheinlich alles alte Männer, die seit Jahrzehnten dieselben Ammenmärchen wiederkäuen, damit sie ihr Wild weiterhätscheln können. Auf deren Meinung würde ich an Ihrer Stelle keinen Pfifferling geben. Die traditionelle Jagd ist überholt, altmodisch, nicht umweltverträglich. Das muss man irgendwann einsehen. Aber die alten Herrn tun alles, um ihre wahren Motive zu verschleiern. Natürlich wissen die Jäger, dass der Verbiss den Wald zerstört. Aber sie behaupten, das wäre ökologisch. Was ihre eigenen Motive angeht, halten sie sich bedeckt. Sie geben vor, das Wild zu füttern, um es vor dem Hungertod zu bewahren. In Wirklichkeit wollen sie die Wertigkeit ihrer Trophäen verbessern. Bei diesen Jägern stehen ausschließlich wirtschaftliche Interessen im Vordergrund. Es ist geradezu zynisch, uns vorzuwerfen, wir würden aus wirtschaftlichen Gründen handeln, wenn wir den Wald vor dem Wild schützen möchten. Wenn das alles so wäre, wie Ihre Herrn Jäger Sie glauben machen wollen, dann müssten sie wohl doch auch Hasen und Füchse füttern, oder etwa nicht? Aber die tragen nun mal keine Geweihe. Sonst noch was?«

»Nein danke, das war's«, sagte Felix. Verflixt und zugenäht, war das ein Saustall bei den Jägern.

Sie mussten nun als Nächstes das Alibi von Bodenstedt überprüfen. Und dann würde er sich Gempel noch einmal vornehmen. Vielleicht gab es weitere wie ihn, die ein Interesse daran hätten, dass Lübtow verschwand, weil er sich mit ihren Federn schmückte, weil er dem Minister ihre Arbeitsergebnisse präsentierte. Darüber hinaus mussten sie in der Jägerszene pirschen.

Er rief Johannes an, um ihm mitzuteilen, dass er auf dem Weg ins Büro war. Besetzt. Drei Minuten später meldete sich Johannes bei ihm. »Felix! Mia ham an Toten!« Er klang wie der Chef. Nur heller. Und sehr aufgeregt. Er war ja noch jung. »Mia ham den von Lübtow!«, brüllte Johannes ihm ins Ohr.

»Wo?«, fragte Felix, während er nach hinten griff und das Blaulicht packte.

»Im Vogelschutzgebiet zwischen Dießen und Raisting, an der Ammer.«

»Adresse?«

»Du siehst uns. Da ist ein Parkplatz am Wasser, von da muss man laufen.«

»Und wie schaut er aus?«

»Schlecht.«

»Heißt?«

»Loch im Kopf.«

»Bist du schon da?«

»Nein, unterwegs mit der Claudia. Der KDD ist draußen und hat uns dazugerufen, weil doch der Lübtow abgeht. Wir fliegen gerade durch Schöngeising, in elf Minuten simma am Tatort.«

»Ist es sicher der Lübtow?«

»Wer soll es denn sonst sein?«

»Hat er einen Ausweis dabei?«

»Felix, nerv ned, wir sind gleich da«, ertönte Claudias Stimme. Sie war immer gereizt, wenn sie Blaustich fuhr.

»Ich auch«, sagte Felix, knallte sein Blaulicht aufs Dach, schaltete es ein und gab Gas.

Und wurde langsamer. Und schaltete es aus an der Donnersberger Brücke. Und verließ den Mittleren Ring an der Tankstelle vor der Autobahn, weil ihm flau war. Er hatte heute noch nichts gegessen.

Als er »eine Butterbreze« verlangte, schoss ihm die Hoffnung mitten ins Herz.

Wenn der Lübtow wirklich weg war ...

Und er hatte es noch nicht zu Ende gedacht, da wusste er, dass es falsch war. *Aus ist aus.* Die Heftigkeit seiner Sehnsucht erschütterte ihn. Alles sollte so sein wie früher. Wie vor zwei Wochen. Dann malte er sich aus, wen er zu Franza schicken würde, um ihr die Todesnachricht zu überbringen. Bis ihm einfiel, dass sie ja offiziell in keiner Beziehung zu von Lübtow stand. Also konnte er auch keinen Kollegen damit beauftragen. Und als er es sich trotzdem vorstellte, da geschah noch etwas viel Merkwürdigeres. Er empfand keine Genugtuung. Sondern Traurigkeit. Und Mitgefühl. Ein paar Atemzüge lang war er überhaupt nicht mehr wütend auf Franza. Da verwandelte sie sich in das Reh mit der Löwenmähne, das sein Fell Büschel für Büschel verlor in seinen Armen und immer kleiner wurde, so zart, dass sie ganz in seine Umarmung hineinpasste. So schutzlos, wie sie sich ihm vielleicht zwei-, dreimal gezeigt hatte für ein paar Augenblicke und ganz echt. Seine Franzi.

Er fuhr weiter mit offenem Seitenfenster, der Nieselregen stichelte ihm ins Gesicht. Nein, er wünschte ihr nichts Schlechtes. Deshalb tat es ja so weh. Es tat genauso weh wie das mit der Sinah. Wo er auch hinschaute – nur Scherben.

Am schönsten wäre das Leben mit Sinah und Franza und Flipper. Und gleichzeitig am unmöglichsten. Das, was er sich am innigsten wünschte, war unerreichbar für ihn. Dem musste er sich stellen. Er schaltete das Blaulicht wieder ein und gab Gas.

34

Alles tat weh. Das Sendlinger Tor und die Lindwurmstraße – je näher ich der Rothmundstraße kam, desto schlimmer wurde es. In dem Café an der Ecke hatte ich mich mal mit Felix getroffen, da waren wir noch per Sie, bei dem Bäcker hatte ich Semmeln und Brezen für uns geholt, an der Eisdiele war Flipper von dem Russen bedroht worden, im Café Rothmund hatten wir einige Male gegessen. Diese Gegend mitten in der Stadt war zu einem warmen Fleck geworden wie das Westend, wo ich mit meiner Oma gewohnt hatte. Es war so selbstverständlich gewesen, das Rad an der Hauswand bei Felix abzuschließen, Sturm zu klingeln, hochzulaufen, Flipper immer voran. Da wohnt mein Freund. Ich fahre zu meinem Freund. Heute Abend treffe ich mich mit meinem Freund. Mein Freund kocht. Mein Freund hat frei. Felix, mein Freund.

Vorbei.

Dass einem ein Haus wehtun konnte. Sauweh.

Ich klingelte bei der Arztpraxis im Erdgeschoss, der Türsummer ertönte.

»Warte«, befahl ich Flipper. Wir würden nie wieder nach oben rennen.

Oder doch?

Alles. Ich würde alles dafür geben.

Und fing ganz klein an mit dem Kuvert, in das ich die Seiten bezüglich des grafologischen Gutachtens gesteckt hatte, die ich bei der Durchsuchung des Arbeitszimmers an mich genommen hatte, damit Frau Vogt sie nicht auf dem Boden liegen sah. Ich warf das Kuvert in Felix' Briefkasten. Lange hatte ich überlegt, was ich schreiben sollte, und vor allem wie. Schließlich hatte ich meinen Brief als Bericht abgefasst. Felix sollte sich nicht privat verpflichtet fühlen, dennoch alle Informationen bekommen.

Bericht von Franza Fischer, hatte ich obendrüber geschrieben.

Was wie eine Straftat aussehen mag, ist in Wirklichkeit ein Missverständnis. Die beiliegenden Papiere wurden nicht geraubt, sondern versehentlich entwendet, um keinen falschen Eindruck zu hinterlassen, da sie der Beschuldigten in ihren glitschigen Hüllen aus den Händen rutschten. Die Beschuldigte macht sich keinen Reim auf die Zusammenhänge, möchte allerdings die Beweisstücke zu treuen Händen in Verwahrung geben.

Bei den treuen Händen hatte ich sehr weinen müssen. Aber ich hatte gut aufgepasst, dass keine Träne auf das Papier tropfte.

Kurzer Sachverhalt:
Frau Ziska öffnete die Aktentasche des Herrn von Lübtow, dabei wurde sie von der Haushälterin Frau Vogt ertappt, und weil Frau Ziska das peinlich war, nahm sie die in der Anlage befindlichen Papiere an sich.
Frau Ziska hat alles saubergewischt. Weil es sie ja gar nicht gibt.
Frau Ziska hat sich schuldig gemacht, ist geständig.

In eigener Sache:
Überprüfung eines sogenannten Vampirklubs mit Klubhaus in Raisting, polizeibekannt auch in Herrsching. Anführer, genannt Schorsch,

derzeit deutlich erkennbar an Schnittverletzungen im Gesicht. Weitere Mitglieder namentlich nicht bekannt. Jedoch mit der Tochter des Clemens von Lübtow befreundet. Es besteht Grund zu der Annahme, dass die Vampiristen in den Fall Lübtow verwickelt sind.
Beweislage: Wacklig, aber nicht ohne Hoffnung.
Gezeichnet F&F

Obwohl ich auf dem Weg zu Felix so sicher war, das Richtige zu tun, überkamen mich starke Zweifel, als das Kuvert in seinem Briefkasten versank. Kurz überlegte ich, es zurückzuholen. Aber vor dem Haus bellte Flipper, und dafür war ich ihm dankbar. Wir fuhren sofort weiter nach Herrsching. Gern hätte ich bei Miene einen Kaffee getrunken, doch die Bayerische Brandung hatte heute geschlossen wegen eines Gigs der Band Gruba im Feierwerk. Ich fuhr am Ammersee entlang Richtung Fischen und weiter nach Raisting. Am Vogelschutzgebiet war die Hölle los: Alles voller Bullen. Vor Schreck wäre ich fast von der Straße abgekommen. Was mir egal gewesen wäre. Von mir aus tot. Aber Flipper würde ich das nicht antun.

35

Als Felix gegen halb zwölf am Tatort ankam, waren die Ermittlungen in vollem Gang. Die Kollegen hatten alles im Griff. Es war wie immer, wie jedes Mal, aber seltsam unwirklich kam ihm die Szenerie heute vor, was sicher an seiner Übermüdung lag. Er fühlte sich taumelig, langsam, wie im Nebel, gänzlich ohne Spannkraft. Dieses Scheißkörpergefühl rundete seine seelische Befindlichkeit ab.

Der Parkplatz an der Ammer wimmelte von Polizeifahrzeugen, Streifenwagen und zivilen, in einem Notarztwagen saßen zwei junge Männer und machten Brotzeit. Ein Leichenwagen fuhr vor, gleichzeitig war die Staatsanwältin Frau Dr. Kappel eingetroffen – wie sich viele Kriminaler einig waren: die schönste Frau, die die Staatsanwaltschaft derzeit hatte. Großer Bahnhof für Clemens von Lübtow. So oft gab es das für Felix und seine Kollegen nicht. Selbst ein durchschnittlicher Fernsehabend an einem Werktag hatte mehr zu bieten als die Kripo in Fürstenfeldbruck. Man musste sich manchmal fast wundern, dass es überhaupt noch eine Bevölkerung gab, bei den Tausenden von Toten pro Fernsehwoche. Müsste die Einwohnerzahl da nicht drastisch schrumpfen? Das war das Problem, nicht die Kinderlosigkeit der Akademikerinnen. *Komisches Zeug denk ich da*, dachte Felix und passierte das rot-weiße Band mit der Aufschrift *Polizeiabsperrung*.

»Servus, Tixel!«

Er nickte Baumann vom K7, Spurensicherung, zu. Als Felix noch in Gräfelfing gewohnt hatte, war er mit Baumann abends manchmal eine Runde gejoggt, Vorbereitung für den München-Marathon. Dann war er ausgezogen, und am Tag des Marathons hatte ihm Melanie morgens Sinah vor die Tür gestellt, geklingelt und war abgehauen. Es war trotzdem ein schöner Tag gewesen.

»Da kannst eine Weile latschen«, ließ Baumann ihn wissen. »Mia ham des meiste hintergeschleppt. Lauschiges Plätzchen, des muss ma ihm lassen. Wenn ich eine Hitliste hätt mit den schönsten Orten zum Sterm – der wär ganz oben. Mit dem Auto kannst nicht bis zum Tatort, der Weg ist schmal, und sonst erwürgt dich der hiesige Vogelschutzbeauftragte. Den hamma fast einsperren müssen.«

»Oiso war's der nicht«, erwiderte Felix trocken.

»Wieso?«, fragte Baumann.

»Der tät ja wohl kaum sein Revier beschmutzen. Wie schaut's aus?«

»Männliche Leiche. Schläfenschuss, kein Austritt. Kleines Kaliber«, berichtete Baumann.

»Selbstmord?«, fragte Felix, obwohl er dafür kein Verständnis hatte. Wieso sollte sich einer umbringen, der mit Franza Fischer zusammen war?

»Glaub ich ned. Die Hose ist ziemlich dreckig an den Knien, so als hätt sich der hinknien müssen wie bei einer Hinrichtung. Allerdings kein aufgesetzter Schuss, keine Stanzmarke, und im ersten Überblick keine Abwehrverletzungen an den Händen oder Armen. D'Fingernägel sand in Ordnung, keine Würgemale am Hals, keine Petechien in den Augen. Oiso auf 'n ersten Blick. Wir ham keine Waffe g'funden, und ein Selbstmörder schießt sich doch meistens in den Mund.«

»Ja, ja, meistens. Papiere?«

»Du, frag dein Team. Ich muss weitermachen.«

»Danke«, sagte Felix.

In diesem Moment stürzte Johannes auf ihn zu. »Er ist es nicht!« Atemlos blieb er vor Felix stehen, rote Flecken auf den bartlosen Wangen. »Er heißt«, er zog sein Notizbuch heraus: »Benedikt Herzog, sechsundfünfzig Jahre, wohnt in Hechendorf, verheiratet, eine Tochter sonst hamma nix über ihn. Kommst gleich mit?«

»Nicht der Lübtow?«, fragte Felix verblüfft. Auf die Begegnung mit dem Adeligen hatte er sich während der Fahrt an die Ammer intensivst eingestimmt.

»Wenn er der is, von dem er den Ausweis einstecken hat, ist er es nicht.« Johannes war die Identität des Toten offensichtlich egal. Hauptsache tot.

Die Kollegen hatten den Leichnam – er ruhte in der Tat in einem Postkartenmotiv unter Birken, vorausgesetzt, man dachte sich den Nieselregen und das Grau weg – bereits durchsucht und umgedreht, er war von allen Seiten fotografiert worden, die Suche nach Waffe und Projektil lief. Claudia kniete neben Alfred aus der Rechtsmedizin und diktierte die Auffindesituation in ihr Aufnahmegerät. Alles wie immer. Nach einem kurzen Blick auf das Opfer – es lag auf der Seite wie schlafend, aber blass, viel zu blass für das Leben, und das Loch in der Schläfe wirkte von Weitem wie eine Lippenstiftspur – drehte Felix ab.

»Wo rennst denn hin?«, fragte Claudia.

»Ich hol mir Handschuhe«, sagte er.

Im Nebel hinter sich hörte er, wie sie »Spinnt der? Die kriegt er doch hier« zu Johannes sagte.

»Vielleicht hat er eine spezielle Größe«, meinte Johannes.

Felix schmunzelte. Guter Junge.

Claudias Antwort hörte er nicht, weil der Chefbauer ihn anrief.

»Ja, ich bin jetzt da und die Rechtsmedizin und die Kappel auch«, sagte er und fasste das wenige zusammen, was er auf dem Weg zum Tatort von verschiedenen Kollegen gehört hatte und sich zusammenreimen konnte. Frau Dr. Kappel, im Gespräch mit Baumann, winkte ihm zu. »Servus!«

Er winkte zurück. Vor einem Dreivierteljahr waren sie mal halb dienstlich zusammen essen gewesen. Es wurde dann aber doch nicht privat, obwohl Felix sie ziemlich attraktiv fand. Sie hatten sich lange nicht mehr gesehen. Im Moment konnte er sich nicht daran erinnern, ob er mit ihr per Sie oder Du war.

»Felix!«, rief der Chef ihm ins Ohr.

»Ja?«

»Tatwaffe hamma keine?«

»Bis jetzt nicht.«

»Oiso schaut's erst mal nicht nach Suizid aus?«

»Na ja, Schläfenschuss. Wär ungewöhnlich, oder? Aber natürlich nicht auszuschließen. Ich würd sagen, mia lassen die Hundestaffel suchen.«

»Ja, mach des. Und dann warta ma noch ab, was die Rechtsmedizin meint. Des müsst ma ja heute noch kriegen, wenn die den gleich mitnehmen.«

»Du, wie heißt 'n die Kappel mit Vornamen?«

»Was?«

»Ich weiß gerade nicht mehr, ob ich mit der per Du bin, eher nicht, wenn mir der Name nicht einfällt, oder?«

»Felix?«, fragte der Chef mit einer Stimme, in der das Blaulicht anlief.

»Wie gesagt, keine Waffe«, fuhr Felix fort, als wäre er mitten im Satz unterbrochen worden und schickte den erstbesten Textbaustein aus seinem persönlichen Ermittlungshandbuch hinterher, Kapitel *Am Tatort*: »Die Kollegen haben jeden Grashalm umgedreht.«

»Hoffentlich hamma mit den Hunden Glück. Meld dich, wenn's was Neues gibt. Wir sind hier schon fleißig am Sammeln.«

Kurz darauf stellte sich heraus, dass Claudia die Hundestaffel bereits angefordert hatte. Als Felix den Fuchsbau rund zwanzig Meter vom Tatort entfernt entdeckte, glaubte er nicht mehr an einen Erfolg der vierbeinigen Schnüffler. Die wären stark abgelenkt. Obwohl ... einen Versuch war es wert.

Die Bestatter setzten ihren grauen Transportsarg neben dem Leichnam ab. Einer der beiden Männer war sehr dick. Sein rotes Gesicht war außer Frau Dr. Kappels – vielleicht Elisabeth? Dagmar? Jedenfalls ein längerer Name – Schal der einzige Farbtupfer in dieser tristen Szene im Nieselregen.

»Moment!«, rief Felix und lief zu der Leiche. Einmal wenigstens wollte er sie gründlich anschauen. Schließlich würde das aller Voraussicht nach sein Fall werden. Der Chef teilte die Teams ein und einen jeweiligen Leiter der Ermittlungen. So wechselten sie ihre Positionen ständig.

Der Mann unter den Birken hatte nun endgültig und unwiderruflich gewechselt. Er trug eine braune wattierte Hose, eine braune Jacke und festes Schuhwerk. Er war dünn, fast mager, hatte aber einen kleinen Bierbauch. *Vielleicht Alkoholiker*, dachte Felix. Neben ihm am Boden, als hätte er ihn selbst dorthin gelegt, als wäre er nicht von der Wucht des Schusses durch die Luft geflogen, ein Gamsbarthut. Die Barthaare, ein prächtiges Büschel, wippten sanft im leichten Wind. *Letzter Gruß*, dachte Felix. Im Moment interessierte es ihn keine Spur, wer das war und warum der da lag. Der Lübtow hätte es sein sollen. Weiter hatte er nicht gedacht.

»Wieso schaut sich der erst jetzt die Leiche an? Warum steht der dauernd irgendwo rum und macht nichts?«, raunte Claudia Johannes genervt zu.

»Er hat bestimmt seine Gründe«, erwiderte Johannes. Er kannte diese Gründe. Felix wollte, dass Johannes sich ein eigenes Bild machte. Felix hielt sich bewusst zurück, damit Johannes etwas lernte. Bestimmt beobachtete er ihn, und Johannes hängte sich voll rein. Ihm war das recht, dass Felix ihm so viel Spielraum ließ, und den schöpfte er voll aus, indem er die Kollegen von der Spurensicherung nervte, damit sie ihm jeden noch so kleinen Brocken zuwarfen.

»Kleines Kaliber«, meldete ihm ein Kollege, »gängige Waffe, wahrscheinlich 6,35er.«

Alfred aus der Rechtsmedizin wollte sich, was den Todeszeitpunkt betraf, noch nicht festlegen, ließ ihn allerdings wissen, dass die Leichenstarre in den großen Gelenken schon stark ausgeprägt sei. Die Rektaltemperatur liege nur wenig über der Umgebungstemperatur.

»Hamma ein Wetter?«, fragte Johannes.

»Noch nicht«, erwiderte Alfred.

»Und wenn du schätzen würdest?«

»Dann würde ich sagen, mehr als zwölf Stunden.«

»Danke.«

»Rest wie immer nach der Obduktion.«

Als sie zusammenpackten, waren sie sicher, dass sie es mit einem Tötungsdelikt zu tun hatten. Ein Mitarbeiter von Professor Hinteregger, Felix' Lieblingsrechtsmediziner, falls es so etwas geben konnte, versprach nach telefonischer Rücksprache mit seinem Chef erste Ergebnisse bis zwanzig Uhr. Es freute Felix, dass Hinteregger sich dieses Falles annehmen würde. Der stand im Ruf, mit den Toten zu kommunizieren, worüber er schmunzelte: »Nicht mit den Toten. Mit dem Gewebe.« Hinteregger interessierte sich nicht für Seele und Befindlichkeiten, sondern für Sektion und Befunde. Die allerdings verrieten meistens sehr viel über die Befindlichkeit eines Opfers und den Tathergang.

»Interessant ist nun vor allem, ob der Wald der Tatort ist oder die Leiche hier abgelegt wurde«, dozierte Claudia.

»Der wär ja schön blöd, wenn er den da hinter schleppt«, meinte Johannes.

»Vielleicht wollte er, dass er nicht so schnell gefunden wird?«, vermutete Claudia.

»Dafür ist der Platz gut gewählt«, musste Johannes zugeben. Der Tote lag auf einer kleinen Lichtung nah am Wasser unter Bäumen. Wer auf dem Weg blieb, fand ihn nicht.

»Aber dann hätte er ihn doch zugedeckt, verscharrt, wenn er nicht will, dass er gefunden wird.«

»Vielleicht ist er gestört worden?«

»Von wem?«

»Spaziergänger?«

»Vielleicht wollte der Mörder sich aber auch einen Vorsprung sichern?«

»Oder es hat irgendeine Bedeutung.«

Nachdenklich schwiegen sie eine Weile. Dann begann Claudia erneut mit ihren Überlegungen. »Kein Geldbeutel. Keine Uhr, kein nix. Nur der Ausweis.«

»Auch kein Ehering?«, fragte Johannes.

»Nein.«

»Komisch.«

»Wieso?«, fuhr sie ihn an. »Heutzutage muss man keinen Ring tragen, wenn man verheiratet ist.«

»Die Mündung war nicht weit von der Schläfe weg«, wechselte Johannes das Thema.

»Da brauchen wir zur Obduktion das LKA, einen vom Schusswaffenerkennungsdienst.«

»Und kein Ausschuss, kommt das öfter vor?«, fragte Johannes.

»Kommt drauf an, in welchem Winkel das Geschoss auftrifft und wie stark die Ladung der Patrone ist.«

»Logisch.«

»Der ist bestimmt hier erschossen worden. Denk an das Blut.«

»Klar«, sagte Johannes. »Und er ist selbst hergefahren, nicht mit seinem Mörder, sein Wagen steht am Parkplatz.«

»Oder der Mörder saß in seinem Auto.«

»Das nehmen wir mit. Ist das schon geklärt?«

»Äh, ja. Ja, das wurde veranlasst.«

»Der Sitz der Bekleidung war regelrecht«, fuhr sie fort. »Kein rausgerutschtes Hemd, keine Schleifspuren an den Schuhen, kein Dreck am Hosenarsch. Keine gepressten Falten an den Armen oder am Revers.«

»Aber die Knie«, erinnerte Johannes sie.

»Ja, die Knie«, wiederholte sie.

»Also ich glaub schon, dass das der Tatort ist«, spekulierte Johannes.

»Aha?« Sie grinste.

Er zögerte »Ja, weil ... also die Leichenflecken sind da, wo sie hingehören. Unten. Der ist in genau der Position gestorben, wie wir ihn gefunden haben. Der wurde nicht umgelagert.«

»Prima«, nickte Claudia.

Johannes' Gesicht rötete sich ein klein wenig.

»Ansonsten würden wir die Kollegen von der Spurensicherung jetzt gleich in die Wohnung von dem schicken. Dann könnte nämlich die Wohnung der Tatort sein.«

»Logisch«, nickte Johannes und war sehr froh, dass Felix ihn zu sich rief.

»Du und die Claudia, ihr fahrt jetzt in die Wohnung von dem Opfer.«

»Und wir fahren ohne die Spurensicherung, weil der Tote nach jetzigem Kenntnisstand, also vor allem bezüglich der Leichenflecken, hier ermordet wurde?«

Felix nickte. Er wirkte unkonzentriert. Unter seinen Augen lila Schatten. »Hast du schon mal eine Todesnachricht überbracht?«, fragte er.

Johannes schüttelte den Kopf.

»Dann lass die Claudia reden. Es ist immer besser, wenn eine Frau dabei ist.«

»Aber die Claudia ...«, begann Johannes.

»Ist eine Frau«, sagte Felix und drehte sich um.

»Und du?«, fragte Johannes.

»Ich komm dann nach«, sagte Felix.

»Typisch Mann«, beschwerte Claudia sich. »Wenn's unangenehm wird, haut er ab!«

»Ich bin ja noch da«, tröstete Johannes sie, was allerdings, ihrem Blick nach zu urteilen, anders ankam als beabsichtigt.

36

»Milliwilli! Milliwilli! Millimilliwill!« Die Stimme säuselte lockend. Mir fuhr der Schreck in die Glieder. Seit zwei Minuten lief ich in der milden Nachmittagssonne, die es nun endlich durch die Wolkendecke geschafft hatte, um Schorschs hässliches Haus am Ortsende von Raisting herum, das wie eine Festung wirkte. Alle Fenster mit den Läden gesichert, alle Türen verschlossen, auch die kleine Garage – keine Möglichkeit, ins Innere zu spähen. Was mich misstrauisch machte.

Die Frau, zu der die Stimme gehörte, rannte mir in die Arme und schrie vor Schreck laut auf. Flipper übernahm, um sie von unserer Unbescholtenheit zu überzeugen, womit er in vielen Fällen das Gegenteil erreicht. Diese Frau hatte keine Angst vor dem großen schwarzen Hund, sondern vor mir. Sie wich zurück. Ich schätzte sie ein paar Jahre älter als mich, sie trug eine türkisfarbene Strickmütze zu einem blauen Anorak und hatte ein offenes, angenehmes Gesicht.

»Hallo«, sagte ich erst mal. Hallo war unverfänglich.

»Hallo«, erwiderte sie zögernd, schaute zum Haus. »Da ist niemand?«

»Ich glaub nicht«, sagte ich.

»Gehören Sie zu denen?«, fragte sie.

»Nein.«

Sie atmete auf. Ihr angespannter Gesichtsausdruck löste sich.

»Können Sie den Hund bitte an die Leine nehmen? Ich suche meine Katze.«

»Flipper, Fuß!«, befahl ich.

Skeptisch beobachtete sie ihn. Er blieb auf Position, auch als ich einige Schritte neben ihr lief. Kummervoll rief sie erneut: »Milliwilli! Milliwilli!«

»Seit wann ist sie denn verschwunden?«

»Seit gestern. Sie war schon mal weg. Aber da ist sie in den Lieferwagen vom fress-express gesprungen, von denen lasse ich mir das Futter liefern. Als die Frau Tiburtius das merkte, war sie schon wieder in Dießen und hatte keine Ahnung, wo die Katze eingestiegen war. Sie war ja den ganzen Tag auf Liefertour gewesen.«

»Ja, das ist die Schattenseite, wenn man ohne Fahrschein unterwegs ist«, schmunzelte ich.

Auch die Frau lächelte ein bisschen. Ihre Frontzähne standen eng zusammen.

»Und dann haben Sie Ihre Katze zurückgekriegt?«

»Ja. Aber jetzt ist sie wieder weg, und diesmal hatte ich keine Lieferung vom fress-express.«

Flipper hatte mich aufmerksam beobachtet und war zu dem Entschluss gekommen, den Befehl lockern zu können. Was ich gar nicht bemerkte, fiel der Frau sofort auf. »Achtung!«

»Fuß«, holte ich ihn zurück.

»Er sollte hier lieber nicht frei herumlaufen. Man erzählt sich, dass um das Haus schon mal Giftköder gefunden wurden. Die hier wohnen, wollen nicht, dass Leute das Grundstück betreten. Ja, es stimmt, viele Hundebesitzer räumen die Hinterlassenschaften nicht weg. Aber da kann man doch kein Gift auslegen.« Sie zögerte. »Also ich will hier niemanden beschuldigen. Milliwilli! Milliwilli!«

Abwartend blieb ich neben ihr stehen. Das hatte ich von Felix gelernt. Gelegentlich war es besser zu warten, als zu fragen. Wenn man nicht fragte, erzählten einem die Leute zuweilen mehr.

So auch die Katzenbesitzerin. »Ich will keinen Ärger. Ich wohne erst seit einem halben Jahr da vorne«, sie wies nach hinten. »Und es ist auch eher ein Gerücht. Die Nachbarn reden halt.«

»Was sind das für Leute, die hier wohnen?«, hakte ich nach.

»Grufties. Die Mädchen schwarz gekleidet mit verwischter Schminke, die Jungs auch meistens in Schwarz, sie wohnen zum Glück nicht hier, treffen sich bloß. Viele haben ein Starnberger Autokennzeichen. Angeblich sind sie ein Künstlerklub. Sie drehen Vampirfilme.« Sie verdrehte die Augen.

»Und wem gehört das Haus?«

»Ich nehme an, einem von ihnen. Ich wohne, wie gesagt, noch nicht so lange hier. Aber ich weiß, dass das Haus einige Jahre leer stand.« Sie seufzte. »Zum Glück sind die bloß am Wochenende da. Oder abends. Im Sommer war es manchmal laut. Aber jetzt muss ich weitersuchen. Milliwilli!«

»Dann viel Glück.« Ich winkte der Frau zum Abschied.

Ich würde später zurückkehren. Am besten nach Einbruch der Dämmerung. Wieso war die Hütte verrammelt wie eine Festung? Sollte von Lübtow entführt worden sein, wäre dies ein perfektes Gefängnis. Ob das Haus einen Keller hatte? In der Stille der Nacht würden mir leise Klopfgeräusche oder Rufe nicht entgehen. Sobald ich sicher war, würde ich Felix anrufen. Ich würde nur Hallo sagen und dass ich eine Meldung zu machen hätte. Meine schriftlichen Berichte mochte er beiseiteschieben. Einen Anruf konnte er nicht so einfach ignorieren. Ob die Anrufe bei der KPI aufgezeichnet wurden? Vielleicht könnte ich auch einen Blick in das Haus werfen? Nur einen kleinen, schnellen. Kein Einbruch, eher ein Guckloch. Weil mein Kanarienvogel entflogen war vielleicht. Wie brach man in ein Haus ein? Ich würde das googeln. Wenn man eine Anleitung zum Bombenbasteln im Netz fand, gab es bestimmt auch welche für Lappalien wie Fensterläden von außen öffnen; eine Liste mit unverzichtbarem Werkzeug wäre hilfreich.

»Was suchen Sie eigentlich hier?«, fragte mich die Frau neugierig.

»Ich bin bloß spazieren gegangen, und das Haus hat mich interessiert. Ich dachte, es steht leer.«

»Ja, so sieht es von außen aus. Unbewohnt. Und das Grundstück so ungepflegt. Die tun hier gar nichts.«

»Ich fragte mich, ob das Haus zu vermieten ist.«

»Dieser hässliche Kasten?«, wunderte die Frau sich.

»Vielleicht ist es innen schön geschnitten«, erwiderte ich, obwohl von außen nichts drauf hinwies. Das kleine Haus war gemauert, es hatte nur ein paar blinde Fenster, die Wand mit dem abgebröckelten Putz war schmutzig grau, das Dach stellenweise mit Moos bewachsen. Allein von außen wirkte es, als würde es innen müffeln.

Plötzlich spurtete Flipper nach vorne. Nach zehn Metern blieb er abrupt vor einem Baum sehen, stellte sich auf die Hinterbeine und schaute, ohne zu bellen, nach oben.

»Milliwilli! Da ist er ja!«, rief die Frau überglücklich.

Ja, da saß eine fuchsrote, aufgeplusterte Katze in einer Astgabel und musterte Flipper misstrauisch. Ich freute mich mit der Besitzerin. Es gibt wenig Schrecklicheres, als ein Tier zu suchen.

»Na, dann räumen wir mal das Feld, damit sich Milliwilli runtertraut«, verabschiedete ich mich.

»Er heißt Samsung«, wurde mir in tadelndem Ton mitgeteilt. »Milliwilli bedeutet, dass es Fressifressi gibt.«

Im Volvo suchte ich die Tüte mit dem Fleischbrocken, den Flipper neulich freundlicherweise ausgespuckt hatte. Ich fand sie unter dem Beifahrersitz. Sie erschien mir ein wenig aufgebläht. Ob dort bereits eine neue Zivilisation wuselte? Was sollte ich damit tun? Selbst wenn ich sie zur Untersuchung in ein Labor bringen würde und es sich um einen Giftköder handelte – ich hatte keine Beweise gegen das Mädchen, das Flipper den Brocken gereicht hatte. Und erst recht nicht konnte ich beweisen, dass Schorsch dahintersteckte. Außerdem wäre eine chemische Analyse teuer. Ich ließ den Beutel fallen. Solange er nicht gaste und platzte, konnte ich ihn bedenkenlos spazieren fahren. Ich rief in Anton Dürrs Kanzlei an und bat um ein Gespräch. Womöglich würde er die Analyse bezahlen, wahrscheinlich kannte er sogar jemanden, der das sofort machte. Flippers Feinde waren seine Feinde.

37

Als Felix an dem gepflegten Einfamilienhaus in Hechendorf klingelte, das in seiner Individualität allen anderen ähnelte, öffnete ihm Johannes und berichtete gedämpft: »Claudia ist mit der Frau des Opfers im Wohnzimmer. Sie weiß Bescheid. Ihre sechzehnjährige Tochter ist beim Volleyball, kommt bald nach Hause. Sie hat sie nicht angerufen, will es ihr persönlich sagen. Claudia hat das KIT informiert.«

»Gut«, Felix nickte. Wenn das KIT kam, konnten sie abziehen. Das Kriseninterventionsteam würde sich um die Hinterbliebenen kümmern.

»Wie hat sie es aufgenommen?«, erkundigte Felix sich bei Johannes.

»Äh. Ich glaube, gut. Also sie hat nicht geschrien oder so was. Sie hat überhaupt sehr wenig gesagt.«

»Also schlecht«, sagte Felix und folgte Johannes durch einen geräumigen Flur, dessen noble Ausstattung ihn an das Haus von Lübtows erinnerte, ins Wohnzimmer. Frau Herzog, die Witwe, machte auf den ersten Blick tatsächlich nicht den Eindruck, als benötigte sie Hilfe. Er schätzte sie auf Mitte vierzig, sie war schlank, relativ stark geschminkt, gepflegte Frisur, sehr gut gekleidet in einem dunkelblauen Kostüm, vielleicht hatte sie das Haus gerade verlassen wollen, vielleicht erwartete sie Besuch? Nun, den hatte sie jetzt. Frau Herzog wirkte sehr gefasst. Womöglich half ihr die Kostümierung dabei, Haltung zu bewahren. Man konnte nicht in die Leute reinschauen. Beim Erhalt einer Todesnachricht war alles drin. Von Versteinern über einen Wutanfall bis zum Zusammenbruch. In den letzten Jahren waren ihm wildfremde Menschen um den Hals gefallen, er war tätlich angegriffen worden, und einmal hatte ihn ein junger Mann, dessen Mutter ermordet worden war, regelrecht aus seiner Wohnung geworfen. Die Reaktion auf eine Todesnachricht war nicht vorhersehbar, von Mensch zu Mensch verschieden. Frau Herzog machte es ihnen leicht. Felix stellte sich vor und kondolierte ihr.

»Bitte«, Frau Herzog deutete auf eine Couchecke. Große moderne Gemälde hingen an den Wänden, der offene Kamin in der Raummitte war rundum verglast, jede Menge Antiquitäten, die Blumen in der Bodenvase waren echt. An Geld herrschte hier kein Mangel. Frau Herzogs Bewegungen waren eckig und angestrengt. Felix traute ihrer Beherrschtheit nicht.

»Seid ihr schon so weit?«, fragte er Claudia und wollte damit wissen, ob sie die erste Vernehmung durchgeführt hatten. Jetzt kam es darauf an, sich schnell ein Bild von den Lebensumständen zu verschaffen, um erste Ermittlungsansätze zu verfolgen.

»Wir wollen gerade einen Blick in das Arbeitszimmer von Herrn Herzog werfen«, erklärte Claudia.

»Bitte, ich möchte kurz telefonieren«, sagte Frau Herzog.

»Wen wollen Sie denn anrufen?«, erkundigte Felix sich.

»Meine Schwester.« Sie stand auf und ging steif Richtung Tür, als wäre das glänzende Parkett unter ihren Pumps eine Eisstockbahn. Der kleine Pinsel, zu dem sie ihre blonden Haare, wahrscheinlich gefärbt, im Nacken zusammengebunden hatte, wippte wie der Gamsbart am Hut ihres verstorbenen Mannes.

Felix nickte Johannes zu, damit er bei Frau Herzog blieb, und folgte Claudia in das Arbeitszimmer. Wie vom Donner gerührt blieben sie beide an der Türschwelle stehen. Sie wechselten einen Blick.

»Er war Jäger«, sagte Claudia.

Felix zog Handschuhe an. Dann rief er Bert an und bat ihn, vom Waffenreferat des Landratsamtes eine Auflistung der gemeldeten Waffen faxen zu lassen.

»Und wenn wir keinen Schlüssel finden?«, fragte Claudia und nickte in Richtung des Waffenschranks.

»Lassen wir den Schrank aufbrechen«, erwiderte Felix. »Es wäre doch überaus interessant, wenn eine 6,35er fehlen würde.«

»Das wäre aber ein ungewöhnliches Kaliber für einen Jäger«, sagte Claudia und öffnete einen der beiden massiven Bauernschränke. »Außerdem sieht mir der Fall nicht nach Suizid aus.«

»Viele Leute werden mit ihren eigenen Waffen erschossen«, erwiderte Felix. »Von anderen.«

»Jessasmariaundjosef«, entfuhr es Claudia, als sich die Schranktür knarzend öffnete.

»Der Dieter wird sich freuen«, stellte Felix trocken fest. In dem Schrank standen an die fünfzig Aktenordner. Alle ordentlich beschriftet mit dem Wort *Korrespondenz* beziehungsweise *Korrospondenz* und dem jeweiligen Zeitraum, meistens nur wenige Monate umfassend. Daneben Ablagekästen mit losen Blättern und stapelweise Zeitschriften. *Pirsch, Wild und Hund, Anblick.*

Felix griff sich willkürlich einige Papiere. Claudia öffnete den zweiten Schrank. Noch mehr Aktenordner, noch mehr Papier.

Felix überflog die Seiten. »Überfahrenes Wild ... welche Straßenabschnitte ... Wetteraufzeichnungen ... Wir nehmen das alles mit.«

»Der arme Dieter«, seufzte Claudia.

»Nicht nur der. Das ist viel zu viel für einen. Da müssen mindestens zwei Leute ran, besser drei.«

»Ich nicht!«, rief Claudia. »Ich hab mich erst neulich, in dieser Versicherungsgeschichte, durch tonnenweise Akten gewühlt.«

Felix ging zurück zur Tür, stellte sich auf die Schwelle und musterte das Zimmer ein, zwei Minuten.

»Was machst 'n da?«, fragte Claudia, die den Papierkorb entleert hatte und zusammengeknüllte Zettel glatt strich.

»Ich schau«, erwiderte Felix.

»Und was siehst du?«

»Dass das Zimmer in dem Haus hier ein Fremdkörper ist.«

»Das Gleiche hab ich gedacht, als wir hier rein sind.«

»Und warum?«

»Weil das Zimmer nicht zu dem Rest passt«, erwiderte Claudia.

»Was ist das für ein Mensch«, dachte Felix laut, »der sich in einem solchen Designerhaus eine Höhle baut?«

»Höhle, genau!«, grinste Claudia.

»Hier ist es warm, gemütlich, es ist nicht unordentlich, aber sehr voll, alles scheint seinen Platz zu haben, aber das Ganze sperrt sich regelrecht gegen das stylische Haus, es ist ein ganz eigener Kosmos.«

»Stimmt.«

»Also fragt es sich, ob der Mann zu der Frau passt.«

Entgeistert starrte sie ihn an.

»Und ich meine, das passt nicht«, resümierte er.

Claudias Gesicht lief rot an. »Aber es ist doch sein Arbeitszimmer!«

»Ich glaube«, sagte Felix, »das war sein Rückzugsgebiet. Und es stellt sich die Frage: Wozu brauchte er das?«

»Manche Männer haben so was in der Garage oder im Keller«,

behauptete sie. »Das ist nun mal so. Männer basteln gern, das haben die quasi im Blut, genetisch, weißt du.«

Ihr Tonfall machte ihn hellhörig. Da fiel ihm ein, dass man im Kommissariat munkelte, sie würde, nachdem sie erst neulich mit ihrem Freund zusammengezogen war, eine Wohnung suchen.

»Hier wurde aber nicht gebastelt«, sagte er. »Hier wurde ... ich weiß nicht, was. Es kommt mir so vor, als hätte unser Mann hier sehr viel Zeit verbracht. Als hätte er sich hier wohlgefühlt.« Felix wies zu dem Schaffell auf dem kleinen Sofa, der Pfeife auf dem runden hölzernen Beistelltisch, Bleistift und Radiergummi auf einem Rätsel *Um die Ecke gedacht* aus dem *Zeit*-Magazin. Das Zimmer war gemütlich. Es lebte. Felix nahm so viel wie möglich von dem ausgehauchten Leben des Benedikt Herzog in sich auf.

»Sicher möchten Sie den Schlüssel für den Waffenschrank?«, ertönte da plötzlich die Stimme von Frau Herzog. Felix und Claudia fuhren herum. »Ich weiß nicht, wo mein Mann den aufbewahrt.«

»Wissen Sie, wie viele Waffen er hat?«

»Mehrere«, sagte sie. »Lange und kurze, kleine und große, aber ich kenne mich damit nicht aus. Sie sehen ja selbst«, resigniert wies sie in das Zimmer, »wie er am liebsten gehaust hat.«

»Sie hatten verschiedene Geschmäcker in Einrichtungsfragen?«, erkundigte Felix sich, als wäre dies nicht offensichtlich.

»Ja, das kann man so sagen.«

»Wir müssen den Schrank aufbrechen lassen. Dann ist er leider kaputt.«

»Das ist mir egal. Ich werde ihn nicht mehr brauchen.« Auf einmal wurde ihr Blick starr. Sie lehnte sich an die Tür. So war es oft. Das Begreifen dauerte. Mit einem schnellen Schritt war Felix bei der Frau und führte sie zurück ins Wohnzimmer. Im Flur traf er Johannes, er kam aus der Toilette.

»Hilf mal der Claudia im Arbeitszimmer«, wies Felix ihn an.

Im Wohnzimmer setzte er sich der Witwe gegenüber.

»Frau Herzog«, begann Felix, »ich weiß, dass das jetzt kein passender Moment ist. Aber wir gehen derzeit leider davon aus, dass Ihr Mann Opfer eines Kapitalverbrechens geworden sein könnte. Gewissheit haben wir heute Abend oder morgen. Wir wollen keine Zeit verlieren, und deshalb möchte ich Sie bitten, dass Sie es mir mitteilen, wenn Sie irgendeinen Verdacht hegen.«

»Das haben mich Ihre Kollegen schon gefragt«, erwiderte sie, nun wieder gefasst. »Nein. Es tut mir leid. Ich weiß es nicht. Ich ...« Sie atmete schwer. »Es ist so, dass ...«

»Ja?«, Felix beugte sich vor.

»Wir haben nicht besonders viele Gemeinsamkeiten. Ich weiß nicht so genau, was mein Mann macht ... Nein, das ist falsch ausgedrückt. Natürlich weiß ich, was er macht. Er steht morgens auf, er geht zur Arbeit ...«

»Wohin?«, unterbrach Felix.

»Schreinerei Wolf Dreher in Starnberg. Er ist dort Werkstattmeister. Wenn er das Haus verlässt, schlafe ich meistens noch.«

»Wann verlässt er das Haus?«

»Vor sieben. Wenn er nach Hause kommt, bin ich meistens nicht da. Ich arbeite halbtags nachmittags bei meinem Schwager, er ist Juwelier. Da wird es oft sieben, acht bis ich heimkomme. Wir haben viele Kunden, die vereinbaren Termine nach Ladenschluss. Ich muss ja nichts kochen, mein Mann isst ..., *hat* mittags warm gegessen und abends wenig oder gar nichts. Er war kein guter Esser, nein, das war er nicht. Also, von dem her fällt es nicht ins Gewicht.« Sie stockte.

Felix nickte ihr freundlich zu. Nichts an seinem Gesicht deutete auf die Erschütterung, die er spürte. Sie holte ihn immer wieder ein. Franza. Ihr strahlendes Gesicht, wenn er für sie kochte. Manchmal brummte sie vor Behagen, weil es ihr so gut schmeckte. Sie konnte richtig reinhauen, und das liebte Felix. Insofern würde ihm Franzas Verlust durchaus auffallen. Franza fiel auch beim Essen ins Gewicht.

»Ihren Worten entnehme ich«, formulierte er vorsichtig, »dass Sie sich ein wenig auseinandergelebt haben?«

Sie nickte.

»Wir müssen aber trotzdem alles über Ihren Mann wissen – seine Gewohnheiten, die Menschen, mit denen er zu tun hatte.«

»Natürlich. Das hat mir Ihr Kollege schon gesagt. Ich erstelle eine Liste. Familie, Freunde, Arbeitskollegen, Nachbarn. Ich weiß Bescheid.«

»Fangen wir doch mal mit der Familie an.«

»Mein Mann hat einen Bruder, er wohnt in Andechs, und eine Schwester, aber die ist fünfzehn Jahre älter als er. Sie haben zwei verschiedene Mütter. Beide Geschwister meines Mannes haben keine Kinder. Nur wir haben ... die Annalena, unsere Tochter. Sie ist sechzehn.« Auf einmal begannen die Tränen zu fließen. Da zog sie ein Tempotaschentuch aus ihrem Jackenärmel. Felix befürchtete, sie würde nicht mehr lange durchhalten.

»Gibt es irgendetwas, was für unsere nächsten Ermittlungen wichtig sein könnte? Wurde Ihr Mann bedroht, hatte er Feinde, gab es Probleme? Oder können Sie sich vorstellen, dass er seinem Leben freiwillig ein Ende gesetzt hat?«

»Freiwillig?«, rief sie und wiederholte es. »Freiwillig? Ich dachte, es war Mord?« Plötzlich kippte sie zur Seite weg. Da im selben Moment die Klingel ertönte, dauerte es einen Augenblick, bis Felix diese beiden Ereignisse voneinander getrennt hatte. Johannes öffnete die Tür für das KIT.

»Oh, du heilige Scheiße!«, rief Claudia von der Tür aus, als sie Frau Herzog auf dem Sofa liegen sah, zückte ihr Handy und forderte einen Sanitäter an.

Überraschend schnell rappelte sich Frau Herzog wieder auf. Ihr Gesicht war kreidebleich, und für einen Moment hatte sie die Orientierung verloren.

»Wir haben einen Arzt verständigt«, sagte Felix ruhig. Außerdem ist jetzt ein Mitarbeiter des Kriseninterventionsteams hier. Der bleibt bei Ihnen, bis Sie allein zurechtkommen.«

Frau Herzog nickte geistesabwesend.

Der Mitarbeiter des KIT stellte sich vor, kondolierte und fragte nach der Toilette. Johannes zeigte sie ihm.

»Frau Herzog, hat Ihr Mann einen Computer?«, fragte Claudia.

»Ja.«

»Wo finden wir den, wenn er nicht in seinem Arbeitszimmer ist?«

»Das weiß ich nicht. Vielleicht hat er ihn mitgenommen in die Schreinerei.«

»Könnte er ihn auch im Waffenschrank eingeschlossen haben?«, fragte Claudia.

»Tut mir leid, das weiß ich nicht. Ich habe dieses Zimmer seit Jahren nicht betreten.«

Felix' Handy klingelte, und der Chef teilte ihm mit: »Du, wir haben hier was gefunden. Der Herzog hat dreimal in Herrsching angezeigt, dass ein Tierquäler in seinem Revier unterwegs ist. Du bist doch noch da draußen? Frag mal die Kollegen auf der PI. Das könnt was sein.«

Fünf Minuten später verabschiedete Felix sich von Frau Herzog und kündigte seinen Besuch für den nächsten Morgen an.

»Typisch Mann«, sagte Claudia zu Johannes. »Kaum geht's ums Schleppen, verdünnisiert er sich. Ich finde, da soll das K7 mitmachen.«

»Hast ja mich«, erinnerte Johannes sie gutmütig.

38

Wie gut, dass ich meine Yogastunde nicht auf Eis gelegt hatte. Ich fühlte mich wohl in der Gruppe – vierzehn Frauen und ein Mann – und konnte mit diesem einmal wöchentlichen Unterricht locker Flippers Futter bezahlen. Yoga zu praktizieren beruhigte mich, obwohl ich anleitete, was ja weniger erholsam ist als teilzunehmen. Bei der abschließenden Entspannung gab ich meinen Schülerinnen mit auf den Weg, was ich mir selbst wünschte: »Tief in dir ist die Gewissheit, dass alles, was geschieht, gut ist. Du vertraust darauf, dass sich die Dinge lösen. Deshalb bist du zuversichtlich und gelassen, und in dem tiefen Wissen, dass alles, was du aussendest, zu dir zurückkehrt, übst du Achtsamkeit. Namaste.«

Als ich das Yogastudio in Haidhausen kurz vor zweiundzwanzig Uhr verließ, schlug mir ein eisiger Wind ins Gesicht. Damit Flipper sich informieren konnte an den vielen Laternenpfählen und Häuserecken, schob ich mein Rad und übte mich in Achtsamkeit. Ich dachte an Felix und schickte ihm gute Gedanken. Zu meiner Überraschung spürte ich, dass die Gedanken nicht nur schwarzweiße Blasen voller Wörter waren. Sie waren farbig, und in jeder einzelnen Blase pulsierte ein Herz. Egal was kommen würde – und wenn ich Felix nie wiedersehen würde –, ich wünschte mir inniglich, dass es ihm gut gehen möge.

»Ob er das spürt?«, fragte ich Flipper. »Und wenn er es spürt, dann könnte er doch – mal anrufen? Oder gleich vorbeikommen?« Wie lange dauerte es, bis ein guter Wunsch, den man abschickte, zu einem zurückkehrte?

Als ich mein Fahrrad in den Hinterhof schob, löste sich eine Gestalt aus dem Schatten am Hauseingang, und für einen Moment glaubte ich, es wäre Felix. Doch der Mensch war klein und kugelförmig, statt groß und v-förmig.

»Celina!«

Sie stürzte auf mich zu, eine voluminöse schwarze Tasche vor der Brust. »Ich bin abgehauen! Die Frau vom Jugendamt hat gesagt, sie kümmern sich jetzt um mich! Ich hab gehört, wie sie mit der Vogt telefoniert hat. Zum Schluss holen die mich einfach ab und bringen mich in ein Waisenhaus! Kann ich bei dir pennen?«

Im ersten Stock wurde ein Fenster geschlossen.

»Komm erst mal mit rein«, sagte ich, bevor sie ihre Lebensgeschichte in den Hinterhof posaunte.

Ich kochte Kaba und sagte wenig, während Celina redete wie ein Wasserfall. Sie erklärte mir, dass es überhaupt kein Problem sei, wenn sie bei mir wohnen würde, sie könnte auf dem coolen Leopardensofa schlafen und würde auch jeden Tag putzen und einkaufen.

»Und die Schule?«, fragte ich.

»Ich kann zur S-Bahn joggen, dann nehme ich sogar ab. Wenn das Wetter schlecht ist, fahre ich mit der U-Bahn zum Hauptbahnhof, steige um in die S-Bahn nach Geltendorf und dort in den Zug nach Dießen.«

»Da bist du ja Stunden unterwegs!«

»Das macht nichts. Ganz im Gegenteil. Ich kann im Zug Hausaufgaben machen und lernen.«

»Glaubst du nicht, dass die Polizei dich in deiner Schule findet?«

»Dann gehe ich auf eine andere. In München haben die Lehrer so viele Schüler, da fällt das gar nicht auf.«

»Und wovon willst du leben?«

»Von dem Geld auf meinem Konto. Achtzehntausendzweihundertsechsundachtzig Euro.«

»Wenn die Polizei dein Konto sperrt?«

»Dann hole ich nachts was aus unserem Haus. Ich weiß, wo der CvL Bargeld versteckt.«

Ich ließ sie Zukunftspläne schmieden, bis sie ihren Kaba ausgetrunken hatte. Celina hatte für jedes Problem eine Lösung. Erst als ich sie nach ihrer Mutter fragte, fiel ihre Zuversicht in sich zusammen.

»Ich hab ihr gemailt, aber sie hat nicht geantwortet«, gestand sie mit leiser Stimme.

»Vielleicht liest deine Mutter ihre Mails nicht jeden Tag?«, versuchte ich sie zu trösten. Solche Leute gab es, gerade in der älteren Generation.

»Ja, vielleicht«, sagte Celina und schaute zu Boden, ein zerfledderter Rabe.

»Okay, du kannst heute bei mir pennen«, sagte ich.

Sie sprang auf und umarmte mich. Da merkte ich, wie einsam sie war. Flipper merkte es auch und versuchte als erste Maßnahme, das Gröbste wegzuschmusen. Sie setzte sich auf den Boden und kuschelte ein paar Minuten mit ihm. Dann ließ sie mich wissen: »Weißt du, es kommt ja niemand drauf, dass ich bei dir bin. Die glauben noch immer, du bist die Ziska. Alle glauben das. Bloß, weil die olle Vogt so schwerhörig ist. Super, oder?«, sie blickte mich unsicher an.

»Total super«, sagte ich.

Meine Zustimmung verschaffte ihr Aufwind. »Wenn meine Mutter meine Mail liest, holt sie mich bestimmt sofort«, behauptete sie. »Dann ziehe ich zu ihr nach Amerika. Da gibt es auch deutsche Schulen. Das Abi schaffe ich locker, es ist lange nicht so schwer wie hier bei uns. Das wird dir quasi nachgeworfen. Bestimmt hat meine Mutter ein Haus am Strand. Da kann ich mit Edward jeden Morgen joggen, was meinst du?«

Mir war elend zumute. »Das klingt großartig«, sagte ich.

»Und meine Mutter, die legt auch keine Dateien über mich an oder über andere. Die redet nämlich mit mir. Für meine Mutter bin ich die Celi, keine FT.« Sie brach in Schluchzen aus.

Ich streichelte ihr über den verkrampften Rücken. Was sollte ich tun? Andrea anrufen?

Celina zog Rotz hoch. »Mein Vater hat seine Mitarbeiter ausspioniert.« Auf einmal klang ihre Stimme gefasst und kühl. Das war mir lieber als das Geheule.

»Dein Vater schuldet mir noch Geld«, erwiderte ich, um die Sachebene zu festigen.

»Ich kann das bezahlen.«

Ich wagte einen Vorstoß: »Man weiß nichts von seinem Aufenthaltsort?«

»Wir können es auch anders machen«, begann sie, und in ihren Augen blitzte etwas auf. »Wir können die Kollegen vom CvL erpressen. Was glaubst du, wie reich wir da werden! Dann fahren wir zusammen nach Amerika und suchen meine Mutter. Wir kaufen uns ein Auto und düsen durch die Gegend. Immer am Meer entlang. Mit Flipper und Edward. Das wird doch super, oder?«

»Total super«, wiederholte ich und überlegte, wie ich Celina zu Andrea schaffen konnte.

»Hier in Deutschland ist alles scheiße. Die Vogt kotzt mich an. Schorsch will nichts mehr von mir wissen. Dabei habe ich denen überhaupt nichts getan, nichts!« Sie zog Rotz hoch. »Ich kann doch auch nichts dafür, dass die Stress haben. Ich habe nichts gesagt, nichts. Denen ist das völlig egal, was bei mir abgeht. Die Vogt telefoniert ständig mit der Tussi vom Jugendamt.«

»Was meinst du eigentlich mit erpressen?«, erkundigte ich mich in einem Ton, als hätte ich ihr lediglich eine zweite Tasse Kaba angeboten.

»Mein Vater hat Sachen über seine Untergebenen und Übergebenen geschrieben. Er hat zwar alles verschlüsselt, aber die FT ist ja nicht blöd.«

»Wieso sagst du dauernd FT, was bedeutet das? Fitnesstrainierin?«

Celina bekam einen Lachkrampf. Dann nickte sie. Und lachte weiter, und dann heulte sie.

»Und was hat er so geschrieben?«, erkundigte ich mich.

»Er hat notiert, wo sie Fehler gemacht oder wo sie sich nicht linientreu verhalten haben. Am besten, wir hätten einen von denen auf unserer Seite. Der könnte das für uns übersetzen, da könnten wir maximalen Profit machen. Was denkst du, wie viel Prozent wäre uns das wert, wenn uns einer bei der Erpressung hilft?«

»Als Suberpresser?«, grinste ich.

Sie verstand nicht, was ich meinte. »Du hast den Computer deines Vaters?«, erkundigte ich mich.

Sie deutete auf ihre große schwarze Tasche neben dem Sofa. »Die geheimen Sachen hat er auf einem Stick.« Sie kramte in ihrer Hosentasche und zog ein Stück von einem Geweih heraus.

Ich staunte »Das ist ein Stick?«

»Cool, oder? Davon hat er viele.« Celina klemmte sich den Stick wie einen falschen Bart zwischen Oberlippe und Nase und wackelte damit, indem sie ihren Mund nach rechts und links bewegte. »Und weißt du, wo?«

»Keine Ahnung.«

»In dem Korb mit den Geweihresten. Das findet keine Sau. Wenn er nicht mein Vater wäre, würde ich echt sagen: Hut ab!«

Auf einmal musste auch ich wie wahnsinnig lachen. Da lief eine Pubertierende durch München und trug in ihrer Hosentasche womöglich brisante Informationen spazieren, die unter Umständen – wer wollte das so genau wissen – zu einer Krise in der bayerischen Regierung führen konnten. Das war zu komisch. Aber Celina lachte nicht mit. Diesmal musterte sie mich, als wäre ich nicht ganz bei Trost. Ungeduldig wartete sie, bis ich mich beruhigt hatte und schlug dann zu meiner Überraschung ein ganz neues Kapitel auf.

»Vielleicht kommt mein Vater auch mit mir nach Amerika. Vielleicht muss er nämlich fliehen. Vielleicht ist er ja schon mal vorausgeflogen. Vielleicht haben die anderen gemerkt, was er gemacht hat, verstehst du?«

»Nein.«

»Mein Vater hat sie erpresst, der Boden ist zu heiß für ihn geworden, er musste sich absetzen. Er hat gehofft, dass ich das alles rausfinde, damit ich weitermache und dann zu ihm und meiner Mutter fliege. Weil ich ja minderjährig bin und keine Strafe kriege. Deshalb hat er dich auch eingestellt. Damit du mir hilfst.

Es war ihm klar, dass die Vogt dazu nicht in der Lage wäre. Außerdem würde sie ausflippen, wenn er wieder mit meiner Mutter zusammenkäme. Wo sie doch hofft, dass sie die neue Frau von Lübtow wird.« Celina prustete. »Der CvL und eine Beziehung! Das würde der nie aushalten. Ohne fährt er viel besser. So ist er doch der arme verlassene Mann, dem sich alle Frauen zuwenden, und jede hofft, dass sie die neue Adelige wird. Das ist die berühmte CvL'sche Warmhaltetaktik. Zum Ficken bringt er keine nach Hause, da würde er es sich ja mit der Vogt verscherzen, die er immer schön bei der Stange hält, damit er sie ausnutzen kann wie alle anderen auch. Er fickt ausschließlich aushäusig, da geht er immer ins Hotel oder zu den Schlampen.«

»Wieso Schlampen?«, fragte ich.

»Würdest du mit dem CvL ficken, bestimmt nicht, oder? Aber du bist ja auch keine Schlampe.«

»Aha«, nickte ich und überlegte angestrengt, wie ich Andrea hierherbringen konnte – auf dem schnellsten Weg.

»Ich muss sowieso abhauen. Sonst komme ich in ein Heim. Ich hab doch gar keine Wahl. Damit hat der CvL gerechnet.«

»Für ein Heim bist du zu alt. Du würdest eher in eine betreute WG ziehen. So was kann Spaß machen«, versuchte ich, sie aufzumuntern.

Celina schüttelte den Kopf »Da hab ich keinen Fernseher und Computer und was man sonst noch so braucht. Da muss ich alles teilen. Ne danke.«

Mit dieser realistischen Einschätzung hatte sie natürlich recht.

»Du, ich ruf mal eine total nette Freundin von mir an. Die kennt sich mit Jugendamt und so Sachen aus. Vielleicht hat die eine Idee«, schlug ich vor.

»Und wenn du mich adoptierst?«, fragte Celina in einem Ton,

als wäre ihr das eben erst eingefallen. Mir kam es vor, als wäre unser ganzes Gespräch auf diesen Punkt zugesteuert. Das also war ihr Plan. Ich konnte mir nichts Schöneres vorstellen.

»Wir können jeden Tag joggen«, lockte sie mich.

»Als Single kann ich dich nicht adoptieren.«

»Aber du hast doch bestimmt einen Freund?«

Früher mal, dachte ich und schwieg.

»Wenn du ihn heiratest, klappt alles.«

Dass ich da noch nicht selbst drauf gekommen war!

39

»Was is'n mit dir los?«, fragte Leopold Chefbauer, als er Felix am späten Nachmittag an der Tür zum Besprechungszimmer den Vortritt ließ. »Hast schon wieder Probleme mit deiner Ex?«

Er musste schlimm ausschauen, wenn der Chef ihn so direkt ansprach.

»Ich glaub, ich hab mir was eingefangen«, sagte Felix. »Vielleicht eine Grippe.«

»Des kemma ja wunderbar brauchen«, meinte der Chef. »Vielleicht soll lieber die Claudia den Toten an der Ammer übernehmen? Die war doch von Anfang an dabei.«

»Nein, nein«, wehrte Felix ab. Bloß das nicht. Sonst blieb er womöglich an der Ziska kleben und bekam die Dossiers von Lübtow aufs Auge gedrückt. »Ich mach daheim ein Erkältungsbad, ich schwitz das raus, morgen bin ich wieder fit.«

»Na, hoffentlich«, brummte der Chef und setzte sich auf seinen Platz an der Stirnseite des Tisches. »Wo bleiben die anderen?«

Felix zuckte mit den Schultern. Da tauchte Dieter auf. Sie hoben die Hand zum Gruß.

»Des wird jetzt sowieso eng«, sagte Chefbauer. »Wenn des a Mord is, dann brauchma Verstärkung. Des und der Lübtow, des is zu viel für unser Kommissariat. Wobei«, er grinste, »des is ja fast schon Millimeterarbeit. A Stückerl weiter südlich, und der Fall hätt den Weilheimern gehört. So liegt er noch auf unserer Seite.«

Felix nickte. Wahrscheinlich hatte der Erste Kriminalhauptkommissar die Verstärkung schon so gut wie angefordert. Und das war auch richtig, wie sie um neunzehn Uhr erfuhren, als Hinteregger ihren Verdacht eines Tötungsdelikts bestätigte: »Alle Details morgen früh um zehn.«

Felix war zufrieden mit dieser Entwicklung. Bis morgen hätte er sich wieder im Griff. Zur Besprechung hatte Leopold Chefbauer bereits einige weitere Kollegen hinzugezogen, die nicht zum K1 gehörten, aber allen bekannt waren, sowie Maxi und Fred. Die beiden halfen öfter aus. Maxi war eine hervorragende Rechercheurin aus der Wirtschaftsabteilung. Ihre Hilfe konnten sie gut brauchen bei den vielen sichergestellten Aktenordnern aus Herzogs Arbeitszimmer.

Bert stellte Benedikt Herzog vor, was schnell geschehen war. Bis auf mehrere kleine Verkehrsdelikte wie zu schnelles Fahren mehrmals auf derselben Strecke, keine Auffälligkeiten. Er arbeitete als Werkstattmeister in einer Schreinerei in Starnberg. Morgen würden sie mit seinen Kollegen sprechen. Claudia berichtete von den Ermittlungen im Hause Herzogs. Im Gegensatz zur Mutter schien die Tochter ein sehr enges Verhältnis zu ihrem Vater zu haben. Sie war regelrecht durchgedreht, als sie von seinem Tod erfuhr. Claudia wollte morgen wieder hin, weil in der aktuellen Situation keine Vernehmung der Tochter möglich war.

»Das kann ich übernehmen«, sagte Felix. »Ich möchte ohnehin mit Frau Herzog sprechen.«

Chefbauer überlegte. Dann gab er zu bedenken. »Ich finde, du solltest zu diesem Jägerfreund von dem Herzog fahren, den die Gattin erwähnt hat«, er schaute im Protokoll nach dem Namen, »den Hellhake. Lass die Claudia mal mit der Tochter reden.

Die Claudia nimmt den Johannes mit. So hättma schon des erste Team beinand. Ich mein immer, das ist besser, so von Frau zu Frau. Und sie soll auch mit der Witwe reden. Claudia?«

»Okay«, sagte sie.

»Seit wann hamma denn hier Geschlechtertrennung?«, wollte Bert wissen.

»Seit mir Herren- und Damenklos haben«, erwiderte der Chef und forderte Felix auf zu berichten. »Da hamma vielleicht was Interessantes.«

»Benedikt Herzog hat auf der PI in Herrsching«, begann Felix, »insgesamt dreimal Tierquälerei angezeigt. Da ist er übrigens nicht der Einzige. Der Jäger, der das Revier neben seinem gepachtet hat, hat ebenfalls zweimal angezeigt.«

»Ich hab mir auch einen Plan faxen lassen von den Revieren«, teilte Bert ihnen mit.

»Wie, Tierquälerei?«, fragte Laura.

»Hase, an den Läufen mit Drahtschlinge aufgehängt, geköpfte Katze, aufgeschlitztes Lamm«, berichtete Felix.

»Lamm?«, wiederholte Laura.

»Ja. Aber es ist keines als gestohlen gemeldet gewesen. Also wurde es womöglich gekauft. Oder der Diebstahl nicht angezeigt. Könnt ja auch ein Fuchs gewesen sein oder ein Hund.«

»Des ist doch jetzt egal, woher des kommt«, unterbrach der Chef. »Wichtig ist, dass jemand, der ein Lamm im Wald aufschlitzt, des geplant hat. Da gibt's doch diese Satansanbeter, na, wie heißen die noch mal?«

»Satansanbeter«, sagte Bert.

»Die Vorfälle fanden alle zwischen Mai und August statt«, berichtete Felix weiter. »Seitdem ist Ruhe. Es kann sein, dass Touristen dahinterstecken. Herrsching wird ja immer beliebter. Oder eine dort bekannte Vampirclique. Das sind so ein paar junge Leute, die spielen die Filme oder Bücher nach, die gerade in Mode sind. Angeblich haben sie einen Kurzfilm gedreht, der wurde aber nicht genommen beim Fünfseen-Filmfestival. Der Kollege von der PI recherchiert das und meldet sich dann. Ist vielleicht nur ein Gerücht. Aber den Film zu sehen wäre sicher aufschlussreich.«

»Und was ist jetzt mit den Anzeigen?«, fragte Laura.

»Nix«, sagte Felix. »Aufgenommen, zu den Akten gelegt, nicht weiterverfolgt. Es hätten ja auch überfahrene Tiere sein können, die dann jemand in den Wald geschmissen hat.«

»Wir brauchen die Namen von den Vampiren«, sagte Dieter.

»Die krieg ich«, erwiderte Felix. »Das Problem ist ... nein, es ist kein Problem, aber der Kollege hat mir gesteckt, dass da einige Töchter und Söhne von einflussreichen Persönlichkeiten mitmischen.«

Chefbauer schlug mit der Hand auf den Tisch. Das machte er selten. »Ja, wo gibt's denn so was!« Es war allen klar, dass er sich weniger über die Misshandlung der Tiere als über die Misshandlung der Anzeigen echauffierte.

»Angeblich sind im Sommer in Herrsching verdächtig viele Katzen verschwunden«, legte Felix nach. »Die Kollegen haben keine Kapazitäten für so was. Gerade im Sommer, wenn es in Andechs hoch hergeht. Da fallen so ein paar Katzen schon mal unter den Tisch. Der Dienstgruppenleiter informiert mich über seine Nachforschungen. Ich war heute noch bei dem Jägerkollegen von dem Herzog, den habe ich nicht angetroffen. Ich hoffe, er meldet sich bald.«

Chefbauer nickte. »Gut. Morgen früh simma in der Rechtsmedizin, vielleicht schaffst du den Jäger vorher – sonst halt danach. Vorausgesetzt, du bist nicht krank.«

»Bestimmt nicht«, sagte Felix.

»Herrschaften«, ließ der Chef sie wissen, »den Lübtow, den legma jetzt auf Eis.«

Alle nickten. Das war klar gewesen. Sobald ein Kapitalverbrechen hereinkam, wurde alles andere beiseitegeschoben. Nie zuvor war Felix damit so einverstanden gewesen. Kopf frei für einen neuen Fall. Es gab keine bessere Ablenkung als die erste Phase in einer Ermittlung. Die war am spannendsten, wenn man noch gar nichts wusste und im Trüben fischte und dann die ersten Ergebnisse an Land zog, wenn sich ein Bild abzuzeichnen begann, wie es gewesen sein könnte, wenn man dieses Bild wieder und wieder verwarf – bis man den Tathergang erkannte.

Der Chef schaute auf die Uhr. »Heute reißen wir draußen nix mehr«, meinte er. »Die Vermerke schreibma noch. Morgen früh Besprechung. Gründung einer Soko mit festem Personal von uns und Fremdkräften. Aber ich würd sagen, wir kümmern uns trotzdem noch um die Sachen, die Claudia und Johannes mitgebracht haben.«

»Das ist nur ein Teil, das K7 holt den Rest«, warf Johannes ein.

»Bei eurem Haufen sind doch auch Telefonbücher und Kalender dabei?«, erkundigte sich der Chef.

Claudia nickte.

»Felix, du gehst jetzt heim«, ordnete Leopold Chefbauer an. »Kurier dich aus und schau, dass du morgen fit bist.«

Ohne zu widersprechen stand er auf.

Als er draußen war, raunte Johannes Claudia zu: »Siehst du. Der ist krank. Wahrscheinlich hat er Fieber. Drum war er vorhin so komisch.«

»Ich hätte auch gern Fieber, wenn ich dem entgehen könnte, was uns jetzt bevorsteht«, ließ sie Johannes wissen, als sie die Telefonate aufteilten, um sich im Umfeld des Toten zurechtzufinden. Und das bekam sie dann auch. Zwei Stunden später glühten nicht nur ihre Ohren, sondern auch ihr Gesicht. »Ich glaub, der Felix hat mich angesteckt«, teilte sie dem Chef mit. »Ich fühl mich mehr tot als lebendig.«

40

Der Mann lag auf dem kalten Edelstahl. Blass und mit der typischen Naht von der Kinnspitze bis zum Schambein. Prof. Martin Hinteregger von der Münchner Rechtsmedizin war für seine Nähte berühmt. Denn obwohl es nicht seine Aufgabe war, ließ er es sich hin und wieder nicht nehmen, eigenhändig zu Nadel und Faden zu greifen. Sein Gesichtsausdruck dabei war sehenswert. Hier nähte einer mit Seele an den Leibern. Dieses Werk hatte er auch an Benedikt Herzog vollbracht. Unverwechselbar hatte der Chef der Rechtsmedizin seine Handschrift auf dem Torso des Toten hinterlassen.

Der Professor erklärte wie immer sehr plastisch. Manchen von Felix' Kollegen war das unangenehm. Sie stöhnten, wenn sie hörten, dass der Hinteregger selbst obduzierte. Felix konnte den Rechtsmediziner gut leiden, der mit Bierbauch und Schnauzbart aussah wie die Karikatur eines Bayern. Außer ihm waren an diesem Mittwochvormittag die Staatsanwältin Frau Dr. Kappel sowie ein Assistenzarzt anwesend. Und natürlich der Kollege von der Schusswaffenerkennung vom LKA, der passenderweise wie eine Allgäuer Waffenfirma hieß: Herr Blaser.

»Und, wie schaut's aus?«, fragte Felix und hoffte, Hinteregger wäre gut gelaunt. Wenn er gut drauf war, teilte er einem hin und wieder eine Vermutung mit. Was viele unpassend fanden.

Ein Rechtsmediziner hat sich an die Fakten zu halten. Aber wenn sein Verdacht sich in zahlreichen Fällen als richtig erwies? Felix schätzte die interdisziplinäre Mitarbeit des Professors.

Der deutete auf die Schläfe des Toten. »Fang ma oben an.«

Alle nickten.

»Trümmerbruch des Schädeldaches infolge einer Schussverletzung. Der Trümmerbruch weist weitverzweigte Bruchlinien im gesamten Bereich der Einschussstelle auf. Außen haben wir ein glatt gestanztes Loch, innen Knochensplitter. Ganz typisch.«

»Die Kugel?«, fragte Blaser.

»Hab ich euch einpacken lassen, könnt ihr mitnehmen, den Bericht auch.«

»Pfundig«, sagte Felix.

Herr Blaser beugte sich vor, als müsste er die Aussage des Rechtsmediziners überprüfen.

»Sonstige Auffälligkeiten?«, fragte Frau Dr. Elisabeth Kappel, mit der Felix per Sie war, wie er ihrem Verhalten entnommen hatte.

»Ja mei, die Leber«, seufzte Hinteregger. »Ein Ausstellungsstück. Fast vier Kilo.«

»Was ist denn normal?«, wollte Blaser wissen.

»Zirka tausendfünfhundert Gramm«, erwiderte Hinteregger.

»Alkoholiker?«, fragte Blaser.

Hinteregger schüttelte den Kopf. Und dann ließ er die Bombe platzen. »Lang hätt der sowieso nimma glebt. Der ist total verkrebst. Des sieht man ihm ja auch an. Zu deutsch: Wegen der Tumorkachexie, also der Abnahme des Körpergewichts durch den Tumor, schaut der so aus, wie er da liegt. Dem seine Tage waren gezählt.«

Frau Dr. Kappel wechselte einen Blick mit Blaser und bat Hinteregger: »Können Sie ein bisschen mehr dazu sagen?«

»Des is so weit ganz typisch. Ein Darmkrebs bildet überwiegend Metastasen, also Tochtergeschwülste in der Leber und der Lunge. Diese Organe sind dann vergrößert, besonders die Leber. Der Mann ist dünn, eigentlich mager, geradezu ausgezehrt, hat aber einen aufgetriebenen Bauch. Des ist aber kein Fett und kommt nicht vom Bier, sondern von der Leber. Bei ihm«, er deutete auf die sterblichen Überreste des Benedikt Herzog, »sind auch die Lungen stark metastasiert. Wie soll's anders sein«, er zuckte mit den Schultern, »wenn die Verschleppung des Tumorgewebes hämatogen verläuft.«

»Hämatogen?«, wiederholte Blaser.

»Über den Blutweg.«

»Hat er von seiner Krankheit was gemerkt? Hatte er Beschwerden?«, erkundigte die Staatsanwältin sich.

»Freilich hat er des gewusst«, erwiderte Hinteregger. »Es ist ja wohl kaum vorstellbar, dass man ihm ohne sein Wissen einen künstlichen Darmausgang verpasst.«

»Moment! Davon haben wir am Tatort nichts gesehen«, erhob Felix Einspruch. »Da hätte doch ein Beutel sein müssen?«

»Der künstliche Darmausgang ist wieder zurückverlegt worden«, erklärte Hinteregger. »Die Operation dürfte noch nicht allzu lang her sein. Selbstverständlich hat dieser Mann gewusst, dass er krank ist. Todkrank, muss man sagen. Ich kann mir nicht vorstellen, dass es einen Arzt gibt, der diesen Zustand vor einem Patienten verheimlicht.«

»Und wenn doch?«, fragte Blaser.

»Dann hat er ihn um seine letzten Tage beschissen.«

»Was wiederum für ein Tötungsdelikt spricht«, meinte Kappel. »Wenn ich weiß, dass ich eh bald abberufen werde, bringe ich mich doch nicht um.«

»Oder ich bringe mich genau deshalb um«, widersprach der Professor.

»Wir haben keine Waffe«, sagte Blaser nachdenklich und schaute den Professor fragend an. »Wir gehen doch nach wie vor von einem Tötungsdelikt aus?«

»Selbstverständlich«, nickte Hinteregger. »Keine Schmauchspuren an den Händen, wie ich euch gestern Abend bereits mitgeteilt habe. Das Kunststück soll mir mal einer zeigen, sich selbst zu erschießen und dann mit einer weißen Weste dazustehen.«

»Weiße Weste?«, wiederholte Blaser.

»Saubere Hände«, übersetzte Felix.

»Ihr solltet dringend mit seinem Arzt sprechen«, empfahl Hinteregger. »Einen Hausarzt muss er gehabt haben. Wer hätte dem denn sonst die starken Schmerzmittel verschrieben, die wir im Blut nachgewiesen haben? Bis jetzt haben wir zwar nur die Ergebnisse der Soforttests, ich kann euch also nicht sagen, wie viel wovon er intus hat, nur *dass*. Einzelheiten folgen. Davon abgesehen muss er länger in einer Klinik gewesen sein. Der hat Bescheid gewusst, was los ist. Und des hat man ihm ja auch angesehen. Die angeschwollene Leber hat sich deutlich unter dem rechten Rippenbogen herausgewölbt.«

Kappel deutete auf die Schläfe des Toten. »Normalerweise schießt ein Mörder von hinten ins Genick oder eben frontal. Das Opfer muss seinen Mörder gekannt haben. Einen Fremden lässt man doch nicht so nah an sich ran. War er ... benebelt? Vielleicht von Medikamenten? Wie sieht es mit Abwehrverletzungen aus?«

Hinteregger schüttelte den Kopf. »Ich hab, wie gesagt, noch nicht alle Ergebnisse, aber im Moment gehe ich davon aus, dass er bei Bewusstsein war. Und sich nicht gewehrt hat.«

»Seltsame Geschichte«, meinte Blaser.

»Ja, da habt ihr eine harte Nuss zu knacken«, grinste Hinteregger, was bei Felix ein flaues Gefühl hinterließ. Er wusste, wie die Rechtsmediziner es zu nennen pflegten, wenn sie den Schädel eröffneten. »Der da hat jedenfalls nicht viel davon gespürt, er war sofort tot.«

Blaser räusperte sich »Also legen wir den Verdacht auf Suizid völlig beiseite? Schließlich fehlt uns auch die Waffe.«

»Für was hab ich euch eigentlich gestern Abend angerufen?«, fragte Hinteregger grantig.

Kappel lächelte ihn besänftigend an. »Sicher. Ohne Schmauchspuren kein Suizid. Wir können trotzdem noch einmal nach der Waffe suchen. Der Mörder könnte die Waffe auf dem Weg zu seinem Wagen verloren haben. Er wird wohl nicht zu Fuß unterwegs gewesen sein. Herr Tixel, was meinen Sie, was ist mit der Hundestaffel?«

»Die war schon mal draußen. Das Problem ist der Fuchsbau in der Nähe, aber freilich. Probier mas.«

»Es ist unwahrscheinlich, dass die Waffe von irgendjemandem mitgenommen wurde«, meinte Kappel. »Schließlich lag er gerade mal zwölf Stunden dort.«

»Eher zehn«, korrigierte Hinteregger. »Wir haben den Todeszeitpunkt in unserem Bericht auf Mitternacht datiert.«

»Der Vogelschützer hat ihn um zehn Uhr morgens gefunden.«

»Und wenn vorher andere dort waren?«, fragte Kappel.

»Nachts im Vogelschutzgebiet?«, zweifelte Felix. »Was macht man da?«

»Beobachten.«

»Wenn es dunkel ist, schlafen die Vögel.«

»Können wir das Gespräch draußen fortsetzen?«, bat Blaser.

Felix verstand ihn. So hatte er früher auch gedacht. Seit einigen Jahren fand er es aber richtig, solche Spekulationen im Angesicht des Toten zu äußern. Er war dabei gewesen, meistens als einziger Zeuge – bis auf den Mörder.

Kappel und Blaser gingen hinaus, Felix zögerte. Der Assistenzarzt wollte den Leichnam zudecken, wartete aber noch einen Augenblick, als er bemerkte, wie konzentriert Felix in das bleiche Gesicht starrte. *Warum ein Schläfenschuss?*, fragte er sich. Bei einem Suizid war das leichter vorstellbar. Wenn er sich hingekniet hatte, nicht weil einer ihm das befohlen hatte, sondern weil er ... gebetet hatte? Zwischen die Augen zu schießen, kostete mehr Überwindung als an die Schläfe. *Schmarrn*, dachte Felix. *Der war ein Jäger, der hätte sich die Waffe ins Genick gehalten und in den Hinterkopf geschossen, wenn er den Anblick frontal nicht ertragen hätte, und Feierabend.*

41

Ich war erst gegen vier eingeschlafen, weil ich darüber nachgedacht hatte, wie ich Felix die Informationen über die Dossiers zukommen lassen sollte. Anrufen? Noch mal einen Bericht schreiben? Genau das machte ich ab vier Uhr früh im Traum. Da füllte ich Seite um Seite mit Sachverhalt, Beweislage, Alibi. Das Motiv stand fest: Liebe.

Als ich um neun Uhr an diesem grauen Mittwoch aufwachte, glaubte ich für einen Moment, Felix wäre bei mir. Wie eine heiße Quelle durchströmte mich das Glück. Und gefror. Celina! In meinem Bett! Auf dem Rücken liegend starrte sie zur Decke, in der Hand hielt sie ihr iPhone. Sie merkte, dass ich wach war, setzte sich auf und reichte mir das iPhone.

Verräter haben bei uns nichts zu suchen, las ich.

»Ja und?«, fragte ich.

»Das ist von Schorsch«, erklärte sie unglücklich. »Aber ich hab ihn nicht verraten! Die Polizei weiß nicht, dass er das war im Wohnzimmer bei uns und so.«

Schlagartig war ich wach. »Und so … was?«

»Man muss sich vertrauen. Das ist der Kodex der Bedingungslosigkeit. Eine solche Hingabe steht über familiären Bindungen.«

Ich packte sie an der Schulter. »Willst du mir damit durch die

Blume mitteilen, dass Schorsch also doch etwas mit dem Verschwinden deines Vaters zu tun hat?«

»Wieso also doch?«

Ich rüttelte sie.

»Au, au!«, jammerte sie.

»Ob Schorsch etwas mit dem Verschwinden deines Vaters zu tun hat!«, ließ ich nicht locker.

»Spinnst du!«

Grob schubste ich sie aus dem Bett. »Mir reicht's jetzt! Zieh dich an, wir fahren zu einer Freundin von mir.«

Sie blieb auf dem Boden liegen, umarmte ihre Knie, soweit ihr das möglich war mit dem Bauch als Barriere, und flennte.

»Anziehen!«

Keine Reaktion. Flipper stand einsatzbereit an der Türschwelle. Schwach wedelte seine Rute. Er wollte sich ja nicht aufdrängen, aber ...

»Komm!«, forderte ich den haarigen Mitarbeiter vom psychosozialen Dienst an. Nach einem kurzen kalten Schnauzenstieber an meinen Oberschenkel kümmerte er sich um Celina.

Ich rief Andrea an und erfuhr von der Mailbox, dass sie bis einschließlich Freitag bei einer Fortbildung weilte. Frustriert putzte ich mir die Zähne und duschte ausgiebig. Als ich in die Küche kam, lief die Kaffeemaschine, der Tisch war gedeckt, Celina trug ihre schwarze Stretchhose und einen schwarzen Pullover Marke Zelt.

»Ich hätte auch staubgesaugt«, begrüßte sie mich. »Aber ich wusste nicht, wo du deinen Staubsauger hast.«

Ich deutete auf Flipper und nahm Platz.

»Setz dich«, befahl ich Celina.

Flipper starrte mich aufgewühlt an. Wieso setzen? Wir mussten doch jetzt raus! Das war die Regel. Aufstehen und raus.

»Platz«, befahl ich ihm.

Mit hängender Rute trottete er in seinen Korb.

»Celina, schau mich an!«

Zögernd kam sie meiner Aufforderung nach.

»Und jetzt erzählst du mir alles, und wenn ich alles sage, dann meine ich alles.«

»Äh, was jetzt genau?«, fragte sie.

Ich hätte ihr eine scheuern können. Ich schwieg.

»Schorsch hat mich immer wieder mal was über meinen Vater gefragt.«

»Und das ist dir nicht merkwürdig vorgekommen?«

Bockig starrte sie zu Boden.

»Weiter!«, forderte ich sie auf.

»Ich habe gedacht, er interessiert sich für mich. Weil ich doch so viele Probleme mit dem CvL habe. Es hat mir geholfen, wenn er sich über ihn lustig gemacht hat. Also meistens. Manchmal fand ich seine Kommentare auch übertrieben«, sie zögerte, »aber fast nie.«

»Die Demolierung eures Wohnzimmers hat dir nicht gefallen«, erinnerte ich sie.

»Das war nicht der Schorsch!«, rief sie. »Das war der Tschoh. Der hat immer solche Ideen.«

Dieses blasse, bekiffte Bürschchen? Das hatte ich aber anders in Erinnerung. Ich äußerte mich nicht dazu. Liebe macht blind und manchmal wohl auch blöd, dagegen ist kein Kraut gewachsen.

»Und was genau hat der Schorsch wissen wollen?«, erkundigte ich mich.

»Komische Sachen. Wann mein Vater normalerweise heimkommt. Ob er regelmäßige Hobbys hat. So Zeug eben.«

»Und das ist dir nicht verdächtig vorgekommen?«

Sie schüttelte den Kopf. »Nein, warum auch? Ich dachte, er ...« Sie presste die Lippen aufeinander. »... interessiert sich für mich.«

Ich stand kurz vorm Platzen. »Und dann verhält man sich so? Man fotografiert jemanden in einer Scheißpose und droht, das bei Facebook reinzustellen, ja? Das nennst du Interesse oder Freundschaft?«

»Er hat es nicht so gemeint!«, rief sie.

»Nein, es war Absicht«, sagte ich.

»Dass er die Überwachungskamera kaputtgemacht hat, fand ich nicht richtig«, gestand sie. »Obwohl ich vermutete, dass er das für mich getan hat. Damit mein Vater nicht weiß, wann er und die anderen bei mir sind. Die Vogt ist Dienstag- und Donnerstagnachmittag ja manchmal weg. Da sind sie gekommen. Ich habe danach immer alles aufgeräumt.« Sie stockte. Dann schlug sie sich die Hand vor den Mund. »Du meinst ... du meinst, Schorsch hat den CvL gekidnappt? Also ihm nicht bloß eine Abreibung verpasst?«

»Das hättest du dir gewünscht?«

Sie schwieg.

»Erklär mir doch mal, warum du überhaupt nicht beunruhigt auf mich gewirkt hast, als dein Vater plötzlich spurlos verschwand. Du hast ständig Andeutungen gemacht, von wegen, er würde nicht mehr zurückkommen.«

»So was hab ich nie gesagt.«

»Doch.«

»Nein.«

»Du hast mir den Eindruck vermittelt, mehr zu wissen, als du zugeben wolltest. Also: Wo ist dein Vater?«

»Das weiß ich nicht!«

»Wieso hast du dann behauptet, dass …«

»Ich hab so was nicht behauptet. Aber jeder weiß doch, dass man die Sachen, die man sich wünscht, laut aussprechen muss. Man muss sie behandeln, als hätten sie sich bereits erfüllt, dann werden sie wahr.«

Verblüfft schaute ich sie an. Das wollte ich mir merken.

»Ich sag dir jetzt das Einzige, was ich weiß, okay«, begann sie unsicher.

»Dein Vater befindet sich in dem Haus in Raisting«, kam ich ihr zuvor. Wenn ich meine Pläne in die Tat umgesetzt hätte, wäre ich heute Nacht dort gewesen. Vielleicht hätte ich den an einen Stuhl gefesselten Clemens von Lübtow durch das von mir ausgefeilte kleine Loch im Fensterladen gesehen und Felix verständigt, der mir überhaupt nicht mehr böse wäre, sondern dankbar, weil ich ihm diesen Tipp gegeben hatte. Als wäre es wahr, dachte ich: *Ich habe Clemens von Lübtow gefunden und …*

»Schorsch weiß, wo der Ersatzschlüssel für unser Haus liegt«, funkte Celina in meine glückliche Zukunft.

»Bitte was?«, rief ich.

»Im Garten unter der Statue. Wenn man sich mal aussperrt. Den Platz kennen nur mein Vater und ich. Ich habe es der Polizei nicht gesagt, niemandem habe ich es gesagt«, stieß sie gepresst hervor.

»Aber das wäre wichtig gewesen!« Ich sprang auf. Mein Knie trat sofort nach. Ich legte meine Hand auf die pochende Stelle.

»Liegt der Schlüssel wieder an seinem Platz?«, fragte ich sie.

»Ich hab nicht nachgesehen.«

»Warum nicht?«

»Ich hab … mich nicht getraut.«

»Das musst du! Und dann rufst du die Kripo in Fürstenfeldbruck an und erzählst denen alles, was du mir jetzt gesagt hast. Fass den Schlüssel nicht an, sollte er an seinem Platz liegen. Die Kripo kann vielleicht Fingerabdrücke sicherstellen. Wir fahren jetzt sofort zu dir.«

»Aber Schorsch hat den Schlüssel genommen ...«

»Also doch?«

»Nur einmal. Er hat mir was in mein Zimmer gelegt. Also sind bestimmt seine Fingerabrücke drauf, und dann wird ihm was angekreidet, womit er nichts zu tun hat.«

»Das wird er dann ja wohl erklären können.«

Celina heulte. Diese ständige Flennerei machte mich aggressiv.

»Dein Vater ist seit über einer Woche verschwunden. Wenn er nicht in Amerika ist, wenn er nicht von einem seiner Kollegen festgehalten wird – wo ist er dann? Wir müssen die Polizei auf das Haus in Raisting aufmerksam machen. Du musst das tun. Und auch von den Dossiers berichten. Mir glauben sie nicht.«

»Die wissen doch gar nicht, dass es dich gibt.«

»Eben. Deshalb wirst du das übernehmen.«

»Ich häng den Schorsch nicht hin. Ich bin keine Verräterin!«

»Ich schon«, erwiderte ich ruhig. »In diesem Fall sogar mit dem allergrößten Vergnügen.«

Sie verschränkte die Arme vor der Brust. Wie ein kleiner Buddha saß sie in meiner Küche, aber bis zur heiteren Gelassenheit war es noch ein weiter Weg. »Ich komm nicht mit zu den Bullen! Die bringen mich sofort ins Waisenhaus!«

»Ich geh auch nicht persönlich hin. Ich schreibe das auf. In Berichtsform, wie sich das gehört. Und dann faxe ich es, und wir fahren nach Wartaweil.«

Sie kratzte sich ausgiebig am Oberarm und fragte, als wäre dieser Morgen bis jetzt verlaufen, wie man sich einen harmonischen

Tagesbeginn vorstellt: »Hast du eigentlich was zum Frühstück da? Außer Joghurt?«

Wie konnte sie jetzt an Essen denken. »Du kannst beim Bäcker was holen, vorne an der Ecke.«

»Darf ich den Flipper mitnehmen?«

Ich zögerte. Konnte ich Celina meinen letzten verbliebenen Freund anvertrauen?

»Bitte!«, bettelte sie.

Ich gab mir einen Ruck. »Okay. Aber du lässt ihn nicht von der Leine. Und bevor du einkaufst, gehst du mit ihm an die Isar. Und du lässt ihn nicht von der Leine.«

»Versprochen.«

»Brauchst du Geld?«

»Ich habe selber welches. Was soll ich für dich mitbringen?«

»Eine Breze.«

Im Flur brachte Flipper mir einen Pfotenschoner. Er hatte sich bereits an die Schuhe gewöhnt. Ich untersuchte seine Pfoten und entschied, dass er ab heute ohne Schuhe rausdurfte. Die Risse in den Ballen waren verheilt. Ich drückte Celina eine Tüte in die Hand. »Wenn er ein Geschäft macht, sammelst du das ein.«

»Igitt!«

»Glaubst du, dein Edward wird Gold kacken?«, fragte ich sie.

Prustend befestigte sie den Karabiner der Leine am Halsband und ließ sich von dem begeistert wedelnden Flipper nach draußen ziehen.

42

Der Chef hatte ein regelrechtes Wunschkonzert aufgestellt, fünfundzwanzig Beamte ermittelten in der Soko Ammer. Felix war direkt nach der Obduktion nach Hechendorf gefahren. Er würde Mutter und Tochter getrennt befragen und im Anschluss den Jäger Hellhake. Dorthin war es nicht weit, er hatte sich telefonisch gemeldet, vielleicht hatten sie bis Mittag schon eine Spur. Das SEK machte sich bereit für die Durchsuchung des Klubhauses in Raisting. Dort rührte sich bislang nichts, das Haus wurde seit dem gestrigen Abend observiert. Zwei Teams der KPI – Laura und Bert, Dieter und Fred sowie der Erste Kriminalhauptkommissar Leopold Chefbauer und dessen Vorgesetzter Kriminaloberrat Frank, so war es vorgeschrieben – würden bei dem Zugriff anwesend sein, auch Felix würde hinfahren, falls nötig.

Frau Herzog wirkte um Jahre gealtert. Das irritierte ihn, am Vortag hatte sie nicht den Eindruck erweckt, der Tod ihres Mannes sei ein großer Verlust für sie. Dann begriff er, dass es an der fehlenden Schminke lag. Wieder war sie gut gekleidet, doch ihr Gesicht war nackt und alt und müde. Sie bat ihn ins Wohnzimmer.

»Meine Tochter schläft«, teilte sie ihm mit, während er in einem der hellen Ledersessel Platz nahm. »Sie ist gestern einfach abgehauen. Ich weiß nicht, wo sie war. Sie ist in einer fürchterlichen Verfassung. Ich wäre Ihnen sehr verbunden, wenn wir sie schlafen lassen könnten. Sie ist erst weit nach Mitternacht nach Hause gekommen.«

»Ihre Tochter hatte ein enges Verhältnis zu ihrem Vater?«

»In letzter Zeit ja.«

»Wie darf ich das verstehen?«

»Als sie ein kleines Mädchen war, wusste er nichts mit ihr anzufangen. Sie haben erst später Kontakt zueinander gefunden.«

»Das ist aber ungewöhnlich. Normalerweise entfernen sich die Kinder in der Pubertät.«

»Annalena hat als kleinen Monti ein Waldprojekt übernommen, sie war auf der Montessorischule, da wird Wert auf selbstständige Projektarbeit gelegt.« Als sie Felix' fragenden Gesichtsausdruck bemerkte, erklärte sie: »Es gibt den kleinen und den großen Monti. Ein Freund meines Mannes war ihr Mentor – und danach ist das Interesse geblieben. Sie war viel mit meinem Mann unterwegs. Annalena interessiert sich besonders für Wölfe und Bären und will mal Wildbiologin werden. Sie ist recht zielstrebig. Ich selbst habe keinen Draht zu Tieren.« Sie zuckte mit den Schultern. »Aber solange die Regeln eingehalten werden …«

»Und die lauten?«

»Keine Tiere und kein Dreck von Tieren im Haus.«

»Und trotzdem haben Sie einen Jäger geheiratet?«, wunderte Felix sich.

»Kaffee?«, fragte Frau Herzog.

»Gern.«

Fünf Minuten später hatte sie auch etwas Gebäck auf den handgefertigten massiven Mahagonitisch in Augenform, mit eingelassener Glasplatte gestellt, darunter Edelsteine in verschiedenen Farben und Formen. Während Felix zwei Tassen Kaffee trank, erzählte sie ihm, wie sie ihren Mann kennengelernt hatte.

Sie hatte einen alten Sekretär gekauft, der war beim Transport beschädigt worden. Da hatte man ihr die Schreinerei Wolf Dreher empfohlen. Dort würde ein Spezialist arbeiten. So lernte sie ihren Mann kennen. Die Liebe zum Holz hatte sie zuerst sehr miteinander verbunden, allerdings interessierte sie sich für alte Möbel, ihr Mann interessierte sich für den Wald. Sie zuckte mit den Schultern. »Aber wenn man ein Kind zusammen hat, spielt das keine Rolle, dann rückt das Kind in den Vordergrund.«

»Aha«, brummte Felix.

»Wenn ein Kind da ist, arrangiert man sich«, wiederholte sie.

»Wie würden Sie Ihre Beziehung zu Ihrem Mann beschreiben?«

»Wir waren ein gutes Team. Vielleicht wie eine WG?«, fragend schaute sie ihn an und erklärte: »Weder für mich noch für meinen Mann wäre es infrage gekommen, etwas zu ändern, bevor Annalena auszieht. Wenn man ein Kind miteinander hat, muss man durchhalten. Das ist man seinem Kind schuldig. Ich glaube nicht, dass wir bis zur Rente zusammengeblieben wären, also bis zu seiner. Mein Mann war ja zehn Jahre älter als ich.«

»Frau Herzog, ich komme gerade aus der Rechtsmedizin. Bei der Obduktion Ihres Mannes, die der Gesetzgeber bei einem Kapitalverbrechen wie diesem vorschreibt, ist herausgekommen, dass ...«

»Selbstmord?«, rief sie erschrocken.

»Nein.« Felix musterte sie irritiert. Ob Dieter die Versicherungen schon gecheckt hatte? Bei Selbstmord zahlte nicht jede Lebensversicherung. »Ihr Mann war sehr schwer krebskrank.«

Sie lehnte sich zurück. »Aber nein. Das hat er alles überstanden. Das war vor knapp zwei Jahren. Er wurde operiert und hatte eine Weile einen künstlichen Darmausgang, der wurde zurückverlegt, alles war wieder gut.«

»Nein, Frau Herzog. Es war nicht wieder gut. Ihr Mann hatte keine allzu hohe Lebenserwartung mehr.«

»Was?« Sie wirkte aufrichtig erschrocken.

»Er schien starke Schmerzen gehabt zu haben, und er hat Medikamente genommen, die sind im Blut nachweisbar«, erklärte Felix. »Geben Sie mir bitte die Adresse seines Hausarztes?«

Frau Herzog erhob sich, trat zum Fenster und ging auf und ab, auf und ab, an der Fensterfront entlang.

»Ja, mein Mann war krank. Das stimmt. Aber es war alles wieder in Ordnung!«

»Nein, leider nicht.«

»Doch!«, beharrte sie.

»Und wenn er es Ihnen nicht gesagt hat?«

Sie hielt ihre Hand vor den Mund. »So was sagt man doch«, brachte sie gepresst hervor.

»Vielleicht wollte er Sie schonen?«, vermutete Felix.

Langsam ließ sie sich in den Sessel sinken. »Und wenn es der Doktor Weidenbach verschwiegen hat? Den kennen wir ja schon so lang«, hoffnungsvoll schaute sie ihn an. *Komischer Wunsch,* dachte Felix. Das war doch jetzt egal. Nein, war es natürlich nicht. Sie lebte ja noch und wollte leugnen, dass ihr Mann ihr zu wenig vertraut haben könnte.

»Gehen Sie einfach davon aus, dass Ihr Mann Sie nicht mit seiner Krankheit belasten wollte«, sagte Felix freundlich.

Tränen rannen über ihre Wangen. »Er hat es für Annalena getan«, schluchzte sie. »Sie sollte nichts davon wissen. Weil sie sich beim ersten Mal doch solche Sorgen um ihn gemacht hat. Sie hat nichts mehr gegessen und ist in der Schule immer schlechter geworden. Sie hat sogar ein Magengeschwür bekommen. Es war ein Elend, alles miteinander.«

»Und wie sind Sie damals mit der Krankheit Ihres Mannes umgegangen?«

»Keine Krankheit ist schön. Aber Darmkrebs«, sie seufzte. »Ein künstlicher Ausgang ... das schafft Distanz. Wobei ich sagen muss, dass mein Mann das alles von mir ferngehalten hat. Ich habe nichts damit zu tun gehabt, er hat alles allein gemacht. Ich habe niemals diese offene Stelle gesehen – und dafür war ich ihm auch dankbar.« Sie atmete schwer und fuhr dann fort: »Ich war sehr froh, als der Ausgang zurückverlegt wurde. Von da an haben wir nie wieder über die Krankheit gesprochen.«

»Sind Ihnen denn keine Tabletten aufgefallen? Die muss er doch irgendwo aufbewahrt haben?«

»Er hat ein eigenes Bad, da kann er gleich von der Garage aus rein. Er hat ja oft ... blutige Hände. Ich betrete seine Räume nicht. Wir haben eine Zugehfrau.«

»Sie zeigen mir dieses Bad, bevor ich gehe?«

Sie nickte.

»Frau Herzog, hat Ihr Mann Freunde, Verwandte, mit denen er über seine Krankheit gesprochen haben könnte?«

»Natürlich hatte er Freunde, besonders unter den Jägern, da war er ja sehr aktiv. Ich habe eine Liste erstellt. Ich habe die ganze Nacht gegrübelt und alle Leute aufgeschrieben, die mir eingefallen sind, genauso wie es Ihre Kollegin wollte, mit Verweis, woher mein Mann den- oder diejenige kannte.« Sie stand auf, ging hinaus und kam mit der ordentlichsten Aufstellung zurück, die Felix in einem Mordfall von einem Familienangehörigen jemals erhalten hatte. Es waren dreiundzwanzig Namen in einer Excel-Tabelle.

»Vor allem interessiert uns, wer mit Ihrem Mann vielleicht Streit gehabt hat. Auch am Arbeitsplatz.«

Frau Herzog wies auf eine Spalte in der Tabelle. Sie war mit *Konfliktpotenzial* überschrieben, und dort hatte sie einen Faktor zwischen eins und zehn angegeben. Felix kam aus dem Staunen kaum mehr heraus.

»Ich weiß allerdings nicht, wie treffend meine Einschätzung ist«, teilte sie ihm mit. »In den letzten zwei Jahren hat sich mein Mann ein wenig … isoliert. Mir ist das eigentlich gar nicht so recht aufgefallen, aber als ich gestern unsere letzte Zeit Revue passieren ließ … Nun haben Sie mir eine Erklärung dafür geliefert. Es war die Krankheit. Früher sind wir hin und wieder gemeinsam übers Wochenende weggefahren. Mit Annalena. Ich dachte, wir machen das nicht mehr, weil sie schon so groß ist. Aber das stimmt nicht. Mein Mann hat sich zurückgezogen. Und …«, sie presste die rechte Hand auf den Mund, »… es ist mir nicht aufgefallen! Am besten hat ihn wahrscheinlich der Hellhake Nikolaus gekannt, den hab ich Ihren Kollegen gestern schon genannt, er hat das Revier neben meinem Mann, die zwei sind seit Jahrzehnten befreundet.« Sie wies auf einen Namen auf der Liste. Felix nickte. Dann las er den Namen darunter. Er riss ihr das Blatt aus der Hand und sprang auf. Auf dem Weg zu seiner Jacke im Flur, dort steckte sein Handy in der Tasche, hätte er beinahe die Tochter über den Haufen gerannt. Bleich und verweint stand sie am Fuß der Treppe. Felix kondolierte ihr und bat sie, sich bis auf Weiteres zur Verfügung zu halten. Sie starrte durch ihn hindurch. Er wusste nicht, ob sie ihn verstanden hatte, und in diesem Moment war ihm das auch vollkommen gleichgültig.

43

Ich hatte meinen zweiten Bericht für Felix gerade fertiggestellt, wieder hielt ich mich persönlich zurück, notierte nur die Fakten. Nämlich Schorsch und die Clique, die Dossiers, da klingelte es Sturm. Ich sprang auf und öffnete die Tür mit Herzklopfen.

Aber es war nicht Felix. Es war Celina. Tränenüberströmt. In der einen Hand eine Abendzeitung, in der anderen ihr iPhone. So schnell hatte ich sie nicht zurückerwartet. Vor Heulen und Schluckauf konnte sie kaum sprechen.

»Was ist jetzt schon wieder los?«, fragte ich genervt.

Flipper huschte in die Wohnung, zielstrebig zu seinem noch leeren Napf, und zeigte mir deutlich, dass er über diese Vernachlässigung alles andere als erfreut war.

Celina drückte mir die Abendzeitung in die Hand, und warf sich auf mein Leopardensofa.

Mord an der Ammer, las ich. Das war doch … bei Celina? Um Himmels willen! Von Lübtow! Ich blätterte zu dem Bericht auf Seite drei. Der Tote hieß Benedikt H. Also kein CvL, aber vielleicht war der Name falsch … achtundfünfzig Jahre? Nein, das war zu alt … und hier, das Foto … nein, nein, das war er nicht.

»Celina! Das ist nicht dein Vater!«, rief ich.

»Ich weiß«, schluchzte sie. »Es ist der Herr Herzog. Ich habe schon angerufen bei denen ihrer Putzfrau.«

»Herzog?« Ich dachte nach. »Ist das nicht der Jäger, den wir mal im Wald getroffen haben?«

»Ja.«

»Du mochtest ihn?«

»Sehr.«

»Woher kennst du ihn?«

»Er ist der Vater von Annalena.«

Ihr Heulen steigerte sich. Hilflos schaute ich zu Flipper. Der hatte keine Lust auf eine Intervention. Erst Napf, dann Arbeit. Celina war nicht zu beruhigen. Ich streichelte ihr hilflos über den Rücken, dann ließ ich sie allein und fütterte Flipper in der Küche. Schließlich las ich den Artikel. Der achtundfünfzigjährige Jäger Benedikt H. war an der Ammer tot aufgefunden worden. Die Kripo Fürstenfeldbruck ging von einem Verbrechen aus. Ich kannte den Tatort, ich war gestern vorbeigefahren. Die Nähe zu Schorschs Haus ... Das konnte doch kein Zufall sein! Die Polizei bat die Bevölkerung um Mithilfe: Wem war etwas Verdächtiges aufgefallen – vielleicht ein Wagen, der spätabends oder nachts auf dem Parkplatz des Vogelschutzgebietes stand?

Ich druckte meinen Bericht für Felix aus, teilte Celina mit, dass ich in zehn Minuten zurück wäre, und faxte die zwei Seiten vom Schreibwarenladen um die Ecke aus an Felix' Faxnummer in Fürstenfeldbruck. Dann rief ich Anton Dürr an, hatte Glück, ihn zu erreichen, und verabredete mich mit ihm.

»Worum geht es, wenn es so dringend ist?«, fragte er.

»Um Lübtows Tochter Celina und ihre Rechte. Sie ist von zu Hause abgehauen und bei mir. Machen wir uns strafbar? Was kann ich tun?«

»Bezüglich des Adoptionsrechtes?«, fragte Anton und lachte.

Als ich zurückkam, heulte Celina nicht mehr. Das war Flipper zu verdanken, der ihr mit schräg geneigtem Kopf zuhörte, während sie ihr Leid vor ihm ausbreitete. Zwischendurch vergrub sie ihren Kopf in seinem Hals und drückte ihm die Luft ab. Flipper ließ sie machen, wie immer nach dem Frühstück war er ein wenig träge. Ich bezweifelte, dass er ihrem Vortrag konzentriert folgte, gelegentlich blinzelte er, gleich würden ihm die Augen zufallen. Celina merkte es nicht, auch nicht, dass ich an der Tür lehnte. Celina wusste nicht, ob sie Annalena kondolieren sollte. »Ich trau mich doch da gar nicht mehr anzurufen. Zum Schluss denkt sie, ich gönne ihr das. Weißt du, Flipper, wenn man so eine Freundin hat und dann ist sie plötzlich weg, das ist der volle Hammer. Erst haben wir alles zusammen gemacht, und jetzt hängt sie nur noch mit der blöden Isi und der Nelly rum.«

Flipper wedelte zustimmend. Isi und Nelly. Total dumme Puten!

»Weißt du, die sind superdünn. Und geile Klamotten haben die, und Isi hat einen megareichen Freund. Der kommt aus Seeshaupt, die haben ein Boot, da schwappt der See über, und manchmal holt er sie mit dem Moped ab. Dann fahren sie zu McDonald's und so. Nie haben sie mich gefragt, ob ich mitwill. Wie auch. Unter mir kracht ja das Moped zusammen«, sie schluchzte. Bevor sich das steigerte, machte ich mich lieber bemerkbar.

»Du mochtest den Herrn Herzog gern?«

Sie nickte. »Sehr gern. Bei dem war ich nie lästig. Er hat uns immer mitgenommen, die Annalena und mich. Wir durften sogar mal Traktor fahren, als wir im Winter im Wald waren, da haben wir geholfen, einen Stamm rauszuziehen. Mein Vater hätte so was nie erlaubt. Da braucht man nämlich einen Führerschein.«

»Soll ich dich zur Annalena bringen?«, fragte ich.

»Sie will nichts mehr von mir wissen. Wie der Schorsch. Irgendwas muss an mir sein, was andere zurückstößt. Warum bin ich immer allein? Warum klappt bei mir nichts? Warum ist bei mir immer alles schwarz und scheiße?«

»Eventuell, weil du nur in schwarzen Klamotten rumläufst.«

»Schwarz macht schlank«, hielt sie mir entgegen. Dann schaute sie Flipper an, kicherte, bekam Schluckauf, schluchzte. »Die Annalena findet Schwarz auch zum Kotzen, depri, sagt sie. Sie würde nie was Schwarzes anziehen, höchstens Schuhe. Und so war ich früher auch. Den Schorsch und die anderen habe ich ja erst kennengelernt, als die Annalena so gemein zu mir war. Die Maria aus meiner Klasse hat mich mal mitgenommen nach Raisting. Die hat ein Moped, und das war überhaupt kein Problem zu zweit. Aber die Annalena sagt, Vampire würden Tiere töten. Obwohl das so nicht stimmt. Man muss doch etwas essen, wenn man am Leben bleiben will.«

In der nächsten Stunde versuchte ich auf vielerlei Arten, Celina zu trösten. Es gelang mir nicht. Der Tod von Benedikt H. machte ihr schwer zu schaffen. Ich fragte mich, ob sie genauso um ihren Vater getrauert hätte. Am meisten beschäftigte es sie, dass sie unbedingt zur Beerdigung wollte, sich aber nicht traute. Zuerst behauptete sie steif und fest, es wäre wegen des Jugendamts. »Die schnappen mich am Friedhof!« Dann gab sie zu, dass sie sich vor Annalenas Reaktion fürchtete. Nach und nach begriff ich ihr Dilemma. Annalena war ihre beste Freundin gewesen. Dann hatte sich Annalena der »dünnen Clique« angeschlossen, und die hatte Celina gemobbt. Celinas Schmerz war echt und tief, sie zog keine Show ab, da war ich mir sicher. Ebenso sicher war ich mir, dass sie nicht nur um Benedikt Herzog trauerte, sondern auch um Annalena, die verlorene Freundin.

»Also, ich mach das immer so«, sagte ich. »Ich gehe an einen Ort, den ich mit der Person verbinde.«

»Welcher Person?«, fragte sie.

»Meine Oma«, sagte ich. »Ich gehe nicht auf den Friedhof. Da waren wir nie. Ich gehe dorthin, wo ich mit ihr glücklich war. Meine Oma hatte einen Schrebergarten gepachtet im Westend, da waren wir bei schönem Wetter jeden Tag. Die Pächter haben jetzt zum zweiten Mal gewechselt. Das ist mir aber egal, weil der Garten ja nach wie vor existiert. Es gibt da eine bestimmte Stelle, dort hat sie Erdbeeren für mich gepflanzt, da bin ich ihr ganz nah. Ich gehe nur nachts hin, wenn ich dort allein sein und an sie denken kann.«

Celina schaute mich ernst an. »So einen Vater wie den Herrn Herzog habe ich mir immer gewünscht. Er hat zwar auch viel gearbeitet, aber wenn er zu Hause war, kam man sich nie lästig vor. Manchmal hat er sich zu uns gesetzt und gefragt, was wir so machen, er hat sich immer für die Annalena interessiert. Und für mich«, sie stockte. »Obwohl er meinen Vater nicht ausstehen konnte. Das hat er mich nicht merken lassen. Er hat nur manchmal gesagt, ich würde nach meiner Mutter kommen. Nie hat er vor mir schlecht über meinen Vater geredet. Dabei waren sie Feinde.«

»Wieso denn das?«

»Weil sie, bevor ich auf die Welt gekommen bin, Freunde waren.«

»Aha«, machte ich. Celinas Einsicht hatte eine Form angenommen, die an Weisheit grenzte. Steckte nicht in jedem Menschen ein Buddha?

»Sie waren zu dritt. Der Hellhake, der Herr Herzog und mein Vater. Zum Gemsenschießen sind sie öfter in die Berge gefahren, und einmal waren sie zusammen in Afrika.«

»Ja, und?«

»Sie sagen, mein Vater würde das Wild und den Wald verraten und verkaufen.«

»Ich dachte, er hat nie schlecht über deinen Vater gesprochen?«

»Annalena hat es mir gesagt. Und andere Leute auch. Der CvL denkt immer nur an seine Karriere. Er geht über Leichen, und wenn er eine Gelegenheit sieht, seinem Scheißminister in den Arsch zu kriechen, dann wird er zum Zäpfchen.«

»Ja, das habe ich auch gemerkt, dass man sich nicht unbedingt beliebt macht, wenn man den Namen Lübtow in dieser Gegend nennt«, erinnerte ich mich an meine Begegnungen mit den Jägern.

Sie griff nach meiner Hand. »Jetzt weiß ich, wohin wir fahren können.«

»Ja?«

In ihren verweinten Augen leuchtete etwas auf. »Es ist ein bisschen weiter weg, aber ... ja, das ist genau der richtige Ort!«

»Da warst du mit Annalena?«

»Wir beide waren mit ihrem Vater dort.«

»Wie weit?«

»Eine gute Stunde mit dem Auto.«

»Und du kennst den Weg?«

»Ich schau mal im Internet.«

»Lass dir Zeit, ich habe noch einen Termin. Danach können wir los.«

Sie fiel mir um den Hals. Zuerst wollte ich sie wegschieben, aber dann umarmte ich sie. Und zwar so fest und so lange, dass Flipper trotz seiner verdauungsbedingten Trägheit aufstand und sich zurückhaltend wedelnd zu uns setzte, bis wir ihn in unsere Mitte nahmen.

44

»Wo ist denn Flipper?«, fragte mich Anton Dürr ungehalten, als ich ihn kurz vor der zeitlichen Weißwurstgrenze, zehn Uhr fünfundfünfzig am Vormittag, im Restaurant im ersten Stock des Künstlerhauses am Lenbachplatz traf.

»Der passt auf Celina auf«, sagte ich, setzte mich und erzählte ihm alles.

Antons Gesicht wurde immer kummervoller, was mir meine Beichte nicht erleichterte.

»Und warum berichtest du mir das erst jetzt?«, fragte er, als ich geendet hatte.

»Ich wollte dich da nicht reinziehen. Du hast mir einen Superjob bei Clemens von Lübtow verschafft. Was daraus geworden ist – dafür kannst du doch nichts.«

Anton griff nach seinem Smartphone und rief in seiner Kanzlei an. »Herr Gaul möchte mir bitte eine Vollmacht ins Künstlerhaus bringen. Der übliche Tisch. Sofort.« Er schwieg. »Nein, das ist nicht nötig. Ich fülle sie per Hand aus. Danke.«

Er wendete sich an mich. »Für den Fall der Fälle, Franza. Ich möchte, dass du mir eine Vollmacht unterschreibst. Dies nur vorausschauend, solltest du juristischen Beistand benötigen.«

»Um Gottes willen«, entfuhr es mir, während ich froh war, dass er nicht in die Details ging. Ich wollte das alles gar nicht so genau wissen. Und wenn es ernst würde, hatte ich den besten Anwalt an meiner Seite, den ich mir vorstellen konnte: einen Flipperfreund.

»Zweitens«, fuhr er fort. »Ich werde dir das Geld, das dir Herr von Lübtow schuldet, überweisen. Bitte schicke mir eine Rechnung.«

»Das möchte ich nicht.«

»Aber ich. Ich möchte mich auch bei dir entschuldigen, weil ich dir einen solch gefährlichen Auftrag vermittelt habe. Das wird nicht mehr vorkommen. In Zukunft werde ich die Personen vorher überprüfen lassen, nicht erst danach.« Anton wirkte bekümmert.

»Du hast Clemens von Lübtow überprüfen lassen?«, staunte ich.

»Was heißt hier überprüfen«, er seufzte. »Ich habe lediglich einige Erkundigungen eingezogen.«

Ich beugte mich vor.

»Sein Ruf ist nicht so makellos, wie es auf den ersten Blick den Anschein hat. Aber man muss schon ein bisschen bohren. Die Leute rücken nicht gleich heraus mit ihrer Meinung, dazu hat er zu viel Einfluss. Seine gesellschaftliche Stellung, seine finanzielle Potenz und seine Nähe zu einflussreichen Personen statten ihn mit beträchtlicher Macht aus. Doch es gibt Stimmen, die in ihm einen ideologischen Spinner sehen. Das Wort Rehphobiker fiel zweimal.«

»Bitte was?«

»Er hat sich in das Reh verbissen. Das betrachtet er als seine Lebensaufgabe. Der Wald muss ...« – Anton räusperte sich – »... ich zitiere nur: ethnisch gesäubert werden. Vom Reh.«

»Aber das ist doch lächerlich!«

»Es kann sein, dass das alles mit unserem neuen Landwirtschaftsminister zusammenhängt. Der stammt aus einer Familie mit großem Waldbesitz und mehreren Sägewerken. Offenbar will er hier punkten. Ich glaube nicht, dass er seinen derzeitigen Posten als Endstation seiner Karriere betrachtet, ganz im Gegenteil. Ich nehme an, er will ihn als Sprungbrett nutzen.«

»Natürlich«, nickte ich. »Es stecken immer persönliche Interessen hinter so einem Verhalten.« Ich zögerte »Trotzdem, Anton. Das war wirklich ein abwechslungsreicher Job. Danke!«

Über dieses Thema wollte ich mit dir auch sprechen«, hakte Anton ein. »Ich denke, du solltest deine Zukunft besser planen Ich möchte dir nicht zu nahe treten, Franza, aber ich glaube, dass du dich mit deinen vielen Verpflichtungen in Fitnessstudios aufreibst. Du fährst ständig von hier nach da. Du brauchst mehr Privatkunden, die zahlen besser, oder Sonderaufgaben.«

»So wie diese hier?«.

»Im Prinzip ja. Hast du dir schon mal überlegt, als Personenschützerin zu arbeiten?«

»Bitte was?«

»Ich bekomme sehr oft Anfragen von bedeutenden Persönlichkeiten, es sind meistens Männer – und manchen von ihnen ist es peinlich, mit einem Bodyguard aufzutauchen. Nicht jeder empfindet das als Zeichen von Macht. Es gibt Leute, die das als Schwäche interpretieren. Die Genannten fühlen sich, als würden sie Angst signalisieren. Was bei den Veranstaltungen, auf die ich anspiele, übervorsichtig wirken mag: Da gibt es Taschenkontrollen, viel Polizei ...«

»Du sprichst von Promiveranstaltungen, Empfängen?«

»Ja. Du musst dir das wie einen Begleitservice vorstellen.« Er schmunzelte. »Du wärst allerdings kein Callgirl, sondern ein Savety-Girl, das dem Kunden ein sicheres Gefühl vermittelt. Ich könnte dir in diesem Segment lukrative Aufträge vermitteln.« Er schaute mich nachdrücklich an. »Sehr lukrative Aufträge«, sagte er.

»Und wie stellst du dir das vor?«, fragte ich neugierig. Ein rosiger Schimmer am Horizont meiner tristen Zukunft. »Du ziehst dich gut an und begleitest einen meiner Mandanten zu einem Event. Mehr musst du nicht tun. Halt, natürlich musst du etwas: Du musst essen. Bei Tisch wirst du neben deinem Schützling sitzen und dich mit ihm unterhalten. Es geht lediglich um deine Anwesenheit. Du wirst als Freundin oder Bekannte oder PR-Frau eingeschleust. Dafür wirst du bezahlt.«

»Aber ich habe keine Ausbildung für so was, und eine Waffe darf und will ich nicht tragen.«

»Du hast deine Respekt einflößende Sammlung schwarzer Gürtel.«

»Schon, aber wenn die Angreifer bewaffnet sind! Messerkampf …« Ich zögerte und wog ab. »Obstmesserkampf, okay. Aber auf die Distanz hab ich keine Chance, also wenn die eine Schusswaffe ziehen.«

»Franza – wir reden nicht über gefährliche Aufträge. Es geht um das subjektive Sicherheitsempfinden der Auftraggeber, nicht um eine reale Bedrohung.«

»Das ist ein verlockendes Angebot«, gab ich unumwunden zu.

»Und ein sehr lukratives«, wiederholte Anton. »Ihr Sicherheitsgefühl lassen sich unsere Mandanten etwas kosten. Wir haben bis vor Kurzem mit einer Berliner Agentur zusammengearbeitet, aber das dortige Personal, große muskelbepackte Männer mit Stoppelfrisur und kantigen Gesichtern, fanden viele zu auffällig. Du Franza, als sympathische, attraktive Frau, hast von Natur aus die perfekte Tarnung. Vorausgesetzt, du trägst die richtigen

Klamotten. Wenn du möchtest, schicke ich dich mal mit meiner Assistentin auf die Theatinerstraße zum Einkaufen.«

»Also einkaufen kann ich alleine!«, grinste ich.

»Auf diesem Preislevel solltest du vielleicht jemanden an deiner Seite haben. Es ist wichtig, dass dein Outfit passt.«

Ich lachte. Wie würde Felix staunen, wenn ich ihn in einer geschlitzten Prada- oder Gucci-Klamotte an der Tür empfangen würde ... Her damit! Dann fiel mir ein, dass es aus war.

»Ich kann mir gut vorstellen«, fuhr Anton fort, »dass du mit zwei bis vier solchen Aufträge genug verdienst, um einen Monat angenehm zu leben. Über die Zahlungsmoral der Kunden brauchst du dir keine Gedanken zu machen, du stellst deine Rechnung an mich, wegen der Formulierung muss ich noch mit der Buchhaltung sprechen ... Franza, du schaust so bedrückt?«

Herrn Gauls Auftauchen ersparte mir, antworten zu müssen. Der Mitarbeiter aus Antons Kanzlei überreichte seinem Chef ein Kuvert. Ich unterschrieb die darin befindliche Vollmacht. Anton nickte zufrieden. »So kannst du beruhigt mit Celina zur Kripo nach Fürstenfeldbruck fahren. Wenn es Probleme gibt, rufst du mich an.«

»Ich kann sie nicht begleiten«, teilte ich Anton mit.

»Aber warum nicht? ... Franza? ... Franza, was ist mir dir?«

Ärgerlich blinzelte ich meine Tränen weg. Und dann sagte ich meinem Anwalt die Wahrheit und nichts als die Wahrheit.

45

Die Nachricht, dass Frau Herzog den vermissten Clemens von Lübtow als Todfeind ihres verstorbenen Mannes bezeichnet hatte, schlug in der Soko Ammer wie eine Bombe ein. Vor allem, da die Durchsuchung des Hauses in Raisting keine Ergebnisse gebracht hatte. Es wurden lediglich einige Kleintierskelette gefunden, keine Spur zu Clemens von Lübtow.

Felix berichtete seinen Kollegen in der kurzfristig anberaumten Mittagsbesprechung: »Lübtow und das Opfer Benedikt Herzog kannten sich seit Jahrzehnten. Beide sind Jäger. Frau Herzog hat erklärt, dass sie früher lose befreundet waren, dann jedoch in Streit über jagdliche Angelegenheiten gerieten. Genaueres wusste sie nicht. Sie weiß überhaupt sehr wenig von ihrem Mann.«

»Eine normale Ehe halt«, kommentierte Bert.

Drei Stunden später, die Zweierteams zogen ihre Kreise im Umfeld Benedikt Herzogs, war der Name Lübtow in Verbindung mit dem Toten noch einige Male aufgetaucht. Einhellig wurde versichert, dass Benedikt Herzog nicht gut zu sprechen war auf Clemens von Lübtow, den er als Tierquäler und Mörder bezeichnete. Die beiden hatten etwas miteinander zu tun. Aus der bloßen Bekanntschaft war eine heiße Spur geworden. Jetzt war es nur noch eine Frage der Zeit. Hast du das Motiv, hast du den Mörder. Das Motiv konnte darin liegen, dass Lübtow das Wild aushungern wollte, um der

Lobby der Waldbesitzer größtmöglichen Profit zu verschaffen. Zudem wollte er die Jagdzeiten insgesamt verlängern, sodass das Wild überhaupt nicht mehr zur Ruhe käme. »Am liebsten wär es dem«, hatte einer der befragten Jäger ausgesagt, »es würde ganzjährig gejagt. Die wollen das Wild regelrecht ausrotten.«

Die Stimmung in der Soko Ammer war gut. So war es am Anfang immer. Schwierig wurde es, wenn die Ermittlungen innerhalb der ersten Tage keine Ergebnisse brachten. Doch diesmal würde es anders sein. Sie waren nah dran, das spürten sie alle.

Frau Dr. Kappel fasste zusammen: »Als Arbeitshypothese nehmen wir an, dass Clemens von Lübtow den Herzog erschossen hat, da der Herzog ihn irgendwie gestört hat. Wobei, weshalb, womit, das wissen wir noch nicht so genau, aber je weiter wir mit der Sichtung der Unterlagen vorankommen, desto mehr erschließt sich. Herzog hat jedenfalls Material über Lübtow gesammelt. Um von sich als Täter abzulenken, hat Lübtow ihn erst eine Woche nach seinem Verschwinden umgebracht. Das ist ein raffinierter Schachzug.«

»Und wenn er trotzdem schon lange weg ist und einen Killer beauftragt hat?«, fragte Laura.

»Wir gehen davon aus«, wiederholte Kappel, »dass das Motiv in der Beziehung zwischen Lübtow und Herzog liegt.«

»Und die Ziska?«, fragte Bert. »War die dabei? Das würde zu diesem Plan passen, denn die ist ja drei Tage nach dem Verschwinden Lübtows verschwunden.«

»Fünf«, korrigierte Leopold Chefbauer. »Das Letzte, was wir von ihr wissen, ist, dass sie am Wochenende an der Tankstelle in Herrsching Kaugummis gekauft hat.«

»Wir suchen also keinen Vermissten, sondern einen Mörder, beziehungsweise zwei«, resümierte Dieter.

Alle redeten durcheinander.

»Herrschaften!« Der Chef klatschte in die Hände. »Wir müssen die Fluchtwege kontrollieren. Flughäfen und so weiter, auch international. »Maxi, das machst du. Da brauchen wir Zielfahnder. Wir müssen jetzt größer denken.«

»Ich kümmere mich drum«, sagte Maxi.

»Erst kein Fall, dann ein Fall, dann zwei, dann wieder einer«, stöhnte Bert.

»Felix, was ist mit dem Jägerkumpel vom Herzog?«, fragte der Chef.

»Den treff ich jetzt dann bei sich zu Hause.«

»Wer fährt mit dir?«

»Noch niemand.«

»Die Claudia fehlt uns heute. Wer fährt mit dem Felix?«

»Ich!«, meldete Johannes sich.

»Dich brauch ich hier«, wies der Chef seinen Wunsch zurück. »Mit dir muss ich gleich mal reden.«

Johannes' Gesicht rötete sich.

»Da kann ich doch ausnahmsweise allein hin«, sagte Felix.

»Ausnahmsweise«, gestattete der Chef »Wobei das bei dir kein Normalzustand werden soll, Felix. Du warst auch gestern allein unterwegs.«

»Ausnahmsweise«, grinste er.

Der Chef fand das nicht lustig. »Wer fährt in die Firma vom Herzog?«, fragte er in die Runde.

»Ich«, sagte Bert.

»Bin dabei«, meldete Fred sich.

Nachdenklich musterte der Chef ihn. Womöglich überlegte er, ob er Fred mit Felix losschicken sollte.

Die Staatsanwältin wirkte zufrieden: »Das alles sieht doch

recht gut aus. Wir lassen die Familie von dem Herzog vorübergehend außen vor und konzentrieren uns auf die Verbindung Lübtow-Herzog. Die Suche nach der Ziska wird wieder aufgenommen.«

»Das übernimmt der Johannes«, teilte Chefbauer ein. »Du hältst dich an die Laura; ihr kümmert euch als Erstes um die Telefonüberwachung.«

»Auch die Familie?«, wunderte Johannes sich. Eine Telefonüberwachung war äußerst personalintensiv. Denn die Gespräche mussten ja dokumentiert und ausgewertet werden.

»Logisch. Wemma schon dabei sind, das zu beantragen«, er schaute zur Staatsanwältin. Sie nickte. Chefbauer fuhr fort: »Auch wenn der Lübtow unsere heiße Spur ist – wir vergessen die Familienverhältnisse nicht. Die Haushälterin von dem Lübtow wird aufgeschaltet. Womöglich hält er mit ihr Kontakt. Schließlich hat er eine Tochter.«

»Die ist heute Nacht nicht nach Hause gekommen«, meldete Laura. »Die Vogt hat vorhin angerufen.«

»Das liegt wohl bei denen in den Genen«, brummte Bert.

»Wenn sie nicht in die Schule geht, müssen wir was machen«, stellte Frau Dr. Kappel fest.

»Wieso wir?«, beschwerte sich Bert.

»Wir behalten es jedenfalls im Auge«, sagte der Chef und schaute Laura an.

»Okay«, nickte sie. »Ich würde mich noch mal mit ihr unterhalten. Sie muss den Herzog gekannt haben.«

»Ja, das machst du mit dem Johannes. Wie lang ist die Claudia eigentlich krank?«

»Eine Woche«, meldete Maxi.

»Und was hat sie?«

»Liebeskummer«, sagte Bert.

»Grippe«, sagte Maxi.

Liebeskummer kann es nicht sein, dachte Felix, *der ist unheilbar.*

46

Auf dem Weg zu Hellhake gönnte Felix dem herbstlichen Ammersee, an dessen Ufer er einige Kilometer entlangfuhr, keinen Blick, obwohl er wie ein abgerissenes Kalenderblatt rechts neben ihm lag. Stattdessen schaute er seine Post durch, die er an diesem Morgen endlich aus dem mit Werbung vollgestopften Briefkasten genommen und auf den Beifahrersitz gelegt hatte.

Es war ihm klar, dass er seine Gnadenfrist nicht mehr allzu lange würde ausdehnen können. Heute noch musste er die Kollegen über die Identität von Frau Ziska aufklären, er hätte es vorhin tun sollen, hatte mehrfach angesetzt, sich innerlich einen Ruck gegeben und es dennoch nicht geschafft. Was die Sache immer schlimmer machte.

Er riss das Kuvert mit der Telefonrechnung auf, eine Mitteilung seiner Krankenkasse, eine Rechnung über Klamotten für Sinah, Melanie bestellte nun gern im Internet, wobei Liefer- und Rechnungsadresse zwei verschiedene waren. Felix fuhr vor das Haus des Jägers Hellhake. Er schaltete den Motor ab und öffnete ein weißes Kuvert ohne Absender: *Bericht von Franza Fischer.*

Es wurde ihm flau, und dann lachte er, und dann wurde er wütend. Sehr, sehr wütend. Er schlug mit der Faust auf das Lenkrad und startete den Motor. Jetzt würde er sie sich vorknöpfen. Da stand der Jäger neben dem BMW. Felix atmete tief durch. Er musste sich zusammenreißen. Er ermittelte in einem Mordfall. Erst diese Befragung. Dann Franza.

Nikolaus Hellhake, ein kräftiger Mann mit freundlichem Gesicht, begrüßte ihn per Handschlag. Felix folgte ihm in das Haus mit den Geweihen an der Fassade.

»Es tut mir leid, dass ich erst jetzt Zeit habe, aber ich hatte einen wichtigen Arzttermin.« Hellhake strahlte.

»Gute Nachrichten?«, fragte Felix automatisch.

»Das kann man wohl sagen. Es bestand ein gewisser Verdacht, der nun ausgeräumt ist. Es war nur eine Mangelversorgung aufgrund einer Allergie.«

»Das freut mich für Sie«, sagte Felix, ohne die geringste Anteilnahme.

Hellhake bat ihn in eine gemütlich eingerichtete Küche, viel Holz, auf einem Schaffell an der breiten Fensterbank lag eine schwarz-weiße Katze.

Felix hatte es eilig. »Hatte Ihr Freund Herzog Feinde?«, fiel er mit der Tür ins Haus.

»Nein.«

»Aber er wurde ermordet.«

Hellhakes Augen glänzten feucht. Er stand auf, füllte ein Glas Wasser aus der Leitung, trank. »Feinde, Feinde, wer ist schon ein Feind …«

»Wie haben Sie Herrn Herzog kennengelernt?«

»Wir haben damals zusammen den Jagdschein gemacht und waren als Jungjäger im Werdenfelser Land im selben Revier Begehungsjäger. Der Benedikt war ein sehr leidenschaftlicher, engagierter Jäger. Die Jagd war sein Leben, würde ich mal sagen. Mit dem Benedikt habe ich früher viel Zeit verbracht. Wir haben

Hochsitze und Fütterungen gebaut, unsere Pflanzen geschützt, nächtelang auf Füchse angesessen, wir haben …« Er brach ab.

»Sie waren Freunde.«

»Freunde?«, wiederholte Nikolaus Hellhake. »Freunde. Ja, wahrscheinlich. Kameraden waren wir halt. Wir haben uns gegenseitig geholfen. Klar haben wir hin und wieder ein Bierchen getrunken nach dem Aufbrechen, meistens bei mir, weil seine Frau ja ein bisschen speziell ist.«

»Was verstehen Sie unter speziell?«

»Die Hausordnung«, grinste Nikolaus Hellhake vielsagend. »Keine Tiere und kein Dreck von Tieren im Haus.«

»Wie beurteilen Sie die Ehe von Herrn Herzog?«

Nikolaus Hellhake zuckte mit den Schultern. »Normal?« Fragend schaute er Felix an. Der schwieg.

»Vielleicht hat der Benedikt ein besseres Verhältnis zu seiner Tochter gehabt als zu seiner Frau, das kann schon sein. Die Annalena, also seine Tochter, die hat sich für die Jagd interessiert. Für die Schule hat sie einige Projekte gemacht, da war ich ihr Mentor. Die Annalena, das ist eine ganz Aufgeweckte. Aus der wird mal was!«

»Sie haben keine Kinder?«

»Leider nein.«

»Hat sich Benedikt Herzog in der letzten Zeit verändert?«

»Das kann ich Ihnen nicht sagen, weil wir kaum mehr Kontakt haben. Er hat sich total zurückgezogen. Aus der ganzen Jägerschaft. Er hat Krebs gehabt.«

»Wenn ich Sie jetzt spontan nach einem Feind Ihres Kameraden Benedikt frage – welcher Name fällt Ihnen ein?«

»Mit dem Wort Feind kann ich nichts anfangen, das gibt's doch nur im Fernsehen.«

»Clemens von Lübtow«, wurde Felix deutlich, und sofort röteten sich die Wangen des Jägers Hellhake.

»Ein Sauhund«, schoss er hervor.

»Ein Feind?«

»Darauf können Sie Gift nehmen.«

»Und warum haben Sie ihn dann nicht genannt?«

»Tja, warum ...«, Hellhake zögerte. »Er ist mir nicht eingefallen, weil er schon seit so vielen Jahren unser Feind ist, das ist schon direkt normal. Also da ist nichts Akutes, der CvL war ein Arschloch, ist ein Arschloch und wird immer ein Arschloch bleiben.«

»Und warum?«

»Wie lange haben Sie Zeit?«

»So lang es dauert«, sagte Felix.

Hellhake füllte noch ein Glas Leitungswasser, hob es fragend in Felix' Richtung, der lehnte dankend ab, da setzte er sich wieder und begann: »Der Benedikt hat sich die Entwicklungen im Wald in den letzten Jahren sehr zu Herzen genommen. Es kann doch nicht sein, dass immer mehr Rehe geschossen werden, bloß weil sie genauso leben, wie es sich für Rehe nun mal gehört. Es kann doch nicht sein, dass den Rehen zur Last gelegt wird, dass der Mensch ihnen keine Ruhe mehr gönnt. Das hat ihn umgetrieben, und so hat er sich mit den Oberen angelegt.«

»Lübtow?«, fragte Felix.

»Auch.«

»Und wie angelegt?«

»Er hat Briefe an die Behörden geschrieben und auf unseren Jagdversammlungen gesprochen, er hat viele Veranstaltungen zum Thema besucht und war sehr aktiv in der Hegegemeinschaft. Der Benedikt war auch persönlich sehr enttäuscht vom Lübtow. Wir drei waren einmal zusammen in Afrika, vor mehr als zwanzig Jahren. Ich hab mir schon immer gedacht, dass der Lübtow seine Fahne nach dem Wind richtet. Der Benedikt hat länger gebraucht, bis er es gespannt hat. Der war aber auch enger mit ihm beinand. Wegen seiner Frau. Also der, die wo ihm abgehauen ist. Da waren die Familien verbandelt.«

»Wie?«

»Da müssten S' mei Frau fragen. Ich interessier mich für so was nicht, wer wo mit wem was hat, hätte oder haben müsste.«

»Und was hat der Benedikt dann zu spät gespannt?«

»Was der Lübtow für einer ist. Dass der Mann zwei Gesichter hat. Dass er immer nur an seinen Vorteil denkt. Eines Tages hat er beschlossen, das Reh zu seinem Vorteil auszuschlachten. Es geht da nicht mehr um Argumente. Wahrscheinlich interessiert es keine Sau, wer nun recht hat. Es ist ein ideologischer Krieg, und auf dem Schlachtfeld verreckt uns das Wild.«

»Erklären Sie mir das.«

»Das Problem ist der Verbiss. Solche wie der Lübtow behaupten, der Verbiss würde durch die Fütterung des Wildes nicht eingedämmt. Der Benedikt, ich und andere können das Gegenteil beweisen. Wir wollen, dass alle Faktoren, die zum Verbiss führen, in die Gutachten einfließen: die Monokulturen, dass das Wild keine Ruhezonen hat, Verbiss durch Mäuse und Eichhörnchen und so weiter. Das alles können Sie in einem Gutachten über das Werdenfelser Land nachlesen, wenn es Ihnen gelingt, das Original in die Hand zu bekommen. Wir haben herausgefunden, dass das Gutachten, das in Weilheim auf der Unteren Jagdbehörde ausliegt, frisiert wurde. Es schaut nicht mehr so aus, wie es der Schweizer Gutachter abgegeben hat.«

»Und dafür machen Sie von Lübtow verantwortlich?«

»Ihn und seinesgleichen.«

»Was steckt dahinter? Was treibt Lübtow Ihrer Meinung nach an?«

»Macht. Einfluss. Wichtig sein. Zu den oberen Tausend gehören. Der Kanzlerin die Hand schütteln. Mit dem Minister beim Ring aufschlagen.«

»Boxen?«

»Schmarrn, Boxen. Bayreuth, Wagner. So Zeug. Gibt Leute, die stehn auf so was. Und wenn dein eigener Vater ein Taugenichts war, der die Hälfte des Vermögens seiner Frau verspielt hat, bis er nachts im Suff in den Mühlbach gekippt und dort ersoffen ist … Ja mei«, Hellhake zuckte mit den Schultern. »Da kann einen so was schon reizen.«

»Ach, Clemens von Lübtows Vater war ein …« Felix suchte nach dem passenden Wort.

»Versager, genau«, half Hellhake ihm. »Aber das hat ihm von uns keiner angekreidet. Du kannst immer Pech haben mit deinen Eltern. Aber du kannst auch ohne Eltern ein Arschloch sein. Das läuft unabhängig voneinander, da spielen schon noch andere Dinge mit. Was ich sagen will, ist, dass der Clemens die Wahl gehabt hat. Lässt er sich von seiner Vergangenheit einholen und füttert seine Minderwertigkeitskomplexe, oder bleibt er sauber?«

»Sauber?«, wiederholte Felix.

»Ja, sand Sie jetzt von hier, oder muss ich alles erklären? Sauber halt.«

»Verstehe«, nickte Felix. »Sauber wie anständig.« Er machte eine Pause. »Und Sie?«, fragte er dann. »Sand Sie sauber? Oder haben Sie dem Lübtow auch Briefe geschrieben so wie Ihr Freund Herzog?«

»Da geht es nicht um sauber oder nicht sauber, die Briefe haben nur der Wahrheit zu ihrem Recht verholfen. Nein, ich habe keine geschrieben, das ist nicht meine Art. Aber wenn ich ihn zufällig irgendwo gesehen habe – er wohnt ja nicht weit weg – habe ich ihm schon gezeigt, was ich von ihm halte.«

»Das klingt, als hätte er keine Freunde?«

»Die hat er bestimmt. Auf der anderen Seite. Und da er sich sozial engagiert – genug Geld hat er ja nach dem Tod seiner Mutter – ist er hier auch beliebt. Aber jetzt lassen Sie mal einen wirklich harten Winter kommen. Sobald wir hier Zustände haben wie beispielsweise in Berchtesgaden, wird er Farbe bekennen müssen.«

Irgendetwas klingelte bei Felix. »Berchtesgaden?«, fragte er.

»Auch am Tegernsee haben sie das Fütterungsverbot radikal durchgedrückt. Da sind die Rehe vor Hunger in den Ort gelaufen und dort in den Vorgärten zusammengebrochen mit aufgetriebenen Hungerbäuchen. Es waren Hunderte. Sie haben zwar gefressen, aber eben nichts Nahrhaftes. Weil es da nichts gibt und die Jäger an der Ausübung ihrer Pflicht gehindert wurden. Fichtennadeln oder Heu sind für ein Reh so, als würde sich ein Mensch von Holzwolle ernähren. Der Bauch ist voll, aber er kann die Nahrung nicht verwerten. Das führt dazu, dass er bei vollem Bauch verhungert.«

Felix dache an Benedikt Herzog. Auch er hatte einen dicken Bauch gehabt. Ihn hatte der Krebs ausgehungert.

»Das Reh, das mag keine Fichte«, fuhr Nikolaus Hellhake fort. »Wenn aber nur noch Fichtenwälder gepflanzt werden, in denen es kein Unterholz gibt, die eigentlich tot sind, weil sie keinen Lebensraum für die Waldtiere bieten, dann muss man dem Wild über den Winter helfen. Oder es verreckt. Im Werdenfelser Land ...«

»Sind Sie im Besitz einer 6,35er?«, unterbrach Felix, obwohl er wusste, dass Hellhake laut Waffenbesitzkarte kein solches Kaliber führte.

»Zur Mäusejagd?«, grinste der Jäger. »Nein, so was hab ich nicht. Aber jetzt mal was anderes: Stimmt es, dass der Lübtow spurlos verschwunden ist?«

»Wo waren Sie in der Nacht von Sonntag auf Montag?«, fragte Felix.

»Daheim.«

»Haben Sie dafür Zeugen?«

»Meine Frau.«

»Sie ist Ärztin?«

»Ja, das habe ich Ihnen doch schon gesagt.«

»Nein, das haben Sie nicht. Ihre Frau kannte Benedikt Herzog?«

»Freilich.«

»War er ihr Patient?«

»Nein, also ... ich glaube nicht. Sie redet daheim nie von ihren Patienten. Da ist sie ganz gewissenhaft. Ärztliche Schweigepflicht«, er spitzte die Lippen und hob die Augenbrauen.

»Es könnte also sein, dass Benedikt Herzog mit Ihrer Frau über seine Krankheit gesprochen hat?«

»Das müssen Sie sie selber fragen.«

»Das werde ich«, sagte Felix. »Wo ist Ihre Frau im Moment?«

»Ich gebe Ihnen eine Visitenkarte von Ihrer Praxis«, antwortete Nikolaus Hellhake und stand auf. An der Spüle füllte er sich noch einmal ein Glas Wasser ab. Seine rechte Hand zitterte so heftig, dass das Wasser aus dem Glas schwappte.

47

Auf dem Weg nach Fürstenfeldbruck rief Felix zweimal bei Franza an. Einmal sprach er ihr auf die Mailbox. Er hätte seinen Text kurz darauf gern gelöscht. Er wäre gern souveräner gewesen. Cooler. Vielleicht hatte er zu gekränkt geklungen oder in Rage? Schlimmstenfalls sogar jämmerlich. Egal. Sie hatte auf der KPI persönlich vorstellig zu werden. Sonst würde er sie holen lassen.

Aber so weit kam es nicht. Er fuhr gerade beim Tierladen in Herrsching vorbei, als ihn eine sichtlich aufgeregte Maxi anrief: »Ich hab das Autokennzeichen von der Ziska, Korrektur, von dem Wagen, mit dem die Ziska gefahren ist. Der Hund war auch dabei. Die Meldung ist von gestern, das heißt, Ziska befindet sich noch in der Gegend. Wahrscheinlich also der Lübtow auch.«

»Was?«, brüllte Felix.

»Eine Nachbarin von dem Haus in Raisting, das wir heute durchsucht haben, hat mir die Nummer gegeben. Es ist ein Volvo Kombi, Münchner Nummer, zugelassen auf eine Fanziska Fischer, geboren 1980. Er ist nicht als gestohlen gemeldet. Ich geb den Kollegen jetzt mal ...«

»Ich fahr hin«, rief Felix, »das übernehme ich.«

»Äh, okay. Ja, dann ... Ich dachte.«

»Bin schon unterwegs.« Er drückte sie weg.

Dann fiel ihm ein, dass er nicht wusste, wo Frau Fischer wohnte. Das war Maxi auch aufgefallen. Sie rief noch mal an. Er ließ sich die Adresse geben, bedankte sich und sagte viermal hintereinander den Namen Fischer. Bloß nicht Franziska. Sonst kam Maxi womöglich noch selbst drauf oder ein Kollege, und das wäre eine Katastrophe; Felix musste es ihnen sagen, nicht sie ihm. »Über die hamma nix«, teilte ihm Maxi abschließend mit. »Nur Parken und Blitzer. Bestimmt ist des Auto geklaut, was meinst du?«

»Kann gut sein«, sagte Felix. »Zurzeit sind ja viele Leut im Urlaub.«

Er hoffte inbrünstig, Maxi würde nur eine Halterabfrage gestartet haben, keine Vorgangsverwaltung oder Schlimmeres, denn natürlich war es ein Leichtes herauszufinden, dass Franziska Fischer keine Unbekannte für die KPI in FFB war. Wenn auch nicht als Täterin, so jedoch als Geschädigte und Zeugin.

Seine Chancen standen fifty-fifty, Maxi hatte viel zu tun. Aber sie galt als sehr gewissenhaft. Umso deutlicher machte er ihr klar, dass er sich dieser Frau Fischer annehmen würde. Ihm war fast übel vor Anspannung. Erst nach fünf Minuten fühlte er sich sicher. Maxi würde nicht weiterforschen. Jetzt wenigstens nicht. Wozu auch. Es gab ja keinen Anlass. Glaubte Maxi.

Ohne nach rechts und links zu schauen, stürmte er durch den Innenhof zu Franzas Wohnung. Wie oft war er voller Vorfreude hierher gekommen, ja Tixel, so kann man sich täuschen. Die Haustür stand offen. Er drückte seinen Zeigefinger auf den Klingelknopf der Erdgeschosswohnung, als wollte er ihn in der Wand versenken.

Franza riss die Tür auf. Starrte ihn an. Und dann schlug sie ihm die Tür vor der Nase zu. Fassungslos stand er vor der Tür. Dahinter hörte er Stimmen. Die Wohnzimmertür fiel krachend ins

Schloss. Er setzte an, den Klingelknopf in die Wand zu rammen, da öffnete sich die Tür.

Sie starrten sich an. Es kam ihm vor, als würden sie sich ineinanderbohren, sich aufbrechen. Franzas Augen groß und blau und klar. Wieder sah sie aus wie ein Mensch im Schock. Ihr Atem ging stoßweise. Er machte einen Schritt in den Flur. Sie verstellte ihm den Weg. SIE LIESS IHN NICHT REIN! Mühsam unterdrückte er den Impuls, sie einfach über den Haufen zu rennen. Eine Schlägerei mit Franza Fischer war das Letzte, was er brauchen konnte. Vor allem, weil er nicht sicher sein konnte, dass er sie zu fassen bekäme. Sie war schnell und wendig, und auch wenn er ihr in der Kraft deutlich überlegen war, hatte er keine Chance, sollte sie einen Treffer landen. Er müsste seine Waffe zücken, um sie zu zähmen. Aus dem Wohnzimmer heraus jaulte Flipper herzerweichend. Felix wich einen Schritt zurück.

»Ich habe deinen Bericht gelesen«, teilte er ihr mit.

»Das Fax?«

»Welches Fax?«

»Ich habe vorhin ein Fax an dich geschickt.«

»Wohin?«

»Nach Fürstenfeldbruck. Weil du nicht auf meinen Bericht reagiert hast.«

Am liebsten hätte er sie gepackt und geschüttelt. War sie wahnsinnig? Dachte sie denn immer nur an sich? Sie musste doch wissen, was das für ihn bedeuten konnte, dass ein Fax von den Kollegen gelesen wurde.

»Es ist mir egal, wie du dein Leben lebst«, stieß er hervor. »Aber halte dich aus meinem raus.«

Er wendete ihr den Rücken zu.

»Felix!« Wie aufgerissen ihre Stimme. Und trotzdem weich.

Er blieb stehen. Drehte sich aber nicht um.
»Können wir uns treffen. In fünf Minuten. Bitte.«
»Du könntest mich auch hereinbitten«, sagte er.
»Nein, das geht gerade nicht …«
»Ich lasse dich abholen«, drohte er und stürmte hinaus.

Als er auf der Straße stand, dachte er, dass er erstens einen Scheißbullenspruch gebracht hatte. Zweitens hätte er sich nicht so schnell abspeisen lassen dürfen. Drittens bestand die Möglichkeit, dass Lübtow in der Wohnung war. Wieso wollte sie ihn sonst in fünf Minuten an einem neutralen Ort treffen? Viertens … Er stockte. Dann rannte er zu seinem Wagen und parkte den BMW fünfzig Meter von Franzas Hauseingang entfernt in einer Einfahrt. Ihre Augen hatten etwas anderes gesagt als ihr Mund. Sie hatte ausgesehen wie Leute in höchster Bedrängnis. Warum war Flipper nicht im Flur gewesen? Falls jemand in ihrem Wohnzimmer Flippers Leben mit einer Waffe bedrohte, würde Franza ihn natürlich nicht hereinbitten. Wenn sie nun kein Verhältnis mit Lübtow hatte, sondern von ihm erpresst wurde? *Tixel, spinn nicht rum*, rief er sich zur Ordnung, doch es klappte nicht. Er war ihr zu nah gekommen, so nah, dass Hoffnung aufgeflackert war. Die Heftigkeit des Feuers erschreckte ihn.

Er musste nicht lange warten. Nach zirka zehn Minuten lief ein schwanzwedelnder Flipper auf die Straße, hinter ihm erschien Franza und … das war die Tochter! Das dicke Mädchen, Clemens von Lübtows Tochter! Von ihm selbst keine Spur. Sie stiegen in Franzas Volvo und fuhren am Sechzger-Stadion auf den Ring. An der Auffahrt zur A96 war Felix sicher, Franza würde Celina nach Hause bringen. Kurz überlegte er, ob er ihr folgen sollte. Aber nein. Das wäre nur ein weiterer Aufschub des unangenehmsten Gesprächs seines Lebens. Er musste zum Chef und ihm beichten, dass er wusste, wer Frau Ziska war. Leider gab es im Moment nichts, was er in die andere Waagschale werfen konnte.

Er schaltete das Radio ein. Nach einer Reportage über Herrgottsschnitzer im Berchtesgadener Land spielten sie Ringsgwandl. Und in Felix' Kopf gingen alle Lichter an. Berchtesgaden! Bodenstedt! Da war eine Verbindung! Die verhungerten Rehe in Berchtesgaden! Auf einmal sah er klar. Er riss sein Handy aus der Jackentasche und rief Johannes an.

»Schau mir mal bitte nach, wo der Bodenstedt geboren ist.«

»In Bad Reichenhall«, meldete Johannes kurz darauf.

»Sehr schön. Dann lässt du den jetzt abholen. Aus seinem Ministerium oder von daheim. Sofort. Der muss zu uns.«

»Äh, warum?«

»Die Vernehmung mach ich selbst. Ich bin in zwanzig Minuten da.«

»Äh, ja.«

»Und schau nach, ob wir sein Alibi überprüft haben. Er war beim Verschwinden Lübtows angeblich im Krankenhaus.«

»Felix, ist er unser Mann?«

»Ich weiß nicht«, sagte Felix. »Aber ich hab da was entdeckt.« Er legte auf und gab Gas.

Und da war der Volvo wieder. Wieso fuhr sie an der Ausfahrt Weßling vorbei? Das war doch der direkte Weg nach Herrsching. Da musste sie doch abbiegen, wenn sie Celina nach Hause bringen wollte ... Oder würde sie die Autobahn erst in Inning verlassen? Auch das wäre möglich. Vielleicht musste sie tanken? In Inning gab es eine günstige Jet-Tankstelle. Aber in Oberpfaffenhofen hätte sie bei Allguth tanken können. Felix dachte nach. Bis Bodenstedt in Fürstenfeldbruck eintraf, würde es eine Weile dauern. Er hängte sich mit zwei Wagen Deckung hinter den Volvo. Als Franza an Inning vorüberfuhr, wurde ihm warm. Wohin wollte sie? Als sie die Autobahn in Greifenberg verließ, beruhigte er sich. Klar. Sie brachte Celina in die Schule. – Mittags? Vielleicht hatte sie Nachmittagsunterricht? Felix wollte umdrehen. Aber er hatte sich schon zweimal getäuscht auf dieser Fahrt. Er blieb dran. Und bereute es nicht, als sie in Dießen am Ammerseegymnasium vorbeifuhr. Also war Raisting ihr Ziel? Nein, an der Hauptstraße bogen sie rechts ab den Berg hinauf und dann links Richtung Rott.

Rott?

Und wenn sie bloß ein langes Gassi machen wollten? Oder wenn sie gemerkt hatte, dass er sie verfolgte? Wieso fragte er sie nicht einfach? Zum wiederholten Mal an diesem Tag wählte er ihre Nummer. Sie ging nicht ran.

Er wendete und fuhr nach Fürstenfeldbruck. Der aufgebrachte Bodenstedt, die Kollegen von der Streife hatten ihn aus dem Ministerium geholt, traf gleichzeitig mit ihm ein. Das war zu knapp, um dem Chef zu beichten. Felix beschloss, zuerst Bodenstedt zu vernehmen. Vielleicht war dann das Gespräch mit dem Chef nicht mehr so schlimm. Weil er ein Ergebnis vorweisen konnte. Felix ließ Bodenstedt warten, setzte sich an seinen Computer und entdeckte das Fax, das ihm ein Kollege, eine Kollegin, diskret unter die Tastatur geschoben hatte. Zwei Seiten, getippt, obendrauf handschriftlich: »Für Kriminalhauptkommissar Felix Tixel«. Vielleicht hatten die Kollegen es nicht gelesen? Jedenfalls hatte der Chef es nicht gelesen. Und es enthielt ja auch keine Neuigkeiten.

Das Haus in Raisting war durchsucht, die Dossiers bekannt. Wie konnte sie bloß annehmen, eine Soko mit fünfundzwanzig Mitarbeitern wäre darauf nicht längst gekommen. Sie nahm sich zu wichtig, die Prä-Adelige. Felix atmete durch und recherchierte zehn Minuten im Internet. Schnell fand er, was er suchte. Unter dem Stichwort Bergwaldoffensive erhielt er alle Fakten. Berchtesgaden, der Tegernsee, das Werdenfelser Land. In den Bergen, wo die Winter lang und hart waren, litt das Wild, und die Bevölkerung ging auf die Straße, was behördlicherseits als grünes Spinnertum abgetan wurde. Aber es waren keine grünen Spinner. Es waren Menschen quer durch alle Altersklassen und Schichten, in deren Vorgärten Rehe mit aufgetriebenen Hungerbäuchen verendet waren. Felix überlegte sich eine Strategie und betrat den Vernehmungsraum. Bodenstedt ignorierte seine zum Gruß ausgestreckte Hand und musterte Felix hasserfüllt.

»Ich Idiot habe gedacht, ich kann Ihnen vertrauen.«

»Tja«, machte Felix lapidar.

»Ich sag nichts. Alles, was ich sagen wollte, ist gesagt. Ich weiß ja, was passiert. Sie informieren sofort meinen Arbeitgeber, und ich bekomme Schwierigkeiten.«

»Niemand hat Ihren Arbeitgeber verständigt.«

»Und wieso wurde ich dann gestern zu meinem Chef zitiert und gefragt, ob ich sicher sei, die Richtlinien des Ministeriums vertreten zu können?«

»Das weiß ich nicht«, sagte Felix ruhig.

Bodenstedt schwitzte stark. Das war nicht nur sicht-, sondern auch riechbar. Dieses Schwitzen passte überhaupt nicht zu dem mageren Mann.

Felix setzte alles auf eine Karte »Vielleicht liegt es daran, dass Sie Lübtow erpresst haben?«

»Erpresst? Ich?« Bodenstedt sprang auf.

Felix begann, sich gut zu fühlen. Treffer. Mehr davon! Irgendwer musste die Drohbriefe an von Lübtow schließlich geschrieben haben.

»Setzen Sie sich wieder«, befahl er Bodenstedt.

»Ich habe niemanden erpresst!«

Felix ließ einen Versuchsballon steigen. So machten sie es immer, wenn sie einen Verdacht antesteten: »Und wie wollen Sie Ihre Drohbriefe dann nennen?«

»Das sagen Sie doch selbst! Briefe! Ich wollte ihm klarmachen, dass sein Tun nicht unentdeckt geblieben ist.«

Felix lehnte sich zurück. »Sie stammen aus Berchtesgaden?«

»In Bad Reichenhall bin ich geboren«, nickte Bodenstedt und entspannte sich ein wenig.

»Von da hört man ja nichts Gutes«, seufzte Felix.

»Worauf spielen Sie an?«, fragte Bodenstedt misstrauisch.

»Da hat es ja regelrechte Aufstände in der Bevölkerung gegeben gegen das Fütterungsverbot des Wildes und das Amt für Landwirtschaft und Forsten, ist es nicht so?«

»Ja und? Was habe ich damit zu tun?«

»Sie sind dort geboren.«

Wieder sprang er auf. Seine knochigen Hände umklammerten die Tischplatte.

»Setzen«, befahl Felix.

Langsam nahm Bodenstedt Platz. Er starrte zu Boden, Felix schaute ihn unentwegt an. Ein, zwei Minuten hielt Bodenstedt durch. Dann sagte er: »Briefe sind kein Verbrechen.«

»Nein, Drohbriefe fallen bei einem Mord nicht ins Gewicht.«

»Mord! Was für ein Mord?« Schon wieder machte er Anstalten aufzuspringen.

»Sie bleiben jetzt amal sitzen, Herr Bodenstedt!«, befahl Felix und freute sich über die unbeabsichtigte Doppeldeutigkeit. Die ihre Wirkung nicht verfehlte. Der dünne Mann schwitzte noch stärker. »Sie können mir nichts anhängen.«

»Anhängen tun wir keinem was.«

»Was wäre denn so verwerflich daran, wenn ich der Presse einen kleinen Tipp gegeben hätte? Anders ist diesen Leuten doch gar nicht beizukommen. Der Herr Staatsminister, der denkt nur an die Wiederwahl. Der lebt in seinem eigenen Kosmos. Er bewegt sich in einem Dreieck zwischen seiner Herrlichkeit, dem Wähler und der Sache. Dabei sind er und der Wähler die stärksten Eckpunkte. Die Sache muss sich dazu arrangieren. Die Sache wird stets betrachtet unter der Prämisse: Wie kommt sie beim Wähler an. Dafür braucht es die Presse. Was steht in der *Süddeutschen*, in der *Abendzeitung* – das sind quasi die natürlichen Feinde. Der *Merkur* ist linientreu. Und wenn man etwas durchdrücken will, was dem Wähler nicht so gut gefällt, dann muss es eben auf eine Art und Weise geschehen, dass der Wähler das nicht merkt. Weil der Wähler, der mag das Bambi. Der ist mit dem *Dschungelbuch* aufgewachsen. Der Wähler würde es nicht zulassen, dass man ihm sein Bambi aushungert und ausrottet. Also muss man das vor dem Wähler verheimlichen oder ihm Gründe geben, die plausibel klingen, die er nicht überprüfen kann, die er nicht versteht. Darin ist Lübtow ein Ass. Der verkauft dir den Mord am Reh als ausgewogene Balance zwischen den Interessen des Tieres und des Waldes. Deshalb muss er gestoppt werden. Einer allein schafft das nicht, für die Presse ist es ein Leichtes.«

»Sie haben ihm damit gedroht, die Presse zu informieren?«

»Noch nicht. Aber ich hatte es vor.«

»Warum sind Sie im Ministerium für Landwirtschaft und Forsten tätig, wenn Ihnen die Politik, die dort gemacht wird, zuwider ist? Haben Sie als eine Art Spitzel angeheuert?«

Nun geschah etwas Merkwürdiges, das Felix überhaupt nicht einordnen konnte. Bodenstedt fing zu weinen an. Nicht wie ein erwachsener Mann, sondern wie ein kleiner Junge. Und er hörte nicht mehr auf. Felix ging hinaus, um Taschentücher für Bodenstedt zu holen.

Als er vier nass geweint hatte, sagte Bodenstedt mit einer Stimme, die fester klang als zuvor: »Ich möchte mich mit meinem Anwalt beraten. Ich werde zur Sache nichts mehr sagen ohne meinen Anwalt. Aber Ihnen persönlich möchte ich noch etwas sagen.«

»Ja?«

»Sie sind ein überheblicher, arroganter Scheißbulle. Sie glauben, Sie kennen sich aus. Sie glauben, Sie können andere moralisch zur Rechenschaft ziehen. Ich habe unser Gespräch in der Villa Flora nicht vergessen. Sie glauben, das wäre so einfach. Man sagt seine Meinung, und es ist gut. Die Welt ist ein wenig komplexer, als es sich in einem Polizistengehirn darstellen lässt.«

»Es tut mir leid, wenn ich Ihnen zu nahe getreten bin.«

Verblüfft starrte Bodenstedt Felix an. Mit einer Entschuldigung hatte er nicht gerechnet. Seine verkrampften Züge entspannten sich ein wenig. Zögernd begann er: »Es ist nicht so, dass man nicht will. Manchmal kann man einfach nicht. Vor allem, wenn man sich bei einem entschuldigen müsste, der immer recht gehabt hat, was man aber nicht geglaubt hat als junger Mann. Als junger Mann hat man sich über ihn lustig gemacht. Der alte Depp. Und dann hat man studiert und ist was geworden, ein Doktor sogar, man hat sich das alles selber finanziert, um unabhängig zu sein, man hat die höhere Beamtenlaufbahn eingeschlagen und auf den eigenen Vater heruntergeschaut, der bloß ein Handwerker ist. Und dann hat man plötzlich gemerkt, dass er vielleicht doch recht hatte. Und da hockt man dann in der Falle.«

Jetzt begriff Felix. »Ihr Vater ist also einer von den Jägern, die unter Lübtow leiden?«

»Lübtows gibt es überall. Der bei meinem Vater heißt Zucker. Es sind die Ökojäger. Wald vor Wild. Ha!«

»Sie können Ihrem Vater doch jederzeit sagen, dass Sie Ihre Meinung geändert haben! Das ist doch kein Scheitern, ganz im Gegenteil! Es zeugt von einer reifen Persönlichkeit.«

»Ja, ich kann es ihm schon sagen. Aber es kommt nicht an. Weil er nicht mehr da ist.«

»Er ist gestorben?«

»Sozusagen«, erwiderte Bodenstedt. »Er hat Alzheimer. Man sagt es an ihn hin, aber es versickert im Nichts.«

»Das tut mir leid«, sagte Felix.

»Das können Sie sich sonst wohin stecken.«

»Kennen Sie einen Benedikt Herzog?«

Bodenstedt drehte Felix den Rücken zu.

»Herr Bodenstedt?«

Keine Reaktion.

Felix versuchte es noch einmal.

Bodenstedt sagte: »Ohne Anwalt sag ich nichts mehr.«

Felix stand auf und ging hinaus.

»Er möchte einen Anwalt anrufen«, teilte er dem Kollegen vor der Tür mit.

Felix war auf dem Weg zum Ersten Kriminalhauptkommissar, als er das Telefon in seinem Büro hörte. Jeder Aufschub seiner Beichte kam ihm recht.

Die Nummer kannte er nicht. »Kripo Bruck, Tixel.«

»Dürr«, sagte eine ihm unbekannte Stimme. »Ich würde mich gerne mit Ihnen treffen. Jetzt sofort.«

»Worum geht es?«, fragte Felix und schaute auf die Uhr an seinem Computer. 16:26. Die Zeit lief ihnen davon.

»Um eine gemeinsame Freundin.«

In diesem Moment wusste er, wer ihn anrief. Das war der dicke Anwalt, von dem Franza ihm schon einige Male erzählt hatte. Der mit den teuren Geschenken für Flipper. Bei den Kollegen von der Wirtschaftskriminalität hieß es, wenn der Dürr auftaucht, steckt jemand fett in der Scheiße.

»Wann und wo?«, fragte er knapp.

»Ich komme Ihnen gern ein Stück entgegen«, sagte der Mann freundlich. »Wollen wir uns in Stegen am Ammersee treffen, im Seehaus Schryegg?«

»Ich kann sofort losfahren. Wie erkenne ich Sie?«

Der Mann lachte. Wir werden uns beide an unserer athletischen Figur erkennen. Schließlich ist dies das Fachgebiet unserer gemeinsamen Freundin.«

Weg war er. Verblüfft legte Felix das Telefon aus der Hand. Er googelte Dr. Anton Dürr und stieß auf das Bild eines rundlichen Mannes mit einem intensiven Blick.

»Felix?« Der Chef stand im Zimmer. Felix fühlte sich ertappt, doch in Chefbauers Gesicht stand keine Rüge.

»Wie ist es mit dem Bodenstedt gelaufen?«

»Er will jetzt einen Anwalt.«

»Wieso hast du den überhaupt kommen lassen? Kennt er den Benedikt Herzog?«

»Könnt sein. Jedenfalls hat er dem Lübtow Drohbriefe geschickt. Er hasst ihn. Da müssma noch mal nachhaken.«

»Also is er's nicht?«

»Nein. Aber der kann schon noch was rauslassen. Immerhin haben wir jetzt zwei Leute, die dem Lübtow nette Post geschickt haben. Unser Opfer, der Herzog, und der Bodenstedt.«

»Das zeigt, wie ohnmächtig sie sich gefühlt haben«, dachte der kluge Chef laut.

»Bodenstedt wollte Informationen an die Presse geben. Das wäre für den Lübtow wahrscheinlich der Supergau gewesen.«

»Aber der Bodenstedt lebt, der Lübtow ist weg und der Herzog tot«, erinnerte der Chef ihn und wollte wissen: »Ist die Grafologin aus dem Urlaub zurück?«

»Nein, des mit den Briefen hat er selbst zugegeben.«

»Und jetzt will er einen Anwalt«, wiederholte Leopold Chefbauer.

Felix nickte.

»Dann sagt er also nichts mehr. Da spielt die Staatsanwältin nicht mit. Da kriegen wir nie einen Haftbefehl. Warum bist 'n so nervös, Felix?«

»Ich hab Kopfweh.«

»Kriegst jetzt auch a Grippe?«

»Ich müsst einfach mal an die frische Luft.«

»Ja, dann geh halt jetzt. Es dauert bestimmt, bis der Anwalt da ist. Die Maxi kann sich derweil um den Bodenstedt kümmern.«

Felix stand auf. »Du, Chefbauer, ich muss nachher noch mit dir reden.«

»Warum ned jetzt?«

»Nachher is besser«, behauptete Felix, nickte dem Chef zu und ging an ihm vorbei zur Treppe.

Vor dem Haus traf er Johannes, mit einer Tüte vom Bäcker in der Hand, strahlend: »Heut geb ich was aus!«

»Ach, is so weit?«

»Ja. Der Chefbauer hat's mir vorhin gesagt.«

»Na dann herzlichen Glückwunsch, Kriminalhauptmeister Winter!«

»Wo gehst du denn hin?«

»Ich komm gleich wieder.«

»Felix, wir sollen doch immer zu zweit fahren.«

»Ja, aber heut ist doch dein wichtiger Tag«, sagte Felix ungeduldig. »Ich komm bald wieder. Ich hab Kopfweh, muss mir Tabletten holen.«

»Ich hab Tabletten.«

»Danke.« Er ging einfach weiter.

Da rief Johannes seinen Namen.

»Ja?«, unwillig drehte er sich um.

»Der Benedikt Herzog, der hat irgendwo im Wald bei Rott ein Jagdhaus gepachtet. Da wird monatlich was abgebucht von seinem Konto. Glaubst du, in so einem Jagdhaus hat der noch mehr Aktenordner? Ich hab schon eine Buchstabenallergie.«

Rott. »Des schau ma uns später einfach mal an«, erwiderte Felix betont ruhig. Rott. »Hast du die Adresse?«

»Adresse gibt's da keine. Koordinaten hätt ich.«

»Schick sie mir auf mein Handy.«

»Aber da fahren wir doch zu zweit hin!«

»Schick sie mir trotzdem.«

»Mach ich!« Johannes wendete sich zum Gehen. Nun rief Felix ihn.

»Ja?«

»Sofort, Johannes.«

»Äh, klar, mach ich. Gleich, wenn ich oben bin.«

48

»Sind wir bald da?«, fragte ich zum fünften Mal.

»Glaub schon«, sagte Celina.

Ich befürchtete, sie hätte die Orientierung verloren. Zweimal hatte ich bereits gewendet, wir fuhren eine lange, gerade Straße durch die Wälder zwischen Dießen und Rott. Celina hielt mit zusammengekniffenen Augen Ausschau nach einem kleinen Weg in den Wald. Es gab einige solcher Abzweigungen. Alle waren bislang Holzwege gewesen.

»Da!«, rief sie plötzlich.

Ich bremste scharf, wendete, fuhr an den Straßenrand, auch dieser Weg erwies sich als schlammiger Pfad ins Unterholz. Allmählich verlor ich die Geduld.

»Bist du wirklich sicher, dass wir richtig sind?«

»Ja!« Wir sind die lange Straße entlanggefahren und dann links rein.

»Und jetzt? Rechts oder links?«

»Noch mal zurück«, bat sie, »also Richtung Rott.«

Eine Minute später fuchtelte sie mir vor dem Gesicht herum. »Da! Da ist es!«

Diesmal war der Weg in den Wald kein Pfad, sondern eine tiefe Traktorspur.

»Wir haben es gefunden!«, rief Celina begeistert.

»Ich seh nichts«, knurrte ich, während ich überlegte, ob ich es wagen konnte. Kurz entschlossen gab ich Gas. Schlitternd rutschte der Volvo durch den Matsch, Schlamm spritzte an die Seitenscheiben. Nach zehn Metern wurde der Weg besser, aber nicht lichter, ganz im Gegenteil. Es dämmerte bereits ein wenig. In der Dunkelheit wollte ich hier nicht herumlaufen. Aufgeregt saß Celina neben mir. Flipper schaute interessiert nach draußen. Die Gegend war nach seinem Geschmack. Ich fand es hier definitiv zu düster und fragte mich, wo ich nachher wenden sollte. Rückwärts wollte ich den Weg nicht fahren müssen.

»Hier kannst du parken«, wies Celina mich an.

»Wieso, der Weg führt doch weiter?«

»Ja, aber wir müssen nicht nach rechts, sondern nach links, wir haben immer hier geparkt, die Hütte ist nur zu Fuß erreichbar.«

Es gibt Wälder, die mag ich. Mischwälder, Buchenwälder. Dieser hier war mir auch ohne nahende Dämmerstunde zu finster. Hohe Fichten und Tannen standen dicht aneinandergedrängt. Wie bei Pappeln oder Thujen wuchsen ihre Äste fast parallel zum Stamm, in dem vergeblichen Versuch, Licht zu ergattern. Es roch feucht, modrig, pilzig in diesem unheimlichen Zauberwald. Flipper war höchst angetan. Celina rannte hinter ihm her, beide in freudiger Erregung. Das Mädchen saß dem Trugschluss vieler trauernder Menschen auf: Man ist unterwegs zu einer Erinnerung, die einen mit dem verstorbenen Menschen verbindet, und verwechselt im Sehnsuchtsschmerz den verlorenen Menschen mit dem gefundenen Ort. Sie rannte, als würde sie den leibhaftigen Benedikt Herzog in der Hütte im Wald treffen. Nun, vielleicht gelang es ihr. Wenn ich großes Glück hatte, konnte ich meiner Oma in ihrem ehemaligen Schrebergarten am Rand des Erdbeerfeldes begegnen. Celina lief nach rechts, Flipper nach links, hochinteressiert schnupperte er mal hier, mal da. »Bei mir bleiben«, ermahnte ich ihn.

Plötzlich rief Celina: »Da! Da ist es!«

Sie blieb stehen. »Es sieht noch genauso aus wie früher.«

»Wann warst du denn das letzte Mal hier?«

»Weiß nicht. Vor drei oder vier Jahren. Komm!«

Fasziniert folgte ich ihr. Es hätte mir durchaus passieren können, an der Hütte vorbeizulaufen, ohne sie zu bemerken. Sie wirkte wie ein Teil des Waldes. Das Häuschen bestand komplett aus dunklem Holz, das Fenster neben der Eingangstür war vergittert, ein kleiner, niedriger Anbau diente vielleicht als Aufbewahrungsort für jagdliches Zubehör.

»Ich drehe mal eine Runde mit Flipper«, sagte ich, weil ich Celina mit ihren Erinnerungen allein lassen wollte.

»Komm doch mit!«, bat sie. »Ich will dir das Haus zeigen.«

»Es ist abgesperrt! Da kommen wir nicht rein!«

»Und wenn ich weiß, wo der Schlüssel liegt?«, grinste sie.

»Ich warte draußen.«

»Ich will dir aber was zeigen. Da gibt es eine Falltür. Das ist wie im Kino. Total gruselig ist das. Da kann man sich verstecken.«

»Toll.«

»Da sind wir immer runter, wenn der Herr Herzog uns gerufen hat, damit wir nach Hause fahren.«

»Und er hat gesucht und gesucht und gesucht und euch nie gefunden?«, tat ich ihr den Gefallen und spielte mit.

Sie lachte. »Irgendwann hat er uns schon gefunden. Man hat die ganze Heimfahrt nach Äpfeln gerochen, weil da unten die Äpfel gelagert werden. Der Geruch ist gar nicht mehr weggegangen. Jetzt hol ich den Schlüssel!«

Sie verschwand hinter dem Haus und erschien kurz darauf mit

triumphierendem Gesichtsausdruck, in der Hand schwenkte sie ein ledernes Schlüsselmäppchen. »Und, was sagst du jetzt?«

Ich sagte nichts. Rechts an der Hüttenwand stand eine Reihe von Kanistern. Celina bemerkte meinen Blick. »Es gibt kein Wasser. Wenn du zur Toilette willst, musst du in den Wald. Papier darf man nicht benutzen. Im Wald nimmt man Blätter«, belehrte sie mich.

Ich lief eine Runde um das Gebäude. Flipper galoppierte über das Moos, die Nase am Boden. In der Ferne hörte ich das heisere Summen eines Mopeds. Die Straße schien näher zu sein als vermutet.

»Frau Ziska, komm!«, rief Celina und sperrte das Schloss auf, das den Eingang mit einem massiven Querbalken sicherte. Ich ließ mir Zeit und spazierte noch eine Runde um die Hütte. Ich war viel zu warm angezogen für den Föhn, der seit drei, vier Stunden italienisches Flair über die Alpen blies. Kurz entschlossen zog ich meinen Anorak aus und klemmte ihn an das Fenstergitter. Etwas fiel aus der Jackentasche. Ich wollte gerade nach meinem Handy suchen, da stieß Celina in der Hütte einen schrillen Schrei aus. Was war denn jetzt schon wieder?

Ich stürzte in die Hütte. Sie bestand aus einem karg eingerichteten Raum – Tisch, Stühle, Schrank, von dem gingen zwei Türen ab. Celina starrte mit weit aufgerissenen Augen auf die Jacke, die über einer Stuhllehne hing. »Da, da!«, stammelte sie und wies auf den Riss an der Schulter der Jacke.

Draußen bellte Flipper. Laut, warnend

»Celina, was ist denn schon wieder?«, fragte ich.

»Das ist die Jacke vom CvL!«, stieß sie hervor. »Er ist in der Garage an einem Haken hängen geblieben an dem Abend, an dem er verschwunden ist. Ich war dabei. Das ist seine Jacke!«

Ich hatte keine Zeit, darüber nachzudenken, was das bedeutete. Unter Flippers aufgeregtem Bellen wurde die Tür aufgestoßen. Ich fuhr herum – und schaute in die Mündung einer Waffe.

49

Felix stellte das Martinshorn ab, als er den Anwalt Dürr endlich am Telefon hatte. Dann merkte er, dass er sich nicht auf das Gespräch konzentrieren konnte, wenn er mit hundertvierzig über die Landstraße Richtung Rott raste. Kurz hinter dem Ortsschild Dießen, an der Aral-Tankstelle, bremste er scharf und schaltete den Motor aus. »Es tut mir leid, ich muss unser Treffen absagen, wir haben einen Einsatz«, teilte er dem Anwalt mit.

»Dann vielleicht heute Abend?«, schlug Anton Dürr vor.

»Können Sie mir nicht am Telefon sagen, worum es geht?«

»Ja, sicher kann ich das. Allerdings nicht gern. Es ist sehr persönlich, was ich Ihnen mitzuteilen habe.«

»Hat Franza Sie beauftragt?«

»Ich würde es vorziehen, wenn sie nichts von unserem Gespräch erführe.«

»Aha?« Felix platzte fast vor Neugier. Was er sich jedoch keinesfalls anmerken lassen wollte. Ein Moped fuhr dicht an seinem Auto vorbei, hinten ein riesiger Benzinkanister aufgeschnallt. Felix schnellte automatisch nach vorn. So konnte man doch nicht rumfahren! Schon war das Moped auf die Straße nach Dießen abgebogen, das Nummernschild konnte er nicht erkennen, hoffentlich zogen es die Kollegen von der hiesigen PI aus dem Verkehr.

»Es ist wegen dem Knie«, begann Franzas Anwalt. »Alles hat mit dem Knie angefangen. Ich war mit ihr bei meinem Arzt.«

»Knie?«, wiederholte Felix. Er kapierte gar nichts.

»Sie sollte pausieren. Sie hat eine Entzündung im Knie.«

Da sah Felix Franza vor seinem inneren Auge humpeln. Ja! Das stimmte! Es war ihm einige Male aufgefallen. Aber ... das war doch ein Muskelfaserriss gewesen?

»Ich habe ihr einen Job bei Clemens von Lübtow verschafft. Sie hat das vor Ihnen verheimlicht, weil sie Ihnen nicht zur Last fallen wollte. Sie hat ...«

»Wie bitte?«, brüllte Felix.

»Ich berichte Ihnen lediglich die Fakten. Sie zu deuten, bleibt Ihnen überlassen. Doch ich bin überzeugt, in Kenntnis der speziellen Persönlichkeit Franzas werden Sie die richtigen Schlüsse ziehen.«

»Weiter«, bat Felix gepresst.

Und während Anton Dürr ihm erzählte, wie Franza, diesmal ohne eigenes Verschulden, in den Fall geschlittert war, wurde ihm schwindlig. Zuerst hätte er am liebsten ständig widersprochen. Natürlich war Franza schuld. Franza war immer schuld, das lag in der Natur dieser Frau. Außerdem fühlte er sich provoziert von dem Tonfall des Mannes, welcher – ganz Anwalt, der für seine Mandantin plädiert – leicht nasal die Unbeflecktheit des Franza'schen Charakters hervorhob. Dann dachte Felix nach. Wenn er es genau überlegte, hatte sie sogar bestritten zu humpeln, als er sie darauf ansprach. Es passte wunderbar zu Franza, sich in irgendeine Fantasie hineinzusteigern. In Franzas Kosmos, da verirrte man sich leicht, Navis waren dafür nicht erhältlich, und es sah so aus, als wäre Felix mit hohem Tempo in eine Sackgasse gerast. Das machte ihm zu schaffen. Schwer.

Wie hatte er annehmen können, Franza hätte ein Verhältnis?

Wie hatte er annehmen können, sie hätte ihn so schäbig hintergangen? Warum hatte er sie vor der Feuerwache nicht zu Wort kommen lassen? Wie hatte er so verblendet sein können, dass er diese Reihe haarsträubender Missverständnisse nicht durchschaute? Melanie, Melanie, Melanie. Es lag an all den Desastern mit Melanie. Er hatte Franza in einen Topf mit seiner künftigen Exfrau geworfen. Was für ein unverzeihlicher Fehler! So etwas durfte einem Cop nicht passieren! Und Franza? Warum hatte sie ihn nicht aufgeklärt! Ach, er hatte sie doch gar nicht zu Wort kommen lassen. Außerdem war sie wahrscheinlich in ihrem eigenen Film unterwegs. Niemals hatte sie ihm von dem dunklen Fleck in ihrer Vergangenheit erzählt, aber er wusste, dass es ihn gab. Irgendjemand, irgendetwas musste sie einmal sehr, sehr verstört, getroffen, verletzt haben. Deshalb legte sie so viel Wert auf ihre Freiheit, ihre Selbstbestimmung. Und dann raste sie die Treppen zu ihm hoch und strahlte ihn an: Da bin ich. In ihren Augen konnte er lesen, wie vollständig sie da war. Mit Leib und Seele, Haut und Haar und Herz. Aber das durfte er nicht laut sagen. Sonst wäre sie schneller wieder weg, als er schauen könnte. Und das wäre ... eine Katastrophe. *Tixel, mach dir nichts vor. Sie ist es. Sie ist die Einzige, ganz egal wie wahnsinnig sie dich macht, vielleicht genau deshalb. Die oder keine. Franza!* Es war gar nicht aus. Es war ... alles anders. Noch immer schlimm genug, aber nicht mehr aus. »Danke, Herr Dürr!«

»Da bin ich aber froh, dass Sie ein offenes Ohr für mich ...« – er räusperte sich – »... für Franza haben.«

»Bei mir ist gerade viel los«, versuchte Felix, sein Fehlverhalten zu erklären. »Ich habe Ärger mit meiner Exfrau, und ich ... glaube, ich brauche dringend Urlaub.«

»Das würde Franzas Knie guttun«, meinte Anton Dürr. »Fahren Sie doch mal zusammen irgendwohin, sobald die Sache geklärt ist. Ich kann mir nicht vorstellen, dass Frau Fischer mit strafrechtlichen Konsequenzen zu rechnen hat.«

»Ich auch nicht«, erwiderte Felix, obwohl er sich da nicht ganz so sicher war. Erst mal musste er beichten. Dann würde man weitersehen.

»Sie haben zur Kenntnis genommen, dass Frau Fischer meine Mandantin ist?«, erkundigte sich der Anwalt.

»Da haben wir eine Gemeinsamkeit«, schmunzelte Felix. Er freute sich darauf, den dicken Franza-Freund bald einmal persönlich kennenzulernen.

»Ihnen ist natürlich bewusst«, fragte Anton Dürr am Ende des Telefonates, »dass ich mich hier nur wegen Flipper einschalte? Denn wenn die Chefin unglücklich ist, dann ist es Flipper erst recht. Und das möchte ich auf jeden Fall vermeiden.«

»Selbstverständlich geht es in dieser Angelegenheit ausschließlich um Flipper«, erwiderte Felix mit rauer Stimme. Dann bedankte er sich noch einmal. Als der Anwalt aufgelegt hatte, schnaufte er tief durch. Ein, zwei Minuten saß er bewegungslos. *Auf oamoi ois anders.* Er startete den Motor und schaltete das Martinshorn ein. *Auf oamoi ois anders.* Könnt vom Ringsgwandl sein.

50

Das schmale Gesicht der jungen, schlanken Frau in der Tür war bleich, ihre Lippen fest aufeinandergepresst. Sie trug Jeans und eine Lederjacke. Der Revolver in ihrer Hand zitterte nicht. So einen hatte ich schon mal probegeschossen: ein schwerer Smith & Wesson. Kein Spielzeug für Kinder, sondern eins für Clint Eastwood. Die junge Frau machte nicht den Eindruck, als scherze sie. Sie sah aus wie ein Mensch, der zu allem entschlossen ist.

»Annalena!«, stammelte Celina und machte einen Schritt auf sie zu.

»Stehen bleiben«, zischte die Angesprochene.

Ich durfte nicht warten. Ich musste sofort handeln. Es war Wahnsinn, aber vielleicht war die Waffe nicht geladen. Ich musste das Überraschungsmoment nutzen. Ich hechtete nach vorn, um Annalena den Revolver mit einem Kick aus der Hand zu treten. Doch sie war schneller als ich, viel schneller, als ich es erwartet hatte, und stand hinter Celina, drückte ihr die Waffe an die Schläfe.

Celina brüllte wie am Spieß. Annalena schlug ihr mit dem Lauf auf die Stirn. Das genügte, um Celina zum Schweigen zu bringen. Sie knickte in den Knien ein und ging zu Boden. Annalena ließ mich nicht aus den Augen, während sie mit dem auf mich gerichteten Revolver eine Schublade am Tisch öffnete. Sie kramte darin herum und warf mir eine Rolle Paketschnur zu. »Los! Fessle sie.«

»Wir sind nur hier, weil Celina sich von deinem Vater verabschieden wollte«, versuchte ich, sie milde zu stimmen. »Sie mochte ihn sehr gern, wie du weißt, und ich habe sie hierhergebracht, damit ...«

»Halt's Maul! Fesseln.« Annalena klang wie ferngesteuert. Ihre Bewegungen waren eckig, ihre Augen starr. Drogen? Sie war unerreichbar, ob durch den Schock nach dem Tod ihres Vaters oder irgendwelche Substanzen. Das machte sie gefährlich. Sehr, sehr gefährlich. Vor dem Haus bellte Flipper ohne Unterlass. Was Annalena störte. Und mich hochgradig beunruhigte. Eine schreckliche Angst um Flipper packte mich. ... Sie würde ihm doch nichts tun? Hatte Celina nicht erzählt, Annalena verabscheute Tierquäler? Aber inwieweit war Annalena noch jene, die Celina gekannt hatte?

»Ich kann den Hund beruhigen«, bot ich ihr an.

Sie nickte und ließ mich nicht aus den Augen, während ich zur Tür ging. Ich öffnete sie nur einen Spalt, damit Flipper nicht hereinstürmte. »Still!«, befahl ich ihm. Gern hätte ich »Lauf weg! Schnell!« hinzugefügt, als ob er das beherzigen würde. »Platz« wollte ich nicht sagen. Denn ich wünschte mir ja, er würde weglaufen. Aber Flipper war keine Lassie. Flipper war ein Rüde und würde keine Hilfe holen.

»Fesseln!«, befahl Annalena erneut. »Und legt eure Handys auf den Boden.«

»Ich hab keins«, sagte ich.

Abschätzig musterte sie mich.

»Wirklich nicht«, versicherte ich. Mein Handy steckte in meiner Jackentasche vor dem Fenster. Es war eingeschaltet. Wenn wir

Glück hatten, konnte die Polizei es orten. Wenn wir Glück hatten, wussten die zuständigen Beamten, dass Frau Ziska und Franza Fischer identisch waren. Wenn wir Pech hatten, würde es bellen.

»Zieh dich aus«, befahl Annalena mir.

»Nein.«

Der Schuss war ohrenbetäubend. Splitter flogen durch die Luft. Vor Schreck schrie ich auf. Annalena hatte in den Boden geschossen! Einen Meter vor mir!

Celina legte ihr Handy schlotternd auf einen Stuhl. Ich zog mein Sweatshirt aus, das T-Shirt, Annalena nickte, ich zog beides wieder an und die Jeans aus.

»Wirf sie rüber.«

Annalena untersuchte die Hosentaschen, nahm eine Packung Kaugummis heraus, steckte sie in ihre Jackentasche, warf die Jeans zurück.

»Fesseln!«, befahl sie erneut.

Ich schlüpfte in meine Jeans und kniete mich neben die leise vor sich hin schluchzende Celina. Rotz tropfte wie Eiweißfäden aus ihrer Nase. Sie merkte es nicht. Sie war völlig versunken in ihrem Elend.

»Ihr seid doch mal Freundinnen gewesen«, wandte ich mich bittend an Annalena.

»Halt die Klappe!«, befahl sie und fuchtelte mit der Waffe herum. Ich bemühte mich, meine Hände unter Kontrolle zu bekommen, und fesselte Celina so, dass es zwar einen festen Eindruck machte, sie die Knoten aber aufbekommen würde. Wenn sie es versuchte. Wobei ich allerdings wenig Hoffnung auf ihre Initiative hatte. Wie ein schlaffer Sack war sie zur Seite gekippt und machte keinen Mucks.

»Aufstehen!« Annalena deutete zu der linken Tür. Dort wartete ich, während sie sich neben Celina kniete und die Fessel an Armen und Beinen prüfte.

»Mach die Tür auf!«, befahl Annalena.

Ich öffnete sie. Der Raum dahinter war klein, drei oder vier Quadratmeter höchstens. Die Luft war abgestanden, obwohl zwei Rohre auf ein Lüftungssystem hinwiesen. Kein Fenster. Gelbe Isolierwolle an den Wänden.

»Bück dich. Da ist eine Falltür im Boden. Zieh sie auf.«

Ich tat wie mir befohlen, ging in die Knie, zog den eisernen Sicherungshaken aus dem Ring und öffnete die Klappe. Plötzlich ein Stoß in meinen Rücken, instinktiv streckte ich die Arme vor, drehte mich im Fallen und landete schmerzhaft auf der Seite. Während des Sturzes erschien es mir, als durchschnitte ich dicke, klebrige Luft. Ich fiel in etwas Weiches, Matschiges, und es roch entsetzlich säuerlich. Würgend rang ich nach Atem. Oben schlug die Tür zu. In der Finsternis rappelte ich mich mühsam auf. Meine linke Seite schmerzte bei jedem Atemzug, wahrscheinlich hatte ich mir die Rippen geprellt. Mit ausgestreckten Armen inspizierte ich den Raum; auf Zehenspitzen konnte ich die Decke erreichen. Mit dem Schienbein stieß ich schmerzhaft an ein Hindernis, verlor das Gleichgewicht ... und landete auf etwas Weichem.

Schreiend machte ich einen Satz zurück, knallte mit dem Rücken an die Wand, jede meiner Rippen brüllte, und ich wollte bloß eins: aufwachen. Das konnte nur ein Traum sein! Ich musste trotzdem stark würgen in dieser Luft, die bestialisch stank, als würde hier unten Erbrochenes destilliert. Zaghaft durch den Mund atmend, tastete ich mich weiter. Da stand eine Kiste. Länglich. Vorsichtig griff ich hinein. Mein Herz schlug so heftig, dass es in meinen Ohren rauschte. Ich tastete das Ding ab, in das ich gefallen war. Das Ding war ein Mensch. Ein Mann, wie ich am

Bartwuchs feststellte. Er atmete, aber flach. Sein Kopf war heiß. Er war nicht bei Bewusstsein. Ich hatte keinen Zweifel, wer das war.

Panische Angst überfiel mich. Ich versuchte, klar zu denken, konnte es jedoch nicht. Enge quetschte mich ein. Gleich würde ich ersticken. Ruhig! Ruhig! Ermahnte ich mich selbst. Nicht die Kontrolle verlieren, bloß nicht die Kontrolle verlieren. Denke! Aber ich konnte nicht. Ich klatschte in die Hände, um das Zittern zu zähmen. Ich zählte bis zehn und konzentrierte mich allein darauf. Es wurde besser. Ich sagte mir vor, dass ich in meinem Leben einige ausweglose Situationen gemeistert hatte. Ich erinnerte mich daran, wie viele schwarze Gürtel ich trug. Wie viele Bretter ich durchschlagen hatte, mit den Händen und den Füßen. Eine Hauswand noch nie. Da öffnete sich die Klappe über mir. Ich dachte nicht nach, holte zwei Schritte Anlauf und sprang nach oben in die Dunkelheit, nur ein schmaler Streifen fahles Licht. Der Schuss war so laut, dass ich glaubte, mein Trommelfell wäre geplatzt. Ich landete wieder im Matsch, hechtete in eine Ecke und machte mich klein. Sie war wahnsinnig! Wahnsinnig! Aus der Kiste kam kein Laut. Ich zog die Knie an den Körper und zitterte so stark, dass ich mir selbst ans Kinn schlug. Von oben plätscherte es. Ich roch es sofort. Aber es dauerte, bis ich begriff, was das bedeutete. Annalena schüttete Benzin in den Keller!

»Annalena!«

»Je mehr du quatschst, desto schneller zünde ich das Haus an«, drohte sie. Im Dämmerlicht konnte ich erkennen, dass sie den Kanister in den Spalt geklemmt hatte. Träge schwappend stürzte das Benzin herab. Ich überlegte, noch einmal nach oben zu springen. Jetzt würde sie ja wohl kaum schießen. Sie musste sich selbst erst in Sicherheit bringen. Oder war ihr das egal?

Ich ballte meine Hände zu Fäusten. Klar würde ich es schaffen hinaufzuspringen. Doch sobald ich den Kanister nach unten riss, würde die Tür zufallen. Ich würde sie niemals aufstoßen können, wenn ich immer nur dagegen sprang. Sobald Annalena den Sicherungsmechanismus betätigte, hatte ich keine Chance mehr. Ich brauchte Hilfe. Solange der Kanister im Spalt klemmte, konnte Annalena mich nicht sehen. Ich rappelte mich hoch und schlug Clemens von Lübtow mit der flachen Hand ins Gesicht. Er musste mich hochheben. Nur so hatten wir eine Chance. Oder ich ihn. Er bewegte sich nicht. Ich schlug heftiger. Keine Reaktion. Ich versuchte, die Kiste, in der er lag, unter die Falltür zu ziehen. Sie bewegte sich keinen Zentimeter. Aus dem Kanister tröpfelte es nur noch.

Über mir Schleifgeräusche. Dann hörte ich Celina heulen. Annalena plante offenbar eine Familienzusammenführung mit anschließender Einäscherung. Obwohl es chancenlos war, sprang ich nach oben. Es gelang mir, den Kanister hochzuschleudern, ich konnte mich sogar am Rand der Falltür festhalten. Celina kreischte. Annalena fluchte. Dann trat sie mir auf die Hand. Es knirschte. Brüllend ließ ich los und knallte auf den Boden. Im Schmerz krümmte ich mich zusammen. Mein Körper ein einziger Mittelfinger, und der befand sich nicht mehr in der Mitte.

»Celina, dein Vater ist hier unten!«, japste ich.

»Schnauze!«, zischte Annalena.

»Er ist hier unten. Er lebt!«

»Papa!« Ihr Ruf schnitt mir ins Herz. »Pa...«, ein dumpfer Schlag. Aber Celina schien aufgewacht zu sein. »Papa!«, rief sie noch einmal. Angestrengt überlegte ich, was ich tun, was ich sagen konnte, um Annalena zur Besinnung zu bringen. Bitte nicht verbrennen! Bloß nicht verbrennen! Polternd fiel der Kanister in den Keller.

»Wieso sollst du einen Vater haben, wenn ich keinen mehr habe?«, fragte Annalena kalt.

»Das kann man doch nicht vergleichen! Dein Vater ist ermordet worden!« Celinas Stimme klang überraschend fest. »So steht es in der Zeitung.«

»Das sollen die Bullen auch glauben«, sagte Annalena selbstzufrieden.

»Hast du ihn …« – Celina stockte – »… umgebracht?«

Wieder ein dumpfes Geräusch. Celina jaulte auf. Aber sie ließ sich nicht unterkriegen. Tapferes Mädchen. »Ich hab deinen Papa total gern gemocht. Deshalb bin ich da. Die Frau Ziska hat mich hergefahren, damit ich mich von ihm verabschieden kann. Ich hab mich nicht zu euch getraut.«

»Bla, bla, bla.«

»Stimmt es, dass mein Vater da unten ist?«

»Ja.«

»Wieso?«

»Das fragst du jetzt aber nicht im Ernst.«

»Hast du deinem Vater dabei geholfen?«

»Glaubst du wirklich, er hätte mich da mit reingezogen? Natürlich habe ich nichts gewusst! Ich hab das hier alles erst gestern Abend entdeckt. Was hätte ich deiner Meinung nach denn machen sollen?«

»Vielleicht meinen Vater rausholen«, schlug Celina vor.

»Bist du verrückt? Dann wäre ja alles, was mein Vater geplant hat, umsonst gewesen.«

»Aber er ist tot!«

»Er konnte seinen Plan leider nicht vollenden. Das mache ich jetzt.«

»Was für einen Plan denn?«, jammerte Celina.

»Ich werde die Hütte abfackeln. Ich habe fünf Kanister Benzin besorgt. Von euch wird nichts übrig bleiben.«

»Annalena! Nein! Das würde dein Vater nie wollen!«

»O doch. Er hat alles geplant, von langer Hand. Oder erinnerst du dich daran, dass diese Kammer früher isoliert gewesen wäre? Erinnerst du dich an die Lüftung?«

»Das weiß ich doch nicht mehr! Lass mich raus! Ich hab dir nichts getan, Annalena!«

»Das hat er alles eingebaut. Er hat alles genauestens durchdacht. Nur mit einem hat er nicht gerechnet: mit seiner eigenen Gutmütigkeit. Zum Schluss hat er es doch nicht geschafft. Aber ich, ich schaffe es. Du hättest nicht hierherkommen sollen. Dann hätte ich nur deinen Alten abgefackelt. Tut mir leid, Celina. Ich muss das jetzt durchziehen.«

»Aber warum denn? Warum?«, heulte sie. Sie verlor an Kraft. Sie war dabei aufzugeben. Mein Kopf lief heiß, doch mir fiel nichts ein, mir fiel nichts ein.

»Weil ich den Plan meines Vaters vollenden werde. Das erwartet er von mir. Er hat mir seinen Computer ins Bett gelegt mit einem Zettel drauf, dass ich ihn verstecken und erst in ein paar Wochen benutzen soll. So war mein Vater. Alles geplant. Aber er hat es nicht durchgehalten. Er hat den CvL nicht rausholen können, er hat ihn aber auch nicht verrecken lassen können. Er hat mit dem Schicksal gespielt, verstehst du?«

»Nein!« Kräftig die Stimme Celinas. Weiter so Mädchen, bleib dran! Lass sie reden, lass sie wüten, vielleicht fällt mir inzwischen was ein ...

»Ist ja auch egal. Das musst du nicht verstehen. Ich habe es zuerst auch nicht verstanden. Als ich begriffen habe, was er getan hat, wollte ich mit ihm reden. Ich dachte, wir bringen den CvL irgendwohin, damit er gefunden wird. Ich wollte nicht, dass dein Vater stirbt, Celina, das musst du mir glauben. Aber mein Vater ist nicht nach Hause gekommen. Er ist nie wieder nach Hause gekommen. Natürlich hat er es nach Mord aussehen lassen, allein schon wegen der Versicherung. So war mein Vater. Er hat immer an andere gedacht, nie an sich selbst. Und deshalb hat er es auch nicht geschafft, die Sache zu Ende zu bringen. Das muss ich jetzt tun.«

»Nein, das musst du nicht!«, rief Celina. »Du versaust dir doch dein ganzes Leben! Du willst doch mal studieren, du willst doch …«

»Halt die Klappe! Ich versau mir nichts, gar nichts. Niemand wird darauf kommen, dass mein Vater den CvL entführt hat. Wie denn auch. Der ist doch schon viel länger weg, und mein Vater wurde umgebracht!«

»Die Polizei wird herausfinden, dass es kein Mord war! Die kriegen so was immer raus!«

»Nein, das werden sie nicht.« Stolz schwang in Annalenas Stimme. »Mein Vater hat eine Wildkamera bei einem Fuchsbau installiert und die Füchse über Wochen trainiert. Wenn sie was finden, ziehen sie es in ihren Bau. Er hat eine kleine Waffe gewählt und sie mit einem Handschuh aus Fleisch umwickelt. Durch den Rückstoß ist sie weggeflogen, er konnte sicher sein, dass die Füchse sie holen würden. Ohne Waffe kein Selbstmord. Mein Vater hat an jedes Detail gedacht.«

»Ja, dein Vater ist wirklich ein ganz besonderer Mensch gewesen. Manchmal habe ich mir gewünscht, er wäre auch mein Vater. Deshalb werde ich auch nichts zur Polizei sagen. Und mein Vater auch nicht. Das verspreche ich dir, Annalena. Aber bitte, bitte lass uns frei!«

»Nein.«

»Bitte! Bitte! Bitte!«

»Celina, hör auf. Das geht nicht. Es geht nicht.« Annalenas Stimme zitterte leicht.

»Dann möchte ich jetzt zu meinem Vater. Hilfst du mir beim Aufstehen?«

Ich rechnete damit, dass Annalena nun die Klappe öffnen und Celina herunterstoßen würde. Stattdessen ein Krachen. Celina wehrte sich! Hatte sie die Fesseln abgestreift? Die beiden Mädchen kämpften! Annalena jaulte laut auf. Ja, ja, ja! Beiß, kratz, tritt, schlag: Gib alles!

Aus der Kiste kam ein Stöhnen. Lübtow war aufgewacht.

»Ihre Tochter ist hier«, sagte ich zu ihm.

Jeder weiß, dass man die Sachen, die man sich wünscht, laut aussprechen muss. Man muss sie behandeln, als hätten sie sich bereits erfüllt, dann werden sie wahr… »Gleich kommt die Polizei«, fügte ich hinzu, korrigierte mich dann: »Die Polizei ist schon da.«

... Hörte ich da ein Martinshorn? Oder bildete ich mir das ein?

51

Franzas Volvo mitten im Wald! In der Dunkelheit unter den Fichten nur schwer zu erkennen. Felix stellte den Motor ab, sprang aus dem Wagen, rannte los, da hörte er den Schuss. Jäger? Oder nicht? Verstärkung anfordern? Sein Handy klingelte. Franzas Nummer! »Ja?«

Eine unbekannte Stimme keuchte ihm ins Ohr. Zuerst verstand er gar nichts. »Hallo? Hallo?«

»Bitte, schnell, rufen Sie die Polizei. Es geht um Leben und Tod. Ich bin in der Jagdhütte von Benedikt Herzog bei Rott, bitte helfen Sie mir ... bitte!« Die Verbindung wurde unterbrochen. Wieder ein Schuss. Felix rief Johannes an und rannte los. »Ich brauche Verstärkung. Ich bin an der Hütte in Rott. Gehe zu Fuß vom Parkplatz aus. Melde mich wieder.« Noch ein Schuss. Jetzt hatte er die Richtung. »Osten! Ich gehe nach Osten!«

»Felix, wir ...«

»Hier wird geschossen. Muss aufhören. Beeilt euch, Johannes!«

Wo war Franza? Wo war Flipper? Verdammt, war das düster hier. Wer hatte ihn angerufen? Die Stimme hatte jung geklungen. Celina, die Tochter? Felix steckte Daumen und Zeigefinger in den Mund und versuchte, Franzas schrillsten Flipperpfiff zu imitieren. Sie benutzte zwar nur den kleinen Finger dazu, aber das klappte bei ihm nicht. Er pfiff noch einmal und noch einmal, immer wieder. Ein, zwei Minuten später raste der schwarze Riese stark hechelnd auf ihn zu. Flipper war völlig durch den Wind, sehr aufgeregt, sehr nervös. Als er merkte, dass Felix allein war, wollte er sofort wieder weg.

»Halt. Flipper, hierbleiben!«, befahl Felix.

Zögernd blieb er stehen. Felix griff schnell zu, hielt ihn am Halsband fest, öffnete seinen Hosengürtel, zog ihn durch die Schlaufen und befestigte ihn an Flippers Halsband. »Such Franza, such!«

Flipper stürmte los. Wieder ein Schuss. Im Laufen nahm Felix seine Walther aus dem Holster.

Im Dickicht krachte es, dann stürmte etwas in seine Richtung. Das Mädchen! Das dicke Mädchen! Felix konnte sie genau erkennen, seine Augen hatten sich an die Dämmerung gewöhnt. Er wollte seine Waffe wegstecken, da ertönte der nächste Schuss. Celina stolperte über eine Wurzel, flog durch die Luft, blieb auf dem Bauch liegen.

»Hände hoch!« Die Stimme kam von rechts. Felix fuhr herum.

Es dauerte einen Moment, bis er begriff, dass das die Tochter des Toten war. Annalena Herzog! Sie sah aus wie ein Gespenst. Und gefährlich. In der Hand hielt sie einen Revolver. Wie oft hatte sie geschossen? Wie viele Schüsse hatte sie noch? Flipper zog keuchend an der Leine.

»Aufstehen!«, brüllte Annalena und trat Celina grob in die Seite.

Da packte das dicke Mädchen Annalenas Fußknöchel und riss sie von den Beinen. Im Fallen öffnete sie die Hand. Felix hechtete nach dem Revolver, dann zog er die tobende Annalena zur Seite, die ihre Fäuste in das Gesicht des dicken Mädchens drosch. Und schmierte ihr erst mal eine. Die zweite bekam sie von Celina. Mit der Faust ins Gesicht. Ein Volltreffer. Die Augenbraue platzte auf. Blut schoss aus der Wunde. Annalena sackte zusammen. Felix beglückwünschte sich, weil er an die Handschellen gedacht hatte, und ließ sie um die Handgelenke der Ohnmächtigen klicken. Die waren so dünn, dass er sie enger machen musste. Dann stellte er sich Celina vor: »Felix Tixel, Kripo Bruck, wenn du dich erinnerst. Wir haben uns einmal kurz gesehen auf der KPI, als du mit meiner Kollegin gesprochen hast. Wo ist Franza?«

Sie reagierte nicht, starrte auf Annalena.

Er berührte sie am Arm. »Wo ist Franza?«

Langsam schaute sie zu ihm hoch. Dann sagte sie mit einer Stimme, die nicht zu dieser Situation passte, die klang, als hätte Felix sie zufällig beim Einkaufen getroffen: »Ich muss jetzt zu meinem Papa.«

»Ist er bei Franza?«

Sie schwieg.

»Bei der Frau Ziska?«, fragte er. »Dein Vater, Clemens von Lübtow, ist er dort, wo sich Frau Ziska aufhält?«

Sie nickte. Ungeduldig bellte Flipper. Das schien sie zur Vernunft zu bringen.

»Annalena hat Benzin ausgeschüttet. Sie wollte uns anzünden. Ich bin weggelaufen. Flipper hat mir das Handy gebracht. Meins war ja in der Hütte. Ich habe nicht dran gedacht. Ich bin nur raus und weg, und dann habe ich einfach auf irgendeine Taste gedrückt. Da war ein Mann dran. Ich habe gesagt, er soll die Polizei anrufen.«

»Das hast du gut gemacht«, sagte Felix. »Wo ist Franza? Wo?«

»Ich muss jetzt zu meinem Papa.« Stolpernd lief sie los.

Annalena lag noch immer auf dem Boden. Kurz entschlossen warf Felix sich das Mädchen über die Schulter. Ihr Blut spritzte über seine Jacke. Celina lief schnell und keuchte wie ein Walross, Felix auch, er hatte Mühe, ihr nachzukommen, mit den geschätzten fünfzig Kilo über den Schultern und Flipper an der Leine – der japsend nach vorne zog, den er ständig zurückziehen musste.

Er sah das Haus erst, als Celina »Papa!« brüllte. Es war eine kleine Holzhütte, und in der Tür stand Franza, über ihrer Schulter ein Mann, sie brach fast zusammen unter der Last. Der Mann war mehr tot als lebendig, und auch Franza sah entsetzlich aus. Blutverschmiert ihr Gesicht, sie humpelte und schien starke Schmerzen zu haben. Doch als Flipper mit Felix im Schlepptau auf sie zustürzte, lächelte sie.

52

Felix! Vor dem Haus! Wo kam er plötzlich her! Ich ging weiter, einfach weiter, auf ihn zu, und sah dann erst, dass auch er eine Gestalt über der Schulter hatte. Wie ich. Vorsichtig ließ ich Clemens von Lübtow zu Boden gleiten.

Gleichzeitig legte Felix Annalena ab. Mussten hier alle Leute jemanden über der Schulter tragen? War das ein Symbol für die Sünde, jeder schleppt sein Päckchen? Ich musste tot sein, anders konnte ich mir das nicht erklären. Leider gab es kein schönes Licht, alles war grau, und ich hatte auch keinen Lebensschnelldurchlauf gehabt. Nirgends ein Schimmer meiner Oma, die mich willkommen hieß. Es war alles anders, als es sein sollte, wenn man tot war. Ich war ein bisschen enttäuscht. Obwohl die Anwesenheit Felix' schon nach Paradies schmeckte. Und Flipper war auch da. Die Frage, ob Tiere im Paradies Zutritt hatten, war hiermit geklärt. Celina war unversehrt. Niemand sah hier angekokelt aus. »Papa!« Ich schaute ihr zu, wie sie sich neben den ausgemergelten Mann in den Matsch kniete.

Flipper schleckte meine Hand, mir wurde kurz schwarz vor Augen. Ich müsste mich vielleicht mal hinlegen. Ob es im Himmel Betten gab? Erst aber wollte ich wissen, wie es weiterging. Jetzt, wo ich schon mal tot war. Und wo es ganz anders war als erwartet.

»Ziska! Bitte tu was, er stirbt! Wir brauchen einen Arzt!«

Tun wollte ich eigentlich nichts mehr. Ich fand, ich hatte genug Paradiespunkte gesammelt, indem ich den Adeligen aus dem Apfelkeller gewuchtet und gezogen hatte mithilfe des hochkant gestellten Sarges. Tot ist tot. Ich hatte damit nichts mehr zu tun.

Aha, sie benutzten hier auch moderne Technik. Felix zückte sein Handy. Ich verstand nur Feuerwehr.

Auf einmal umarmte er mich. Im Umkippen hörte ich mich selber schreien. Das Gute daran war, dass ich jetzt sicher war, nicht tot zu sein. Tot sein tat bestimmt nicht so weh.

»Bist du verletzt? Franza!« Felix' Gesicht ganz nah.

»Nein«, sagte ich. Ich hatte mich lange nicht mehr so gut gefühlt, wenn ich davon absah, dass ich keine Luft kriegte, weil mir mindestens eine Rippe in die Lunge stach, mein Mittelfinger sich anfühlte, als wäre ein Panzer darüber gerollt, und nach rechts abstand und mir brutal schlecht war.

Ich fühlte mich fantastisch. Ich war gar nicht tot.

»Mein Knie tut weh«, holte ich erst mal nach, was seit Langem fällig war.

»Ich weiß.«

Woher wusste er das jetzt schon wieder? Bulle oder doch Himmel?

»Vielleicht sollten wir mal in Urlaub fahren?«

Urlaub? Das hatte er noch nie gesagt! Einmal ein bisschen tot und im Anschluss sofort ein Urlaub mit Felix Tixel! Da fiel mir ein, dass ich ihn nie mehr belügen wollte. Um meine Beichte abzuschließen, ließ ich ihn wissen: »Ich werde dir bestimmt nicht zur Last fallen.«

»Wenn du weg bist, fällst du mir viel mehr zur Last, als wenn du da bist.«

»Papa macht die Augen auf!«, schrie Celina.

Tatsächlich, von Lübtow schaute sie an. Doch er schien nichts zu begreifen.

Felix kniete sich neben Celina. »Herr von Lübtow, mein Name ist Felix Tixel. Ich bin von der Kriminalpolizei. Sie sind jetzt in Sicherheit. Der Arzt wird gleich eintreffen. Verstehen Sie mich? Sie sind in Sicherheit.«

Clemens von Lübtows Lider flatterten.

»Ihre Tochter hat Ihnen das Leben gerettet«, fügte Felix hinzu.

»Und mir auch«, ergänzte ich. »Sie können sehr stolz auf Celina sein.«

Danksagung

Ohne Luna gäbe es keinen Flipper. Deshalb: Danke mein lieber Hundling für alles, auch wenn dir das völlig wurscht ist!

Auch Zweibeiner haben mich beim Schreiben dieses Buches begleitet. Ich danke euch sehr herzlich:

BF Susa Bobke, die sich in das Leitmotiv verbissen hat;

BF Hartmut Baumann für das unermüdliche Vorlesen des Manuskriptes;

Dieter Bindig, Kriminalhauptkommissar im K1 in Fürstenfeldbruck, für die fundierte Fallbesprechung und kriminalistische Beratung;

dem echten Chef Bauer vom K1 in Fürstenfeldbruck für die gründliche Durchsicht;

Alex Schwandner von der Polizeiinspektion München Hauptbahnhof für die interessanten Einblicke in das Täterverhalten;

Alfred Riepertinger für alle Details aus der Rechtsmedizin;

Eva Spieß für psychologische und pädagogische Beratung;

Daniela Zito für die Ausflüge in die Unterwelt der Vampire;

der Jägerin und dem Jäger, Anwälte des Wildes, die lieber im Wald bleiben;

dem guten Geist aus einem Bayerischen Staatsministerium;

Catering und Camera von Corinna Kammerer;

Händchenhalten mit Netz: Mona Szyperski;
und meinen lieben Testlesern:
Burkhart Berthold, Peter Boerboom, E. Synder
sowie den Franza-Freundinnen Petra Eggers, Anke Göbel und Susann Rehlein.

Janet Clark

Hochspannung von der ersten bis zur letzten Seite: Nach dem Erfolg von »Ich sehe Dich« dreht , Janet Clark die Schraube weiter an

»Janet Clark hat mit ihrem Debüt einen spannenden Psychothriller über die Abgründe der Liebe, Schweigen und Angst in Beziehungen geschrieben.«
TV extra **über »Ich sehe Dich«**

978-3-453-43592-6

978-3-453-40927-9